REQUIEM

Écrivain passionné de jazz et ancien chanteur de cabaret, Luc Fivet a collaboré avec Véronique Roy à l'écriture de *Muséum* (Fayard, 2006). Son premier roman, un thriller d'anticipation intitulé *Total chaos*, est paru chez Fayard en 2007.

Paru dans Le Livre de Poche,
en collaboration avec Véronique Roy :

MUSÉUM

LUC FIVET

Requiem

ROMAN

FAYARD

Ceci est une fiction. Si les personnages historiques ont réellement existé, leurs intentions sont issues de la fantaisie de l'auteur.

ISBN : 978-2-253-12706-2 – 1re publication LGF

A mon père.

Je cherche les notes qui s'aiment.

Wolfgang Amadeus MOZART.

I

INTROITUS

Madame, là où est la musique,
il n'y a pas de place pour le mal.

Miguel CERVANTÈS.

1

L'orchestre s'est levé d'un bond et le petit homme a fait son apparition dans le faisceau de lumière. Une seconde plus tard, l'univers explosait. Une cascade d'applaudissements, d'exhortations, de larmes et de cris déferlait du balcon jusqu'au parterre, pour s'unir dans un océan de Bruit. Le public appelait son maître, l'implorait, lui faisait allégeance.

Accoutré de son habit trop large pour ses épaules voûtées, le soliste a traversé la scène, sans un regard pour l'assistance, et s'est assis devant le Bösendorfer Imperial. Ses cheveux avaient blanchi, il avait pris un peu de ventre aussi, mais son visage n'avait rien perdu de sa légendaire gravité. Les gens n'en finissaient plus de l'acclamer, grisés de leur propre ivresse.

A ma droite, une bourgeoise en vison hurlait des chapelets de « Bravoooo » en battant des mains. Indifférent au vacarme, le pianiste a disposé derrière lui les basques de sa queue-de-pie, prélevé la serviette blanche posée sur le tabouret et s'est essuyé lentement le visage. Ce geste rituel a été salué par une gigantesque ovation. Oui, c'était bien lui. Le miracle se réalisait après quinze années d'absence : Rémy Bonsecours était de retour parmi nous.

J'avais la gorge nouée et mon poing serrait très fort le carton d'invitation. « *Salle Pleyel. Dimanche 14 octobre, 21 heures :* 20e concerto pour piano et orchestre *de Mozart. Piano : Rémy Bonsecours.* »

Comme mes prédécesseurs lors de sa première apparition publique, au milieu des années 1960, j'avais d'abord cru à un canular. Mon rédacteur en chef avait mené son enquête et confirmé l'information. Incroyable, mais vrai : le grand, le seul, l'unique Rémy Bonsecours allait se produire en concert.

Autour de moi, des élégantes couvertes de perles trépignaient sur des strapontins à cinq cents euros, et de vénérables businessmen, heureux comme des enfants, s'installaient sans façon au milieu des travées. Au premier rang, j'ai reconnu trois ministres, deux stars de cinéma et un certain nombre de pianistes, dont Nikolaï Lugansky et Nelson Freire. Mais aucun confrère : j'étais le seul journaliste accrédité. Je n'en revenais toujours pas. Toute la rédaction du *Monde de la musique* en avait bavé de jalousie, pour rien au monde je n'aurais manqué l'événement. Moi seul pouvais comprendre Rémy Bonsecours.

Car cet homme avait ruiné ma vie.

Cet homme, assis au piano dans une attitude qui avait fait le tour du monde, immobile, tête baissée, les mains entre les cuisses. Ailleurs.

Les applaudissements ont reflué, *diminuendo*.

Le chef d'orchestre, John Nelson, a fait son entrée et salué dans une indifférence polie. D'un geste, il a invité les musiciens à se rasseoir, à l'exception du premier violon, qui a donné le *la* aux autres cordes. Vents et cuivres ont vérifié à leur tour la hauteur du registre, trilles et arpèges se sont éparpillés dans des frémissements d'oiseaux craintifs. Les spectateurs chuchotaient leurs impressions ; ma voisine se mordillait le bout des doigts. Tous les regards étaient braqués sur la silhouette du pianiste, seul au milieu du pinceau de lumière, totalement inerte.

Silence, *poco a poco*. Quelques toussotements nerveux, puis une respiration profonde, à l'unisson. John Nelson a jeté un regard décidé à son orchestre et a levé les bras.

Les cordes ont attaqué les triolets en *ré* mineur, *ostinato*, et le thème s'est déployé, doux et triste. Un homme marchait seul dans la nuit... Clarinettes et hautbois faisaient contrepoint aux cordes, tandis que les archets tiraient sur la note sensible, *crescendo*. Le voyageur était perdu... Violoncelles et contrebasses montaient comme à regret, encouragés par le *staccato* des violons. Les bassons répondaient dans un parfait ensemble, quand trois coups de timbale ont déchiré l'espace : une lumière s'annonçait au loin.

Le chef a invité ses pupitres à la méditation. Les larmes aux yeux, violons et altos ont dialogué dans un *legato* d'une ineffable douceur. Soudain, le thème est reparti de plus belle, les précipitant dans une course éperdue. Les mains de Nelson voltigeaient, suscitaient l'envol de la clarinette, exhortaient les cors à la note juste. Les musiciens se tenaient aux aguets, rivés à ses appels silencieux.

Le temps a vacillé au bord d'une quinte et les cordes ont fait pleuvoir une nuée d'arpèges. Le thème s'est infléchi. La lumière était là, aveuglante… Le voyageur avait atteint son but.

Rémy Bonsecours a alors relevé la tête. Il a fixé les ténèbres de ses yeux clairs et prélevé quelques notes, à peine un murmure, mais une évidence : Wolfgang était devant nous, assis au piano, occupé à ciseler une ligne mélodique. Cette musique nous appartenait, elle vivait en chacun de nous.

L'orchestre a repris le thème et lancé de nouvelles arabesques. Le piano s'est déployé, de plus en plus lumineux à mesure qu'il égrenait ses notes délicates, cristallines. Bonsecours contemplait toujours l'obscurité, ses mains ondulant au-dessus du clavier comme des chevaux lancés au galop. Mues par une volonté supérieure, les touches s'enfonçaient et remontaient sans effort. L'orchestre a imploré, le piano a répondu. Dialogue intime, confiant. Nous étions tous unis dans la même foi.

C'est alors que le pianiste a entamé une montée d'accords. Et qu'il a fait une fausse note. Un *sol* à la place du *fa* dièse. J'ai observé les réactions autour de moi : les visages étaient calmes, sereins, apaisés. J'avais peut-être mal entendu.

Le tutti a repris, et Bonsecours en a profité pour s'éponger le front. Il clignait des yeux, sa respiration était saccadée, ses mains tremblaient.

Il a développé sa partie soliste sans virtuosité – son phrasé était même un peu raide. L'orchestre a flotté sur quelques mesures. Sans se démonter, John Nelson l'a fait repartir d'un geste énergique, mais Bonsecours jouait de plus en plus fort, affirmant son pouvoir à grands coups d'accords. Ses doigts, semblables à des griffes, arrachaient une à une les notes au clavier.

Et l'inadmissible s'est produit. Il a baissé les yeux. Pour la première fois de sa vie, il a regardé les touches disposées devant lui.

Des murmures ont parcouru la salle. Ma voisine m'a agrippé l'avant-bras, une main pressée sur les lèvres.

Les musiciens observaient le soliste à la dérobée. Mâchoires serrées, il a entamé une nouvelle montée d'accords et massacré un *sol*. Les spectateurs se dévisageaient avec incrédulité, mais plus rien ne semblait l'arrêter. Le visage ravagé de tics, il s'est acharné sur un arpège et a raté la reprise de la soixante-quinzième mesure. Nelson a tenté de ralentir le tempo, mais Bonsecours piétinait encore en *la* mineur quand l'orchestre a attaqué le *do*. Sans attendre les clarinettes qui, obéissant au chef, jouaient une mesure *rubato*, les violons ont développé le thème principal. Le rythme a accusé un net flottement, les archets se sont mis à couiner et les notes à voleter aux quatre coins de la salle, masquant à peine les appels sinistres des cors. Et l'orchestre s'est disloqué dans d'affreux grincements.

Malgré les cris de protestation, Bonsecours martelait son clavier, massacrait la musique, la désarticulait, la profanait. Ses mains extirpaient des stridences, des agrégats de notes absurdes. Le public, debout, hurlait sa colère, sa rage, sa haine.

John Nelson s'est approché du pianiste et lui a posé une main sur l'épaule. Bonsecours s'est redressé d'un bloc et, dans un silence de cathédrale, a scruté les ténèbres. Puis il a porté les mains à ses tempes et poussé un long hurlement.

— WOLFGAAAANG !

Son corps a basculé en avant.

Un accord de terreur pure, saturé de dissonance, a giclé du ventre de l'instrument et entamé sa lente ascension vers les voûtes de la salle Pleyel.

2

Les écouteurs enfoncés dans les tympans, j'étais dans la *Symphonie n° 40* et personne n'avait intérêt à m'en tirer. J'ai rejoint mon bureau, au fond à gauche de la salle de rédaction – le plus loin possible du rédacteur en chef –, et j'ai allumé mon ordinateur. Les mains en suspens au-dessus de leur clavier, mes collègues m'observaient sans un mot.

J'ai consulté ma messagerie électronique : quarante-cinq mails, dont une bonne vingtaine de lecteurs éplorés, plus une poignée de journalistes passablement indiscrets. Une voyante avait prédit la catastrophe. Quant au président de la République, il évoquait la « perte tragique » d'un « virtuose incomparable », « modèle pour les générations futures ». Le ministère de la Culture y était lui aussi allé de sa petite chanson, rehaussée d'un indispensable coup de vernis : « génie foudroyé », Rémy Bonsecours avait droit à un embaumement de première catégorie au titre d' « inoubliable interprète de Mozart » et faisait son entrée au « panthéon des plus grands ». Le Bruit reprenait ses droits.

Une vidéo pirate, captée au moyen d'un téléphone portable, circulait déjà sur le Net. Elle montrait l'impensable : les yeux exorbités, Rémy Bonsecours martelait son instrument dans un boucan de fin du monde, se redressait et poussait un cri de désespoir. Sa tête heurtait le clavier de plein fouet, un accord monstrueux giclait du piano et, entre deux visages terrorisés, on distinguait des musiciens qui l'emmenaient, inanimé, en direction des loges.

J'ai fermé les yeux et remis la *Quarantième rugissante* au début, encore plus fort.

Je me revoyais, incapable d'aligner deux pensées cohérentes, au milieu d'une foule en larmes. Victime d'une crise de nerfs et les cordes vocales chauffées à blanc, ma voisine hurlait dans son fauteuil. Des appels retentissaient de toutes parts : « Un médecin, vite ! », « Appelez une ambulance ! », « Laissez-moi passer ! ». J'ai joué des coudes pour m'approcher de la scène, mais un type en smoking m'a retenu par le col. Je l'ai repoussé d'un coup sec et j'ai tenté de voir quelque chose, hissé sur la pointe des pieds. Les musiciens s'étaient rassemblés autour du piano, hagards, les bras ballants. Une jeune femme en robe noire sanglotait, son violon serré contre sa poitrine.

La longue procession des spectateurs a quitté la salle et l'attente a commencé au foyer. On échangeait des cigarettes, quelques paroles de réconfort. Un homme aux cheveux blancs affirmait haut et fort que ce n'était rien, un simple coup de fatigue, ça lui était arrivé l'été dernier, il n'y avait pas lieu de s'inquiéter. On voulait le croire, ce ne pouvait pas être grave. Chacun évoquait un souvenir, une sonate écoutée un soir de mélancolie, un concerto mémorable, un *andante* qui avait bouleversé une vie…

J'ai discuté de longues minutes avec l'homme qui m'avait bousculé, un médecin d'une soixantaine d'années. Il avait assisté à une centaine de concerts de Rémy Bonsecours. En 1982, il avait même fait le voyage à Berlin pour l'écouter, sous la direction de Herbert von Karajan, dans le *Concerto n° 21* : le plus grand moment de sa vie, m'a-t-il assuré. Il a soudain éclaté en sanglots et je l'ai pris dans mes bras pour le consoler. Un imbécile m'a demandé si les places seraient remboursées. Dans un coin, agenouillées au pied de l'escalier menant aux balcons, une dizaine de personnes priaient, les mains jointes. Des sirènes signalaient les premiers malaises. Un brancard a évacué une dame âgée, victime d'un arrêt cardiaque. L'angoisse s'était incrustée dans les visages.

Les équipes de télévision n'avaient pas tardé à rappliquer et à promener micros et objectifs sous le nez des témoins. Je suis resté à l'écart, je ne tenais pas à participer à ces insanités. Un jeune reporter a pris le créneau de 22 heures pour confirmer la tragédie et annoncer qu'on était toujours dans l'expectative.

Un quart d'heure plus tard, le directeur de Pleyel apparaissait à la mezzanine. Livide, il a annoncé que, à son grand regret, Rémy Bonsecours venait de décéder dans sa loge.

J'entendais encore les cris d'horreur et les protestations d'incrédulité des spectateurs. L'homme aux cheveux blancs a saisi le directeur par les revers de sa veste pour l'obliger à revenir sur sa déclaration. Trois policiers l'ont ceinturé, mais il hurlait : « Je vous jure qu'il n'est pas mort ! » A mes côtés, une jeune femme bredouillait : « C'est fini, c'est fini… » Je l'ai serrée quelques instants contre moi, puis j'ai quitté la salle Pleyel, aspiré par le néant.

Les écouteurs bien calés dans les oreilles, j'ai remonté l'avenue Hoche au son de *La petite musique de nuit*. Les façades des grands immeubles défilaient sous mes yeux, hautaines, superbes et vides. Au loin, j'apercevais l'Arc de Triomphe, jouet dérisoire dressé dans un flot de lumière.

Une main m'a tapoté l'épaule. J'ai relevé la tête. Isabelle me tendait un gobelet de café.

— Tu veux ?

Elle me souriait avec gentillesse. J'ai arrêté la *Quarantième* et ôté mes écouteurs. Le liquide chaud a dévalé mes entrailles et fait réagir les pistons au quart de tour. La machine s'est remise en route. J'avais survécu.

Je sortais d'une nuit blanche. Après des heures d'errance, j'étais rentré dans mon trou à rat du Xe arrondissement et m'étais repassé tous les disques de Bonsecours. Le crétin du troisième pouvait râler tant qu'il voulait, ça lui apprendrait à côtoyer un mélomane. J'avais craqué sur l'adagio du *Concerto pour piano n° 23* et pleuré comme un gosse. D'une certaine façon, ma jeunesse venait de mourir, ce soir-là.

Le gros Rudy Bergkopf a quitté son siège pour venir aux nouvelles. Sa voix de baryton avait la profondeur rugueuse d'un violoncelle.

— C'est incroyable, ce qui est arrivé. Incroyable.

J'ai hoché la tête. Il n'y avait rien à ajouter, mais Rudy a insisté.

— Tu as pu voir ce qui se passait ?

Les autres en ont profité pour rappliquer, d'abord la grande carcasse de Van Elsing, puis un Polezzi plus larmoyant que jamais et, enfin, l'inénarrable Jean-Jacques Vertbois et son air compréhensif.

— Oui, j'étais assis au troisième rang.

Van Elsing hochait la tête, toutes dents dehors. Son épais accent amstellodamois lui sortait des narines.

— Comment tu l'expliques ? C'est vraiment dingue, il a perdu la boule !

— Je ne l'explique pas. Un malaise, ou la pression…

— *Mamma mia !* s'est écrié Polezzi, au comble de l'indignation. Bonsecours n'était pas n'importe qui, tout de même ! Des concerts, il en a donné des milliers !

— Que veux-tu, Marco… Il était vieux, son cœur a lâché, voilà tout.

— Quoi qu'il en soit, tu as de la chance. Tu tiens un fameux papier, a prophétisé Vertbois.

S'il n'en restait qu'un… Ce brave garçon était un authentique clairon : sonore, brillant et tout à fait creux. Je me suis adjuré au calme.

— Je ne sais pas si je dois…

— Mais enfin, Denis… c'est évident ! Il faut être réactif sur l'info !

Sa barbiche de beau gosse s'est fendue d'un sourire communicatif. J'ai conservé un ton neutre, sans la moindre musicalité.

— Il me faudra du temps.

— Je peux m'en charger, si tu veux. Je comprends que tu sois trop affecté…

Et voilà, il nous faisait son Leporello… Tout le monde s'est mis à observer le bout de ses chaussures. Je ne me suis pas énervé.

— Je te remercie, Jean-Jacques, mais je préfère enterrer mes morts moi-même.

Il a ravalé son sourire et s'est subitement intéressé à une caisse de CD posée sur le bureau de Polezzi – l'arrivage du jour –, dont il a prélevé une intégrale des concertos pour piano de Brahms, avant de s'isoler derrière son écran.

Avec un bel ensemble, mes collègues sont retournés à leurs activités.

Rudy Bergkopf a repris son écoute d'une nouvelle sélection de lieder de Schubert. Rien qu'à sa tête, je pouvais deviner sa critique. Après deux paragraphes de pure érudition sur son compositeur fétiche et son œuvre renversante, il procéderait à l'autopsie : *« En dépit de louables efforts de diction, on déplorera l'absolue médiocrité du chanteur, le manque flagrant d'expressivité de l'orchestre et la baguette particulièrement timorée du chef que l'on a connu sous un jour meilleur... »* Couru d'avance. A sa façon, Rudy réglait ses comptes avec une carrière de chanteur lyrique qui n'avait pas résisté à la chorale de son école primaire.

Van Elsing, pour sa part, sacrifiait au culte de Ludwig van Beethoven – son génie universel, alpha et oméga de toute musique passée ou à venir. Depuis des années, Anton menait une véritable guérilla contre la rédaction – et contre l'Allemand Bergkopf, en particulier –, pour nous convaincre que le grand homme était un pur Batave, sous prétexte que « Beethoven » signifie « champ de betteraves » en néerlandais. A ses moments perdus, il tentait de remonter les ramifications de l'arbre généalogique de son Ludwig, mais n'avait jamais abouti qu'à une seule certitude : un père alcoolique et une mère tuberculeuse, tous deux indubitablement allemands, avaient enfanté un génie condamné à la surdité. Evidemment, il imputait cette tare à une germanité mal assumée.

Marco Polezzi, quant à lui, naviguait dans les océans du bel canto – puisque aucune musique digne de ce nom n'avait vu le jour au-delà des Alpes. Les écouteurs sur les oreilles et les yeux dans les étoiles, sa silhouette en fil de fer mimait les moindres émois de la *Norma* ou de la *Traviata*. Pour la plus grande hilarité de la rédaction, un filet de voix grêle et affreusement faux s'échappait parfois de ses lèvres, rappelant les plus belles homélies papales.

Le dernier membre permanent de la rédaction, Morel, n'avait pas donné signe de vie depuis deux jours. Dans son cas, c'était plutôt normal. Des affaires urgentes le retenaient du côté d'Auteuil ou de Longchamp.

Isabelle s'est assise devant moi.

— Il faut excuser Jean-Jacques. Il est un peu à cran en ce moment, à cause de sa femme. Et puis il a la Lune dans le Verseau, ça complique encore plus les choses, tu comprends…

Je la comprenais d'autant mieux qu'elle était sa maîtresse attitrée. La rédaction voguait en plein opéra romantique : depuis plusieurs mois, ces deux-là assouvissaient leur passion dans tous les hôtels du VIIIe arrondissement avant de se séparer avec fracas. Nous commencions à nous lasser du feuilleton, d'autant que le travail d'Isabelle s'en ressentait. Réfugiée depuis des semaines dans l'astrologie afin de trouver un sens à ses divers émois, elle se délestait sur nous de ses chroniques et de ses comptes rendus. Poussés pourtant par un sentiment proche de l'adoration, nous nous en acquittions de bonne grâce. Par conséquent, Vertbois, spécialiste mondial du retournement de veste, comme les faits nous l'avaient plus d'une fois démontré, était détesté à l'unanimité.

J'ai adopté mon ton le plus blasé.

— On compte sur toi pour le calmer. Quand est-ce que vous nous jouez la dernière scène de la *Tosca* ? Il meurt fusillé et tu te jettes dans le vide… Ça nous ferait un peu de place, ici…

Isabelle n'a pas perçu la nuance caustique et s'est levée, très digne.

— Tu n'as pas besoin d'être désagréable, Denis. Au fait, Cousin-Damier veut te voir.

Mes doigts ont agrippé le rebord du bureau.

Charles Cousin-Damier remplissait de sa considérable présence la totalité d'un fauteuil directorial où trois ténors italiens auraient pu se serrer sans trop de gêne. Fidèle à son habitude, il a respecté un silence d'introduction, avant de débuter son allocution par une petite note inintelligible en appoggiature, une sorte de « Mvoui » entre éternuement et raclement de gorge.

— Mvoui, mon cher Denis…

Le contraste entre sa voix de soprano et son corps pachydermique était saisissant. Les mauvaises langues affirmaient *mezza voce* que chaque kilo supplémentaire le rapprochait du registre des castrats.

— … nous devinons votre émotion.

Les yeux mi-clos comme pour mieux s'imprégner de son discours, il observait le dôme de l'église Saint-Augustin et les voitures se faufilant autour de la place

Henri-Bergson. En contrepoint, quelques klaxons s'époumonaient avec rage. Son monstrueux visage d'iguane s'est tourné vers moi et sa main, d'un geste large, a ramené une frange de cheveux gras par-dessus ses doubles foyers. Tout en lui était un hymne à la disproportion.

— Nous sommes en présence d'un événement exceptionnel.

Il m'a dévisagé pour s'assurer que j'avais bien mesuré la profondeur de ses propos, et je lui ai rendu son regard, navré, histoire de le rassurer : je n'avais pas sombré dans la débilité, il pouvait continuer.

— Rémy Bonsecours était un musicien majeur. On peut même affirmer qu'il a marqué l'histoire du piano de son empreinte. Métaphore assez appropriée pour un musicien, convenons-en…

Cousin-Damier avait un côté touchant. Rédacteur en chef depuis trois mois à peine, il s'était coulé dans le rôle avec la grâce du monarque de droit divin. Sans aucun complexe, il utilisait le nous majestatif avec la même bonhomie que le tutoiement de rigueur au sein de la rédaction, du temps où il était simple journaliste. Au moment du départ en retraite de René Maillard, l'ancien rédacteur en chef, le conseil de surveillance du journal avait désigné, à la surprise générale, notre encombrant ami comme successeur. La nouvelle avait fait l'effet d'un coup de timbale en plein menuet. Difficile d'imaginer le contrebassiste quittant sa place au beau milieu de la représentation pour s'emparer d'autorité de la baguette et brasser la mesure ! L'instant de surprise passé, l'information avait provoqué une franche jubilation parmi mes collaborateurs – Vertbois, persuadé d'obtenir le poste, avait été contraint de ravaler ses chants de victoire. La joie avait pourtant été de courte durée : depuis la nomination de l'auguste bibendum, le beau Jean-Jacques révélait chaque jour un peu plus sa véritable nature de lèche-bottes sans scrupules, en témoignant à Cousin-Damier une servilité de chihuahua.

Le rédacteur en chef a repris sa péroraison.

— En tant que témoin privilégié du drame, vous me semblez tout désigné pour rédiger un dossier sur lui, mon cher Denis. Sa vie, son œuvre… Vous voyez ce que je veux dire…

Sa trogne mafflue m'a décoché un bon sourire. C'était exactement ce que je redoutais, au mot près.

— C'est que… j'étais sur un article…

Il a levé le gigot qui lui faisait office d'avant-bras pour simuler la plus parfaite compréhension.

— Bien sûr, bien sûr, Denis, vous le reprendrez plus tard ! Place à l'actualité d'abord ! En outre, j'ai ouï-dire que vous connaissiez bien l'œuvre de Mozart. Vous êtes donc parfaitement placé pour évoquer son plus fidèle serviteur, n'est-ce pas ?

Comme s'il ignorait ma passion pour Mozart… Six mois plus tôt, alors que nous étions encore voisins de bureau, il me consultait sur les meilleurs enregistrements de la *Symphonie concertante* ! Sottement, je m'étais empressé de lui en communiquer les références.

Cousin-Damier a ôté ses lunettes et en a essuyé les verres au pan de sa chemise avec un sourire goguenard. C'était lui, le chef. Il ne se donnait même plus la peine de dissimuler ses convictions à l'égard des Bach, Mozart, Beethoven et autres Schubert qui dormaient sur les étagères des mélomanes – encore moins la tâche qu'il s'était assignée en accédant au trône du mensuel : « en finir une bonne fois pour toutes avec ces antiquités », pour reprendre ses propres mots, et n'envisager la musique que sous ses aspects les plus contemporains. Il comptait ainsi faire à marche forcée l'éducation de nos lecteurs et leur ouvrir les yeux sur l'éclatant mérite des Ligeti, Xenakis, Stockhausen et consorts, tous plutôt bruyants à mon goût, sans oublier son prophète, sa référence indépassable, sa ligne d'horizon : Henri Poinçonné, pape du post-sérialisme, dieu de la structure arbitraire – et, accessoirement, champion toutes catégories de l'inaudible.

Il a frictionné son volumineux poitrail et émis ses diverses recommandations.

— Nous souhaiterions mettre l'accent sur deux ou trois aspects inédits du personnage. Sa vie, voyez-vous, tout le monde la connaît. La plupart des grands quotidiens l'évoquent déjà en long et en large.

D'une main distraite, il a exhibé les unes du *Monde*, du *Figaro* et de *Libération*. Sur chacune d'elles, une photo de Rémy Bonsecours s'étalait en pleine page.

— Sa fortune, ses caprices, son retrait de la vie publique, sa légende, tout est là, *ad nauseam*. Il nous faudrait quelque chose d'un peu plus percutant, une enquête sur l'homme, pas sur le pianiste. Le Bonsecours privé, en somme. Qui était-il dans l'intimité ? Voilà ce que nos lecteurs aimeraient savoir.

— Il était très secret. Il a toujours refusé les interviews.

— Je sais, et il est en effet trop tard pour en obtenir une !

Son double menton a trembloté d'un rire contenu et il s'est penché sur son courrier. J'ai observé ses doigts énormes s'introduire avec aisance aux commissures des enveloppes et les déchirer aussi facilement que du papier à cigarette.

— Essayez de rencontrer des gens qui l'ont bien connu. Des proches, des parents… des amis, pourquoi pas, il devait bien en avoir un ou deux… Et renseignez-vous sur ce qui s'est passé hier soir. Nous devons quand même admettre que ce n'est pas banal.

Je suis resté vissé à mon siège. Je n'étais pas sûr d'avoir bien entendu. Il a levé un cil interrogatif.

— Oui ?

— Ce que vous me demandez là, ce n'est pas du journalisme, mais de la presse people.

Il a ouvert les mains avec un air d'infinie miséricorde.

— Mon cher Denis, votre papier évoquera bien sûr la carrière de Rémy Bonsecours, mais il faut vivre avec son temps… N'ayez crainte, je ne vous demande pas grand-chose. Quelques petites anecdotes en contrepoint, si vous me permettez cette métaphore musicale…

Il a souri et replongé le groin dans sa correspondance pour me signifier la fin de notre entretien. Je me suis levé, au bord de l'implosion. Sa voix haut perchée m'a rattrapé sur le seuil.

— Au fait, Denis… J'ai ici une invitation qui pourrait vous intéresser. Un concert de musique de chambre à la mairie du Xe arrondissement. Du Bach, du Haydn, ce genre de choses… C'est à deux pas de chez vous. Voilà qui vous distraira.

Il m'a tendu le bristol jaune d'un geste négligent.

J'ai saisi l'invitation du bout des ongles, refermé sans bruit la porte derrière moi, et je suis retourné devant mon ordinateur.

Les écouteurs dans les oreilles, j'ai lancé la *Cinquième* de Beethoven à fond, les doigts cramponnés au rebord de mon bureau.

3

Rémy Bonsecours était une énigme. Il avait surgi de nulle part un soir d'octobre 1965 et avait relégué, en un seul concert, les Rubinstein, Horowitz, Kempff et Aarau au rang de dactylos. Puis il était reparti sans dire un mot.

On ne savait rien de son enfance, ni de son éducation musicale. Un communiqué de presse situait sa naissance au Canada, vers le début des années 1940, et une vague rumeur le présentait comme le nouveau Glenn Gould, rien de moins. Considéré à l'époque comme le plus grand pianiste du XXe siècle, Gould venait de provoquer une véritable commotion dans le petit monde de la musique, en annonçant son retrait de la scène. Personne n'avait pu expliquer cette décision. Alors au sommet de sa gloire, Gould n'avait jamais ouvertement évoqué son intention de mettre un terme à sa carrière de concertiste.

C'était dans ce contexte qu'était apparu Rémy Bonsecours. Le chef d'orchestre, l'expérimenté Georg Solti, ne tarissait pas d'éloges sur le jeune homme qu'il avait fait répéter dans le plus grand secret. A la vérité, le phénomène – car c'en était un – le laissait pantois.

Quoique débutant et n'ayant jamais poussé la porte d'un conservatoire, Rémy Bonsecours possédait le toucher d'un Arthur Rubinstein, la rigueur d'un Claudio Aarau et l'expressivité d'un Sviatoslav Richter. Aux yeux du maestro, on avait affaire à un cas absolument unique de virtuosité miraculeuse, une forme de génération musicale spontanée sans précédent dans l'Histoire.

Les critiques, qui n'en avaient pas cru un traître mot, s'étaient bousculés salle Pleyel pour découvrir l'énergumène et « rire un peu avant d'aller dîner », selon la boutade de Marcel Szimanowski, le plus redoutable critique musical de son temps, aujourd'hui en bonne place dans toutes les biographies autorisées du pianiste. Les journalistes nourrissaient d'autant plus de rancœur que le jeune prétentieux avait interdit leur présence aux répétitions. En outre, il refusait toute interview et exigeait une loge individuelle. Sommet du ridicule, il prétendait s'attaquer au *Concerto pour piano n° 20 en ré mineur*, l'une des œuvres les plus exigeantes du répertoire. Autant dire qu'il n'avait pas la plus infime chance de s'en tirer.

La stupéfaction avait été encore plus grande quand le public avait vu débouler sur scène un petit homme au visage impassible, le nœud papillon de travers, et perdu dans un habit trop grand pour lui. Sans daigner honorer la salle du moindre salut, il s'était assis au piano et, dans un geste qui allait faire le tour du monde, s'était passé une serviette blanche sur la figure, puis avait attendu, prostré, le début de la représentation.

Marcel Szimanowski s'était étonné bien haut que les ouvreurs se produisent désormais sur scène plutôt que dans les travées, et la salle avait éclaté de rire. Quelques strapontins avaient claqué : la plaisanterie avait assez duré.

Mais le silence était peu à peu revenu, et Georg Solti avait attaqué l'*ostinato* sans déclencher la moindre réaction du soliste. Le public n'en croyait pas ses yeux : ce jeune fou restait immobile ! Dormait-il ? Cuvait-il son vin comme un vieil ivrogne ?

Pourtant, deux mesures avant l'instant fatidique, il avait relevé la tête et s'était mis à jouer, les yeux plongés dans les ténèbres.

Les spectateurs avaient été saisis de stupeur. Mozart venait d'apparaître. Personne d'autre ne pouvait interpréter cette œuvre avec une telle grâce et si peu de prétention. La musique se faisait chair. Au bout de quelques mesures, les femmes sanglotaient d'attendrissement et les hommes sentaient s'ouvrir en eux des abîmes de bonté. Le bonheur avait envahi la salle. Comme devait l'écrire Marcel Szimanowski peu après le concert, les quelques privilégiés réunis ce soir-là salle Pleyel avaient reçu en partage la certitude que les temps étaient advenus et que tout était juste et bon – là-dessus, convaincu de l'évidence de la réincarnation, il s'était converti au bouddhisme et était parti sillonner le monde dans une robe safran.

Rémy Bonsecours avait enchaîné les trois mouvements du *Concerto n° 20* dans l'hébétude générale, s'était levé et avait quitté Pleyel sans saluer. Une heure durant, les gens avaient réclamé un bis, en vain. On l'avait vu monter dans un taxi, direction son hôtel. Il s'était couché tôt.

Du jour au lendemain, le monde n'avait plus juré que par lui. Les plus illustres chefs d'orchestre manquaient de mots pour hurler leur admiration, et ses enregistrements chez Deutsche Grammophon s'écoulaient à des millions d'exemplaires. D'Helsinki au Cap, de Moscou à Buenos Aires, des foules enthousiastes se pressaient pour l'écouter dans des salles plus souvent dévolues aux concerts de rock qu'à la musique classique, voire dans des stades de football. Son dernier concert, sur la grande Muraille de Chine, avait rassemblé un million de personnes. L'acoustique importait peu : chaque fois, les spectateurs repartaient en extase.

Pourtant, on ne savait rien de lui. Il refusait tout contact avec la presse, n'adressait jamais la parole aux directeurs de salles – lesquels se mettaient à plat ventre pour satisfaire ses moindres désirs –, et allait jusqu'à interdire toute prise de vue pendant ses récitals. En 1976, à Philadelphie, en pleine *Sonate en la*, il avait quitté le plateau parce qu'un flash s'était déclenché dans la salle. Cette année-là, la célèbre cantatrice Montserrat Caballé, folle de désir, lui avait clamé son amour en direct à la télévision : il ne lui avait pas même fait l'aumône d'une réponse. Rémy Bonsecours parcourait le monde, jouait Mozart – et seulement Mozart –, et retrouvait le silence.

Puis il avait disparu. Un communiqué de l'AFP avait annoncé son retrait de la vie publique, et les rumeurs avaient envahi les gazettes : on le disait malade, fou, ruiné, clochard, reclus dans un monastère. A intervalles réguliers, les journaux évoquaient sa mort. Rémy Bonsecours avait accédé au statut de mythe.

Le public orphelin était désormais abandonné à l'empire du Bruit.

Parce que Rémy Bonsecours *était* la musique.

Et la musique venait de mourir sous mes yeux.

Rudy Bergkopf était catégorique.

— Pour moi, ça ne fait aucun doute : dans le *Deuxième Quatuor avec piano op. 87*, Dvorák doit, pour une fois, moins à Brahms qu'à Schumann, même si dans la *Troisième Sonate pour violon et piano en ré mineur op. 108*, on pressent chez Brahms une plus grande liberté sur le plan du développement contrapuntique. Cela dit, si tu veux écouter une musique vraiment inspirée, je te recommande le *Premier Trio en si bémol* de Schubert. Compare-le avec le *Quintette en mi bémol op. 44* de Schumann, par exemple, ça n'a aucune commune mesure. Sauf peut-être, je dis bien peut-être, le *Trio en mi mineur op. 67* de Chostakovitch… Tu m'écoutes, Denis ?

D'un mouvement giratoire, sa cuiller persécutait un café depuis longtemps refroidi. L'ensemble de la rédaction était d'accord sur un point : personne au monde ne pouvait arrêter Rudy Bergkopf quand il s'ébattait dans les allées du grand répertoire. Sa mémoire d'éléphant avait emmagasiné absolument tout ce qui s'était composé depuis trois siècles, et il passait ses journées à classer, analyser et comparer les œuvres à la manière d'un entomologiste fou. Le moindre opus était épinglé entre deux neurones et sorti à intervalles réguliers en vue d'un réexamen attentif. Il possédait des dizaines de versions de chaque œuvre majeure et savait distinguer, en deux mesures à peine, la baguette d'un Leonard Bernstein de celle d'un Fritz Reiner ou d'un Arturo Toscanini. Cinq ans plus tôt, sa femme l'avait quitté pour un pilote d'avion qui ne connaissait de la musique classique que la sonnerie de son téléphone portable. La vie de Rudy Bergkopf n'en avait pas été affectée outre mesure : de nouveaux CD avaient immédiatement occupé la place ainsi libérée.

— A moins que tu préfères la *Première Sonate pour violon et piano en la mineur* de Schumann…

Van Elsing a joint les mains pour demander grâce.

— Fous-nous un peu la paix, Rudy ! Ce que tu peux être assommant, parfois.

— Je n'assomme personne ! J'explique juste pourquoi la *Première sonate pour violon*…

— Tu finiras demain, d'accord ?

J'ai remercié Van Elsing du regard et repoussé mon assiette à moitié pleine. Autour de nous, le paysage sonore se déclinait en conversations téléphoniques et appels du garçon réclamant l'addition pour la 5. Il n'était pas loin de 14 heures et L'Abordage, notre cantine, était presque vide.

Isabelle a sorti une cigarette.

— Tu n'as pas faim ?

— Je garde mes restes pour la postérité.

— Décidément, tu as décidé d'être abject, aujourd'hui.

En effet, j'étais de mauvais poil. C'était mon droit. Et je l'avais bien mérité. Elle s'est levée pour aller fumer dehors. Je l'ai mouchée au moment où elle poussait la porte.

— Et Leporello ? Il n'est pas parmi nous ?

Polezzi s'est mis à braire de son rire de crécelle. Leporello était le surnom que j'avais décerné au noble Jean-Jacques Vertbois, en référence au domestique trouillard de *Don Giovanni*. Isabelle m'a décoché un sourire crispé.

— Il déjeune avec sa femme. Je le vois tout à l'heure, ne t'inquiète pas.

Elle a fait les cent pas sur le trottoir en tirant sur sa cigarette. Les plaisanteries ont fusé autour de la table. En fait, nous crevions de jalousie. Comment cette belle brune au visage de madone et au corps évoquant les courbes pleines d'un violoncelle, dotée en outre d'un caractère de feu et d'une intelligence supérieure, avait-elle pu s'enticher de ce bellâtre de Vertbois ? Le seul homme marié de la rédaction, de surcroît ? La question demeurerait à jamais en suspens. Après tout, le moindre livret d'opéra déroule ce genre d'absurdités jusqu'à plus soif.

Assez vite, chacun s'était fait une raison et avait trouvé refuge dans la musique : Bergkopf dans les lieder de Schubert, Van Elsing dans les symphonies de Ludwig, et Polezzi, le plus malheureux d'entre nous, auprès de la Callas, pour le plus grand inconfort de nos oreilles. Je l'avais même menacé de réclusion dans les toilettes s'il ne cessait pas immédiatement de chantonner le grand air de l'acte I de la *Tosca*. Seul Charles Cousin-Damier, perdu dans les hautes sphères de l'abstraction, ne semblait pas souffrir de la situation. Quant à moi, comme toujours, je m'étais replié dans l'adagio du *Concerto pour piano n° 23* de Wolfgang, le morceau le plus triste du monde.

Par malheur, Isabelle me considérait comme son confident. Dans la mesure où j'avais autant de poids sur son cœur qu'un petit nuage dérivant dans le ciel, elle me gratifiait du compte rendu quasi quotidien de ses ruptures et de ses retrouvailles avec Vertbois. Elle en appelait à mon expérience pour savoir quand son amant se déciderait à quitter sa femme, ainsi qu'il s'y était engagé. Je n'osais lui décrire l'immensité de la lâcheté masculine. Contre toute logique, elle se cramponnait à son rêve et se comparait à Clara Schumann, la grande pianiste dévouée à son Robert de mari, compositeur génial et fou à lier. Encore une histoire de Mercure chassé de la maison du Verseau et perdu dans la banlieue de Saturne…

La vie est souvent bien plus bouffonne que le plus ridicule des opéras bouffes : telle était ma conclusion définitive.

Je me suis soudain rappelé que la mère de mon fils avait exigé ma visite hebdomadaire. Interminable soupir. Le Bruit préparait son offensive.

4

A l'autre bout du fil, la voix de l'attachée de presse d'Universal Music, maison mère de Deutsche Grammophon, était bien timbrée, claire et juvénile. Débordant d'assurance et prête à relever tous les défis, la jeune femme dissimulait à la perfection sa totale méconnaissance de la carrière de Rémy Bonsecours.

— *Nous sommes évidemment très attristés par son décès. C'est une grande perte pour la musique et nous allons tout mettre en œuvre pour honorer sa mémoire auprès d'un public aussi large que possible.*

— Allez-vous ressortir ses disques ?

— *Eh bien, je ne vous cache pas que, depuis sa retraite, il n'entrait plus vraiment dans les plans de la compagnie. Son retour sur le devant de la scène avait suscité quelques espoirs : une tournée était prévue pour le courant de l'année prochaine et nous avions espéré une série de captations sonores qui auraient relancé l'intérêt pour cet artiste. Hélas...*

Elle a dévidé son jargon managérial et j'ai pensé à autre chose. Se souvenait-elle qu'elle parlait de musique et non de lessive ? J'ai préparé carnet et stylo et je suis allé droit au but, *allegro fortissimo*.

— Quels disques ?

— *Sur un plan très concret, nous allons ressortir un coffret avec ses plus grands succès, les* Concertos pour piano n° 20, 21, 24 et 27, *et les sonates enregistrées entre 1970 et 1978. En fonction du feed-back des grandes surfaces, nous envisagerons de nouvelles mises en rayon, voire des rééditions d'un certain nombre d'œuvres plus confidentielles. Quel dommage qu'il n'ait jamais accepté de se faire filmer, nous aurions pu sortir les DVD de ses spectacles, avec une rotation des plus grands titres...*

— Certes…

— *Bien entendu, nous serions très honorés que* Le Monde de la musique *fasse écho à nos parutions. Votre journal est un partenaire fiable.*

Et nous avions des accords publicitaires, je le savais aussi bien qu'elle. Je m'apprêtais à raccrocher quand elle a prononcé la phrase qui devait bouleverser ma vie.

— *D'autant que vous avez été choisi personnellement par monsieur Bonsecours pour assister au concert d'hier soir. C'est un honneur.*

— Je vous demande pardon ?

— *Enfin, pour être plus précise, c'est son secrétaire, Jérôme Clerc, qui m'a appelée il y a trois mois. Il a insisté pour que je vous fasse parvenir cette invitation.*

— Il ne me connaissait pas.

— *Il faut croire que si. Je peux vous laisser ses coordonnées, si vous voulez. Il vous le confirmera lui-même.*

A moitié groggy, j'ai gribouillé un numéro de téléphone et une adresse dans le XVIe arrondissement, et j'ai remercié.

Mes doigts serraient le combiné.

Rémy Bonsecours ne me laisserait jamais en paix.

La rue Berlioz, une voie privée très calme située à un jet de pierre de la porte Maillot, se faufilait entre deux rangées de petites maisons. Le numéro 19 était une résidence plutôt cossue, protégée par une grille noire. J'ai sonné et me suis placé, comme convenu avec Jérôme Clerc, devant la caméra de surveillance. Un bourdonnement a entériné l'ouverture de la porte métallique, que j'ai poussée, le cœur battant *prestissimo*.

Je me suis avancé dans un petit jardin. Un homme d'une cinquantaine d'années, assez mince et vêtu avec goût d'un pull en cachemire tabac, d'un foulard de soie et d'un pantalon beige tiré au cordeau, m'attendait devant le perron. Son visage était taillé dans les angles aigus – nez court et précis, pommettes saillantes, lèvres fines – et ses cheveux noir corbeau, légèrement ondulés, viraient au gris sur les tempes. Il m'a tendu une main manucurée en me cisaillant du regard.

— Monsieur Augain ? Enchanté. Jérôme Clerc. Je suis…

Il a marqué une pause et a cligné des yeux.

— … ou plutôt, j'étais l'assistant de Rémy Bonsecours.

L'instant me semblait irréel. J'étais chez Rémy Bonsecours, un homme que le monde entier avait cherché pendant des années, alors qu'il vivait à quelques kilomètres seulement de mon lieu de travail. Cet homme qui avait hanté mes cauchemars et qui venait de mourir sous mes yeux. Cela faisait beaucoup en vingt-quatre heures.

Mon interlocuteur m'a dévisagé en silence.

— C'est donc vous…

Nous sommes restés immobiles, face à face, pendant cinq bonnes secondes. Un sentiment de malaise m'a contracté l'estomac et je me suis concentré sur les vagues rumeurs du trafic. Puis Jérôme Clerc a désigné la maison d'un geste désinvolte.

— Entrez donc, nous serons plus à notre aise pour discuter.

La maison de Rémy Bonsecours correspondait assez bien à l'image qu'on se faisait de lui : un peu désuète, un cachet très « Belle époque », avec ses châssis en bois, ses courbes Art nouveau et sa véranda rehaussée de fer forgé. A l'étage, les volets étaient fermés.

Jérôme Clerc a ouvert la porte et le malaise m'a envahi tout entier. Devant moi s'entassaient meubles anciens, cadres à moulures, statuettes en bronze, lampes à pied torsadé, violons de collection et bustes de marbre, le tout baignant dans un écœurant parfum d'encaustique. Les miroirs à dorure et les angelots joufflus des candélabres de porcelaine me rappelaient de façon insistante ma grand-mère. Ce salon était une véritable ode au kitsch et au tape-à-l'œil, d'un mauvais goût surhumain.

D'innombrables photos de Bonsecours éparpillées dans la pièce renforçaient la sensation d'étouffement. Ses yeux bleus, quasi translucides, restaient braqués en permanence sur le visiteur. Je me faisais l'impression d'un intrus dans cette maison – ou, plutôt, dans ce mausolée, puisqu'on pénétrait dans un musée à la gloire du maître.

Il fallait rompre le silence à tout prix.

— C'est donc ici que vivait Rémy Bonsecours…

Le secrétaire a soupiré.

— Eh oui… Vous êtes le premier journaliste admis en ces lieux.

— C'est un honneur.

— Comme vous le savez, il tenait à préserver sa tranquillité, mais maintenant qu'il est parti, je ne vois pas pourquoi je ne lèverais pas un coin du voile. On a raconté tant de choses absurdes à son sujet… Cette visite vous permettra de rétablir quelques vérités.

— Il vivait seul ici ?

Le secrétaire a marqué un temps, soucieux de garder certaines portes hermétiquement closes.

— Oui, mais il recevait parfois des amis. Ce n'était pas un ermite, vous savez, il voyageait beaucoup.

Aux murs, entre deux copies de Fragonard et de Watteau, une dizaine de violons de collection étaient dressés sur leurs présentoirs. Jérôme Clerc m'a renseigné avec une pointe de condescendance.

— Ce sont de belles pièces, très rares. Très chères aussi. Celui-ci, a-t-il précisé en désignant un instrument aux clés de nacre ouvragées, est un Giovanni Battista Guadagnini de 1773. Il n'en existe qu'une vingtaine dans le monde.

— Rémy Bonsecours jouait du violon ?

— Non, simple plaisir de collectionneur. Il aimait s'entourer de beaux objets.

Après un bref coup d'œil à un présentoir vacant, il a poursuivi d'une voix nonchalante :

— Voyez, par exemple, cet authentique Antonio Stradivari Piatti de 1717, un des derniers exemplaires en parfait état de conservation. Sa valeur est estimée à un million de dollars. Yehudi Menuhin en personne a joué sur cet instrument.

A l'évidence, la rareté de ce violon le laissait tout à fait indifférent et il s'amusait de ma gêne face à cet étalage de fric.

— Rémy Bonsecours était très riche, et il avait besoin de sentir toutes ces choses auprès de lui. Je crois que ça le rassurait.

Il a ricané. Malgré sa classe naturelle, ce type me faisait songer à un faussaire peu convaincu de la qualité de sa marchandise. Je me suis approché d'une vaste baie vitrée. Les feuillages des chênes et des tilleuls déclinaient toute la gamme des rouilles et des auburn. Le secrétaire a haussé les sourcils comme s'il découvrait le parc.

— Difficile d'imaginer qu'un tel espace se cache derrière la maison, n'est-ce pas ? Rémy Bonsecours adorait cet endroit. Il a mis des années à dénicher la demeure idéale, parce qu'il voulait vivre dans une rue portant le nom d'un compositeur. Ce quartier est parfait : la rue Berlioz donne dans la rue Pergolèse et se prolonge dans la rue Piccinni, sans oublier les rues Weber et Lalo, un peu plus loin. Peut-être y aura-t-il bientôt une rue Rémy-Bonsecours…

Il me donnait ces précisions avec une sorte d'accablement, sans cesser un instant de guetter mes réactions. Il commençait à me crisper : je n'étais quand même pas venu chez lui pour disserter de l'aménagement urbain dans le XVIe arrondissement de Paris ! Ma réplique a fusé.

— Pourquoi pas l'avenue Mozart ? Dans son cas, c'était tout indiqué.

Il a poussé un énorme soupir, d'ennui plus que de regret.

— Nous y avons pensé, mais nous n'avons rien déniché de suffisamment spacieux. Il avait besoin de beaucoup de place, voyez-vous…

Je l'ai interrogé du regard, mais il a préféré attirer mon attention sur un espace vide devant la baie vitrée.

— Voici l'emplacement de son piano. Avec tous ces événements, on ne l'a pas encore ramené de la salle Pleyel. Je dois m'en occuper dans les plus brefs délais. J'ai été très absorbé par les préparatifs des obsèques de Rémy.

L'emploi délibéré du prénom trahissait une grande proximité – un regard en coin m'a confirmé qu'il s'était bien fait comprendre. L'homme qui se tenait à mes côtés attendait que je prenne l'initiative. Pour masquer mon embarras, j'ai inspecté le parquet, là où se tenait en temps ordinaire le Bösendorfer. Le travail était soigné : les lattes, découpées en forme de tables de violons, s'enchâssaient les unes aux autres en une construction savante et harmonieuse. La lumière de cette fin d'après-midi jouait sur la marqueterie et un rayon de soleil soulignait d'un trait d'ombre une latte légèrement disjointe. Les motifs formaient un réseau complexe de courbes et de creux, logique et inextricable. Un instant, j'ai éprouvé la sensation désagréable de faire moi-même partie de ce labyrinthe.

J'avais assez goûté son petit jeu, et j'ai attaqué, *risoluto*.

— Pourquoi monsieur Bonsecours m'a-t-il invité au concert ?

Il a marqué un temps avant de prendre la parole avec une certaine gravité.

— Vous l'ignorez sans doute, mais Rémy Bonsecours était un lecteur assidu de votre journal. Il avait remarqué vos articles, en particulier une critique du *Requiem* de Mozart. Il m'avait dit : « Cet homme-là a une oreille. » Comme il souhaitait que vous assistiez à son retour sur scène, je me suis chargé de vous faire parvenir l'invitation.

— J'étais le seul journaliste dans ce cas-là ?

— Oui, le seul.

— Dommage que l'issue ait été aussi tragique…

— En effet.

Ses petits yeux, enfoncés dans les orbites, ne cillaient presque jamais, comme s'il cherchait à me percer à jour. Nous avons poursuivi notre duo émaillé de sous-entendus.

— Que s'est-il passé, au juste ?

— Je l'ignore. L'autopsie nous le dira.

— Vous devez être bouleversé.

— C'est exact.

Le mensonge était flagrant : tout en lui manifestait une parfaite maîtrise de soi.

— Quel était votre rôle auprès de Rémy Bonsecours ?

— Disons que, pendant trente ans, j'ai été à la fois son impresario, son chargé d'affaires et son ami. Je m'occupais de tous les aspects matériels de sa carrière et de sa vie quotidienne. Rémy n'avait pas trop le sens des réalités. Il ne vivait que pour la musique.

Il a posé la main sur une commode Empire – dont c'était apparemment l'unique fonction. J'avais eu droit à un nouveau mensonge : les antiquités accumulées dans cette pièce témoignaient au contraire d'un sens très aigu des réalités. Cela dit, j'étais payé pour savoir que les hommes, *a fortiori* les artistes, n'ont jamais une vision très objective d'eux-mêmes. Les coups de fil de concertistes médiocres, indignés par une de mes critiques, m'en apportaient régulièrement des témoignages éclatants.

Jérôme Clerc me considérait toujours avec un amusement malsain. Sans doute n'approuvait-il pas l'initiative de son ancien patron, mais je n'étais pas du genre à me dérober et j'ai suivi ma partition.

— Quel genre d'homme était-il, dans la vie ?

— Il était bon, prévenant… très généreux. Il avait un respect absolu pour son public.

— Dans ces conditions, pourquoi ne saluait-il jamais à l'issue de ses concerts ?

— Parce que ce n'était pas nécessaire. Il faisait son travail, puis rentrait chez lui. Avez-vous jamais vu un plombier faire des courbettes après avoir resserré deux écrous ? Je suppose que non. Eh bien, il envisageait son métier exactement de la même façon.

— On l'a souvent accusé d'arrogance.

— Il fallait plutôt y voir une preuve de conscience professionnelle. Il me disait souvent : « Les artistes qui saluent s'abaissent toujours au niveau de leurs détracteurs. »

— Pourtant, il n'avait pas d'ennemis.

— Qui peut se vanter de faire l'unanimité ? Toute sa vie, Mozart lui-même a dû affronter la critique.

— Au fait, pourquoi Rémy Bonsecours jouait-il exclusivement Mozart ?

Clerc a marqué une pause, soupesant chaque mot de sa réponse.

— Eh bien… entre Mozart et lui, il y avait… comment dire… Il existait une véritable fraternité. Fraternité, c'est le terme exact.

Il m'a fixé avec intensité et a poursuivi, *diminuendo*.

— Il n'a jamais cessé de dialoguer avec Mozart. Au fond, son piano n'était que l'instrument d'une recherche beaucoup plus fondamentale. Une recherche poursuivie durant quinze ans. Je peux même vous affirmer que, dès le départ, elle comptait davantage à ses yeux que sa carrière de concertiste.

Le jour tombait. Dans l'ombre, les yeux de Jérôme Clerc formaient deux taches noires et brillantes.

— On n'atteint pas un tel génie par l'effet du hasard, comprenez-le bien. Rémy Bonsecours n'est devenu lui-même qu'au terme d'une très longue quête.

Sa voix, toujours plus basse, articulait chaque mot avec soin.

— Les applaudissements du public, la célébrité, les honneurs, tout cela le laissait indifférent. Seule comptait cette quête.

Il a observé un long silence. J'ai chuchoté à mon tour.

— Et il est revenu sur scène parce que cette quête était… achevée ?

Nouveau silence, puis un murmure, presque inaudible.

— Je l'ignore. Il est mort sans me donner la réponse.

Il s'est ressaisi et a sorti une clé de sa poche.

— Je vais vous montrer quelque chose. Vous comprendrez mieux.

5

Nous avons suivi un couloir aux murs décorés de reproductions, dont *La leçon de musique*, de Vermeer et *Le moine au violoncelle*, de Corot. Jérôme Clerc a ouvert une porte, tourné un commutateur et m'a invité à entrer.

Je me suis retrouvé dans une salle de lecture aveugle et très sombre, éclairée d'une simple ampoule. Le sol était pavé de carreaux de marbre noir et blanc. Une table de chêne brut, encombrée de divers objets, trônait sur une petite estrade de trois marches. Tout, dans cette pièce, jusqu'à la bibliothèque en bois grossier, contrastait avec le luxe ostentatoire du salon. Des fascicules traînaient par terre, à côté de la porte.

Une sonnerie de téléphone a retenti. Jérôme Clerc s'est excusé.

— Ce doit être le directeur de Pleyel, pour le piano. N'hésitez pas à jeter un coup d'œil. Vous verrez, il y a des choses étonnantes.

Le secrétaire m'a laissé seul. Je me suis penché sur les cahiers répandus à mes pieds. Ce que j'avais pris pour des fascicules était en fait des partitions manuscrites. J'en ai ouvert une au hasard et ai découvert, stupéfait, la *Neuvième Symphonie* de Chostakovitch, autographe. Elle était raturée de rouge et certaines pages étaient même déchirées.

Je n'en croyais pas mes yeux : des manuscrits aussi illustres que *La Norma* de Bellini, *Le Sacre du printemps* de Stravinsky, le *Concerto pour piano et orchestre n° 1* de Bartók ou la *Symphonie du Nouveau Monde* de Dvorák étaient là, jetées en vrac… L'ensemble devait représenter une sacrée somme. Pourtant, les pages en étaient froissées comme si on avait lancé les cahiers contre le mur. C'était d'autant plus incompréhensible que les étagères de la bibliothèque n'étaient pas toutes pleines. J'ai poursuivi mon inspection dans les rayonnages en attendant le retour de Jérôme Clerc.

Les œuvres respectaient un ordre chronologique. La collection s'ouvrait sur de vieux recueils de chansons de geste, des polyphonies gothiques… Un dossier à la couverture chamarrée a attiré mon œil : il protégeait avec un soin maniaque la partition de l'*Orfeo*, le premier opéra de l'Histoire, composé par Monteverdi. De plus en plus stupéfait, j'ai ouvert le manuscrit original des *Quatre Saisons* de Vivaldi et feuilleté un album contenant des autographes de Bach et de Haendel. La partition la plus récente, un large cahier couvert de notes fiévreuses, était celle de *Carmina Burana*, l'opéra de Carl Orff.

J'ai remonté les rayons et le cours du temps, pour mettre la main sur deux monuments de la musique : *Fidelio* et la *Neuvième Symphonie*, de Beethoven. Je les ai ouverts, presque craintif. On reconnaissait l'écriture nerveuse de Ludwig, les blanches, les noires et les croches assénées avec fureur, comme gravées dans le papier. Cette musique-là avait changé la face du monde et je la tenais entre mes mains… Oui, j'avais devant moi la partition originale de *L'ode à la joie*, le plus beau chant jamais composé à la gloire de l'humanité. J'ai rangé les partitions à leur place, le cœur serré.

Cette bibliothèque m'hypnotisait littéralement. Tout en haut, sur la dernière étagère, j'ai remarqué six épais cahiers retenus par une cordelette : l'ensemble des *Symphonies londoniennes* de Haydn, daté « 1791 » de la main même du compositeur. Une autre main avait souligné cette date de trois traits rouges. Les notes étaient tracées avec une précision d'artisan. La musique palpitait entre mes doigts.

J'ai écarté quelques manuscrits…

Et tout était là.

Wolfgang Amadeus Mozart. Une vingtaine de chefs-d'œuvre : *Concerto pour piano et orchestre n° 22 en mi bémol majeur, Concerto pour clarinette et orchestre, Symphonie n° 41, Quatuor à cordes en ut majeur « Les dissonances », Cantate maçonnique*… Les partitions authentiques, que Wolfgang avait touchées, travaillées, signées… J'ai contemplé l'échafaudage des portées. Pas l'ombre d'une hésitation, ni rature ni remords, mais une cascade de notes jaillie spontanément, sans effort apparent.

J'ai feuilleté la partition du quatuor *Les dissonances*, dédié à Joseph Haydn. La légende affirmait que Mozart, criblé de dettes, l'avait vendue à son éditeur pour une bouchée de pain. Il y tenait pourtant comme à la prunelle de ses yeux. Ces portées avaient visiblement retenu l'attention de Bonsecours. Les marges étaient constellées d'annotations à l'encre rouge : barres de mesure griffonnées en hâte et esquisses de notes, simples traits verticaux ponctués d'un point. Il fallait avoir perdu la tête pour dénaturer un document aussi précieux.

Un cadre contenant une photo en noir et blanc était posé sur une des étagères. Je l'ai orienté vers la lumière. Agé d'une vingtaine d'années à peine et assis au milieu d'un petit groupe de jeunes gens, Bonsecours écoutait un très bel homme d'environ trente ans, débordant d'assurance, l'index levé pour focaliser l'attention. Lui aussi, je l'ai identifié sans peine : il s'agissait de Glenn Gould. Une mention manuscrite, au dos de la photographie, indiquait d'ailleurs : « *Chez Glenn, été 1964.* »

J'ai reposé la photo à côté d'une carte de visite – *Corrado Spumante, luthier, 17 rue de Copenhague 75008 Paris*. Un vieux roman traînait un peu plus loin, *Concert baroque*, d'Alejo Carpentier. Avec une pointe de nostalgie, j'en ai fait défiler les pages, elles aussi annotées à l'encre rouge. A quinze ans, j'avais dévoré ce livre en une nuit. Je revoyais Haendel, Vivaldi et Scarlatti dans la Venise du carnaval, courir d'un théâtre à un couvent parmi d'autres hommes en habit, violonistes à perruque et novices peu farouches…

Soudain, j'ai eu l'impression d'être observé, et mon attention s'est portée sur le bureau. Ce meuble, qui m'avait paru en désordre lorsque j'étais entré, était en réalité organisé avec soin. Dans chacun de ses angles reposait un objet plus ou moins insolite. Un crâne humain me fixait de ses orbites vides – ses mâchoires semblaient rire en silence – et une curieuse corne de cuivre côtoyait un vase de chimiste noirci par le feu.

Surtout, bien en évidence dans le dernier coin, une partition. Je me suis placé sous la lumière pour lire plus à mon aise. Mes mains se sont mises à trembler.

Le manuscrit original du *Requiem* de Mozart ! Sa dernière œuvre, écrite sur son lit de mort !

Dans la pénombre du cabinet de lecture, j'ai tourné les pages jaunies par le temps. Mes doigts suivaient les empilements de portées de l'*Introitus* : les voix, soprano, alto, ténor et basse, puis les parties instrumentales, cordes, trompettes, trombones, clarinettes, hautbois… L'écriture était ferme, sans rature. Comme toujours chez Mozart, l'ensemble dégageait une impression d'équilibre miraculeux. Hauteur, timbre, harmonies, tout était en place.

Des parties entières manquaient dans les mouvements suivants. Ses forces déclinant, Mozart n'avait pu qu'esquisser la ligne du ténor et la mélodie des violons. De nombreuses mesures étaient demeurées vierges. Blancheur du silence.

Les larmes aux yeux, j'ai posé le doigt sur les premières notes du *Lacrimosa*. Seul subsistait le ténor. Wolfgang défiait les ténèbres.

Lacrimosa dies illa
Qua resurget ex favilla
Judicandus homo reus

Il avait usé ses dernières forces à inscrire le mot « Fin ». Le reste de la partition était vide. La mort avait gagné la partie.

— Qu'en pensez-vous ?

J'ai fait un bond de deux mètres. Jérôme Clerc se tenait dans l'embrasure de la porte. J'ai remis le cahier sur le bureau.

— Je suis désolé, je ne voulais pas…

Il a posé un regard las sur la bibliothèque.

— Je vous en prie, vous avez bien fait. Il s'agit d'une des plus grandes collections de partitions originales au monde.

— C'est extraordinaire.

— Je ne vous le fais pas dire. Vous comprenez maintenant pourquoi Rémy Bonsecours a donné tant de concerts dans sa vie : il avait besoin d'argent pour assouvir sa passion. Comme je vous l'ai dit, le piano n'était pas une fin en soi. Fortune faite, il a abandonné les récitals pour se consacrer à l'étude de ces manuscrits.

— Que cherchait-il ?

Le secrétaire a scruté l'obscurité. Une véritable tristesse a percé dans sa voix.

— Il refusait de me le dire. Il s'enfermait dans cette pièce pendant des heures pour analyser des œuvres de toutes les époques. Il tenait absolument à travailler sur des manuscrits originaux, les copies étant, selon lui, bourrées de fautes de retranscription. Il lui arrivait de partir à l'autre bout du monde pour une vente. Un certain nombre de commissaires-priseurs ont fait fortune grâce à lui.

Il a tiré quelques brochures de la bibliothèque.

— Je ne compte plus les manuscrits achetés en son nom chez Sotheby's ou Drouot. Celui-ci, par exemple, la *Water Music* de Haendel, un chef-d'œuvre du baroque. Il l'a étudié dans les moindres détails. Et celui-ci, les *Quatre Saisons*, vaut près de cinq cent mille dollars ! Et *L'offrande musicale*, de Bach, avec des annotations de la main du Cantor… Il a attendu des années avant de pouvoir se l'offrir…

J'ai inspecté la partition de plus près.

— Qu'est-il écrit au bas de la page ?

— « *Suchen dann finden.* » « Cherchez, et vous trouverez. » On n'a jamais vraiment su ce que Bach voulait dire.

Jérôme Clerc passait en revue les documents écornés ou tachés d'humidité. J'aurais juré qu'il exorcisait de pénibles souvenirs.

— Voyez : le manuscrit autographe de *Peccantem me quotidie*, un motet de Roland de Lassus, le plus grand compositeur de la Renaissance. A côté, le *Magnificat* de Nicolas Gombert et l'une de ses plus belles pièces, *La déploration sur la mort d'Ockeghem, par Josquin des Prés*. Ici, vous avez le motet *Nuper rosarum flores* de Guillaume Dufay, daté de 1436, et un extrait de la *Messe Nostre Dame* de Guillaume Machault, qui remonte au XIVe siècle. L'état de conservation est remarquable.

J'ai vu défiler une dizaine de couvertures soigneusement calligraphiées. Les caractères gothiques s'épanouissaient au milieu de feuilles d'acanthe et d'angelots à trompette.

Pour finir, Clerc a sorti le document qui ouvrait la collection, le plus ancien, un épais volume à reliure de cuir rehaussée d'incrustations d'or.

— Sa plus belle pièce : un authentique recueil de chansons de geste du XIIIe siècle. Seule la Bibliothèque Nationale possède des manuscrits d'une telle rareté.

J'ai feuilleté le volume. Chaque page était une œuvre d'art : rouge, noir, jaune, vert et bleu se répondaient en une composition visuelle, faisant écho à la composition musicale. Les notes, une suite de petits losanges tracés avec minutie, s'étageaient sur des portées rouge vif. Par-dessus, le copiste avait calligraphié le texte en lettres gothiques. En pied de page, des personnages dansaient, chantaient et buvaient dans un décor bucolique. J'ai caressé la reliure patinée par le temps. Combien d'hommes avaient eu la chance de tenir une telle merveille entre leurs mains ?

Jérôme Clerc a repris le grimoire.

— Les chansons de trouvères constituent des témoignages tout à fait exceptionnels de l'époque médiévale. Par malheur, il est presque impossible de les interpréter aujourd'hui, la notation en est trop rudimentaire. On a plutôt affaire à des recueils de peinture qu'à des livres de musique.

— Rémy Bonsecours avait lui aussi une conception assez particulière de la décoration, ai-je remarqué en désignant le bureau de chêne sur l'estrade.

Le secrétaire a haussé les épaules et rangé le recueil à sa place.

— J'ignore pourquoi il tenait tant à ces objets. Cela ne me regardait pas.

— Et le *Requiem* ?

Il a interrompu son geste et m'a dévisagé, plein de rancœur. L'obscurité creusait ses traits.

— Le *Requiem*… Sa dernière acquisition. L'aboutissement de sa collection. Il lui a consacré des nuits entières. Cette œuvre l'obsédait, au point qu'il ne quittait presque plus cette pièce. Il était comme possédé.

Il a marqué un temps et murmuré.

— C'est le *Requiem* qui l'a tué.

Son visage avait la pâleur de la mort.

Sur le bureau, le crâne nous observait, hilare.

Il a verrouillé la porte et nous avons regagné le salon. Autour de nous, les figurines de Watteau, mandoline à la main et regard vide, mimaient l'insouciance avec un maximum de conviction. Jérôme Clerc s'était enfermé dans le silence. J'ai tenté de rétablir le contact.

— Je suppose que Rémy Bonsecours a étudié ces partitions pour les rejouer de mémoire.

Le secrétaire a détaillé les lattes du parquet puis s'est tourné vers moi, l'air sincèrement étonné.

— Mais Rémy ne pratiquait plus le piano ! Hier soir, salle Pleyel, il rejouait pour la première fois depuis son retrait de la scène.

J'ai cru à une blague, mais il était tout à fait sérieux. On a sonné. Le secrétaire m'a tendu la main, presque hostile.

— Je vous laisse, j'attends un visiteur. Nous devons préparer la cérémonie funéraire.

Il m'a raccompagné. Dans le jardin, j'ai croisé un grand type maigre et très pâle, vêtu d'un imperméable, les yeux protégés par de larges lunettes à monture d'écaille. Alors que j'ouvrais la grille, un deuxième individu a réussi à se faufiler à l'intérieur de la propriété. Râblé et nerveux comme un cep de vigne, il s'est aussitôt mis à brailler avec un fort accent italien. En cinq secondes, il avait épuisé tout le répertoire gestuel de la commedia dell'arte.

— Et mon argent, monsieur Clerc ? Mon argent ? J'ai

fait un travail, je dois être payé ! *Mamma mia*, je suis un honnête homme, moi ! J'ai jamais volé personne ! *Porque miseria !*

Sur le trottoir d'en face, un barbu à l'air débonnaire observait la scène en souriant. Je me suis éloigné. Les cris ne cessaient pas.

6

Bien calé sur une banquette de métro et les *Polonaises* de Chopin au fond des oreilles, j'ai fait le tri dans mes informations. Qui était Rémy Bonsecours, en fin de compte ? Un pianiste de génie ? Un collectionneur maniaque ? Un dément passant ses nerfs sur des partitions originales ? Le retrait de la vie publique et l'isolement progressif avaient, en tout cas, entraîné un authentique dérangement mental chez ce type. A partir de là, son retour sur scène s'apparentait à un échec programmé, aboutissement logique d'une forme de folie autodestructrice. Je comprenais mieux l'attitude désinvolte de Jérôme Clerc : son patron avait perdu la tête et il s'était contenté d'obéir à ses ordres, sans se faire d'illusions.

Et pourtant… Au début du concert, le toucher était intact. Son jeu avait conservé sa pureté, malgré quinze années d'interruption. Cela paraissait à peine croyable… Peut-être le secrétaire mentait-il ? Peut-être s'efforçait-il d'entretenir le mythe de l'artiste génial et reclus afin de dissimuler l'évidence : Rémy Bonsecours ne savait plus ce qu'il faisait.

A la station Opéra, une petite vieille est entrée dans

le compartiment et a expliqué dans un interminable laïus qu'elle en était réduite à chanter dans le métro pour se payer à manger. Contre une telle agression, un seul remède : j'ai monté le son du MP3, et Chopin a poursuivi son récital sans une égratignure.

Autre question : pourquoi Jérôme Clerc m'avait-il reçu ? Qu'attendait-il de moi ? Etait-ce vraiment Bonsecours qui m'avait invité salle Pleyel, ou bien son secrétaire ?

Dernière énigme, et pas la moindre : Bonsecours avait-il vraiment connu Glenn Gould ? Et, si oui, dans quelles conditions ?

Main tendue, la vieille a remonté les travées dans l'indifférence générale et est sortie à République. Une petite troupe a pris le relais pour un numéro très spécial : Gitaï au violon, Manfred à l'accordéon et Mario au vol à la tire. J'ai mis Chopin à l'abri au fond de ma poche.

Les gitans ont attaqué « Les feuilles mortes », numéro 1 au hit-parade du métro parisien. Mario se promenait parmi les gens, le sourire aux lèvres et l'œil aux aguets. Il a abandonné son travail dès qu'il m'a aperçu.

— Monsieur Denis ! Qu'est-ce que vous venez faire dans mon bureau ?

— Ecouter de la musique. Et toi, toujours la même chanson ?

— Ouais, « Le poinçonneur des lilas ».

— Ce ne serait pas plutôt « Le percepteur des gogos » ?

Il a ri de ses cinq derniers chicots. Mario était un vieux gitan plus ou moins sédentarisé du côté de Blanc-Mesnil. Je lui donnais entre quarante et soixante ans, mais son état civil fluctuait au gré des interlocuteurs et du moment de la journée. Je ne l'avais jamais connu sans sa casquette, sa veste en jean rapiécée, sa croix catholique autour du cou et ses tatouages à la main droite, trois étoiles disposées en triangle pour autant d'années de prison. Sa peau tannée lui donnait un cachet d'authentique nomade, alors qu'il passait le plus clair de son temps dans le métro. Le répertoire était rodé : deux musiciens pour distraire les touristes et Mario à la collecte. C'est comme ça que nous avions fait connaissance. La police avait mis la main sur l'homme qui m'avait dérobé mon baladeur CD, trois jours plus tôt. Je m'étais rendu au commissariat et j'avais découvert Mario, très digne au fond de sa cellule et pas impressionné pour deux sous. Il réclamait juste sa guitare. A la grande colère des fonctionnaires de la BAC qui le pistaient depuis des mois, j'avais retiré ma plainte. Autour d'un verre, Mario m'avait raconté sa vie, la caravane au bout du terrain vague, la musique manouche, les petits larcins et l'apéritif de six heures. Il m'avait confié l'addition et était reparti, maigre comme un chat de gouttière et la guitare sur l'épaule, à l'affût d'un nouveau pigeon. Je ne pouvais quand même pas laisser un musicien en prison.

— Alors Mario, comment vont les affaires ?

Le vieux gitan s'est assis à mes côtés, visiblement dégoûté, et a imploré la sainte Madone.

— Ça va mal ! Le client ne nous fait plus confiance. Depuis le début du mois, je n'ai rapporté que deux montres et un collier. Une misère…

— Tu commences à être connu sur cette ligne, c'est la rançon de la gloire.

— Foutez-vous de moi. Les gens ont perdu le goût de la belle musique, voilà la vérité…

— Sur ce point, je suis assez d'accord avec toi.

Il s'est penché sur mon épaule et les poils de sa moustache m'ont chatouillé les tympans.

— On va être obligés de diversifier nos activités. Coup de bol, j'ai dégoté une combine en or massif. Ou plutôt, en métal.

Je n'ai même pas eu le temps de poser de question, ses doigts ont refermé ses lèvres.

— Vous n'avez rien entendu.

Comme prévu, ses compères ont enchaîné sur « La foule », et Mario a fait dans la nostalgie.

— C'est une belle chanson, non ? Elle plaît à tout le monde. La môme Piaf, c'était quelqu'un… Vous savez que je l'ai bien connue ?

— Tu me prends pour un touriste, Mario ? N'essaie pas de me vendre tes faux souvenirs…

— Pardon… La musique, ça me rend sentimental. C'est comme les femmes, elles font souffrir mais on ne peut pas vivre sans elles… Bon, je vous laisse, j'ai du boulot.

— A la prochaine.

Il a posé l'index à la visière de sa casquette en dévorant du regard le sac à dos entrouvert d'une énorme Américaine. Insensible aux chaos du compartiment, l'accordéoniste poursuivait le morceau pendant que son collègue promenait un gobelet de carton sous le nez des voyageurs. La plupart donnaient une pièce, c'était justice, ils jouaient très bien. Un manouche vit et meurt avec un instrument dans les mains.

Ils ont changé de ligne à Reuilly-Diderot et m'ont

adressé un salut. J'ai ressorti mon MP3 de sa cachette et je me suis enfoncé les écouteurs dans les oreilles. Chopin a repris ses gammes pour une George Sand qu'on imaginait éblouie.

Les reverrais-je jamais, mes amis gitans ? Peu importait… Grâce à la musique, nous avions partagé une parcelle de nos vies. Qu'espérer de plus, au bout du compte ?

Porte Dorée. Je me suis levé dans un long soupir. Tous les professeurs de solfège vous diront que le soupir est un silence équivalant à une noire. Ils oublient de préciser que, dans certaines circonstances, il représente une trêve inestimable.

— C'est pas trop tôt ! Je te signale que Tristan a cours à 18 heures et que ma séance de yoga commence à 18 heures 15.

Le Bruit. Je regardais les voitures défiler à flots continus pendant que Brünnhilde habillait notre fils. Quelle idée de s'installer sur les boulevards extérieurs… Nous aurions dû poser des doubles vitrages. C'est à ce genre de détail qu'on mesure la solidité d'un couple.

— Et vérifie qu'il remet bien ses partitions dans la housse ! L'autre jour, il les avait oubliées, et qui a dû les récupérer au conservatoire ? Moi, comme toujours !

Et, comme toujours, Brünnhilde vagissait. Lorsque j'étais tombé amoureux d'elle, une éternité plus tôt, elle s'appelait encore Bérangère. C'était une frêle professeure de lettres de vingt-sept ans, croisée dans les escaliers du théâtre des Champs-Elysées à l'issue d'une représentation inoubliable de *L'Or du Rhin* de Wagner, sous la direction de Kurt Mazur. Dix ans et une séparation plus tard, elle s'était métamorphosée en Brünnhilde, la plus enragée des Walkyries, dont elle possédait le potentiel sonore et une incapacité similaire à faire régner la concorde. A grands coups de brosse, elle a mis un semblant d'ordre dans sa chevelure tout en hurlant ses dernières recommandations.

— Tu me le ramènes pour 19 heures ! Il ne faut pas qu'il dîne trop tard, il a école demain.

— D'accord.

— Oui, je te connais, ça entre par une oreille et ça sort par l'autre… Surtout, ne pas déranger monsieur dans sa musique !

Le Bruit, *ad nauseam*.

Elle s'est tortillée dans une tenue de sport censée lui procurer aisance et décontraction. Il y avait du laisser-aller au niveau du fessier, mais je me suis abstenu de tout commentaire pour ne pas ajouter à la cacophonie. Dans un même geste, elle a boutonné sa veste de jogging, glissé un bonnet sur la tête de Tristan et jeté ses clés de voiture dans son sac.

— Tant qu'à faire, tu pourrais le prendre un de ces week-ends, ton fils, non ?

— Tu ne veux pas qu'il dorme chez moi…

— Dans ton cagibi ? Hors de question, c'est infesté de cafards, mais tu pourrais l'emmener quelque part, dans un parc d'attractions, je ne sais pas… Il faudra bien qu'il ait un souvenir de son père, quand il sera grand !

Chère Brünnhilde, toujours le mot pour blesser… Sa guitare à la main, Tristan comptait les points en silence. Dire que je l'avais aimée, cette femme, aimée au point de lui faire un enfant, notre enfant, et de lui jurer un amour éternel… Nous avions décidé qu'il était temps de vivre ensemble lorsqu'elle était tombée enceinte. Vu le prix des appartements à Paris, nous n'avions rien trouvé de mieux que le boulevard Soult, sur le périphérique intérieur. Nous étions mûrs pour la chute libre. Assaillis par le boucan infernal de la circulation, nous ne pouvions plus nous entendre, au sens le plus littéral du terme, et chacun avait fini par jouer sa propre partition. La gentille Bérangère avait peu à peu assumé l'apparence de l'épouvantable Brünnhilde criant du soir au matin, les cheveux en pétard et la rancœur aux lèvres.

Un dimanche, je n'avais plus supporté. J'avais claqué la porte. Entre-temps, j'avais aussi couché avec la jeune prof de solfège de Tristan, j'avoue.

— Bon, tu y vas ? Tristan va encore être en retard.

Soupir. J'ai pris mon fils par la main et je l'ai emmené au conservatoire du XIIe arrondissement, rue de Picpus. Nous n'avons pas échangé une parole.

7

Le ciel d'octobre, d'une opacité métallique, annonçait une fermeture définitive. Pour échapper à la mélancolie, j'ai passé une heure à faire le ménage – c'est-à-dire que j'ai arrosé mon unique plante verte et déplacé quelques papiers d'un endroit inapproprié à un autre.

J'ai consacré l'essentiel de mon temps à épousseter mes cinq cent vingt-sept CD, scrupuleusement classés par compositeur et par année de diffusion. Mon travail me donnait accès à la crème de la production musicale – du moins, celle qui échappait aux griffes de Rudy Bergkopf. Une étagère entière était dédiée à Mozart : en plus de l'intégrale, je possédais quatre ou cinq versions de ses concertos pour piano. En deux mesures, je pouvais identifier le toucher d'Arturo Michelangeli, d'Emil Guilels, d'Alfred Brendel ou de Clara Haskil.

Je me suis attardé sur les disques de Rémy Bonsecours, l'insurpassable, dont j'avais acheté le moindre microsillon. J'ai testé ma résistance avec sa version du *Concerto n° 20 pour piano et orchestre*, dans un enregistrement de 1979 du Philharmonique de Vienne, sous la conduite de Claudio Abbado. Je me suis assis pour l'écouter plus à l'aise et la musique s'est déployée. Ainsi donc, quelqu'un avait eu le génie d'écrire cela… C'était lumineux, limpide, parfait. Le miracle s'est produit, comme chaque fois, et une paix intérieure a envahi chaque particule de mon corps. J'étais heureux, mais j'avais les poings si serrés que mes yeux se remplissaient de larmes.

Comme par hasard, ma mère a choisi ce moment précis pour appeler. Fidèle à son style, elle a omis toute forme d'introduction au thème principal.

— *Tu viens dîner ce soir ?*

— Ah, c'est toi…

— *Oui, ce n'est que moi… Alors, tu viens ?*

— Ecoute, je…

— *Ne me dis pas que tu es encore occupé !*

Par chance, mon embryon de rangement avait fait atterrir le carton d'invitation de Cousin-Damier à côté du téléphone.

— Désolé, j'ai du travail… Un concert à la mairie du Xe… Ça m'embête, mais je ne peux vraiment pas…

— *D'accord, j'ai compris, tu ne veux pas me voir, inutile de me faire un dessin.*

— Je te dis que j'ai du travail…

— *Je demanderai à Monique. Elle, au moins, elle est toujours d'accord pour un cinéma.*

— On se voit la semaine prochaine, promis.

— *Oui, bien sûr, je prendrai rendez-vous avec ta secrétaire. Allô, mademoiselle ? Denis Augain a-t-il un quart d'heure à consacrer à sa vieille mère ?*

— Je te dis que je suis débordé, en ce moment !

— *Bien sûr ! Tu me fais penser à ton père. Il était toujours débordé, comme les baignoires ! Pas étonnant que son entreprise ait coulé, et notre couple dans la foulée... Un joli naufrage... Bon, je te rappelle la semaine prochaine, j'espère que j'aurai un peu plus de chance. A part ça, tu vas bien ?*

— Oui, je travaille beaucoup.

— *Tant mieux. Allez, à la semaine prochaine.*

Elle a raccroché.

Pour me venger, je me suis passé *La marche turque* par Glenn Gould, l'interprétation la plus sarcastique que je connaisse de Wolfgang Amadeus Mozart. Sous ses doigts, l'air sonnait comme une boîte à musique, pantin désarticulé, ridicule.

La rédaction était confrontée à un typhon acoustique. Saturées de dissonances, des gammes majeures se démantibulaient sous les doigts d'un pianiste fou ou en pleine montée de cocaïne. Il m'a fallu une petite minute pour identifier le problème : *L'escalier du diable*, de Gyorgi Ligeti. De façon tout à fait incompréhensible, cette œuvre tirait des sanglots d'extase à Charles Cousin-Damier, qui, pour l'édification de ses collaborateurs, avait décidé de l'écouter à plein volume. En attendant la fin de l'orage, Morel faisait des mots croisés, Bergkopf tentait de convertir une jolie pigiste aux charmes des lieder de Schubert et Van Elsing pratiquait les sites de rencontres sur Internet. Isabelle et Vertbois, eux, devaient être retenus par un concert de musique de chambre.

Je me suis enfoncé dans les tympans un *Carnaval des animaux* plutôt ironique et j'ai commencé à taper mon article.

Notre admirable rédacteur en chef essuyait une fois de plus ses verres au pan de sa chemise.

— Mvoui… Vous me dites que Rémy Bonsecours collectionnait les manuscrits de grands compositeurs… Ma foi, chacun ses lubies…

— Il ne se contentait pas de les collectionner, il les étudiait en détail et allait jusqu'à écrire dessus.

— Certes, cela peut paraître étrange, mais les frasques d'un millionnaire n'intéressent pas nos lecteurs… Vous n'avez rien appris de plus personnel ? Des liaisons amoureuses ? Des enfants cachés ? Des passions inavouables ?

J'ai préféré garder le silence sur les relations privilégiées qui avaient uni Bonsecours à son secrétaire. Les questions de vie privée n'entrent pas en ligne de compte, ni dans *Le Monde de la musique*, ni dans aucun journal digne de ce nom.

— Un crâne était posé sur sa table de travail.

— Ah, voilà qui me semble un peu plus pittoresque. S'agissait-il d'un crâne humain ?

— Je ne sais pas, je n'ai pas vérifié.

— C'est fâcheux. Vous devez toujours recouper vos sources, mon cher Denis. Vous l'aviez oublié ?

Il commençait à me crisper, avec ses leçons de déontologie. J'ai consulté mes notes.

— Selon toute vraisemblance, Bonsecours a très bien connu Glenn Gould, dans sa jeunesse.

Les doigts malaxant ses bajoues, Charles Cousin-Damier a soupesé l'information avec une gravité pontificale. Cette fois, le scoop était d'importance. Que Rémy Bonsecours ait trépassé ne lui faisait ni chaud ni froid – sa disparition l'affectait à peu près autant que l'extinction des dinosaures au crétacé. Qu'il ait été lié à Glenn Gould relevait en revanche du cas de conscience : en effet, Gould était le seul virtuose du XXe siècle à avoir défendu avec acharnement des compositeurs d'avant-garde comme Schönberg ou Webern. Il était donc intouchable.

— Mvoui, mon cher Denis… Cela peut nous entraîner très loin… Glenn Gould, ce n'était pas n'importe qui…

Sans relever l'affront – Rémy Bonsecours n'était pas précisément le premier venu, lui non plus –, j'ai fait monter les enchères.

— Je pourrais orienter mon papier sur cette amitié. Elle expliquerait pas mal de choses. Comme Glenn Gould, Rémy Bonsecours a abandonné son activité de concertiste au sommet de sa carrière.

Le rédacteur en chef a grimacé de toutes ses dents comme pour les maintenir fermement en place, puis a rajusté sa frange d'un air inspiré.

— Ce n'est pas tout à fait pareil… Gould n'a jamais cessé les enregistrements en studio, tandis que Bonsecours a interrompu toute activité musicale durant quinze ans. Et c'est très long, quinze ans, pour un virtuose… Cette information mérite recoupement, mais n'envisagez cette piste qu'avec la plus extrême circonspection.

— Certains sites spécialisés doivent évoquer cette amitié…

Plongé dans un océan de perplexité, Cousin-Damier jouait maintenant avec les bourrelets de graisse de son cou.

— Je me méfie des ragots qui courent sur Internet. J'ai toujours privilégié les témoignages directs. Au fait, pourquoi ne pas interviewer Hubert Millet ? Vous le connaissez bien, je crois…

Silence de cathédrale. Mon sang s'est solidifié dans mes veines. Cousin-Damier a fait mine de ne pas remarquer mon embarras.

— Si ma mémoire est bonne, il a dirigé Glenn Gould au début des années 1960. Vous devriez le rencontrer, il a peut-être une anecdote à vous raconter au sujet de Bonsecours.

— Hubert Millet est à Paris ?

— Oui. Il paraît qu'il répète en ce moment avec les chœurs de l'Opéra. Officiellement, personne n'est au courant.

— Sauf vous.

— Sauf moi et tous les rédacteurs en chef des bons mensuels d'information musicale. C'est-à-dire moi et un confrère, c'est tout.

La phrase était débitée avec le plus grand sérieux et sans une ombre d'ironie. Satisfait de son éclair de génie, il a esquissé un geste vaguement royal.

— Bien, mon cher Denis, au travail. Tenez-moi au courant.

D'un mouvement giratoire, il a tourné son fauteuil vers la fenêtre et a consacré son attention aux klaxons s'élevant de la place Henri-Bergson, assemblage hétéroclite de sons et, par conséquent, échantillon parfaitement abouti de musique aléatoire.

Je me suis assis devant mon écran, anéanti.

Notre estimable et vénéré rédacteur en chef était un homme à la personnalité boursouflée, mais nul ne pouvait lui contester la fiabilité de ses sources : sous le sceau du secret, madame Gisèle Martinelli, attachée de presse à l'Opéra de Paris, m'a confirmé qu'Hubert

Millet travaillait depuis quelques jours avec les chœurs de l'Opéra. Le programme était entouré de la plus grande confidentialité et les horaires de répétition changeaient régulièrement.

Elle a poursuivi d'une voix saccadée, *sotto voce* :

— *Le maître a annulé un rendez-vous avec le responsable des disques Decca ; il vous reste une petite chance de le coincer à 18 heures devant l'administration de la salle Garnier, mais pas plus tard, et défense absolue de lui parler de son prochain spectacle.*

Il était 17 heures 45. J'ai quitté la rédaction *prestissimo*, au son d'un tonitruant *Marteau sans maître* de Pierre Boulez. Autour de moi, on sortait les boules Quiès.

En proie à son habituelle crise de nerfs, Gisèle Martinelli agitait ses lunettes dans les airs. La mine catastrophée, elle chuchotait comme si le bâtiment entier l'espionnait.

— Vous êtes en retard ! Par chance, maître Millet n'est pas encore parti. Je vais voir s'il peut vous recevoir. Ne bougez surtout pas !

Elle s'est dirigée à petits pas pressés vers les loges. Un peu plus loin, deux danseurs affublés d'ailes géantes grillaient une cigarette en parlant micro-informatique et football.

Gisèle Martinelli est bientôt réapparue en compagnie d'Hubert Millet. Il n'avait pas changé : forte carrure dans une veste de cuir, visage radieux sous une chevelure à présent immaculée.

— Denis ! Quelle bonne surprise ! Ça me fait plaisir de te voir.

— Bonjour Hubert.

Le visage de Gisèle Martinelli allait de l'un à l'autre, se demandant pourquoi nous lui jouions cette petite comédie. Hubert Millet m'a serré la main avec chaleur.

— Bon sang, ça doit bien faire vingt ans qu'on ne s'est pas vus !

— Au moins.

— Comme tu as changé !

L'attaché de presse agitait ses lunettes à la manière d'un éventail.

— Vous vous connaissez ?

— Si je connais Denis ? Lors de notre première rencontre, il était haut comme trois pommes !

Il m'a posé la main sur l'épaule.

— Je n'ai pas beaucoup de temps à te consacrer aujourd'hui, je donne une *master class* à 19 heures. Si ça ne te dérange pas, nous pouvons bavarder en chemin.

Tout en riant à petites notes perlées rigoureusement exaspérantes, l'attachée de presse a esquissé une série de gestes amples – et j'ai cru un instant que, de contentement, elle allait entrer en lévitation. Hubert Millet l'a embrassée sur les deux joues. Elle a failli s'évanouir de bonheur.

Sur scène, entre les échelles des éclairagistes préparant les lumières pour la représentation du soir, les deux danseurs emplumés s'agitaient à petits pas chassés au milieu du décor du *Lac des Cygnes*.

Mon passé m'a sauté à la gorge.

Hubert Millet était un cousin par alliance de ma mère.

De cinq ans son aîné, il avait été élevé par ma grand-mère maternelle. Ses parents, de modestes paysans, s'étaient sacrifiés pour lui procurer une éducation musicale à la hauteur de son talent. Vers dix-huit ans, il avait quitté son Midi natal pour terminer sa formation au Conservatoire de Paris, où il avait obtenu un deuxième prix de violon. Assez vite, il avait renoncé à une carrière de concertiste pour se consacrer à la direction d'orchestre. Il ne semblait pas taillé pour ce rôle et pourtant, son magnétisme et sa connaissance approfondie des partitions lui avaient gagné l'estime de la plupart des musiciens. Sa réputation avait grandi au fil des décennies et lui avait permis de diriger des formations aussi prestigieuses que le Scottish Chamber Orchestra ou le Concertgebouw d'Amsterdam. Précédé d'une réputation de chef généreux et intègre – il n'avait jamais élevé la voix sur un musicien, fait assez rare dans une profession où les psychotiques sont légion –, Millet s'était imposé peu à peu dans le cercle restreint des chefs de notoriété internationale.

Cinq ans plus tôt, il avait provoqué la surprise dans le petit monde des maestros en déclinant une proposition du Philharmonique de New York – l'apothéose pour un directeur en fin de carrière – et, fidèle à la mémoire de son compositeur de prédilection, Mozart, s'était contenté d'un orchestre plus modeste, le Mozarteum de Salzbourg.

J'avais entendu parler de lui tout au long de ma jeunesse. C'était mon oncle d'Amérique, en quelque sorte, toujours en voyage aux quatre coins de la planète. Sa photo apparaissait parfois dans un journal et ma mère ne manquait jamais d'évoquer leurs souvenirs d'enfance. On me le citait en exemple, comme un dieu sur son Olympe. Je l'avais croisé deux ou trois fois à l'occasion de fêtes de famille. Je me rappelais un homme grand, robuste, au visage carré et franc. Il était toujours accompagné de Diana, sa femme, une superbe Argentine. Ebloui par la proximité d'une telle personnalité, mon père ne manquait jamais de monopoliser son attention et jouait au grand mélomane. Oui, mon père, pour qui la musique classique se résumait aux opérettes de Luis Mariano… Il me présentait avec de grandes tapes dans le dos, mais j'étais bien trop intimidé pour me mettre en avant. Hubert Millet suivait mes progrès avec une certaine bienveillance. Il m'encourageait, même. Je lui devais ma première vraie partition, offerte pour mon huitième anniversaire : *La marche turque* de Mozart. Elle ne m'a jamais quitté.

Avec le temps, ses engagements à l'étranger l'avaient éloigné du cercle familial. Je l'avais croisé une dernière fois à l'enterrement de ma grand-mère maternelle, vingt ans plus tôt. Il m'avait félicité pour mes premiers comptes rendus de concert dans *Le Monde de la musique*. J'avais baissé la tête, serré les poings et accepté le compliment de bonne grâce.

Ma médiathèque personnelle comptait plusieurs de ses enregistrements. Sa direction d'orchestre n'était pas dépourvue de talent, en particulier dans Mozart, et elle possédait tous les attributs du bon goût, mais, très honnêtement, elle n'atteignait pas l'incandescence d'un George Szell, sans parler de l'élégance absolue d'un Fritz Walter ou d'un Carlo Maria Giulini. Bref, Hubert Millet était un excellent chef qui ne laisserait pas un souvenir impérissable dans l'histoire de la musique.

Quant à moi, j'avais délaissé *La marche turque* pour le clavier d'ordinateur.

Les rues de Paris étaient saturées de voitures. Renonçant au taxi, Hubert Millet m'a proposé une balade sur les grands boulevards. Il m'a demandé de mes nouvelles. Le Bruit ambiant offrait de parfaits échos à mon récit. J'ai un peu parlé de mon métier. Bien sûr, j'ai évoqué Brünnhilde et mon fils. Il s'est dit désolé de notre séparation, mais ravi à l'idée que Tristan reprenne le flambeau musical.

Enfin, je lui ai touché un mot de mon article sur Rémy Bonsecours. Il a hoché la tête, fataliste.

— C'est horrible, ce qui lui est arrivé. Mourir le jour de son retour sur scène… D'un autre côté, il est parti en beauté, tu ne crois pas ? Tout artiste rêve d'une fin comme la sienne, devant son public…

— Peut-être, mais il avait perdu la tête.

— C'est le plus triste. A mon avis, il n'a pas supporté la pression, et son cœur a lâché. Il a pris d'énormes risques. A ma connaissance, seul Horowitz a réussi un tel come-back après une aussi longue absence, et encore… Il n'a jamais retrouvé son niveau d'avant. A sa grande époque, les gens se levaient de leur siège pour regarder ses mains courir à toute vitesse sur le clavier. Jamais la moindre fausse note ! J'ai eu la chance de voir ça et je peux t'assurer que le spectacle était autant dans la salle que sur scène… Horowitz était le plus grand, mais Bonsecours avait quelque chose d'unique.

— Sa présence ?

— Sa présence, son charisme, c'est impossible à définir. Comment se fait-il qu'un musicien accroche l'oreille dès la première note ? Faute de mieux, appelons cela le génie.

— Vous l'avez rencontré ?

— Je n'ai pas eu cette chance. Mon agent a contacté le sien à plusieurs reprises, mais nos agendas ne coïncidaient jamais. C'est un des grands regrets de ma vie, même s'il paraît que le bonhomme n'était pas facile.

— Vous avez des anecdotes à ce sujet ?

— J'en sais ce qu'en disent les journaux, c'est-à-dire pas grand-chose. Bonsecours était un homme très secret.

— Dans ces conditions, son retrait de la scène restera un mystère.

Hubert Millet a souri avec malice.

— Au contraire, ça me paraît clair comme de l'eau de roche. La vie d'un pianiste virtuose est d'un ennui mortel. Elle se résume au hall d'aéroport, au théâtre et à la chambre d'hôtel. A la fin, tous les théâtres et tous les hôtels se ressemblent, et on n'aspire plus qu'à une chose : se retrouver chez soi et mettre les pieds sous la table. C'est exactement ce qu'a fait Rémy Bonsecours.

— Pourtant, il était célèbre…

D'une main habituée à commander, il a pris à témoin les plaques avoisinantes.

— Regarde les noms de rues du quartier : Halévy, Meyerbeer, Gluck, Auber… Qui se souvient d'eux ? Meyerbeer, par exemple, le plus grand compositeur d'opéra français du XIXe siècle… On le jouait dans le monde entier. Aujourd'hui, il n'est plus qu'un arrêt d'autobus. Dans ces conditions, pourquoi se fatiguer ? Il s'en est fallu de peu, tu sais, que Mozart ne tombe dans l'oubli lui aussi.

— Mozart ? Vous exagérez…

— Pas du tout ! Il est mort dans une grande misère, seul comme un chien. Pourtant, ce n'était rien à côté de ce qu'il avait vécu à Paris, à l'âge de vingt et un ans. Son père Léopold, qui n'était pas un tendre, lui avait ordonné de s'installer ici pour s'imposer en tant que compositeur.

— Il était déjà très connu, non ?

— Tout le monde se souvenait du petit génie, oui… mais il avait grandi. Fini, le temps des démonstrations devant les cours royales ! Il devait faire ses preuves comme musicien, et plus seulement comme phénomène.

— On dit que son père comptait sur lui pour rapporter de l'argent.

— Ce n'est pas faux, mais ses espoirs ont dû être fort déçus. Au bout d'un an, Mozart est reparti comme il était venu. Ses symphonies n'intéressaient personne et il en était réduit à donner des leçons de piano à des aristocrates qui oubliaient de le payer. Comme si cela ne suffisait pas, sa mère, qui l'accompagnait dans son voyage, était morte dans ses bras.

— J'ignorais complètement cette histoire !

— Cela s'est passé à deux pas d'ici, dans une petite rue du Sentier, le quartier le plus pauvre de Paris, à l'époque. Mozart en a toujours voulu aux Français de l'avoir ignoré.

— En quelle année, dites-vous ? Mozart avait vingt et un ans, c'est bien cela ?

— En 1778, *annus horribilis !* Il avait perdu toutes ses illusions en rentrant à Salzbourg et n'a plus jamais été le même. Quelque chose s'était brisé en lui. On n'a jamais su quoi exactement, mais c'est une évidence. Ses œuvres, après 1778, gagnent en profondeur, mais aussi en gravité.

J'ai saisi la perche.

— Les musiciens connaissent souvent ce genre de passages à vide. Vous parliez d'Horowitz tout à l'heure, mais il y a aussi Glenn Gould. Et Rémy Bonsecours.

— Je suis d'accord avec toi, mais c'était moins grave dans leur cas. Ils étaient exécutants, pas compositeurs. Ils ne devaient pas créer des œuvres originales pour vivre.

— Au fait, saviez-vous que ces deux-là étaient proches, dans leur jeunesse ?

Hubert Millet m'a dévisagé, visiblement stupéfait.

— Gould et Bonsecours, amis ? Impossible. J'ai bien connu Glenn et il ne m'a jamais parlé de lui. A mon avis, il n'existait pas deux êtres plus différents. Bonsecours avait la réputation de tout contrôler. Sur scène, il était maître de lui et n'exprimait jamais la moindre émotion. Alors que Glenn était plus… comment dire… plus imprévisible. Je n'ai pas dit fou, attention ! Plutôt… fragile. A la limite, ses manies étaient plus célèbres que son jeu.

— Il était si étrange que ça ?

— Je ne suis pas près d'oublier la seule fois où je l'ai dirigé. C'était en 1961, à Chicago. D'abord, il s'est isolé dans sa loge et a avalé une dizaine de pilules contre ses différentes maladies, toutes imaginaires, bien entendu. Ensuite, il a trempé ses mains dans un bain brûlant, puis dans un bain glacé. Nous avions déjà une demi-heure de retard, mais il prétendait que cette préparation physique était indispensable à une circulation sanguine efficiente pour son exercice de virtuosité. Au moment où on ne l'attendait plus, il est monté sur scène comme un somnambule et a pris place sur une chaise minuscule qui ne tenait plus que par trois clous. Son père la lui avait fabriquée quand il avait dix ans et il refusait de s'en séparer. J'ai lancé l'orchestre pour le premier concerto de Liszt et il a commencé à jouer en se tortillant comme un homard ébouillanté. Son toucher était extraordinaire, mais il gardait le nez sur le clavier et poussait des espèces de grognements qui incommodaient les spectateurs des premiers rangs.

— Il avait perdu la boule ?

— Non. Seule la musique comptait pour lui, c'est tout. Cela dit, il est devenu vraiment bizarre après son retrait de la scène. Il s'est coupé du monde et s'est mis à vivre uniquement la nuit. Il lui arrivait de m'appeler à 5 heures du matin pour parler de choses et d'autres. Ça le rassurait, je crois.

— Il avait peur ?

— Peur ? Je ne sais pas. Je crois plutôt qu'un événement assez douloureux avait libéré ses tendances paranoïaques. Il refusait de serrer la main à quiconque et restait enfermé chez lui, à écouter de la musique. Il connaissait le répertoire sur le bout des doigts. Un soir, au téléphone, je lui ai passé quelques-uns de mes disques préférés. Quelques secondes lui suffisaient pour identifier le compositeur et l'œuvre. Une seule ne l'a pas inspiré. Le lendemain matin, à 5 heures, bien entendu, il m'a rappelé pour m'en donner le titre – une sonate de Brahms, si je me souviens bien – et me la rejouer de mémoire au piano ! En une écoute, il l'avait mémorisée ! C'était un véritable phénomène.

— C'est presque inhumain.

Il a hoché la tête.

— C'est vrai. Comme tous les génies, Glenn avait un côté effrayant. Il paraît qu'il avait subi un grand choc dans l'adolescence, et ça l'aurait un peu… comment dire… perturbé. En tout cas, c'était un bon client pour les journalistes. Pas comme Bonsecours ! Lui, il ne communiquait avec personne. A croire qu'il n'aimait pas les gens. Glenn, en revanche, était un homme fondamentalement généreux. Tu vois, leurs personnalités étaient tout à fait opposées.

— Cela n'empêche pas l'amitié.

Il m'a regardé dans les yeux.

— Je vais te dire une bonne chose : un musicien se reconnaît à son répertoire, et ces deux-là n'avaient rien en commun. Glenn Gould vénérait Bach, il avait besoin de ce côté précis, quantifié, quasi mathématique – sans doute pour mettre un peu d'ordre dans ses propres idées. Il trouvait Mozart sentimental et creux, et allait jusqu'à affirmer qu'il était mort trop vieux. C'est dire ! Alors que Bonsecours ne jurait que par Mozart, au point de s'identifier à lui !

J'aurais aimé lui demander ce qu'il entendait par là, mais nous étions arrivés. Son studio de répétition se trouvait dans une rue du IIe arrondissement. Nous sommes passés sous les échafaudages d'un immeuble en cours de ravalement. Des ouvriers s'employaient à démonter les tubes d'aluminium.

— Enfin, les travaux sont terminés ! Le boucan était infernal. C'est étrange, mais mes élèves n'en souffraient pas. Ils ont tellement l'habitude ! La plupart sont issus de milieux défavorisés et vivent en permanence dans le bruit. Ils ont pourtant une faculté de concentration tout à fait étonnante. Tu n'as pas idée comme ils sont avides de connaissances ! C'est ce désir qui me pousse à leur transmettre mon savoir et mon expérience. Sans cela, la vie d'un musicien n'aurait aucun sens…

L'image de mon père m'a traversé l'esprit : un homme éternellement pressé, qui m'avait juste transmis son patronyme et sa tendance à déguerpir à la moindre difficulté. Aux dernières nouvelles, il vivait en Suisse, à l'abri du besoin, merci pour lui.

— Tu veux assister à la leçon ? Tu vas voir, ces gamins sont doués.

J'ai accepté, la mort dans l'âme.

Le jeune garçon promenait son archet sans grande difficulté sur une sonate de Haydn. De temps à autre, Hubert Millet l'interrompait pour lui donner quelques indications.

— Ce passage-là doit couler de source, Ahmed. Tu dois le jouer plus *legato*. Le thème est essentiel, chez Haydn : son morceau tient sur les quatre premières notes, et ces notes-là doivent être exprimées avec une grande justesse. Recommence à la mesure 42, en liant le *mi* bémol, le *fa* et le *do*.

Très concentré, l'adolescent a repris le thème en suivant les consignes à la lettre et enchaîné une vingtaine de mesures. Millet se contentait de temps à autre d'une remarque à voix basse.

— Un peu plus vite… Bien. Là, *piano*, puis *accelerando*… Impeccable.

Je me suis revu à son âge. Mon professeur n'avait déjà plus d'espoir. Et mon père n'allait pas tarder à quitter l'appartement familial.

Ahmed est reparti, son étui à violon sous le bras et des rêves plein la tête. Un homme d'une vingtaine d'années est entré dans le studio, a salué Millet avec familiarité et a rejoint le piano droit dressé dans un coin. J'ai reconnu Igor Malekine, le nouveau prodige russe. Deux ans plus tôt, il avait triomphé au théâtre des Champs-Elysées avec un *Cinquième concerto* de Beethoven hallucinant. Depuis, les femmes s'évanouissaient devant sa loge et les apprentis pianistes copiaient sa dégaine de rebelle, tignasse échevelée, barbe de trois jours, joues creuses et veston froissé. On le présentait comme la nouvelle idole de la musique classique ; fort de cette réputation, il enchaînait les tournées triomphales. Sa célébrité avait même dépassé le cercle des mélomanes : les publicitaires exploitaient son côté beau gosse et sa bouche sensuelle et boudeuse. On le comparait à un prince russe.

Une petite Asiatique d'une dizaine d'années a pris place à ses côtés. Se souciant de la notoriété du bonhomme comme de sa première partition, elle a déroulé la sonate *Appassionata* avec un sérieux de professionnelle, alignant les gammes les plus complexes sans un tressaillement de paupière. Les sourcils plissés par la concentration, Malekine l'écoutait avec humilité : difficile de savoir qui des deux était le maître ou l'élève. De sa voix souple et gracieuse, il l'a corrigée sur l'un ou l'autre point, mais de façon générale il n'y avait rien à redire. A moi aussi, quelques encouragements auraient suffi…

J'ai pris congé. Hubert Millet m'a invité à le contacter quand je le souhaitais et insisté pour que je n'oublie pas de saluer ma mère de sa part. Absorbé dans sa leçon, Malekine m'a adressé un vague signe de tête.

J'ai dévalé les deux étages et décidé de marcher un peu. Les klaxons se déchaînaient pour fêter l'heure de pointe, les scooters se frayaient un accès direct à ma moelle épinière. Mais je n'ai pas mis mes écouteurs. Je voulais entendre les sons de la ville. Comprendre ce qui n'avait pas fonctionné avec moi.

La mise en scène était réglée au millimètre. Les passants arpentaient les grands boulevards sans lever le nez. Les poings serrés au fond de mes poches, je me faisais l'effet d'un figurant égaré sur un plateau d'opéra. Comme toujours.

8

L'orchestre a fait son entrée au moment où je me faufilais au cinquième rang. Les membres du quatuor à cordes – de jeunes musiciens vêtus de jeans et de chemises froissées, la vingtaine à peine entamée, sans doute frais émoulus du Conservatoire – ont vérifié la hauteur du *la* à petits coups d'archet. Le programme annonçait des œuvres pour flûte traversière et orchestre de Bach, Mozart et Haydn, ainsi qu'une sonate pour flûte de Varèse. Autour de moi, de respectables bourgeoises chuchotaient en épiant leurs voisines du coin de l'œil. Les hommes, qui avaient accompli l'effort inouï d'accompagner leurs épouses au concert, regardaient déjà l'heure à la grande horloge murale. J'ai contemplé la salle des fêtes de la mairie du Xe arrondissement : moulures au plafond, boiseries dorées et peintures pseudo-allégoriques, le cadre idéal pour un concert sans goût ni saveur. J'allais avoir droit à une musique irréprochable, bien astiquée et d'un ennui catatonique.

Une porte a giclé de ses gonds et une jeune femme rousse s'est avancée à grands pas sur la scène. Sa chevelure flamboyante ondulait sur une robe du soir noire très classique, dont l'échancrure laissait apparaître à chaque pas un collant multicolore composé de bandes fuchsia, orange, vert pistache et jaune fluo. Un louable souci d'esthétique l'avait dotée d'énormes rangers aux pieds et d'une bague bleue et rose à l'annulaire droit. Les dames entamaient déjà les médisances quand elle a salué et s'est campée face au public. Après un bref regard aux membres du quatuor, elle a compté les temps en silence, porté la flûte à ses lèvres et attaqué bille en tête un prélude de Bach.

Et je me suis pris la claque de ma vie.

En deux mesures, elle avait mis Jean-Sébastien dans sa poche. Elle se balançait en rythme, tantôt arc-boutée sur l'estrade, tantôt déliée et rêveuse dans les passages les plus doux, le corps aspiré dans les méandres de la musique. Chaque note de la flûte, dotée de sa nuance et de sa puissance particulières, s'agençait harmonieusement au quatuor. Il y avait là une évidence, une folie que je n'avais jamais rencontrées chez une aussi jeune musicienne. Dans le finale, les croches se sont enroulées sur elles-mêmes, puis ont bondi avec l'agilité d'une nuée d'oiseaux.

Très corrects, les gens ont applaudi du bout des doigts. Sans savoir ce que je faisais, je tapais dans mes mains comme un dément en criant « Bravooo ! », et tant pis pour la neutralité professionnelle : j'avais devant moi une artiste exceptionnelle. Elle m'a dévisagé, interloquée, puis a souri comme une enfant amusée de son bon tour. Sur un signe, ses partenaires ont attaqué le quintette de Mozart.

Elle a hoché la tête en cadence et battu la mesure jusqu'au moment où, avec une aisance déconcertante, elle a entamé sa partie. C'était ahurissant : jouer de la flûte semblait être pour elle la chose la plus naturelle au monde. La musique naissait spontanément sous ses doigts, fraîche comme une coulée d'eau vive. De temps à autre elle posait les yeux sur moi, et ses lèvres semblaient sourire en même temps qu'elle projetait son souffle dans l'instrument. Je savourais l'instant, souriant moi aussi comme un idiot.

L'orchestre a enchaîné sur quelques mesures de transition et je me suis agité sur ma chaise, les yeux braqués sur la flûtiste, attendant avec impatience la reprise du solo. Une vieille dame, visiblement outragée, s'est retournée et m'a dévisagé d'un air sévère : comment pouvais-je approuver une telle exhibition, dans une tenue aussi scandaleuse de surcroît ? Je lui ai dédié une superbe grimace, langue tirée et mains en éventail vissées sur les tempes. Elle n'a pas très bien compris ma réaction – et, pour être tout à fait sincère, moi non plus –, mais nous avions devant nous une immense interprète, cela ne souffrait pas la moindre discussion. Le quintette a filé comme dans un rêve et l'orchestre s'est retiré sous mon ovation personnelle, pour laisser la flûtiste seule en scène avec une œuvre de Varèse – *Density 21.5*.

Elle a jeté un regard malicieux à l'assistance et un son étrange s'est élevé de la flûte, une sorte de serpent mélodique qui se dérobait pour bifurquer et se faufiler dans une direction imprévue, à l'extrême bord de la disharmonie, avant de reprendre son cours, d'accélérer, de s'égarer à nouveau, de disperser des notes à toute allure, toujours sans le moindre accroc. Les doigts volaient sur le cylindre de métal, trilles et appoggiatures surgissaient à l'improviste, esquivaient, s'escamotaient, puis éclataient en filant à la vitesse d'une poudre enflammée. Cette jeune femme se livrait entièrement, ses hanches recueillant la profondeur du son avant de se détendre dans une explosion vitale. Elle arpentait la scène de long en large, sûre d'elle-même, les épaules au contact du rythme, sans jamais galvauder ni un temps ni un soupir. Elle était la grâce incarnée.

Le morceau s'est terminé sur une longue note tenue, et elle a salué devant une salle silencieuse. Les yeux exorbités, je me suis levé et j'ai applaudi comme si je devais y laisser la paume de mes mains. Elle a éclaté de rire et effectué une petite révérence assez ridicule. La consternation était générale. Plus d'un spectateur devait penser à un gag ou à un coup monté, en tout cas à un complot ourdi contre la décence et les bonnes mœurs.

Hilares, les musiciens ont repris leur place et le concert s'est achevé sur un quintette de Haydn, joué à un tempo supersonique, mais sans la plus petite faiblesse de la part de la soliste.

La dernière note s'est évanouie dans les décorations rococo de la salle, les interprètes ont réalisé les courbettes réglementaires et la foule s'est acquittée du minimum syndical d'applaudissements. Les hommes ont jeté des œillades concupiscentes à la flûtiste et ont rejoint leurs dignes épouses au bord de l'apoplexie. Tout ce beau monde a regagné en hâte le confort des charentaises et du poste de télévision.

Rémy Bonsecours pouvait attendre. Un magnifique sujet d'article me tendait les bras.

Elle avait vingt-trois ans, s'appelait Laura Klugh et son itinéraire couvrait l'éventail musical de l'Europe. Allemande par son père, elle s'était imprégnée de la grande tradition romantique dans les austères classes de solfège du conservatoire de Bonn, où elle avait étudié Brahms, Schubert, Schumann et Beethoven jusque dans leurs moindres demi-tons. Toutefois, des gènes maternels irlandais lui courant dans les doigts, elle s'était sentie de plus en plus attirée par les chants celtiques, ces airs repris en chœur dans les tavernes de Dublin. Elle avait donc opté pour la flûte traversière, instrument posé en équilibre sur le répertoire classique et la musique populaire. Son cursus expédié en trois ans, elle avait suivi des *master class* à Rome et à Florence pour perfectionner son sens inné de la mélodie, puis atterri au Conservatoire de Paris, où elle avait complété son apprentissage par les vastes fresques impressionnistes de Debussy et de Ravel. Je comprenais mieux l'origine de son jeu, cette fusion de rigueur et de pulsion primitive, cette oscillation entre raison et sensation pure, *furioso animato*.

Accoudée au bar d'un pub du Quartier latin, elle a vidé sa pinte de Guiness et vrillé ses yeux vert clair aux miens. Un pull noir informe et des jeans troués aux genoux n'ôtaient rien à sa classe naturelle. Elle avait l'air aussi à l'aise dans la vie que sur scène. Sa voix, surtout, synthèse parfaite de gutturalité germanique, d'onctuosité celtique et de gouaille parisienne, me captivait. Elle s'était gorgée d'accents comme de musiques, tout au long de sa route.

— On se reprend un verre ? Une Guiness pour moi. Et toi ? On peut se tutoyer, non ? Alors, tu es journaliste au *Monde de la musique* ? Je suis flattée. En tout cas, c'est gentil de t'être déplacé, tu es bien le seul à avoir fait cet effort. Je ne sais rien de toi. Comment devient-on critique musical ?

Sa voix était mélodieuse comme un chant d'oiseau, bien timbrée, exacte harmonie entre basse, aigu et medium. Un vrai régal. Elle a repris une lampée de Guiness et, d'un coup de langue, a fait disparaître une crête de mousse posée sur sa lèvre supérieure.

— Tu n'es pas bavard, on dirait. Je te dérange ? Tu peux me le dire, tu sais, j'aime écouter les gens. Okay, je suis curieuse, je reconnais, c'est mon défaut. Et je ne suis pas patiente, c'est un grand problème, mes professeurs me l'ont toujours reproché…

— Eh bien…

— … mais je travaille pour m'améliorer, et je suis plus attentive aux autres. Tu te manifestais davantage pendant le concert, dis donc. Heureusement que tu étais là, d'ailleurs, sinon c'était le bide intégral. Qu'est-ce qu'ils avaient mangé, tous ces gens ? On n'a pas bien joué ?

— Oh si ! Rassurez-vous, c'était…

— Tu peux me dire *tu*, ça sonne mieux à mon oreille.

Autour de nous, les gens vidaient leur verre avec application. J'ai avalé une rasade de Kilkenny pour me fondre dans la tonalité ambiante. Peut-être me donnerait-elle un peu de courage ?

— Ton… ton concert était… sublime. Voilà, c'est le mot : sublime.

— Tu ne dis pas ça pour me faire plaisir ?

— Je te jure que non. Tu as joué… divinement bien.

Je l'ai vue rougir dans la pénombre, mais elle a assumé une parfaite décontraction.

— Je n'étais pas seule, tout de même… Mes musiciens sont excellents et déjà très professionnels. On commence à tourner un peu, mais j'aimerais avoir un agent qui m'apporterait des contrats. Un ami m'a déniché une date à Londres, ce sera une bonne occasion de se faire connaître à l'étranger.

Elle a adressé un salut au violoncelliste, un grand barbu à catogan qui papotait à une table voisine avec l'altiste et deux étudiantes anglaises. Il lui a adressé un clin d'œil en retour. Mon naturel de journaliste a repris le dessus et je lui ai posé la question la plus stupide de mon répertoire.

— Au fait, qui dirige ta formation ?

Elle m'a jeté un regard stupéfait et a reposé lentement son verre sur le comptoir.

— Qu'est-ce que tu t'imagines ? C'est moi, espèce de macho ! Je choisis les musiciens et le répertoire, je dirige les répétitions, je trouve les engagements, je fais la promotion et je colle même les affiches… Tu ne m'en crois pas capable ?

J'aurais aimé me cacher sous une table, mais celles qui nous entouraient étaient de minuscules plateformes prévues pour deux verres tout au plus.

— Ce n'est pas ce que je voulais dire…

— J'espère bien. Tu sais, mon père m'a appris à imposer le respect. Il me disait toujours : si un homme critique ton look, c'est son droit, mais s'il critique ton travail, c'est à ses risques et périls.

Elle a éclaté de rire.

— *Don't mind*… Je plaisantais. Je sais que tu as

aimé, c'est très sympa de ta part… Mais tu ne m'as pas répondu : ça te plaît, le journalisme ?

En règle générale, c'est au reporter de poser les questions, mais ce genre de convention ne semblait pas la concerner le moins du monde. J'ai suivi son tempo.

— Ma foi, ce n'est pas un métier très difficile. Il suffit d'apprendre à écouter, puis de parler de ce qu'on aime, ou de ce qu'on n'aime pas, avec un maximum d'honnêteté. Il faut surtout garder l'esprit ouvert. Mon boulot m'a permis de rencontrer des centaines d'artistes passionnants comme Nikolaï Lugansky, Hélène Grimaud, Boris Berezovsky, Angela Gheorgiu… ou toi.

Comme je m'y attendais, elle n'a pas relevé mon petit compliment.

— Tu m'impressionnes. Je parie que tu as vu des milliers de concerts…

J'ai fait mon blasé. Evidemment, que j'avais assisté à une multitude de concerts, j'avais une bonne quinzaine d'années de plus qu'elle – inutile d'insister sur ce point… Heureusement, elle a enchaîné sans attendre ma réponse.

— Dis-moi, quels sont tes compositeurs favoris ?

— J'aime beaucoup la musique baroque, surtout Haendel et Bach, mais, par-dessus tout, j'adore Mozart.

Elle a bondi de son siège et trépigné sur place.

— J'en étais sûre ! Tu as une tête à aimer Wolfgang. Bach est mon chéri, mais Mozart a un don unique. Ses concertos pour flûte et orchestre sont extraordinaires, tu connais ?

— Bien sûr, je…

— Exceptionnel ! Je compte transposer son concerto pour clarinette à la flûte traversière.

— Le concerto pour clarinette ? A la flûte ?

— *Of course !* C'est difficile, mais faisable. Par exemple, le quintette de ce soir était, à l'origine, écrit pour clarinette, et je l'ai transposé à la flûte. Il suffit de le prendre un ton plus haut, et le tour est joué. Il faut sortir de ses habitudes, laisser vivre la musique, donner une plus grande place à l'interprète ! Je suis sûre que Mozart aurait adoré mon idée. J'ai horreur de tout le folklore classique, les musiciens en habit et les femmes en robe longue…

— J'avais cru le comprendre…

— Attention, j'aime m'habiller avec classe, mais dans mon style.

— Je te rassure…

— Qu'aimes-tu comme musique, à part le classique ?

A vrai dire, je ne m'étais jamais posé la question. J'avais quarante-deux ans, nous étions au XXIe siècle, la radio inondait métros et ascenseurs de refrains à la mode, les chaînes musicales enfilaient des clips au kilomètre et pourtant, en dehors de Vivaldi, Mendelssohn, Liszt ou Wolfgang, mes oreilles ne percevaient que du Bruit ou, dans le meilleur des cas, de la bouillie tiédasse…

Laura a vidé sa pinte avec un aplomb de marin.

— Moi, j'adore le blues. C'est une musique d'une totale sincérité, elle te prend aux tripes… Si Mozart avait vécu au XXe siècle, il aurait certainement été bluesman. Et la musique celtique, tu aimes ?

— La musique celt…

Ma réponse était subsidiaire : elle avait déjà sorti la flûte de son étui et adressé un signe au patron du bar, qui a coupé la radio. Les conversations se sont apaisées. Elle a posé les yeux sur moi, a porté son instrument à ses lèvres avec cet étrange sourire un peu moqueur, et ses doigts ont fait jaillir une gigue endiablée. Un air plein de vitalité, dévalant la colline et bondissant d'une vallée à l'autre. Aussitôt, les gens ont frappé dans leurs mains et les cris ont fusé. Un couple s'est mis à danser pendant que Laura, battant la mesure d'un pied ferme, déroulait la mélodie. Sa chevelure rousse ondulait au rythme des doubles croches quand un violon, surgi d'on ne sait où, l'a rattrapée pour la reprise du thème. Ils ont joué à l'unisson, puis elle a improvisé sans jamais perdre le tempo. Les notes décrivaient une impeccable guirlande sonore, montaient, descendaient, illuminaient l'espace. Soudain, elle a lancé une suite de trilles *crescendo*, et les deux musiciens ont bouclé le morceau par une harmonie à la quinte du plus bel effet. L'ovation a fait trembler les murs.

Et moi, je venais d'éprouver plus d'émotions en trois minutes de musique improvisée au fond d'un bistrot qu'en vingt années de récitals dans les plus illustres salles de concert.

Elle a congratulé son violoniste et repris sa place au bar.

— Stephen est catholique, mais il joue quand même très bien. En général, les papistes n'ont pas le sens du rythme. Il a dû obtenir une dispense spéciale du Vatican !

Tout le monde a éclaté de rire. Le barman a rallumé la radio. La guimauve rythm'n blues qui a dégouliné des enceintes m'a paru bien fade. Laura a rangé l'instrument dans son étui.

— Je suis protestante, comme mes parents. Je sais, je n'ai pas précisément le look d'une évangéliste, mais ça n'a pas grande importance. Catholiques, protestants, toutes ces histoires appartiennent au passé… Si les gens faisaient un peu plus de musique ensemble, ils penseraient peut-être moins à s'entre-tuer, tu ne crois pas ?

— Sans aucun doute.

— Alors, vive la musique et vive l'Irlande ! *Cheers !*

La foule a trinqué et repris en chœur « *Irland's call* ». Les voix rauques se rejoignaient à l'unisson, les chanteurs se regardaient avec confiance. Tout à coup, j'ai senti passer le frisson de la fraternité à l'état pur. J'aurais presque pu la toucher. Une merveilleuse sensation de légèreté, qui ne devait rien à l'alcool, s'est insinuée en moi. Dans le vacarme général, j'éprouvais une paix inhabituelle.

Nous avons continué à discuter au comptoir. Laura se collait à moi et me dévorait des yeux. Moi, je souriais béatement, conscient de tomber amoureux *prestissimo*. A la faveur d'un passage aux toilettes, je me suis observé dans la glace. Objectivement, j'étais devenu très beau. J'avais devant moi un séducteur irrésistible : œil de braise, visage viril, corps félin, quelle femme pouvait résister ? Deux ou trois poils blancs me chatouillaient les tempes, mais la belle n'allait pas s'arrêter à ce genre de détails… Ils me conféraient même une sorte de masculinité exacerbée.

J'ai regagné la salle dans un état euphorique, et

l'espèce de grosse caisse qui s'agitait dans ma poitrine s'est arrêtée tout net. Les bras passés autour de son cou, Laura embrassait le violoncelliste à pleine bouche.

J'étais le roi des imbéciles. Pourquoi une femme jeune, belle et désirable s'intéresserait-elle à un brontosaure dans mon genre ? Un pisse-copie juste bon à distinguer un tambour d'une trompette ? J'avais oublié un point capital : j'étais journaliste et elle était musicienne. Elle avait besoin de moi pour sa carrière et m'avait manœuvré comme à la parade. Dire que j'en étais déjà à me compter les poils du nombril…

Le brouhaha des conversations m'est devenu insupportable et j'ai enfilé ma veste. Elle s'est précipitée vers moi.

— Tu pars déjà ?

— Oui, j'ai du travail. Je me lève tôt demain.

— On n'a toujours pas parlé de toi ! Je ne sais même pas comment on devient critique musical !

— Oh, tu sais, ce n'est pas très intéressant.

Elle a sorti un stylo de son sac et a griffonné un numéro de téléphone sur un ticket de métro.

— Appelle-moi si tu veux des informations sur nos prochains concerts.

J'ai empoché le coupon et lui ai serré la main.

— J'essayerai de faire un papier sur le concert de ce soir. C'était vraiment très bien.

J'ai adressé un rapide salut aux autres musiciens et je suis sorti. Je n'avais plus qu'un espoir : attraper le dernier métro, m'enfermer chez moi et trouver refuge dans le silence.

J'ai marché le plus vite possible. L'air fraîchissait et le vent d'automne balayait la rue Laplace. Sa petite note vicieuse sifflait à mes oreilles. J'ai ramené les bras contre mon torse pour me réchauffer.

— Hey !

Laura courait vers moi. Elle m'a rattrapé au bout de la rue.

— J'ai oublié de te dire… Ottis Reed joue au New Morning après-demain. C'est un vieux bluesman de La Nouvelle-Orléans, une vraie légende. J'ai une invitation, on y va ensemble ? Il est extraordinaire, tu verras. C'est d'accord ? Tu m'appelles ?

Et elle est repartie en courant vers le pub. Son ombre légère dansait sur les murs.

9

Avec une lenteur désespérante, l'ascenseur passait en revue les cinq étages et mes différents malaises : nausée, gueule de bois et manque de sommeil. Au programme de la journée : aspirine et humeur noire. Le premier qui me cherchait se recevait un coup de timbale.

Penché sur son bureau, Polezzi déplaçait des dizaines de dossiers d'un air inquiet. Il a levé les bras dès qu'il m'a aperçu. J'ai ôté mes écouteurs, laissant Mozart s'amuser avec un quintette pour clarinette. J'étais mûr pour une nouvelle tragédie avec récitatif et grand air déchirant. Polezzi a joint l'extrémité de ses doigts, à l'italienne.

— Tu n'as pas vu ma clé USB ?

— Quelle clé USB ?

— Celle où je sauvegarde tous mes articles, *cretino* ! J'y ai enregistré mon papier sur les grands castrats. On boucle dans une semaine et pas moyen de remettre la main dessus !

— Tu l'auras oubliée chez toi.

Il a pris tous les dieux de l'Olympe à témoin.

— *Mamma mia !* Tu es complètement fou, ma

parole ! Tu t'imagines que je vais me promener dans Paris avec un truc aussi précieux ?

— Elle est peut-être tombée dans un de tes tiroirs ?

— C'est ça, c'est ça… Et démerde-toi, on suivra les développements de l'affaire avec la plus grande attention… C'est toujours la même chose, ici… Quand tu as des problèmes, il n'y a plus personne…

Le reste s'est perdu dans des murmures éplorés. Anton Van Elsing et Rudy Bergkopf suivaient notre conversation avec une sollicitude trop sincère pour être honnête. Les colères de Polezzi constituaient une source d'amusement inépuisable et je les soupçonnais fort d'être à l'origine de cette petite plaisanterie.

Van Elsing s'est exprimé de façon suffisamment intelligible pour être entendu de toute la rédaction.

— Ces Italiens… Donne-leur deux bouts de ficelle, ils t'en font un sac de nœuds et trois heures de drame.

— Vous, les Hollandais, vous n'êtes même pas capables de faire la différence entre l'art lyrique et le mal de mer ! a aussitôt rétorqué Polezzi en brandissant un doigt crochu.

Le débat promettait d'être long. J'ai regagné mon bureau, où j'ai découvert Morel, assis dans mon fauteuil, en train d'inspecter un boîtier de CD. Comme toujours, il avait l'air de tomber du lit.

— Qu'est-ce que tu fais là ? Tu n'es pas à Longchamp ?

— Pour ton information, le tiercé est à Auteuil, aujourd'hui, et j'ai arrêté de jouer. Tu me prêtes le Prokofiev ? Je te le ramène dès que j'ai fini de l'écouter.

— Sers-toi, c'est gratuit.

— Je te remercie.

Il s'est éloigné en traînant des pieds. J'ai mentalement fait mes adieux au Prokofiev : Morel était un véritable trou noir, et le moindre objet passant à sa portée disparaissait jusqu'à la fin des temps. Il allait jusqu'à revendre les disques aux bouquinistes du boulevard Saint-Michel pour avoir de quoi parier aux courses. Son talent de hautboïste avait suivi la même destinée : son instrument l'attendait depuis des années au Mont-de-Piété, sans susciter de sa part autre chose qu'un vague apitoiement.

Je me suis replongé dans le quintette de Mozart.

Une mise à jour de mes connaissances me semblait indispensable. De la vie de Mozart, je connaissais ce que nul n'est censé ignorer : l'enfant prodige, le compositeur prolifique, l'homme pauvre et abandonné de tous, la mort anonyme. Je devais y regarder de plus près.

Dès son plus jeune âge, Mozart avait parcouru le continent en compagnie de son père : Allemagne, Pays-Bas, Belgique, France, Angleterre. Il s'était produit devant les plus grandes cours d'Europe, où sa virtuosité au piano et au violon avait soulevé l'ébahissement général. A vingt-cinq ans, il quittait le service de l'archevêque de Salzbourg et se fixait à Vienne, bien décidé à se faire un nom comme compositeur indépendant. Après quelques succès qui lui avaient valu une certaine aisance financière, il était peu à peu tombé dans l'oubli. Et trouvait subitement la mort à trente-cinq ans, alors qu'il renouait avec le succès grâce à son ultime opéra, *La Flûte enchantée*. Sur son lit de mort traînait une partition inachevée, le *Requiem*.

J'ai consigné, en regard des siennes, les dates

marquantes de la biographie de Rémy Bonsecours. Lui aussi avait multiplié les concerts dans le monde entier dès le début de sa carrière. Au bout de vingt-cinq ans de tournées, il s'était fixé à Paris et, comme Wolfgang, avait vécu dans le luxe. Enfin, il était mort brutalement à l'instant même où la gloire lui donnait rendez-vous. Et, sur sa table de travail, traînait une partition : le *Requiem*.

Hubert Millet avait raison. La vie de Rémy Bonsecours recoupait en tous points celle de Mozart : apparition soudaine, renommée internationale, lent oubli et fin brutale.

Je voulais en avoir le cœur net, j'ai donc consulté notre experte en tragédies. Angélique comme une image pieuse, Isabelle s'affairait sur son ordinateur à retracer le chemin de croix de sa Clara Schumann.

— Isabelle, si je te dis « Mozart », qu'est-ce qui te vient à l'esprit ?

Elle a réfléchi trois secondes.

— Que veux-tu ? Une opinion personnelle ou un jugement scientifique ?

— Les deux.

Elle a levé les yeux au ciel en quête du mot juste.

— D'abord, l'avis personnel. Pour moi, Mozart est avant tout un metteur en scène. Sa musique est conçue comme une suite d'actions : il avait une caméra dans la tête et suivait ses personnages. Chaque mélodie est une nouvelle aventure, et ce n'est pas un hasard s'il adorait le théâtre. Mozart n'était pas un cérébral, c'était un visuel, voire un visionnaire. Il était donc fait pour l'opéra. A mon humble avis, on n'a jamais rien composé de plus parfait que *Don Giovanni*.

— Et sur un plan scientifique ?

Elle a effectué une rapide recherche sur Internet et m'a livré son verdict.

— Mozart avait Jupiter dans le premier quartier et Mercure dans le deuxième. A partir de là, tout est clair.

— Isabelle, je suis sérieux.

— Moi aussi. Jupiter, c'est la volonté, et Mercure, la créativité. En gros, on a affaire au profil type du génie artistique. Bien sûr, la personnalité d'un individu est un tout complexe, ce que traduisent Uranus et le Nœud lunaire descendant dans le troisième quartier : liberté et propension à la rébellion. Cela dit, il faut tenir compte de la position du Soleil et de la Lune.

— Je ne te demande pas une exploration du système solaire, Isabelle…

— Le Soleil est dans le Milieu du Ciel : Mozart était un être de lumière. En contrepartie, comme tous les Verseaux, il luttait contre l'autorité, notamment celle de son père. Maintenant, voyons la Lune…

Elle a observé le diagramme. Son visage a pâli.

— Mon Dieu… Pluton en conjonction avec la Lune dans la troisième maison…

— C'est grave ?

Elle a levé vers moi des yeux désolés.

— La Mort… Pluton parcourt le Ciel et rattrape d'abord la Lune-mère, puis le fils, Jupiter. La Mort l'a accompagné chaque jour de sa vie, dans la maison du succès comme dans celle de la maladie. Le Soleil est impuissant contre une telle influence. Il n'a jamais connu la paix, dans aucune maison de son signe.

J'ai regagné ma place, pas beaucoup plus renseigné : je n'avais pas besoin de Madame Soleil pour savoir que la vie de Mozart avait fini en tragédie. La vie de Bonsecours aussi, par ailleurs.

Dès lors, autant gagner du temps et commencer par le dernier acte.

— Salle Pleyel, bonjour. Que puis-je pour vous ?

Le jeune type répondait au téléphone avec une nonchalance appliquée.

— Non madame, c'est complet. Pour demain aussi. Pour dimanche, il reste des places à 120 et 135 euros. Je suis désolé, madame. Eh oui, c'est toujours cher pour ceux qui n'ont pas les moyens… Au revoir, madame.

Je me tenais immobile devant lui, le regard assassin. Il a daigné considérer ma pauvre personne.

— Oui ?

— Denis Augain, du *Monde de la musique*.

— Ah oui, vous êtes le journaliste…

Cette idée semblait l'écœurer au plus haut point, mais il a débité sa petite phrase comme un automate.

— Que puis-je pour vous ?

— Je désire avoir quelques informations sur…

Le téléphone a sonné et le type s'est jeté sur le combiné.

— Salle Pleyel, bonjour. Pour le concert de samedi…

J'ai préféré patienter dans le hall d'entrée, les poings serrés au fond des poches. Cette scène m'en rappelait d'autres. J'avais encore en mémoire l'interview de ce chef d'orchestre qui m'avait fait attendre deux heures pour ne pas interrompre un essayage avec son tailleur. Il avait ensuite eu le toupet de s'étonner de ma présence dans son salon. Je me souvenais aussi d'une certaine Mireille, rencontrée à peu près à la même époque, qui oubliait fréquemment nos rendez-vous. Je faisais les cent pas en bas de chez elle comme un éternel figurant.

Mes pas ont suivi le jeu des dalles noires et blanches du pavement : les triangles de marbre dessinaient une étoile à huit branches s'agrandissant en réfractions successives. Sensation étrange, impression de déjà-vu.

— Monsieur ?

J'ai relevé la tête. D'un geste las, le jeune type me désignait un homme d'une quarantaine d'années posté sur la mezzanine du premier étage. Assez grand et costaud, il était vêtu d'un jeans et d'une chemise rouge. Ses petites lunettes rondes lui donnaient une allure d'étudiant, mais ses cheveux coupés en brosse étaient tout à fait blancs.

— Voyez avec Gérard, c'est le régisseur.

Il s'est aussitôt désintéressé de mon cas pour reprendre sa contemplation blasée du téléphone.

Par chance, le régisseur était un peu mieux luné. Il est descendu à ma rencontre et m'a serré la main avec franchise. Sa voix de ténor était tout aussi nette et affirmée.

— Gérard Bordes, enchanté. Je peux vous aider ?

— J'écris un article sur Rémy Bonsecours pour *Le Monde de la musique* et je souhaiterais recueillir quelques informations sur les événements de dimanche soir.

Bordes a remonté ses lunettes sur le sommet de son nez.

— Eh bien, vous n'êtes pas un rapide, vous… Vos confrères sont passés depuis longtemps. Je ne vois pas ce que je pourrais vous raconter de plus.

Ils avaient décidé de se foutre de moi avec un bel ensemble et y parvenaient à la perfection. J'ai conservé mon calme, *moderato*.

— J'aimerais que vous me décriviez la scène dont vous avez été témoin.

J'ai eu droit à un sourire poli. Il me prenait à l'évidence pour un idiot incurable.

— Rémy Bonsecours était inconscient lorsqu'on l'a transporté dans sa loge. Un médecin l'a ausculté, les pompiers ont tenté de le ranimer, mais c'était déjà trop tard. Il est mort un quart d'heure après son malaise. Une ambulance a emmené sa dépouille le soir même.

— Il n'a jamais repris connaissance ?

— Non, à aucun moment.

Entraînés par la conversation, nous avons franchi une porte et pénétré dans la salle plongée dans une semi-obscurité. Un frissonnement d'harmoniques m'a parcouru les nerfs. Une marée de fauteuils rouge vif s'étendait entre les murs blancs et les cloisons de teck. Au-dessus de nos têtes, le balcon semblait posé en apesanteur. On se serait cru dans une cathédrale de bois et de velours. Le silence était total, quasi matériel.

C'est alors que je l'ai vu. Sur la scène, dans la lueur des veilleuses. Le Bösendorfer. Félin, racé, inquiétant. Des reflets de lumière jouaient sur le bois verni. J'ai gardé mon sang-froid et me suis tourné vers Bordes.

— Mais avant ?

Il a penché la tête de côté, comme pour saisir l'idée au vol.

— Avant ? Avant quoi ?

— Avant le concert. Que s'est-il passé ? Comment

s'était-il préparé ? Avait-il des exigences particulières, des manies ?

Le régisseur m'a considéré avec un peu plus d'intérêt. J'avais établi le contact.

— Eh bien, vous savez sans doute que Rémy Bonsecours posait des conditions très strictes à chacune de ses apparitions et que son secrétaire se chargeait de les faire respecter. La première, la plus importante, c'était son refus des contacts extérieurs. Il devait être tenu à l'écart de l'orchestre.

— Etrange.

— C'est le moins qu'on puisse dire, et je vous prie de croire qu'il n'est pas facile d'évacuer cinquante personnes des coulisses pour en permettre l'accès à une seule. Un véritable enfer ! J'ai demandé aux musiciens de patienter quelques minutes dans les étages pendant que Bonsecours arrivait par l'entrée des artistes.

— Bonsecours vous donnait personnellement ses instructions ?

— Non, son secrétaire s'occupait de tout.

L'expression de son visage signifiait, grosso modo : « Plus jamais ça. »

— Il vérifiait les moindres détails. D'abord, le placement du piano sur scène, et cela a pris une heure, puis les relations avec le chef et les autres musiciens, les discussions avec le directeur à propos des journalistes, de l'absence de journalistes, plutôt : il a menacé d'annuler la représentation parce qu'un musicien avait sorti un téléphone portable, il a cru qu'il voulait prendre une photo –, le nombre de chaises dans la loge et de roses dans le vase, le filtrage des visiteurs…

— Je croyais que Bonsecours ne voulait voir personne ?

— Il a reçu la soprano Angelina Casar. Vous voyez qui je veux dire ?

Il me prenait pour un amateur ? Qui ne connaissait pas Angelina Casar, la terreur de la Scala ? A la première remarque du chef d'orchestre, elle regagnait sa loge et n'en sortait qu'après une lettre d'excuse en bonne et due forme. A côté d'elle, la Callas faisait figure de gamine mal élevée. Elle avait annulé tant de représentations que chacune de ses apparitions finissait par constituer un événement. A quarante-trois ans, elle était au zénith de sa popularité. La rumeur lui prêtait plus de mille amants… mais on ne prête qu'aux riches.

J'ai gardé mon calme.

— J'ignorais qu'Angelina Casar faisait partie des intimes de Bonsecours.

— Cela ne s'est pas fait sans mal. Elle hurlait qu'elle ne partirait pas sans avoir accédé à sa loge, mais le secrétaire refusait de les laisser entrer, elle et son fiancé.

— Elle était accompagnée ?

— Oui, par un baryton italien, Armando Masetti.

— Vous êtes sûr qu'ils sont ensemble ?

Mimique consternée, yeux au ciel.

— Croyez-moi, il faut être fou ou aveuglément amoureux pour endurer ce genre de traitement.

Je me suis mis l'information de côté, de quoi amorcer la pompe à cancans de Cousin-Damier.

— De quoi ont-ils parlé ?

— Je ne sais pas, la porte était fermée. Je vous l'ai dit, personne n'avait accès à la loge. On m'a confié quelques objets personnels à l'arrivée de Bonsecours et j'ai juste eu le temps de les déposer devant la porte. Ensuite, défense d'approcher et interdiction d'adresser la parole au maître, même pour raisons professionnelles. Tout passait par le secrétaire.

Il a inspecté les alentours pour s'assurer que nous étions seuls et a baissé le ton, *diminuendo*.

— En quinze ans de métier, je n'ai jamais vu ça. Pourtant, des vedettes, j'en ai connu, je peux vous le dire… Chacune a son caprice : celle qui exige une certaine marque de champagne, avec parfois un millésime particulier, celle qui veut tapisser la loge de ses plus belles photos, celle qui tient à enlever tout le mobilier ou à installer son chien sur un coussin de soie… Avec Bonsecours, c'était du délire. Le secrétaire exerçait un contrôle absolu. Complètement parano, ce type-là. Et vous savez le plus fort ?

— Dites toujours.

— Rémy Bonsecours jouait pour rien. Il n'a pas réclamé un centime.

J'ai observé le régisseur, impassible. Quelque chose clochait. Rémy Bonsecours était dur en affaires, ses cachets avaient frôlé le million de dollars, il vivait dans un luxe indécent, et il se serait métamorphosé en philanthrope au moment de son grand retour sur scène ? Ce n'était pas raccord avec le personnage.

— Vous en êtes certain ?

— Tout à fait. Le directeur lui-même me l'a confirmé. Notez, a-t-il ajouté avec un sourire, ce n'est que justice, vu la tournure des événements… On ne peut pas dire que le public en ait eu pour son argent…

— Comment était-il avant le concert ? Avait-il l'air fatigué ? malade ? stressé ?

— Pas du tout. Il était calme, très sûr de lui en sortant de sa loge. Pourtant, il venait de recevoir un appel sur la ligne interne, alors qu'il avait exigé de ne pas être dérangé. Mais son secrétaire s'était absenté et il avait pris la communication. Je n'ai pas compris ce qui se disait, mais au ton de sa voix, Bonsecours semblait très énervé.

— On peut le comprendre. C'était son premier spectacle depuis longtemps.

— A mon avis, son cœur a flanché. Il était trop âgé pour s'infliger une telle épreuve.

— Horowitz a pourtant donné des concerts jusqu'à quatre-vingts ans…

— Si vous le dites… C'est le destin. Comme m'a dit Henri Poinçonné ce soir-là, la vie est une suite de hasards.

— Poinçonné ? Le compositeur ? Il était là ?

— Oui, il traînait en coulisses.

— Il connaissait Rémy Bonsecours ?

— Je ne crois pas. Il était dans les coulisses, tout simplement.

Voilà qui allait intéresser notre cher et vénéré rédacteur en chef. Mon interlocuteur a remonté ses lunettes d'un index assuré et adopté un air encore plus mystérieux.

— Il est venu incognito et m'a demandé de faire comme si je ne l'avais pas vu. Bizarre, vous ne trouvez pas ?

En effet, les zones d'ombres s'accumulaient. Je revoyais la scène : Rémy Bonsecours, seul au centre d'un cercle de lumière, comme pris au piège…

— Gérard, téléphone pour toi !

Le jeune réceptionniste brandissait un portable à l'entrée de la salle. Bordes s'est excusé et a remonté la travée centrale.

Je me suis tourné vers le Bösendorfer Imperial. Il se dressait là, devant moi, à dix mètres à peine.

Une occasion unique.

Je me suis approché pas à pas. Autour de moi, le silence était assourdissant. J'ai gravi les quelques marches qui menaient à la scène pour rejoindre le piano fermé. Mon index s'est promené sur les cloisons de palissandre et a suivi l'incrustation en lettres dorées : BÖSENDORFER. Le plus beau piano du monde, conçu spécialement pour Rémy Bonsecours… A part lui, personne n'avait jamais posé le doigt dessus. Ma main a glissé le long de ses courbes, est descendue vers le clavier.

Un instant plus tard, j'étais assis sur le tabouret. J'ai soulevé le couvercle. Les touches sont apparues dans leur alignement, mer blanche des tons et falaises noires des demi-tons.

J'ai posé la main droite sur le clavier. *Fa*, *mi*, *fa*, *sol*, *fa*, *mi* bémol, *ré*… Les notes répondaient, dociles, un peu tremblantes. Jouissance du son pur. J'ai risqué la main gauche. Un accord de *fa* s'est élevé devant moi, intact. Ma main droite a joué la mélodie, pondérée par les accords de la main gauche, de la *Romance*, deuxième mouvement du *Concerto n° 20 en ré mineur*. Au début, mes doigts accusaient une légère raideur, leurs mouvements étaient un peu mécaniques. Je me suis détendu, et ils ont retrouvé leur assurance. Comme au ralenti, les touches d'ébène et d'ivoire s'enfonçaient sous mes doigts et remontaient en douceur. La musique se déployait, fluide. Ma respiration a gagné en profondeur, mon rythme cardiaque s'est mis au diapason. Je m'ouvrais au monde. La salle Pleyel retenait son souffle.

Et j'ai entendu la note.

Le *sol*. Le *sol* que Bonsecours avait manqué au début du concert. C'était flagrant. J'ai insisté sur la touche, j'ai frappé de plus en plus fort. Quelque chose gênait son mouvement. J'ai observé les environs. Personne. Alors, j'ai ouvert le piano et inspecté la table d'harmonie : rien n'entravait le mouvement des marteaux. Le cœur battant, j'ai calé le couvercle, reculé le tabouret et saisi le châssis du clavier à ses deux extrémités. D'une légère traction, je l'ai soulevé et tiré vers moi. Tout en titillant la note de *sol*, j'ai inspecté le râtelier supportant le mécanisme des touches. Il y avait bien une résistance, je ne rêvais pas. Avec des gestes d'horloger, j'ai prélevé la touche de *sol* de son emplacement et je l'ai retournée.

Un petit feuillet de carnet à spirale, plié en huit, était caché à l'intérieur. Je l'ai ouvert.

C'était une partition manuscrite, calligraphiée avec soin.

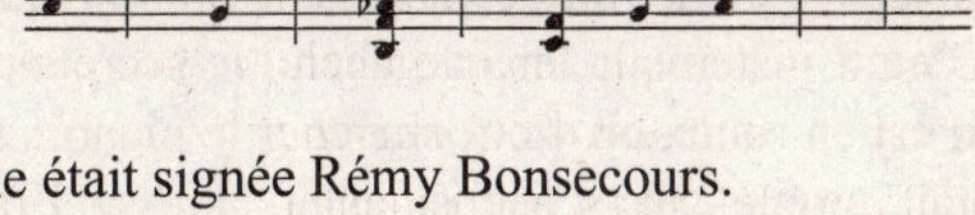

Elle était signée Rémy Bonsecours.

10

Accoudé au bar, je relisais pour la centième fois ce morceau de papier. A première vue, il s'agissait d'une composition atonale, relativement incohérente. L'auteur semblait avoir jeté sur la portée une suite de notes au hasard. Pourtant, l'application extrême de l'écriture excluait cette hypothèse. On aurait pu croire à une blague de mauvais goût, mais j'avais reconnu la signature : sans le moindre doute possible, c'était celle de Rémy Bonsecours.

Je me voyais encore devant le Bösendorfer, figé, incapable de détacher mes yeux du feuillet. Une porte avait claqué. En dix secondes, j'avais empoché le papier, remis la touche à sa place, repoussé le clavier et refermé le couvercle. Gérard Bordes m'avait trouvé assis devant le piano, innocent comme un nouveau-né.

— C'était justement Jérôme Clerc, le secrétaire. Le camion est en route, on vient chercher le piano.

Il était monté sur scène et avait caressé l'instrument.

— Bel objet, n'est-ce pas ? C'est une pièce unique. Les mécanismes sont très sensibles, il faut le manipuler avec la plus grande précaution.

— Vous avez raison. Un accident est si vite arrivé ! avais-je commenté de mon air le plus compétent.

— Je vous ai entendu jouer, tout à l'heure. Vous avez un bon toucher.

— Oh, si peu… J'ai suivi quelques cours, comme tout le monde.

Ma modestie était touchante. En fait, je me retenais de bondir du tabouret et de courir dans la rue comme un dératé.

Je me suis levé et j'ai remercié le régisseur pour son aide, puis j'ai filé dans un café de l'avenue de Wagram, où j'ai avalé un cognac pour me remettre de mes émotions. Impossible de me concentrer, ma tête ressemblait à un grand feu d'artifice et le Bruit resserrait son emprise : les voitures se livraient à un concours d'avertisseurs, le garçon hurlait ses commandes et les haut-parleurs matraquaient une chanson de Michel Sardou.

Dans mes mains, quelques notes disséminées sur une portée me posaient une question silencieuse.

Ma mère a allumé sa première cigarette de la soirée et ses narines ont exprimé deux jolies volutes de fumée.

— J'ai de la chance, tu es libre.

J'ai acquiescé en silence. La première récrimination n'allait pas tarder. Elle est tombée comme un fruit mûr.

— J'ai terminé à 5 heures, aujourd'hui. Je me disais : encore une soirée à m'ennuyer devant la télévision. J'ai essayé sur ton portable, sait-on jamais… et tu ne travailles pas ce soir ! Oh, je ne te reproche rien, je suis contente pour toi, ça vaut toujours mieux que le chômage…

L'amertume a creusé son visage. Ses soixante-deux ans de femme seule se taillaient à la serpe autour de sa bouche et formaient des poches sous ses yeux. Elle s'est resservi un verre de côtes-du-rhône.

— Profitons-en tant qu'il est encore temps.

— Que veux-tu dire ?

— Rien. A ta santé.

Elle s'est fendue d'un sourire épuisé. Elle avait pourtant été belle, dans sa jeunesse. Je me souvenais d'une photo en noir et blanc où elle avait les cheveux longs et portait une robe claire, très à la mode dans ces années-là. Autre trait d'époque, elle riait avec exubérance. Assise à une terrasse de restaurant en compagnie d'amis, elle levait son verre à toutes les bonnes choses que lui réservait l'avenir. Inutile de préciser que mon père ne figurait pas encore sur la photo.

Elle a écrasé sa cigarette et s'est levée en se tenant le bas du dos.

— Je vais voir si c'est cuit.

J'ai contemplé la nappe de toile cirée, le calendrier de la Poste, la commode du salon, les hebdomadaires jetés sur la table basse, la télévision. En trois décennies, rien n'avait changé. La pendule en plastique bleu et orange, très années 1970, faisait comme une tache de mauvais goût sur le papier peint à fleurs.

Elle avait repris son métier d'assistante dentaire après le départ de mon père. La pension alimentaire ne pesant pas bien lourd, elle avait trimé dur. Le droit de garde s'était imposé de lui-même, mon géniteur brillant par son absence. Il m'invitait pourtant de loin en loin pour un déjeuner dominical dans un bon restaurant ; nous faisions mine de nous intéresser l'un à l'autre, le temps d'un steak et d'une pêche melba ; l'air important et le cigare entre les doigts, il s'autorisait quelques remarques à propos de mes études, lui qui n'avait pas été plus loin que le brevet des collèges ; le soir, il me ramenait chez ma mère, rue des Pyrénées, au fin fond du XXe arrondissement. Quelques années plus tard, il avait monté une entreprise d'import-export de caoutchouc – l'épidémie de sida était tombée à point nommé pour enrichir les acteurs de la filière préservative. Il s'était remarié et était parti vivre en Suisse avec son magot et sa nouvelle compagne. Je ne l'avais jamais revu. Je ne lisais même pas les cartes de vœux qu'il s'obstinait à envoyer pour Noël.

J'ai fait le tour de l'appartement. On construisait un nouvel immeuble, en face, six étages de béton et de verre fonctionnels et parfaitement inhumains. J'ai poussé la porte de ma chambre. Rien n'avait changé non plus. Le bureau où, le soir venu, je faisais mes devoirs d'écolier, les étagères de livres sur les animaux, la partition de *La Marche turque*, le lit de mes nuits solitaires, la garde-robe où pendaient encore quelques vêtements d'adolescence… Sur le bureau, une photo de jeunesse. Je devais avoir seize ans, j'étais avec un copain de conservatoire. Nous tenions une partition à la main…

Je préférais ne pas me souvenir du nom de cet ami, et je suis sorti sans un regard pour l'espace laissé vide à côté de la porte.

Ma mère s'escrimait sur la télécommande.

— Cette télé ne marche jamais… Tu me diras, pour les émissions qu'on propose… La redevance devrait être remboursée par la Sécurité sociale.

Le récepteur s'est enfin allumé et le Bruit a bondi

dans la pièce. Les génériques d'émissions débiles et les spots publicitaires alignaient les deux accords de leurs jingles. Je me suis assis à table en essayant de penser à de jolies choses. La voix de ma mère a émergé de la cuisine.

— Tu sais que le fils de Monique est au chômage ? Il a trois diplômes, il se tue à la tâche pour son patron et, au bout de cinq ans, on le vire comme un malpropre ! Il paraît que les Chinois coûtent moins cher, tu te rends compte ?

Bien sûr, je me rendais compte… Chaque année, la Chine produisait une cinquantaine de virtuoses qui raflaient tous les premiers prix des concours internationaux qui mettaient le marché en coupe réglée. Comme ils bradaient leurs tarifs, les programmateurs avaient sauté sur l'occasion pour diminuer les cachets de façon drastique. Pour un Bonsecours engrangeant des fortunes colossales, on recensait des bataillons entiers de pianistes, parfois connus, survivant entre un cours particulier et un engagement dans un petit festival de province. La musique classique découvrait les joies de l'économie de marché. Bientôt, je me retrouverais moi aussi avec un Chinois sur les genoux, occupé à écrire mes articles…

Ma mère est réapparue avec un plat fumant, cigarette au bec. Un énorme gigot crépitait dans sa sauce.

— Je t'ai fait de l'agneau, j'espère que tu aimes toujours ça. Sers-toi, j'apporte la purée et les haricots.

Elle a posé le plat d'un geste brusque et est repartie à la cuisine. De ce côté-là non plus, aucun changement. Ni le geste, ni la recette. Voilà pourquoi mon père était parti : un soir, il n'avait plus supporté l'idée du gigot d'agneau et son accompagnement de griefs. Pour la seule fois de ma vie, j'avais vu ma mère pleurer. Une semaine plus tard, elle commençait dans un cabinet dentaire de l'avenue des Ternes.

— Tu ne te sers pas ? Vas-y, ça va refroidir ! Bon, laisse-moi faire, on ira plus vite.

Elle s'est emparée de mon assiette et, d'autorité, l'a remplie à ras bord.

— Tu ne le connais pas, le fils de Monique ? Je croyais que vous étiez en classe ensemble… Il travaillait à Toulouse. Du jour au lendemain, plus de boulot. Dehors ! Aujourd'hui, on ne peut plus savoir ce que la vie vous réserve. Mieux vaut s'attendre au pire. Au moins, on n'est jamais déçu…

Elle a écrasé sa cigarette dans le cendrier et tâté un morceau de gigot du bout de sa fourchette. Elle a hoché la tête en soupirant.

— C'est cuit.

Je finissais mon verre de vin quand un déluge sonore a annoncé les titres du journal télévisé. La photo de Rémy Bonsecours a surgi du fond de l'écran.

D'une voix nette et dénuée d'émotions, le présentateur a annoncé que le célèbre pianiste Rémy Bonsecours, décédé en plein concert trois jours plus tôt, avait été empoisonné. Les résultats de l'autopsie étaient formels : on avait relevé dans son organisme de nombreuses traces d'un gaz neurotoxique foudroyant, le VX. L'inhalation de cette substance causait des dommages irréversibles au système nerveux et provoquait la mort en quelques minutes. La brigade criminelle était chargée de l'enquête.

Ma mère a triomphé.

— Incroyable ! Même les gens connus sont visés ! On n'est plus en sécurité nulle part… Il ne faisait pourtant rien de mal, ce brave homme…

Elle a enflammé une nouvelle cigarette.

— Je me souviens très bien de lui… Tu écoutais ses disques à longueur de journée quand tu étais jeune. Impossible de t'arrêter ! Moi aussi, je l'aimais beaucoup. Et voilà qu'il meurt sur scène… C'est fou ! Tu étais au courant ?

Je n'ai pas répondu. Les yeux baissés, je retournais le feuillet plié entre mes doigts.

Cette fois, je n'étais plus un simple figurant.

II

KYRIE

La musique est le refuge
des âmes ulcérées par le bonheur.

Emil CIORAN.

11

Charles Cousin-Damier était penché sur l'ordinateur de Polezzi. Un peu plus loin, Vertbois, Van Elsing et Bergkopf étaient réunis pour un aparté digne de *Macbeth*, en montrant la machine du doigt. Isabelle s'est précipitée à ma rencontre. A son expression, j'ai compris que nous avions droit à un nouveau drame.

— Quelqu'un a piraté les ordinateurs de la rédaction ! Quand Rudy a allumé son écran, ce matin, il s'est aperçu que ses fichiers avaient été consultés entre 2 heures 35 et 3 heures 10. On est entré aussi dans ceux d'Anton et de Jean-Jacques, et on a même fouillé le bureau de monsieur Cousin-Damier.

Van Elsing a henni d'une voix plaintive.

— C'est incroyable ! On m'a visité entre 1 heure et 2 heures ! Et Jean-Jacques, aux alentours de 4 heures ! Je te conseille de vérifier de ton côté.

J'ai consulté mon propre terminal. On s'était introduit chez moi à 3 heures 23, très exactement. Les yeux au ciel, Polezzi nous a joué son grand air de l'indignation.

— On a osé entrer dans le mien ! *Per la madona !*

Après ma clé USB, tous mes articles qui s'envolent ! Il n'y a pas de justice sur cette terre !

Le menton dans la main, Charles Cousin-Damier déambulait avec gravité. Tous les regards étaient braqués sur lui. Il s'est immobilisé, les mains sur les hanches, et a dévisagé chacun de nous. Sa voix de haute-contre vibrait d'une rage contenue.

— L'heure est grave.

Il a repris son souffle et est reparti, *crescendo*.

— Le malfaiteur a agi de façon systématique sans même se donner la peine de dissimuler son forfait. Il est allé jusqu'à profaner le sanctuaire du rédacteur en chef. C'est indigne, et je crois que nous pouvons qualifier cette intrusion de sabotage pur et simple. Le constat est terrifiant, mais force nous est de constater que nos rivaux sont prêts à tout pour se saisir d'informations confidentielles. Méditons cette leçon. Les effets pervers de la concurrence s'étalent au grand jour.

Il a respecté une pause mélodramatique et a baissé la tête, dans l'espoir d'apercevoir, peut-être, les ultimes bouts de ses chaussures que sa bedaine n'occultait pas encore. Avec son habituel sens de l'à-propos, Morel a fait son entrée. Isabelle lui a dressé un topo rapide de la situation. Cousin-Damier a balayé la rédaction d'un regard de prophète.

— Un traître s'est glissé parmi nous.

La sentence a été accueillie dans un silence de mort. Chacun a regardé son voisin en douce. Le rédacteur en chef a poursuivi, un ton plus haut et les bajoues frémissantes de colère.

— Oui, un traître ! Sinon, comment expliquer l'absence d'effraction ? Comment le malfaiteur a-t-il pu déjouer les mots de passe des ordinateurs ? Par quel stratagème ? Et comment a-t-il pu passer d'un terminal à l'autre en si peu de temps, puis repartir tranquillement avant notre arrivée ? Comment ? Parce qu'il connaissait nos horaires ! Parce qu'il possédait les clés ! Parce qu'il savait où chercher ! En bref, parce qu'il fait partie du journal !

Polezzi s'est pris la tête à deux mains.

— *Fellonia !*

Charles Cousin-Damier a brandi l'index et adopté un ton d'imprécateur. Sa voix de *falsetto* a déraillé progressivement vers les aigus.

— Je réagirai avec une fermeté impitoyable à cette agression ! A l'avenir, j'exigerai de votre part une prudence de tous les instants ! Quant au coupable, s'il se trouve dans cette pièce, qu'il apprenne ceci : je le démasquerai, je le traduirai devant le tribunal de l'Histoire, et il lui en cuira !

Puis, avec une souplesse étonnante pour un homme de sa corpulence, il s'est faufilé entre les tables et a claqué la porte de son bureau.

La rédaction du *Monde de la musique* s'est mise à vivre au ralenti, frappée de sidération. Pendant une bonne partie de la matinée, les chuchotements ont succédé aux allusions assassines. D'un ordinateur à l'autre, les yeux s'observaient ou se fuyaient, des hochements de tête se répondaient, des conciliabules s'organisaient entre fumeurs sur le balcon.

Je préférais me tenir à l'écart de ces parlotes, mais Isabelle m'a rejoint devant la machine à café.

— Tu crois que c'est sérieux, cette histoire ?

J'ai assumé mon air le plus blasé.

— On ne nous a pas volé d'ordinateur, personne n'a été pris en otage, il n'y a pas mort d'homme et, pour une fois, la photocopieuse fonctionne normalement. Pas de panique…

— Il y a eu piratage, pourtant…

— C'est vrai, on ne peut pas le nier.

— Tu as l'air de t'en moquer.

— Je n'ai pas dit ça non plus.

Elle a scruté les environs. Sa voix n'était plus qu'un filet de vent.

— Tu as des soupçons ?

J'ai continué à touiller mon café avec le plus parfait détachement.

— Non. Cousin-Damier s'angoisse pour rien. Il m'a l'air un peu nerveux en ce moment…

— N'empêche que l'ordinateur de Morel a lui aussi été visité…

— Je te dis qu'il n'y a pas lieu de s'inquiéter.

J'ai marqué un temps et bu une gorgée de café, prélude à mon effet dramatique. Je me suis posté à la fenêtre pour observer la circulation automobile.

— Cela dit, si les faits sont avérés, il faut se demander à qui profite le crime.

— Tu penses à quelqu'un en particulier ?

J'ai vidé mon gobelet d'un trait et l'ai jeté à la poubelle.

— Peut-être.

— Morel ?

— Je ne crois pas. Tu l'imagines ici, en pleine nuit, occupé à pirater les ordinateurs ? Il est bien trop flemmard.

— Alors, qui ?

J'ai fait volte-face. Jean-Jacques Vertbois nous observait, à demi caché derrière son écran. Pour une fois, il oubliait de sourire.

Comme je regagnais ma place, Cousin-Damier a fait irruption dans la salle de rédaction et m'a désigné du doigt. Sa voix suivait un tempo vif. Son débit était haché, *staccato*.

— Denis, pouvez-vous venir, je vous prie ? J'ai une communication de la plus haute importance à vous faire.

Fidèle à lui-même, le bonhomme astiquait ses lunettes à l'aide du premier bout d'étoffe venu.

— Mvoui, mon cher Denis, j'aimerais connaître votre opinion sur les événements de cette nuit. Ils sont d'une extrême gravité, vous ne trouvez pas ?

— Eh bien, si vous voulez mon avis…

— Je crains pour la survie de ce mensuel, je ne vous le cache pas.

Pourquoi me sollicitait-il, puisque ma réponse l'indifférait au plus haut point ? Je me suis rappelé les sermons de mon père : « Mon garçon, tu n'as aucun sens de la répartie ! Tout le monde te marche sur les pieds ! Impose-toi ! Aie confiance ! » Sur quoi, il avait disparu de mon existence.

Cousin-Damier malaxait l'air de ses doigts boudinés, en quête de la formule la plus adéquate.

— Voyez-vous, Denis, vous êtes l'une des rares personnes dignes de confiance dans cette rédaction. Je suis certain que vous n'avez rien à voir avec cette histoire. Savez-vous que vous êtes notre meilleur élément ?

Ravi de l'apprendre. Curieusement, il s'était abstenu de ce genre de constat à l'époque où nous étions simples collègues de bureau. Il a ramené ses mains sous son double menton et m'a scruté de son œil de reptile.

— Aussi, je vous recommanderai la plus grande vigilance. N'hésitez pas à me signaler tout comportement suspect. Je serai là pour vous écouter.

Je n'étais pas sûr d'avoir bien entendu.

— Si je vous comprends bien, vous me demandez de jouer au délateur ?

Il faut croire qu'un scorpion géant venait de lui piquer les fesses, car il a bondi de son siège.

— Bonté gracieuse, non ! Quel vilain mot ! Jamais je n'exigerais une telle chose de votre part ! Je connais votre probité ! Mon seul souci est de maintenir une bonne ambiance de travail au sein de l'équipe. Notre force vient de notre cohésion, Denis. En aucun cas une brebis égarée ne doit la mettre en péril.

Le front contre la vitre, il s'est abandonné à la contemplation du ballet des voitures.

— Considérez-moi plutôt comme… comme votre chef d'orchestre, voilà. Je me porte garant de l'harmonie de notre petite formation. Je suis bon, doux, tolérant, magnanime…

Il s'est interrompu, comme ébloui par une telle prolifération de qualités, puis a abattu son gigantesque poing sur son bureau. Les yeux exorbités, il s'est penché vers moi et a chuchoté, *furioso*.

— … mais je suis à l'affût de la moindre fausse note ! La fausse note, Denis, je la traque, je la débusque, je l'isole et je la corrige ! Impitoyablement ! C'est la raison pour laquelle, dans l'intérêt général, je me vois contraint d'exiger la collaboration pleine et entière de chacun d'entre vous. J'en appelle à votre esprit d'observation.

Il s'est approché autant que le lui permettait son ventre de baleine et a encore baissé d'un ton. Son haleine dégageait des effluves de chou-fleur à l'ail.

— Vous serez mon premier violon dans la lutte.

— La lutte ?

— La lutte contre la malveillance ! Des choses louches se trament depuis plusieurs mois entre ces murs, Denis. Sans en avoir l'air, je scrute. J'épie. Et rien ne m'échappe.

Les faits lui donnaient manifestement tort, mais je n'avais aucune envie d'engager un débat contradictoire. Il a continué sur un mode badin.

— Je saurai être reconnaissant, bien entendu. Au fait, avez-vous appris la nouvelle, pour Rémy Bonsecours ?

— Oui. C'est terrible. Je…

— Je suis d'accord avec vous. Les prolongements de cette affaire méritent un supplément d'information.

— Sans aucun doute.

Il m'a dévisagé avec un air de propriétaire assez déplaisant.

— Avez-vous rencontré Hubert Millet, ainsi que je vous l'avais suggéré ?

— Oui. Selon lui, Gould et Bonsecours ne pouvaient pas se connaître. Ils n'avaient rien en commun.

— C'est bien ce que je pensais. Vous faites fausse route, mon pauvre garçon.

J'ai serré les poings et rassemblé de toute urgence quelques rudiments de philosophie zen. Bien sûr, motus et bouche cousue sur la partition de Bonsecours. J'ai parlé d'une voix blanche.

— Il ne reste plus qu'à attendre les conclusions de la police.

Les mains d'hippopotame de mon interlocuteur se sont élevées vers les étoiles.

— Mon cher Denis, vous ne réalisez pas la gravité de la situation. Il ne fait aucun doute que nos ennemis ont pris connaissance du contenu de notre prochain numéro. Nous devons repartir de zéro et fournir des informations inédites à nos lecteurs. Sinon, pourquoi achèteraient-ils notre magazine, je vous le demande ?

— Rien à craindre de ce côté-là, il s'agit surtout d'abonnés.

Sa voix a émis des couinements de violon désaccordé.

— A plus forte raison ! Renouvelleront-ils leur abonnement ? Réfléchissez un peu, Denis ! L'avenir de notre journal est en jeu ! Et le vôtre, par la même occasion ! Nous n'avons plus le choix, nous devons redoubler d'efforts ! Flirter avec l'excellence ! Rémy Bonsecours n'est pas devenu le virtuose que l'on sait par l'effet du Saint-Esprit ! Il a travaillé dur et j'attends de vous une abnégation identique ! Heureusement que je suis là pour vous sauver la mise !

Il a laissé passer un temps, propice à l'admiration.

— Une célébration en sa mémoire est organisée cet après-midi. Je suppose que vous êtes au courant ?

Jérôme Clerc avait vaguement fait allusion à une cérémonie funéraire. En bon limier, Cousin-Damier avait activé son réseau d'indicateurs et recueilli des informations de première main. J'ai haussé les épaules.

— Aucune illusion, la presse ne sera pas invitée.

— La presse, non. Mais vous, oui. La cérémonie se déroule à 14 heures en la Sainte-Chapelle. Vous vous présenterez à 13 heures 30 au palais de justice, devant l'entrée réservée au public. Là, quelqu'un vous prendra en charge. J'espère que vous nous ramènerez un reportage intéressant. Ce sera une exclusivité du *Monde de la musique*. Après tout ce remue-ménage, ce ne sera pas du luxe. Avez-vous quelque chose à ajouter ?

C'était le moment ou jamais de parler de Laura.

— Puisque nous sommes à la recherche d'informations inédites, je dois vous annoncer que j'ai découvert une jeune flûtiste tout à fait extraor…

Charles Cousin-Damier a coulé sa masse dans son fauteuil directorial et l'a fait pivoter de cent quatre-vingts degrés.

S'il n'avait été aussi adipeux et les fenêtres si étroites, il aurait valsé du cinquième étage.

12

Une dizaine d'équipes de télévision se pressaient devant les grilles du palais. Un important cordon de policiers maintenait la foule des admirateurs à distance. Les officiels filtrant l'accès à la Sainte-Chapelle ne laissaient passer que de rares privilégiés. Le chef d'orchestre Myung-Whun Chung et la pianiste Martha Argerich, calfeutrée dans un vaste manteau noir, se sont frayé un chemin dans une bousculade digne du chœur des esclaves de *Nabucco*.

Je me tenais comme convenu devant l'entrée réservée aux visiteurs, exceptionnellement fermée ce jour-là. Il était déjà 13 heures 45. Le ciel était d'un gris d'étain, le vent glacial, et je pressentais le coup fourré.

Un homme strictement vêtu de noir s'est approché en rasant les murs. Il me fixait de ses yeux ternes.

— Monsieur Augain ?

Son crâne dégarni où se cramponnait un mince duvet blond était posé d'un bloc sur son costume anthracite. Sa mine, pâle et inexpressive, trahissait son appartenance à la corporation des croque-morts. D'un geste précis, il m'a invité à le suivre. Nous avons franchi le dispositif de sécurité et traversé la cour intérieure du palais de justice. Au-dessus de moi, le clocher de la Sainte-Chapelle lançait sa flèche vers les nuages. Je me suis arrêté quelques instants, comme happé par le mouvement ascendant de la façade.

— Si vous voulez bien me suivre…

L'homme parlait très bas mais de façon tout à fait audible, avec cette espèce de chuchotement comminatoire en usage dans sa profession. Il m'a désigné en silence l'itinéraire imparti, puis m'a indiqué d'un simple regard un escalier à vis caché derrière le portail. Sa mission accomplie, il a tourné les talons et a disparu avec une discrétion d'ombre. Un vrai professionnel : son visage s'était déjà effacé de ma mémoire.

J'ai grimpé l'escalier pour aboutir à une plate-forme munie d'un orgue. De là, j'avais une vue panoramique sur les lieux. Une petite centaine de personnes avaient pris place sur des chaises réparties le long d'une travée centrale. Les conversations couraient d'une silhouette à l'autre, *mezza voce*. Des masses noires s'inclinaient pour de courts conciliabules et se redressaient avec lenteur. Les chuchotements s'insinuaient entre les blocs de silence.

L'édifice était à peine éclairé par une série de candélabres disposés de part et d'autre d'un catafalque. Quatre grands cierges indiquaient les points cardinaux. En l'absence de soleil, les immenses vitraux ne dispensaient presque aucune lumière. Rouges, verts, jaunes et bleus semblaient éteints.

Très vite, une sensation d'étouffement s'est emparée de moi, semblable à celle que j'avais connue en entrant chez Rémy Bonsecours. L'atmosphère était froide et pesante. Les cierges crépitaient dans le silence. Les formes sombres assises en contrebas oscillaient au gré du vent…

J'ai inspecté les alentours pour me détendre un peu. Dans les vitraux de la rosace, des anges fustigeaient un groupe de pécheurs recalés aux épreuves du Jugement dernier. Le long des murs, les statues des apôtres surveillaient les visiteurs. Leurs visages de pierre, graves et sévères, palpitaient sous l'éclat vacillant des bougies. J'avais la conviction de ne pas être à ma place. Les lieux de culte m'étant à peu près aussi étrangers que les boîtes de nuit ou les hammams, l'idée de Cousin-Damier me paraissait de plus en plus extravagante. Au fond de ma poche, mes doigts jouaient avec la partition.

Des pas ont résonné dans l'escalier. On montait sur un rythme à trois temps très régulier. Je me suis caché dans une encoignure. Un petit homme bossu, le visage chiffonné par une grimace, a débouché sur la plate-forme. Il portait d'épaisses lunettes noires et s'aidait d'une canne d'aveugle. Il s'est installé à l'orgue sans remarquer ma présence, a replié sa canne et a attendu en se balançant sur son siège, les mains posées sur les genoux.

Une légère agitation a saisi l'assemblée. Je me suis approché de la rambarde. Toutes les têtes étaient tournées vers l'entrée de l'église.

Porté par six hommes en deuil, le cercueil de bois clair a fait son apparition et a remonté l'allée centrale. Les pas claquaient sur les dalles. Douze moines vêtus de noir suivaient la dépouille. Capuchon rabattu sur la tête, ils avançaient lentement, les mains dissimulées dans leurs manches, insensibles aux murmures accompagnant leur progression.

Le cercueil a été disposé sur le catafalque, face à l'autel éclatant de dorures, et les moines se sont répartis en demi-cercle autour de la bière.

Un silence, interminable.

Obéissant à un ordre muet, ils ont pris une profonde inspiration et psalmodié une phrase latine, douce et confiante. *Absolve, Domine, animas omnium fidelium defunctorum ab omni vinculo delictorum*... La mélodie ondulait, pareille à la flamme d'une bougie caressée par la brise. Sensation de plénitude, puissance et sérénité. Une image s'est imposée à moi, celle d'une mère penchée sur son enfant. Fugitivement, je ne me suis plus senti seul dans l'univers. Le *cantus firmus* a déroulé une phrase solitaire, *Et gratia tua illis succurente, mereantur evadere iudicium ultionis*... Il faisait part de sa confiance en l'éternité : non, le ciel n'était pas vide. En réponse, ses frères ont repris le thème originel, *Et lucis aeternae beatitudine perfrui*, et le chant s'est élevé avec une vigueur décuplée vers les voûtes, pour se rejoindre dans une longue note psalmodiée à l'unisson. Ce souffle, issu de la Foi, avait la force de l'espérance et la légèreté d'une cathédrale. Fusion aboutie du corps et de l'esprit.

L'écho planait encore au-dessus de l'assistance lorsque les moines ont reconstitué leur cortège et quitté les lieux dans un glissement feutré. Appuyé à une colonne, j'étais rempli d'un bien-être étonnant, pour une fois en paix avec moi-même.

Quatre hommes en chemise blanche et pantalon noir ont surgi d'une chapelle latérale et se sont postés aux coins du catafalque, face au corps. L'un d'eux a entamé un chant mélancolique. *Illibata Dei Virgo nutrix...* Son voisin a attendu la deuxième mesure pour entamer sa partie. *Olimpi regis o genitrix...* Contrairement au chœur des moines, leurs voix distinctes se juxtaposaient en un subtil alliage de chant et de contrechant, se complétaient, s'entrelaçaient à la manière de la rose et du liseron. Il n'était plus question de fusion : chacune avait sa vie propre, racontait son histoire, et c'était une succession d'appels et de fuites, de thèmes et de contrepoints, de reprises et de variations. Une incroyable douceur se dégageait de l'ensemble. Porté par ses compagnons, le troisième chanteur a introduit un nouveau thème, en dessinant ses propres arabesques. Très vite, la quatrième voix s'est immiscée en reprenant le premier thème à l'octave puis a fugué, s'intercalant, en vertu d'une science accomplie, dans le cheminement harmonique des trois autres. Les filets de notes se dispersaient, se ramifiaient et se réconciliaient, disparaissaient, ressurgissaient et se rejoignaient en un point d'orgue parfait à la sixte, la tierce et la quinte.

Qui avait pu écrire un quatuor aussi abouti ? Je n'ai pas eu le temps d'approfondir la question : tandis que les chanteurs prenaient congé, une femme s'avançait le long de la travée centrale. Sa robe de soie noire frissonnait à chacun de ses pas. Angelina Casar s'est recueillie quelques instants devant le cercueil, a pris une profonde inspiration et laissé couler un air italien d'une mélancolie surhumaine. Sa voix seule, nue, semblait tissée d'or et de velours. Elle glissait dans l'espace, gorgée de désespoir – on pouvait presque entendre les frôlements des cordes et les plaintes des hautbois par-delà sa tendresse. Cette femme portait en elle toute l'affliction du monde et la douleur des êtres perdus. Sa tristesse était celle de tous les hommes. Des impressions ont affleuré à ma mémoire, une main glissant sur ma joue, une épaule se dérobant à mon bras... La vie est un éternel exil, un voyage sans retour, et cet instant, comme tous les instants, était condamné à mourir. Voilà ce que me confiait la dame en noir.

Elle a terminé sur une longue note tenue ; un fugace rayon de soleil a transpercé les vitraux rougeoyants pour frapper le cercueil. Le temps d'un éclat, le chant s'était fait lumière. Angelina Casar a salué le corps d'un simple hochement de tête et a rebroussé chemin, froissant le silence d'un frémissement d'étoffe.

Comme en réponse à une sollicitation muette, l'organiste a déroulé les premières notes d'une fugue. L'instant de surprise passé, j'ai reconnu Jean-Sébastien Bach. Qui, mieux que lui, pouvait avoir composé une musique aussi savante et concentré en quelques mesures un écheveau harmonique d'une telle complexité ? Deux mélodies naissaient sous les doigts de l'aveugle : la première proposait une variation que la seconde suivait un moment, avant de développer un contrepoint de plus en plus élaboré, appelant lui-même une reprise de la première mélodie. Ces suites de notes faisaient songer à deux poupées mécaniques enchaînant figures et saluts sous les ordres d'un architecte inspiré. Tout paraissait justifié : un ordre immanent présidait à cet édifice sonore. L'organiste souriait, absorbé dans sa contemplation intérieure. Son visage biscornu était transfiguré d'extase.

Il a exécuté les dernières mesures avec une incroyable retenue – adieu pudique.

Avec une coordination parfaite, les six porteurs ont remonté l'allée centrale, entouré le catafalque, soulevé le cercueil et, du même pas mesuré, ont regagné la sortie.

Un homme, au premier rang, s'est levé. Jérôme Clerc. Très calme, presque détaché, il a suivi la dépouille, bientôt imité par les autres visiteurs. Sourire aux lèvres, l'organiste a enchaîné sur l'*Ode à la joie* de Beethoven. Tempo joyeux et apaisé, presque jazzy.

Je me suis dirigé vers l'escalier.

Sans cesser de jouer, l'organiste a tourné son visage dans ma direction. Au cœur de ses ténèbres, il avait senti ma présence. Son sourire, soudain, s'est déformé en rictus : il me faisait penser à une gargouille penchée sur son établi, affairée à d'obscures manipulations.

J'ai dévalé les marches sans demander mon reste.

Des petits groupes quittaient l'église et échangeaient leurs impressions à voix basse. Le violoniste Ivry Gitlis, très droit et serein malgré ses soixante-dix ans, saluait Placido Domingo et faisait l'éloge d'Angelina Casar. Les chefs Kurt Mazur et Nikolaus Harnoncourt s'ignoraient ostensiblement. Une femme d'une cinquantaine d'années réconfortait Jérôme Clerc, qui ne semblait pas affecté outre mesure.

Je me suis dirigé vers lui, mais il a filé dès qu'il m'a aperçu.

— Que pensez-vous de cette cérémonie ? Belle réussite, n'est-ce pas ?

Je me suis retourné. Les yeux d'un homme me

fixaient, agrandis par de gigantesques lunettes d'écaille. Grand et maigre à faire peur, il était âgé d'une cinquantaine d'années à en juger par sa chevelure où le blanc commençait à prédominer. On devinait, au tressaillement de sa pomme d'Adam, une tentative de rire qui s'égarait dans le dédale des cordes vocales. Sa tête me disait quelque chose, mais rien de bien joyeux.

Il a haussé les sourcils.

— Vous êtes journaliste au *Monde de la musique*, si je ne m'abuse ?

— En effet.

— Nous nous sommes rencontrés il y a quelques jours.

J'ai haussé un sourcil. Il a souri – ou ri, car sa pomme d'Adam en a profité pour gigoter un peu.

— Vous sortiez de chez Rémy Bonsecours.

Exact : je l'avais croisé dans le jardin. Il était d'ailleurs vêtu de façon identique, costume gris froissé et imperméable noir tombant aux mollets. Son majeur droit était encombré d'une bague peu discrète en forme de clé de sol. Le vieux garçon dans toute sa splendeur.

Il a rajusté ses hublots sur son appendice nasal.

— Il faut avouer que Rémy Bonsecours a fait très fort.

Il m'a dévisagé de nouveau avec un petit air complice. Son regard insistant me mettait mal à l'aise et je me suis concentré sur les poils qui lui sortaient des narines.

— Qu'est-ce qui vous fait penser cela ?

— J'ai beaucoup fréquenté Rémy Bonsecours, ces dernières années. J'ai appris à le connaître – pour autant qu'on puisse connaître quelqu'un d'aussi secret, bien sûr. Il était parfois imprévisible, surtout dans ses relations avec ses contemporains, mais une chose est certaine : il ne laissait jamais rien au hasard.

— Vous n'êtes pas la première personne à me le dire.

— Parce que c'est la vérité. Je n'ai jamais rencontré quelqu'un d'aussi systématique. Il contrôlait sa vie dans les moindres détails. Mais, pardonnez-moi, je ne me suis pas présenté : Dieudonné Lambert.

Il m'a tendu une main osseuse que j'ai fait semblant de ne pas voir. Il l'a rangée dans la poche de son pardessus, pas rancunier.

— Je suis professeur de musicologie à la Sorbonne. C'est ainsi que j'ai eu le privilège de côtoyer Rémy Bonsecours.

— Il suivait vos cours ?

J'ai eu droit à une mine moqueuse et suprêmement énervante.

— Oh non, rassurez-vous, sa culture musicale était encyclopédique. Quant à la pratique, il va de soi que je n'avais rien à lui apprendre. Il souhaitait juste avoir mon opinion sur certaines partitions. Sa collection de manuscrits originaux est remarquable. Vous l'avez vue ?

— Oui.

— Impressionnant, n'est-ce pas ? Il passait des journées entières dans sa bibliothèque.

— Que cherchait-il, à votre avis ?

— Cela, il n'en parlait jamais. C'était un secret.

— Il voulait peut-être découvrir de nouvelles œuvres, ou alors se consacrer à d'autres compositeurs ?

— Dans ce cas, il n'aurait jamais joué le *Concerto*

pour piano n° 20 pour son retour sur scène. Cela me paraît évident.

Un point pour lui. Petit rire muet, nouveau regard appuyé. J'ai enfin compris où il voulait en venir. J'ai fait mine de ne pas relever. Il a sorti un paquet de cigarettes de sa poche.

— En tout cas, sa petite comédie était plutôt réussie.

— Une comédie ? J'ai trouvé ça plutôt sinistre.

— En réalité, c'était très drôle. Visiblement, vous ne l'avez pas connu. Rémy Bonsecours possédait une intelligence exceptionnelle. Plutôt que de dire les choses de but en blanc, il procédait toujours par allusions.

L'homme a déployé un large sourire, révélant une denture chevaline et anarchique, patinée de nicotine.

— Il fallait bien l'écouter, il parlait très peu. Un jour que je m'étonnais de ne jamais le trouver assis devant son piano, il s'est contenté de répondre : « Les touches ne me touchent plus. » C'était sa forme d'humour. Il utilisait une sorte de langue cryptée que lui seul comprenait.

— Quel rapport avec cette cérémonie ?

Il m'a dévisagé, étonné que je n'aie toujours pas percuté.

— Cher monsieur, c'est pourtant clair. Cette cérémonie était le testament philosophique de Rémy Bonsecours.

Les grilles du palais de justice se sont ouvertes et le corbillard a entamé sa lente progression à travers la masse des caméras et des curieux. Fataliste, mon interlocuteur a hoché la tête et allumé sa cigarette.

— Quelque chose m'échappe, pourtant…

Pour la première fois, le musicologue m'a considéré avec une certaine gravité.

— Vous n'avez pas senti comme un manque ?

Je me suis contenté de patienter quelques instants. La réponse n'a pas tardé.

— Rémy Bonsecours a consacré toute sa vie à Mozart, il lui doit sa carrière, au point qu'on ne pouvait jamais mentionner l'un sans l'autre, et, au baisser du rideau, adieu ! Plus de Mozart !

— Un oubli, peut-être ?

L'homme a froncé les sourcils.

— Je vous l'ai dit, Rémy Bonsecours ne laissait jamais rien au hasard.

Il a aspiré une ultime bouffée et jeté son mégot par terre. Il a refait une tentative pour me serrer la main – il n'était pas près de jouer avec mes phalanges, alors j'ai détourné la conversation en enfonçant les poings dans mes poches.

— Vous qui l'avez bien connu, saviez-vous qu'il était croyant ?

La pomme d'Adam a fait un peu de gymnastique.

— Désolé de vous contredire, cher monsieur, mais vous faites erreur. Sur ce point, au moins, je suis catégorique : Rémy Bonsecours était rigoureusement athée.

— Dans ces conditions, pourquoi une cérémonie à la Sainte-Chapelle avec des moines et du chant grégorien ?

L'homme a regardé le corbillard, suivi par une foule recueillie, s'éloigner vers la place Saint-Michel.

— Mystère. Un jour, il m'a avoué faire des retraites régulières dans une abbaye normande, Saint-Wandrille.

Je n'en sais pas beaucoup plus. A vous de découvrir l'explication…

Une pluie fine s'était mise à tomber. Il a relevé le col de son pardessus.

— En musique, il existe toujours une nuance entre ce qu'on imagine en lisant une partition et ce qu'on joue. Ce processus s'appelle l'interprétation…

Il a souri, renoncé à la poignée de main et s'est éclipsé.

De l'autre côté de la grille, un homme ne me quittait pas des yeux. Assez corpulent, vêtu d'un costume trois pièces, le visage dissimulé par une barbe épaisse… J'étais sûr de l'avoir déjà vu quelque part. Oui, ce type se tenait en face de chez Rémy Bonsecours, je l'avais remarqué en sortant…

La pluie redoublait. J'ai levé la tête.

Dressés aux angles du clocher de la Sainte-Chapelle, des anges de pierre embouchaient les trompettes de l'Apocalypse.

13

— Quelle histoire ! Un crâne dans un cabinet de lecture ! Une cérémonie macabre dans une chapelle gothique ! Et, en plus, une partition cachée dans la touche d'un piano ! Je peux la voir ? La partition, je veux dire…

Laura trépignait au bar du New Morning. Je regrettais déjà mes confidences.

— Hurle un peu moins fort, s'il te plaît ! Je ne peux pas t'en dire plus pour l'instant.

— Tu te rends compte ? On est en plein mystère…

— Surtout en plein brouillard !

— Tu étais le seul journaliste invité à ce concert, tu dois mener l'enquête ! Je suis sûre que Bonsecours a dissimulé la partition dans son piano en sachant que tu la découvrirais.

— Laura, tu lis trop de romans.

— C'est évident, voyons ! Tu oublies qu'il appréciait tes articles.

— Cela ne prouve rien.

— Réfléchis deux secondes. Quel est le bien le plus précieux d'un musicien ? Son instrument. C'est son meilleur ami, il lui confie tous ses secrets. Bonsecours n'a pas agi différemment.

— J'ai trouvé ce message par hasard. Si je ne m'étais pas rendu salle Pleyel…

— Mais tu y es allé, et ça change tout ! Ce type, là, le musicologue, il t'a expliqué que le hasard n'existait pas, avec Bonsecours. Il avait tout prévu ! La partition t'était destinée. Pour moi, ça ne fait aucun doute.

Elle a avalé une large rasade de son demi. J'ai embrayé *pianissimo* pour l'inciter à baisser le volume.

— Ce n'est pas aussi simple. Il faut…

Elle a enfoncé son index dans ma poitrine et, tant qu'à faire, s'est exprimée de façon à ce que la salle entière en profite.

— Réveille-toi, Denis ! Tu veux rester là toute ta vie à écouter les autres ? Non ? Alors, prends cette affaire en main ! Et compte sur moi pour te le rappeler ! Bon, cette partition, tu me la montres, oui ou non ?

Elle a conclu son petit couplet par un sourire irrésistible, calibré au millimètre. N'empêche, c'est moi qui tenais la baguette dans cette affaire, elle avait un peu tendance à l'oublier.

— Non. Je veux d'abord mener ma propre enquête. Ensuite, j'aviserai.

Elle a croisé les bras pour mettre en valeur sa poitrine aux proportions wagnériennes.

— Tu sais, personne ne me dit jamais non, à moi.

— Eh bien, voilà, c'est fait. A propos, comment va ton violoncelliste ?

Ma remarque lui a coupé le sifflet, deux secondes au moins.

— Très bien. La pauvre ignorante que je suis implore

ton pardon, a-t-elle minaudé en esquissant une révérence.

La lumière a baissé et le public a salué l'entrée sur scène d'un vieux Noir à la chevelure grisonnante. Laura a hurlé, frappé des mains et sifflé entre ses deux index. En bon mélomane, je me suis contenté d'applaudir poliment. Le vieil homme, très ému, a remercié la foule d'un hochement de tête. Il marchait avec difficulté et la guitare électrique qu'il portait à bout de bras semblait peser une tonne. Il s'est assis, a raccordé l'instrument à son ampli et a échangé un regard avec le batteur et le contrebassiste, deux jeunes Noirs à dreadlocks. Puis, sans crier gare, il a attaqué les premières notes.

Une aiguille s'est fichée dans ma moelle épinière. Chaque coup de médiator raclait mes nerfs à vif. Les mains puissantes du guitariste broyaient le manche et étranglaient les cordes de métal, débordant de souffrance, de rage et d'humiliation. Impitoyable, la Gibson a craché une série de notes saturées, puis le vieux Noir s'est approché du micro et sa voix rauque, épuisée par le tabac et l'alcool, a chanté sa complainte. *Have no money and my babys's gone…*

C'était un homme de peine assis au bord d'une route du Mississippi, une guitare sur les genoux. Fils d'esclave, il regardait passer la vie, cette vie dont il serait toujours un réprouvé, *a dirty negro*, et il ravalait sa colère et sa honte. Les poings serrés, je réalisais brutalement que sa douleur était la mienne.

Un filet d'air chaud a coulé dans mon oreille. Laura.

— Qu'est-ce que tu en penses ? Il est fabuleux, non ?

J'ai fait oui de la tête pour ne pas perdre une seule

note du concert. Ottis Reed était lancé dans une improvisation et faisait hurler ses cordes pour leur arracher un désespoir à sa mesure. La batterie assénait des coups terribles, définitifs, et la basse plombait l'horizon de ses notes inexorables. Pourtant, la guitare rugissait, implorait, ne s'avouait pas vaincue.

Laura s'est collée à moi. Une nouvelle décharge électrique, d'un genre plus doux, cette fois, a parcouru mon organisme. Sa voix suave m'a caressé les tympans.

— Je crois que tu devrais interroger à nouveau le secrétaire, Jérôme Clerc. Il ne m'a pas l'air très clair, justement…

— S'il te plaît, laisse-moi écouter la musique.

— Oui, bien sûr, excuse-moi.

Le groupe a conclu sur un long accord en *do* majeur, plein de fureur et de chaos. La foule hurlait de joie par-dessus le déluge sonore. Sans hésitation, Reed a enchaîné sur un titre plus rapide. La caisse claire martelait le tempo et la guitare balançait un chorus dur et violent. Le rythme binaire pénétrait en moi, primal. Mon cœur suivait le mouvement, synchrone avec les notes doublées de la contrebasse et le battement métronomique de la batterie. Les musiciens, très à l'aise, déroulaient une sorte de route musicale. Perché sur la plate-forme d'un camion, je traversais les champs de coton sous le soleil, l'air me giflait la figure et la route était hasardeuse, mais j'allais à bon port, je le savais.

Nouveau murmure.

— Et Angelina Casar, que vient-elle faire dans cette histoire ? Son rôle m'échappe.

— Laura…

— Okay, je me tais, mais tu avoueras que c'est troublant.

— Va savoir, Bonsecours et elle parlaient peut-être chiffon ou jardinage.

— Ne sois pas idiot. Bonsecours ne s'intéressait qu'à la musique. A mon avis…

Je me suis concentré sur le spectacle. Plongé dans un blues très lent, Ottis Reed faisait crisser les notes sous ses doigts. Lamentations de mère, plaintes d'enfant.

Une voix à mon oreille.

— Tu as entendu ce que je viens de dire ? La présence des moines est inexplicable. Bonsecours était athée !

J'ai voulu poser la main sur sa bouche, mais elle m'a agrippé le poignet.

— Ce n'est pas logique ! On dirait une messe noire, ou quelque chose de ce genre.

— Je te rappelle que nous sommes au XXIe siècle.

— Le musicologue cache des choses, ça crève les yeux !

— Et toi, tu me crèves les tympans.

— Tu ne réalises pas ta chance. Tu es un témoin unique ! Un message caché dans un piano, une cérémonie funèbre réservée à quelques initiés… Tire la conclusion qui s'impose !

— Et puis-je la connaître, puisqu'elle s'impose ?

— Bonsecours détenait un secret que toi seul peux décrypter.

— Ce secret n'existe que dans ton imagination.

— Très bien. Je te laisse écouter Ottis, mais je sais que j'ai raison.

Le bluesman a offert quatre rappels. Il n'en finissait pas de vider ses tripes, à pleines poignées de notes. En quittant la scène sous les ovations, il ne boitait plus et la guitare avait l'air d'une plume entre ses gigantesques mains. Laura hurlait si fort que j'avais les oreilles en compote. Elle m'a pris par la main.

— Tu viens ? On va lui dire bonjour.

— Bonjour ? A qui ?

— A Ottis, bien entendu. C'est un copain.

Ruisselant de sueur, Reed était vautré dans un fauteuil, la chemise grande ouverte et un verre de whisky à la main. Le miroir reflétait l'image du vieux Noir, tassé sur lui-même, perdu dans le décor anonyme d'une loge de musicien. Il semblait épuisé, mais il a éclaté de rire à notre arrivée.

— Laura ! Tu es venue ! Comment vas-tu, ma belle ?

— *Congratulations, Ottis ! You're the best !*

— Merci beaucoup.

A ma grande surprise, le bluesman s'exprimait dans un français impeccable, rehaussé d'un bel accent cajun. Quant à ses deux musiciens, ils n'étaient absolument pas afro-américains comme je le supposais, mais antillais de pure souche.

Avec la tendresse d'un père, Ottis Reed a serré Laura contre lui. Quelle chance inouïe elle avait… Sa vie baignait dans l'insouciance, il lui suffisait d'ouvrir les bras pour que le monde lui appartienne. J'ai baissé les yeux et regardé mes mains de journaliste, juste bonnes à pianoter sur un clavier d'ordinateur… Je devais me faire une raison : une glace sans tain me séparerait toujours de mes semblables. Jusqu'à la fin des temps, je resterais un observateur. Un témoin, rien de plus.

Laura m'a présenté, et Ottis Reed a émis un petit sifflement flatté en adressant un clin d'œil à ses confrères.

— *Le Monde de la musique* ? On passe à la catégorie supérieure, les mecs…

Laura a éclairé ma lanterne.

— Ottis vit depuis plus de trente ans à Paris. Le français n'a plus de secret pour lui !

Le bluesman a haussé les épaules.

— Je n'ai aucun mérite. La Nouvelle-Orléans, c'est la France… avec quelques Américains autour. J'avais du mal à trouver du boulot là-bas, alors je me suis installé à Paris. Comme on dit par ici, nul n'est prophète en son pays…

Il a ri de toutes ses dents et s'est rassis en grimaçant de douleur.

— *God damn*... Mon foie fait encore des siennes… Le toubib m'a mis en garde, il paraît que je bois trop.

Il a levé vers nous des yeux d'enfant innocent.

— C'est peut-être vrai, mais on ne peut pas jouer le blues sans boire un verre de temps en temps !

Il a trinqué à notre santé. Ce n'était sûrement pas son premier whisky de la soirée, mais l'alcool semblait glisser dans son estomac comme l'eau sur la plume d'un canard. Son visage était marqué par les épreuves. Sa main a chassé des souvenirs.

— Je n'ai pas encore soixante ans et j'en fais dix de plus, je le sais bien. La vie n'a pas toujours été très tendre avec moi… Voyez-vous, jeune homme, ma première guitare, je me la suis offerte en travaillant à l'usine, comme mon père. En ce temps-là, mes cachets me permettaient juste de me payer le taxi pour rentrer à la maison. Quand je rentrais, bien sûr… Mon vieux, lui, dormait quatre heures par nuit. Après le boulot, il allait jouer dans les bars jusqu'à l'aube. Un soir, il a même tapé le bœuf avec Wes Montgomery, vous vous rendez compte ? Un honneur pareil, c'était pas donné à tout le monde… Evidemment, on ne tient pas longtemps, à ce rythme-là. Il n'a pas atteint les cinquante berges, le pauvre…

Sa mémoire a passé en revue une ribambelle de malheurs.

— Eh non, ça n'a pas été facile tous les jours… A mes débuts, les patrons de clubs me lançaient deux dollars en disant : « Voilà pour toi, *negro*, maintenant dégage ! » Il a fallu se battre… En plus, j'ai été marié trois fois. Là non plus, ça n'a pas été de tout repos. J'en ai connu, des femmes… Houlaaa… Mais c'est fini, tout ça…

La mort rôdait dans les parages : le vieux Noir parlait déjà de lui au passé. Pour détendre l'atmosphère, il a passé un bras affectueux autour de la taille de Laura et son visage s'est fendu d'un large sourire.

— Assez causé de moi ! Vous avez déjà entendu cette petite-là ? Elle a du génie, je vous le dis ! Du génie ! Et ça, c'est comme le blues : on l'a ou on l'a pas. Dommage que tu ne joues pas le blues, Laura, je t'aurais montré tous mes trucs.

— Mais chaque fois que je t'écoute, Ottis, j'apprends des choses !

Il a ouvert de grands yeux stupéfaits.

— *My God !* Encore une comme ça et tu as ma peau !

Ses collègues ont éclaté de rire. Je me demandais où j'étais tombé. J'avais plutôt l'habitude d'un certain décorum, avec tapis rouges et lustres à pendeloques. Dans mon univers, les chefs d'orchestre commentaient leur prestation avec une précision de chirurgien. Quant aux musiciens, ils repliaient leurs instruments et regagnaient leur domicile avec la satisfaction du devoir accompli. Dans cette petite loge aux murs tapissés d'affiches jaunies par le tabac, en revanche, la musique ne semblait pas finie. Elle était brute, sans concession. A vif.

Un serveur a entrouvert la porte et annoncé que l'artiste était attendu pour dédicacer ses disques. Avec une totale décontraction, Ottis Reed s'est effondré d'épuisement. Il a trouvé à peine la force de porter le verre à sa bouche et d'y faire disparaître un flot d'alcool et de glaçons.

— Une minute, mon gars… J'ai plus vingt ans, moi… Je me repose un peu. Puisque tu es là, amène-nous à boire. Un whisky pour moi ! Allez, les enfants, prenez un verre, je vous invite. Avec Ottis, on peut mourir de tout, sauf de soif.

Il a administré une grande claque à son ventre rebondi. Ses mains étaient noueuses, parsemées de coupures. Il a éclaté de rire.

— Vous regardez mes paluches… Pas beau à voir, hein ? C'est pas des mains de virtuose, je l'avoue… Elles ont travaillé, elles ont caressé, elles ont frappé aussi, parfois, quand elles n'avaient plus le choix… Elles ont essuyé des larmes… C'est ça, des mains de bluesman…

— Vous jouez pourtant avec une finesse incroyable.

— De la finesse ? C'est bien plus que ça, jeune homme. C'est du *feeling*… Les types comme moi n'étaient pas faits pour la musique classique. Je n'avais pas le choix, d'ailleurs : dans le Sud des Etats-Unis, les Noirs n'avaient pas accès aux conservatoires. Ces trucs-là, c'était réservé aux Blancs, aux riches. Nous, on devait se débrouiller autrement. Mes seuls cours de musique, c'est mon père qui me les a donnés : je m'asseyais à côté de lui pour lui piquer ses trucs. Après, j'ai trouvé mon style et j'ai tout filé à mes enfants. Il fallait bien se faire une raison : les Noirs étaient condamnés au blues, au jazz, à la soul music… De la musique de sauvage… Mais, au bout du compte, on ne s'est pas si mal débrouillés !

Il s'est caressé la bedaine, satisfait de son bon tour.

— Coup de bol, je n'ai jamais été très doué pour l'école. Je ne sais même pas lire une portée.

Laura en est restée bouche bée.

— Même pas une note ?

Il a posé son énorme main sur la sienne, ébène sur ivoire.

— Ni une blanche, ni une noire ! De toute façon, on peut passer des dizaines d'années dans tous les conservatoires du monde, avec le blues, ça ne sert à rien. Parce qu'il vient de là…

Il s'est posé la main sur le cœur.

— … de là…

Sur le ventre.

— … et de là !

Un peu interloqué, le serveur a apporté les boissons à ce stade de la démonstration et nous avons levé nos verres à la santé d'Ottis Reed, le plus grand bluesman du XIVe arrondissement de Paris. Son toast a fait trembler les murs du quartier.

— Et à Laura Klugh, la future star de la flûte traversière !

Il a contemplé son verre, en quête de vérité.

— On a longtemps reproché au blues d'être vulgaire. N'importe quoi… C'est une musique populaire, au sens noble du terme, même si ce n'est que de la musique d'esclaves. Au fond, d'où vient le blues ? Du gospel. Et c'est quoi, le gospel ? Des chants religieux, les chants enseignés par les Blancs pour que mes frères se tiennent tranquilles et rejoignent le paradis des bons *negros*, juste en dessous du paradis des gentils Blancs et bien séparé par un grand mur.

Il a claqué des doigts en rythme. Inconsciemment, mon pied a suivi la cadence.

— Mais le gospel a rajouté le *beat*. La pulsation. Tout est rythme, dans la vie : la respiration, les battements du cœur, les pas d'un homme sur le trottoir… et l'amour, quand il est bien fait !

Laura a acquiescé avec enthousiasme. J'ai mémorisé l'information en vue d'un examen plus approfondi.

— Ma foi, on respecte le rythme en classique aussi.

— Je suis d'accord avec vous, jeune homme, et c'est bien là le problème : on le respecte trop. Les musiciens classiques sont des gens trop bien élevés. Tout est carré, rien ne dépasse ! Nous, les bluesmen, nous jouons avec le tempo. Nous sommes des filous, c'est vrai. Des renégats, des hors-la-loi. Nous aimons la vie… A l'excès, quelquefois. Je l'admets.

Son visage s'est fermé. J'ai cru lire une forme de peur au fond de ses yeux injectés de sang.

— Oui, à l'excès…

Il m'a lancé un regard tendu.

— Connaissez-vous l'histoire de Robert Johnson, jeune homme ?

— Non.

Ottis Reed a fait tournoyer les glaçons dans son verre. Sa voix était sourde, ténébreuse.

— Robert Johnson est le plus grand guitariste de l'histoire du blues, et je préfère vous le dire tout net : celui qui affirme le contraire est un foutu menteur. Originaire du delta du Mississippi, Robert Johnson écumait la région avec sa guitare, dans les années 1930. Il jouait n'importe où, dans les bars, dans les bordels, parfois même dans la rue, quand ça lui prenait. Il suffisait qu'on lui paie un coup à boire. Tout à fait entre nous, on n'a jamais vu plus soiffard que ce gars-là, ni plus grand coureur de filles, et je reste poli. A la longue, ça a fini par lui jouer des tours… Ce type était un vrai salopard, un type sans foi ni loi qui aurait vendu père et mère pour un fond de bouteille. Mais quand il se mettait à jouer… pas un seul mec ne lui arrivait à la cheville. Pas un ! Un jour, près de Memphis, on lui avait demandé de jouer dans un troquet fréquenté par des poivrots et des putes. Eh bien, il a joué avec tellement de *soul* que, à la fin du premier morceau, tous les clients pleuraient à chaudes larmes, et je vous prie de croire que c'est pas donné à tout le monde de faire pleurer une putain… Il avait ça dans le sang…

Ottis Reed a saisi sa guitare, a glissé un bottleneck le long de son index et s'est mis à chanter.

Oh baby don't you want to go
Oh baby don't you want to go
Back to the land of California
Back to my sweet home Chicago

Les cordes gémissaient sous le cylindre de métal. Du pied, le vieux Noir battait la mesure du destin en marche. Il a baissé la tête et parlé tout bas, le visage tourné vers l'obscurité.

— Personne n'a jamais su d'où lui venait ce putain de don. Personne, sauf les bluesmen. Eux, ils le savaient très bien. Une nuit, du côté de Kansas City, alors qu'il traînait à la recherche d'un endroit où dormir, Johnson a rencontré le Diable. Parfaitement, jeune homme : le Diable en personne. Et le Diable lui a vendu le blues en échange de son âme.

La musique planait dans la pièce, rauque, éraillée. La voix de Laura n'était qu'un murmure.

— Et que lui est-il arrivé ?

Reed a cessé de jouer. Il a rangé la guitare dans son étui et a posé sur Laura un regard exténué.

— Le Diable a repris son dû. Il aimait trop les femmes, voilà le problème. Un soir, à Greenwood, dans un de ces tripots mal famés où il passait ses journées, un type lui a offert une bouteille de whisky. Dans ce milieu, il y a une règle à respecter, une seule : ne jamais accepter le verre d'un inconnu. Johnson s'en foutait, bien sûr, de ça comme du reste, et il a vidé la bouteille. Pas de chance, le gars était un mari cocu. Il a mis trois jours à crever. Empoisonné à la strychnine. Il avait vingt-sept ans.

Ottis Reed a bu une longue gorgée d'alcool.

J'ai accompagné Laura jusqu'à Strasbourg-Saint-Denis. Au moment de nous séparer, elle m'a demandé mon numéro de téléphone et m'a promis de me rappeler. Elle a couru vers le dernier métro et je suis rentré seul, sous la pluie, en repensant à la légende de Robert Johnson. Pour lui, ni fleurs ni couronnes – encore moins de Requiem.

J'ai remarqué un homme assis sur le trottoir devant la gare de l'Est, penché sur un objet en bois qu'il caressait avec délicatesse. Les reflets de la lumière rappelaient les contours d'un violon.

J'ai continué ma route. Mais une trentaine de mètres plus loin, j'ai voulu en avoir le cœur net et j'ai fait demi-tour. L'homme avait disparu.

Un clochard ?

Ou le fantôme de Mozart qui m'attendait, moi aussi, à un carrefour ?

14

La nuit tamisait les rumeurs de la ville. Paris ne dormait jamais tout à fait. Ici et là, des rectangles de lumière signalaient des présences. Des solitaires peut-être qui, comme moi, n'avaient que la musique à opposer au Bruit.

J'ai mis le *Concerto pour piano n° 27*, je me suis branché sur Internet et j'ai entré « Requiem de Mozart ». Plus de cent mille références. La discographie était immense : Karajan, Böhm, Bernstein, Harnoncourt, tous avaient enregistré leur version. Les livres consacrés à cette œuvre auraient rempli une bibliothèque et, pourtant, le mystère subsistait.

En 1791, Mozart, couvert de dettes, se tuait à la tâche. La légende rapporte qu'un étrange messager était passé à son domicile pour lui commander une messe des morts et, conformément à l'usage, lui avait laissé la moitié de la somme due en guise d'avance. Fidèle à son habitude, Mozart avait empoché la bourse, jurant de s'atteler à la tâche dès que possible, et avait aussitôt oublié sa promesse. Il était à l'époque plongé corps et âme dans l'écriture d'un opéra qui lui tenait particulièrement à cœur, *La Flûte enchantée*. Devant l'insistance du messager, Mozart s'était mis au travail, mais la maladie lui avait à peine laissé la force d'en écrire les deux premiers mouvements. Au petit matin du 5 décembre 1791, il avait rendu son dernier soupir en esquissant le reste de l'œuvre. Sa femme, Constance, avait alors confié la partition à un élève, Franz Xaver Süssmayer, qui avait terminé le travail en se basant sur les indications du maître. La jeune veuve avait ainsi pu remettre le manuscrit au commanditaire et toucher le solde de la commande. La postérité, qui entretient parfois des rapports distants avec la vérité historique, avait été bien injuste avec le dévoué Süssmayer, en ne retenant que le seul Mozart comme auteur du *Requiem*.

A partir de ce canevas, les amateurs de complots s'en étaient donné à cœur joie. On avait accusé le grand rival de Mozart à la cour de Vienne, Antonio Salieri, de l'avoir harcelé pour assouvir une vengeance. Complètement absurde : Salieri était alors au sommet de sa gloire, et Mozart ne représentait plus rien à Vienne. D'autres affirmaient sans rire que le fameux messager n'avait jamais existé et que Mozart, se sachant condamné, avait écrit son propre Requiem. Irrationnel : comment un homme de trente-cinq ans, en pleine force de l'âge et débordant d'énergie créatrice, pouvait-il pressentir sa fin prématurée ?

Dès lors, sa mort n'était pas naturelle et on recensait autant de théories que d'auteurs : il s'était suicidé, il avait été victime d'une intoxication alimentaire ou d'une rupture d'anévrisme… Certains esprits retors insinuaient que Constance avait empoisonné son mari parce qu'elle entretenait une liaison avec son élève :

l'explication offrait l'avantage d'être invérifiable. Les plus définitifs assénaient que le mystérieux messager n'était autre que la Mort en personne, venue réclamer l'âme du divin Wolfgang. L'hypothèse était séduisante mais peu crédible : la Mort n'est pas mélomane – de plus, le néant est réputé pour son acoustique défaillante.

Bref, ces spéculations n'avaient ni queue ni tête : aucune autopsie n'avait été pratiquée et, le lendemain du décès, la dépouille de Wolfgang Amadeus Mozart finissait dans une fosse commune du cimetière Saint-Marx, conformément à la législation en vigueur sur les cadavres aux fins de mois difficiles.

Le *Requiem*, lui, allait prendre son envol et accéder à l'immortalité. Une question restait toutefois en suspens : comment un obscur élève de Mozart, qui ne ferait plus jamais parler de lui par la suite, avait-il pu composer une musique aussi sublime ? Même avec les indications partielles du maître, une telle prouesse relevait du miracle. Pour en avoir le cœur net, il aurait fallu avoir accès à la partition originale. Seulement, tous les auteurs étaient formels, elle avait disparu.

Disparu ?

Deux jours plus tôt, je la tenais entre mes mains !

Le scoop de ma vie !

La ville avait rallumé ses moteurs. Au loin, le trafic ronronnait, imperturbable. Le froid cisaillait la peau. Malgré ma nuit blanche, j'étais bien réveillé en remontant la rue Berlioz. Je suis allé droit au numéro 19 et j'ai sonné. Pas de réponse. J'ai insisté.

La grille était entrouverte. Après un instant d'hésitation, je l'ai poussée. J'ai fait quelques pas dans le jardin. La maison semblait endormie.

J'ai gravi les trois marches du perron et frappé à la porte. Toujours rien. Je suis entré.

Le salon avait gardé son aspect de brocante de quartier. Par chance, l'odeur de vernis était un peu plus supportable. Sur les meubles, le visage suspicieux de Rémy Bonsecours m'observait sans relâche. Le piano avait retrouvé sa place devant la baie vitrée. Il était fermé, le couvercle posé sur le clavier. Le silence était total.

— Monsieur Clerc ?

Je me suis avancé dans le couloir. La porte de la bibliothèque était grande ouverte et la pièce, plongée dans l'obscurité. Mon rythme cardiaque a augmenté la cadence, *presto*. J'ai tourné le commutateur.

Le corps de Jérôme Clerc se balançait au centre du cabinet de lecture. Sa tête décrivait un angle aigu. La corde était solidement arrimée à un crochet, juste à côté de l'ampoule.

Yeux exorbités, langue sortie. Grimace mortuaire.

Je suis resté là, immobile, l'estomac secoué de nausées.

J'ai regardé autour de moi pour m'assurer que je ne cauchemardais pas. Les choses gardaient leur aspect indifférent. Les partitions étaient à leur place, les unes dans le rayonnage, les autres par terre, en tas.

Je me suis approché de la table. J'ai gravi les trois marches.

Le crâne, la corne de cuivre et le vase de chimie n'avaient pas bougé. Le manuscrit du *Requiem* avait disparu.

J'ai à peine eu le temps de commander un calva au bar du coin. Dix secondes plus tard, je vomissais tripes et boyaux dans les toilettes.

L'image de Jérôme Clerc tournoyait devant mes yeux. Pourquoi ? Pourquoi s'était-il suicidé ? Il n'avait montré aucun signe de désespoir lors de ma première visite et semblait tout à fait maître de lui-même après la cérémonie funéraire. Ce deuil n'avait pas l'air de l'affecter et pourtant, il avait mis fin à ses jours. Comme la partition de Bonsecours, la vie suivait un cours incohérent.

Je me suis passé de l'eau glacée sur le visage et j'ai regagné le comptoir. J'ai fait le point après avoir avalé mon verre cul sec. Appeler la police ? Trop tard. Qu'allais-je leur dire ? Que je me promenais dans le quartier et que j'étais entré par inadvertance dans une maison grande ouverte où, par le plus grand des hasards, un homme venait de se pendre ? Même un voleur de troisième zone se serait trouvé un alibi plus conséquent.

Il ne me restait plus à espérer que personne ne m'ait vu sortir. J'ai jugé préférable de ne pas envisager cette hypothèse.

Une silhouette s'est découpée dans la glace du bistrot. L'homme, assez corpulent, portait une barbe épaisse, un costume trois pièces et souriait dans ma direction.

J'ai évalué mon image dans la glace du hall d'entrée : une vraie gueule de déterré. Par chance, mes collègues ont à peine remarqué mon entrée dans la salle de rédaction. Vertbois était rivé à son écran et Morel, à son *Paris Turf* du jour ; Bergkopf et Van Elsing discutaient dans leur coin. Isabelle n'était pas à son poste et Polezzi, les yeux fermés et le casque sur les oreilles, dirigeait à gestes lents une *Quatrième Symphonie* de Brahms. Sa bouche émettait de petites notes grêles dignes d'une poulie centenaire.

J'ai repris ma routine en espérant que mes mains allaient cesser leur tremblote. Pour me détendre, je me suis envoyé dans le casque le disque d'un Norvégien qui s'est mis en devoir de piétiner *L'Art de la Fugue* avec un enthousiasme d'éléphant. Je n'ai même pas eu le loisir d'écouter l'intégralité du premier mouvement : Bergkopf mettait le cap sur mon bureau, suivi de près par un Van Elsing aux abois. Rudy a tiré une chaise près de la mienne. Anton s'est adossé au mur. Je me suis exhorté au détachement.

Rudy a ouvert les hostilités.

— Tu es au courant ?

Mon estomac est tombé en chute libre. La police était déjà à mes trousses ? Non, elle m'aurait cueilli dès mon arrivée au bureau, c'était évident. Un peu de calme.

J'ai essayé de crâner en évitant de leur parler en face : mon haleine était tellement chargée qu'elle aurait fait disjoncter les détecteurs de fumée.

— Laissez-moi deviner… Charles Cousin-Damier vient de démissionner pour se consacrer à la lutte contre la faim dans le monde ?

Van Elsing a soupiré.

— On est sérieux, Denis. Ça concerne Isabelle.

D'un froncement de sourcil, j'ai réclamé un surplus d'information. Rudy a tenté un chuchotement – on devait l'entendre de l'autre côté de la rue, mais peu importe.

— Le matin où on a découvert le problème sur les ordinateurs… Elle était seule à son bureau. Etrange, non ?

Quoi qu'en pense Charles Cousin-Damier, Rudy Bergkopf était la véritable tête pensante du *Monde de la musique*. Il lui consacrait toutes ses journées et arrivait toujours le premier à la rédaction. Je me suis forcé à l'indifférence.

— Qu'est-ce que ça prouve ?

Van Elsing s'est frotté le nez afin d'amortir le volume de ses paroles.

— Rien. On constate, c'est tout.

Rudy a écarté les mains, fataliste.

— Je n'ai fait que dire la vérité, tu peux me croire.

— Dire la vérité à qui ?

— A Cousin-Damier, pardi…

L'Allemand a balancé son crâne de taureau et lâché le morceau.

— Il m'a convoqué hier après-midi et m'a demandé de lui signaler des comportements inhabituels.

Van Elsing a acquiescé gravement.

— Et le moins qu'on puisse dire, c'est que c'est inhabituel.

L'alcool commençait à me taper sur le cerveau. Je me suis adossé à mon fauteuil pour mesurer toutes les implications de cette nouvelle.

— A-t-elle dit ou fait quelque chose de spécial, ce matin-là ?

— Rien. Elle semblait juste un peu gênée.

— Et Cousin-Damier ? Qu'en pense-t-il ?

— Il a pris acte. En ce moment, elle s'explique dans son bureau. Je ne sais pas si j'ai bien fait…

Van Elsing a souri d'un air entendu et s'est penché vers moi, toutes incisives dehors.

— En même temps, ça expliquerait bien des choses…

J'ai protesté pour la forme.

— Isabelle est une fille honnête, aucun doute là-dessus.

Rudy a gratté les replis de sa nuque de bouledogue.

— Elle, certainement. Mais… l'autre…

Nos regards ont convergé dans la même direction : Vertbois parlait au téléphone avec une exubérance trop ostensible pour être honnête.

Van Elsing a dévidé le fil de ses griefs.

— On comprend mieux pourquoi Vertbois a les meilleures idées avant tout le monde… Moi, par exemple, du temps de Maillard, l'ancien rédac' chef, je préparais une enquête sur les Stradivarius de collection à l'occasion d'une vente chez Drouot. Comme par hasard, la veille de boucler mon article, il lui a remis un papier sur le même sujet ! Trois semaines de travail à la poubelle ! Une autre fois, je bossais sur les secrets jamais élucidés de Beethoven… Et qui arrive avec un article sur la lettre à la mystérieuse Bien-Aimée ? Notre ami Vertbois.

Rudy s'est tapoté le ventre, monstrueuse proéminence posée par-dessus sa ceinture.

— Moi aussi, un jour, il m'a devancé sur les suites pour violoncelle de Bach, et il a fait le même coup à Polezzi pour les *Quatre Saisons*… On voulait savoir si toi…

L'esprit embrumé et les mains sur la bouche, j'ai fait mine de réfléchir.

— Si ma mémoire est bonne, non. Il est exaspérant, mais… non.

Rudy a posé sa main sur mon avant-bras, un air d'infinie compassion posée en travers du visage.

— Isabelle, on l'aime bien, ce n'est pas la question. Mais il faut regarder la réalité en face…

Van Elsing a agité la tête.

— Ça se tient.

Après tout, pourquoi pas ? J'avais entendu des choses bien plus absurdes dans ma vie. On s'imagine toujours que les scènes de sacrifice sont l'apanage des grands opéras, avec une héroïne en pleurs s'enfonçant un glaive dans le sein par amour pour un moustachu à voix de stentor, ou sautant d'une falaise après dix bonnes minutes de vocalises. Et si la réalité dépassait la fiction ? Un être romantique comme Isabelle pouvait fort bien s'être identifié à la Tosca et avoir tenté de prouver la force de son amour par un acte insensé. Egal à lui-même, Vertbois en avait lâchement profité sans chercher à la défendre ensuite. Ce genre d'attitude était tout à fait dans son registre, il fallait en convenir…

A ce moment précis, des cris ont retenti dans le bureau de Cousin-Damier. Sa porte a giclé, victime d'un esprit frappeur, et Isabelle a fait irruption dans la salle de rédaction, larmes aux yeux et cheveux défaits. Elle a empoigné son sac et s'est retournée d'un bloc.

— Espèce de salaud ! Je vous interdis d'insinuer des choses pareilles !

Sans attendre de réponse, elle a quitté les lieux.

Impavide, Charles Cousin-Damier est apparu avec la majesté du juge suprême et m'a désigné d'un index impérial.

— Mvoui, mon cher Denis, venez me voir une seconde, je vous prie.

Bergkopf et Van Elsing m'ont dévisagé sans un mot, stupéfaits.

Bizarrement, Cousin-Damier ne semblait pas ébranlé par la scène qui venait de se produire. Affalé dans son fauteuil directorial, il avait entrepris d'inspecter quelques-uns de ses orifices naturels au moyen de son monstrueux auriculaire.

— Alors, cette cérémonie ? Avez-vous recueilli des informations intéressantes ?

— A vrai dire, je n'ai pas eu le temps de discuter avec des proches de Bonsecours. En revanche…

— Mais vous avez bien vu ?

— Oui, j'étais placé près de l'orgue. Il ne s'est rien passé de particulier. C'était une cérémonie très sobre, des artistes ont interprété de courtes œuvres, le tout n'a pas duré plus d'un quart d'heure. D'après un invité, c'était une sorte de testament philosophique.

— Un testament philosophique ? Et personne n'a pris la parole ?

— Non.

— Voilà qui est plutôt singulier.

Il a émis cette grave sentence pendant que son petit doigt gauche imprimait un frénétique mouvement de va-et-vient à l'intérieur de son oreille droite. Il a contemplé les effets de ce curetage et l'a conservé par-devers lui en vue d'un examen plus approfondi.

— Mvoui… Je pense que ça suffira comme ça.

J'ignorais s'il parlait de ses opérations de nettoyage ou de mes démarches journalistiques. Très grand seigneur, il a enchaîné sur un ramonage des naseaux.

— Nous comptons sur votre papier pour le bouclage.

Je vous rappelle que c'est dans deux semaines, mon cher Denis. A ce titre, je vous encourage, ainsi que vos collègues, à mettre les bouchées doubles, quitte à me consacrer quelques heures de votre samedi.

— Vous voulez que je vienne travailler samedi ?

— Par malheur, les circonstances nous imposent leurs dures contraintes. Au fait, j'ai reçu ce matin un courrier d'Henri Poinçonné. La Manufacture de Composition Aléatoire fête ses trente ans le mois prochain. Une rétrospective tomberait à point nommé. Qu'en pensez-vous ?

— Je ne crois pas être le plus qualifié pour…

— Bien sûr que si ! N'oubliez pas ce que je vous ai dit l'autre jour : nous devons nous entraider. Nous serrer les coudes !

Joignant le geste à la parole, il a replié les bras en un geste de camaraderie assez peu convaincant puis m'a congédié d'un hochement de tête. Je me suis levé dans un léger tangage, de plus en plus étourdi.

— Vous savez, pour Isabelle, il serait étonnant…

— Ne vous inquiétez pas pour mademoiselle Courtet, sa présence parmi nous n'est absolument pas remise en cause. Nous avons eu une discussion très franche, voilà tout. Je vous remercie, mon cher Denis.

Il m'a montré la porte d'une main digne d'une audience papale, l'autre s'évertuant à réduire ses productions nasales à l'état de sphères microscopiques.

J'ai regagné mon bureau en titubant. Pour qui me prenait-il, ce pignouf ? Pour son larbin ? Depuis quand le rédacteur en chef distribuait-il les sujets au gré de ses humeurs ?

Je me suis replongé dans *L'Art de la Fugue*. Le pianiste norvégien continuait son massacre avec un entrain désarmant. Tout bien réfléchi…

Tout bien réfléchi, l'idée de rencontrer Henri Poinçonné n'était pas si mauvaise. C'était une autorité en matière de théorie musicale : il avait révolutionné la science de la composition avec un système d'analyse logarithmique des valeurs relatives qui avait fait grand bruit, reléguant au passage les productions les plus cacophoniques de la musique sérielle au rang de ritournelles pour maison de retraite. Peut-être pourrait-il m'aider à comprendre la partition de Rémy Bonsecours ? Il me suffirait d'en cacher l'auteur. J'ai recopié la partition sur une feuille blanche.

Dans un coin, Van Elsing, Bergkopf et Vertbois m'observaient à la dérobée.

La Manufacture de Composition Aléatoire se dressait à deux pas des Halles, en plein cœur d'un quartier piétonnier. Haute de cinq étages, sa façade de verre fumé donnait sur une petite place arborée, jonchée de feuilles mortes en cette fin octobre. J'ai poussé la porte avec une certaine appréhension. Henri Poinçonné était connu pour son mauvais caractère et ses sautes d'humeur, que d'aucuns assimilaient aux symptômes d'un désordre psychique bien plus fondamental.

Assis derrière un comptoir de bois clair, le jeune homme chargé de l'accueil murmurait dans un téléphone. Il s'est levé, a marché sur la pointe des pieds vers une étagère, a vérifié une information dans un programme et a regagné sa place, tout aussi furtivement, pour chuchoter une confirmation.

Un silence total régnait sur le décor, combinaison de tubes orange, de béton brut et de fenêtres opaques alignées avec une rigueur géométrique. Dans une cour intérieure, une végétation miniature éparpillait ses brindilles vers un espoir de soleil. Au centre du hall, un mobile de Calder oscillait au gré de son inspiration. J'ai revu le cadavre de Jérôme Clerc et un frisson m'a parcouru l'échine. A cette heure, on avait sûrement retrouvé son corps.

Un balbutiement m'a tiré de ma rêverie.

— Monsieur ?

Le jeune réceptionniste me fixait avec terreur. Il était presque chauve et des fils blancs s'insinuaient dans sa barbiche. Je me suis approché avec un sourire apaisant de missionnaire. Ma voix a fait l'effet d'une vocifération.

— J'ai rendez-vous avec monsieur Poinçonné. Je suis Denis Augain, du *Monde de la musique*.

Le diable en chair et en os n'aurait pas causé plus grande épouvante.

— Mon… sieur Poinçonné ? Vous êtes sûr ?

— Oui, j'ai appelé ce matin.

Il a ouvert un registre et l'a consulté avec accablement.

— Oui, tout à fait, monsieur Augain. Je… Je le… préviens… tout de suite.

Il a composé un numéro sur la ligne intérieure et a tenté de dominer le tremblement de sa voix, qui s'est dès lors communiqué à tous ses membres.

— Maî… Maître ? Un visiteur pour… vous. Oui, mon… monsieur Aug… Augain…

Une voix a braillé dans le récepteur.

— Le Monde de la musique ? *Ils ont osé ? Ordures ! Des ordures, tous ! Qu'il monte ! J'ai deux mots à lui dire, à ce fumier !*

— Bien, Maître… Par… faitement, Maître.

Il a raccroché le téléphone et indiqué un couloir, la tête agitée comme un shaker.

— Monsieur… Monsieur Poinçonné va vous recevoir. Au quatrième… étage. Prenez l'ascenseur. Vous y serez plus… plus rapidement.

Il a grimacé un sourire de convenance puis, les larmes aux yeux, s'est passé les mains sur le visage.

L'ascenseur a glissé dans un léger sifflement. La porte s'est ouverte et j'ai entamé ma progression le long d'une moquette rouge vif parfaitement insonorisée. Aux murs, des toiles de Jackson Pollock jetaient leurs cris de couleurs.

Un vieil homme a surgi d'une porte latérale. Plutôt petit, la chevelure blanche et hirsute, il portait un pull gris constellé de taches de graisse et un pantalon de velours élimé. Son visage était déformé par la colère.

— C'est donc vous !

Je me suis retourné : pas d'erreur, c'est bien à moi qu'il s'adressait.

Il était hors de lui.

— Oui, vous, le représentant de ce torchon ! Vous qui me critiquez, m'insultez, me diffamez à longueur de pages ! Voilà des années que j'attends ce moment ! Entrez dans mon bureau !

J'ai obéi comme un automate et abouti dans une pièce quasi nue, à l'exception d'un établi surchargé de partitions affreusement raturées. L'homme m'a indiqué une chaise d'église posée devant le plan de travail.

— Asseyez-vous !

Très digne, il s'est installé dans un fauteuil posé sur un petit podium de façon à me dominer d'une bonne tête, m'a considéré d'un air mauvais en respirant très profondément, puis a croisé les mains et pris la parole d'une voix calme.

— Alors ?

— Alors quoi ?

J'avais déjà épuisé toute sa réserve de patience. Le poing brandi vers le ciel, il s'est mis à hurler en postillonnant comme un damné.

— Je vous demande raison ! Votre journal prétend livrer un aperçu objectif du paysage musical. Or, je suis au regret de constater qu'au cours de ces deux dernières années, vous ne m'avez consacré que cinq articles ! Cinq ! Et encore, j'inclus dans le nombre un reportage d'une brièveté scandaleuse sur la Manufacture de Composition Aléatoire, ce fleuron de la création contemporaine, ce vivier de talents ! Je pense mériter d'autres égards ! A moins que, du haut de votre suffisance, vous ne prétendiez émettre un jugement plus circonstancié ? De grâce, qui êtes-vous pour me juger, moi, Henri Poinçonné ? Moi qui invente la musique du XXIe siècle ! Sans la moindre vergogne, vous m'accordez une attention lointaine, comme à une vieille tante de province aux trois quarts gâteuse ! J'ai droit à une aumône, rien de plus ! Comment avez-vous l'audace de vous présenter devant moi ? Par quelle inconscience ?

En effet, je mesurais l'ampleur du malentendu.

— Cher monsieur…

— Appelez-moi Maître ! Je consacre toute ma vie à la promotion de la musique française, je restaure son prestige, ce pays assiste à l'avènement d'un nouveau siècle d'or, et voilà comment on me traite ! Comme un vulgaire domestique ! Un joueur de crincrin !

Je saisissais mieux les sources de son inspiration, une sorte de maelström sonore et véhément qui laissait ses auditeurs hagards, au bord de l'abîme.

Sans me laisser une seconde de répit, il a levé les yeux et s'en est remis à la divine providence.

— Comme si cela ne suffisait pas, j'apprends aujourd'hui que l'Etat songe à réduire ma subvention ! Moi qui me saigne aux quatre veines pour assurer le rayonnement international de la France ! On a le toupet de mégoter pour trois malheureux millions d'euros ! Vous rendez-vous compte ? Voilà dans quelle estime on tient la culture dans ce pays ! Je suis accueilli à bras ouverts dans le monde entier et ici, on me traîne dans la boue ! J'en reste sans voix.

Bien entendu, c'était une figure de style et j'ai eu droit à une nouvelle éruption vocale.

— Et vous, que venez-vous faire ici ? Planter l'ultime clou du cercueil ? De quel traître êtes-vous le messager ?

J'ai pris une longue inspiration. La flatterie m'a paru la meilleure entrée en matière.

— Maître, je comprends votre colère, et croyez que je la partage. Vous méritez bien plus de considération.

Comme tous les vaniteux, il a sauté sur l'occasion pour me gratifier d'un petit morceau de pipeau.

— Apprenez, cher monsieur, que se tient devant vous un homme insensible à la flagornerie. Poursuivez.

— Soucieux de réparer ses torts, *Le Monde de la musique* envisage de vous consacrer un reportage à l'occasion du trentième anniversaire de votre vénérable institution.

— Pas trop tôt ! J'ai parfois l'impression que votre feuille de chou attend ma mort comme une délivrance. Mais Henri Poinçonné est bien vivant ! Tenez-le-vous pour dit !

J'ai tourné mes mots avec le soin le plus extrême, de façon à ce que ma petite chanson sonne bien à son oreille.

— D'autre part, je réalise en ce moment une étude scientifique sur les partitions anonymes.

Il m'a regardé de biais, sur la défensive.

— Des partitions anonymes ? Je ne vous suis pas.

— J'ai récemment découvert une partition manuscrite dans une bibliothèque et je me demandais si, à la lumière de votre légendaire érudition, vous pourriez m'aider à identifier son auteur. Bien sûr, je ne manquerai pas de mentionner votre nom dans mon article.

— Faites voir.

J'ai sorti la copie de ma poche et l'ai tendue au compositeur. Il l'a déchiffrée sans un mot, sa tête épousant les montées et les descentes de la ligne mélodique. Sa bouche a décrit un cul-de-poule dédaigneux.

— Musique atonale, pseudo-moderniste… Complètement dépassé. On n'écrit plus ce genre de choses depuis un siècle au moins.

— Mais, à votre avis, peut-on y déceler une… une intention cachée ?

— A part celle de me faire perdre mon temps, aucune.

La feuille a voleté gentiment jusqu'à moi.

— Tout ce qui brille n'est pas d'or, mon pauvre

monsieur. Il s'agit sans doute d'un brouillon sans intérêt, et votre article n'en offre pas davantage. Je conçois qu'on essaie de trouver là-dedans des significations ésotériques ou de soi-disant révélations mais, pour ma part, je pense que sa place est à la poubelle.

— On dirait pourtant que l'auteur cherche à nous dire quelque chose…

— J'ai la désagréable impression que vous ne m'avez pas écouté.

Poinçonné s'est calé dans son fauteuil et a daigné répandre son savoir sur ma minuscule personne.

— Vous êtes en quête de sens, et c'est tout à votre honneur, mais essayez déjà d'avoir un peu de bon sens et épargnez-moi vos théories stupides. Apprenez que la tentation de jeter des ponts entre musique et philosophie est vieille comme le monde. Pour Pythagore, par exemple, la musique offrait un miroir de la perfection de l'univers : elle reflétait l'harmonie des sphères célestes.

Ses mains ont décrit des circonvolutions dans l'espace.

— Selon lui, les planètes, en tournoyant dans le cosmos, produisaient une note liée à leur vitesse de révolution. La tâche du musicien consistait à restituer cette harmonie en utilisant les notes de la gamme, chacune d'elles étant dotée d'une hauteur différente et pouvant donc être assimilée à un chiffre. Les lois de l'harmonie musicale, miroir de l'harmonie céleste, relevaient donc de la pure mathématique. A ce titre, la musique a longtemps été considérée comme une discipline scientifique à l'égal de l'arithmétique, de la géométrie ou de l'astronomie. En somme, l'art était affaire de logique et de rigueur conceptuelle. Il y a un fond de vérité là-dedans, reconnaissons-le. Une blanche vaut deux noires, je veux bien l'admettre. Comme vous le voyez, je suis un homme tolérant. Le problème…

Son visage s'est cramoisi de colère.

— Le problème, c'est que les musiciens se sont contentés de reproduire ce modèle pendant plus de deux millénaires, sans prendre en compte les apports des sciences nouvelles. Des règles définies une fois pour toutes nous ont infligé une musique basée sur des lois harmoniques totalement éculées ! Les compositeurs étaient condamnés à écrire de jolies mélodies sans jamais modifier les rapports des notes ! Interdiction de heurter l'oreille de l'auditeur ! Un *do* ne pouvait être harmonisé qu'à un *sol*, point final ! Interdiction formelle de remettre cela en question ! *Do sol*, *do sol*, *do sol*, point final !

Il a abattu son poing sur la table, considérant à l'évidence cette règle de solfège comme une offense personnelle, puis a balayé l'espace d'un revers de main.

— Par bonheur, Arnold Schönberg est apparu au début du XXe siècle pour mettre un peu de vie là-dedans. Majeur, mineur, fini tout ça ! Dorénavant, on avait le droit de juxtaposer un *do* à un *si* bémol, et tant pis pour les tenants du bon goût.

L'œil fixe, le grand prêtre du décibel a entamé un dialogue avec des détracteurs honteusement dissimulés dans les replis de l'Histoire.

— L'effet produit est dérangeant ? Je vous l'accorde. Le son qui en résulte n'est pas beau, au sens bourgeois du terme ? Certes. Mais le XXe siècle n'est-il pas lui-même un siècle de désaccords, de confrontations et de disharmonie ? Le XXe siècle n'a-t-il pas hissé l'horreur au rang de principe cardinal ? N'est-il pas l'incarnation de la cacophonie ?

Il s'est souvenu de ma présence et m'a dévisagé avec bienveillance.

— Grâce à Schönberg, la musique tendait enfin un miroir à son époque, et le reflet était épouvantable. Les compositeurs avaient le droit, et même le devoir, de s'affranchir des règles séculaires. Il fallait en finir avec ce salopard de Pythagore ! Lui faire la peau ! Plutôt que l'harmonie céleste, la musique devait refléter le chaos terrestre ! Le chaos !

On devait entendre ses éructations à cent mètres à la ronde.

Il a poussé un long soupir.

— Hélas, les compositeurs d'avant-garde n'ont pas eu l'audace de se libérer de la musique proprement dite… Ils restaient craintifs, de vrais enfants… Ils raisonnaient encore en termes de notes, d'accords, de sixtes et de neuvièmes, toutes ces amusettes de conservatoire… C'est alors que j'interviens.

Sourire aux lèvres et les yeux perdus dans le vague, Henri Poinçonné contemplait la place qui lui était échue de toute éternité au Panthéon des grands penseurs de l'humanité.

— Mon intuition fondamentale repose sur une idée aussi simple que géniale : la musique a pour mission de reproduire le Big Bang dans ses conséquences les plus ultimes. Pythagore était un idiot ! Certes, les évolutions des sphères célestes correspondent à des équations… mais leur harmonie n'est qu'une vue de l'esprit ! Ces équations se modifient sans arrêt, parce que l'espace, quoi qu'on en dise, est un lieu hautement instable ! Des étoiles explosent et d'autres apparaissent de façon simultanée sans causes ni raisons. Les phénomènes aléatoires brisent en permanence l'ordre établi. Par exemple, une météorite tombe sur Terre et anéantit toute forme de vie : comment exprimer musicalement une telle idée ? Comment ?

D'un geste furieux, il a fait valser les objets éparpillés sur son bureau.

— En laissant s'accomplir le hasard dans la partition ! En acceptant l'accident dans l'écriture ! Un hautbois, une contrebasse peut-être, mais aussi un avion à réaction, une goutte d'eau dans un évier, ou le cri d'un nourrisson ! Voilà ce que j'appelle de la musique !

Il a mimé une direction d'orchestre, les yeux mi-clos, ravi.

— Ecoutez… Ecoutez ! *Daphnis et Chloé* de Ravel… Une pièce montée de jolis sons… Des nappes dégoulinantes de violon, une harpe en meringue, d'écœurantes cascades d'arpèges… C'est beau à vomir… Et soudain, pan ! Un coup de feu ! Une voiture au démarrage ! Un hurlement d'agonie ! Et, cerise sur le gâteau, un silence de trois minutes ! Oui, trois minutes de silence total ! Ta gueule, Ravel !

Il s'est rué sur une feuille de papier à musique tombée à terre et a écrit en lettres majuscules : SILENCE. Il frissonnait et jetait des coups d'œil furtifs à droite et à gauche, sans doute à la recherche de son entendement.

— Voilà la grande idée ! En finir avec la musique ! Du silence ! Un concert de silence ! Et savez-vous pourquoi ? Parce que les sons ne se propagent pas dans l'espace ! Je vais restituer le silence cosmique !

Il m'a menacé du doigt, l'œil fiévreux.

— Mes ennemis le savent, ils travaillent sans relâche à mon anéantissement. Ils veulent m'empêcher de réaliser mon projet en me privant de mes subventions, mais ils n'y arriveront pas ! Personne ne me réduira au silence !

Sa voix a pris des accents plaintifs.

— Cette Manufacture est un rouage essentiel dans le développement de la création artistique… Le monde entier nous l'envie… J'ai fait construire les plus belles salles de répétition du monde, les studios d'enregistrement les plus sophistiqués… Et on cherche à détruire tout cela ! L'œuvre de ma vie… Mon enfant…

Il a sombré dans un désespoir sans fond, la tête enfouie dans les mains. J'ai cru percevoir une légère incohérence.

— Maître, si vous me permettez… Pourquoi des studios d'enregistrement, si vous tenez tant au silence ?

Il s'est redressé, plein d'une combativité retrouvée.

— Parce que je le ferai graver ! Le silence générique ! L'auditeur posera son disque sur le lecteur et pourra écouter un silence immaculé, pur et parfait. Dans le même temps, il s'imprégnera des bruits constitutifs de son univers sonore habituel et il mesurera enfin la vanité de son existence ! Il en a bien besoin !

— Dans ces conditions, puisque la musique est condamnée, pourquoi étiez-vous à Pleyel le soir où Rémy Bonsecours est remonté sur scène ?

Il est devenu franchement hostile.

— Moi ? A Pleyel ? Vous délirez ! Qu'irais-je faire là-bas ?

— Pourtant, le régisseur m'a dit…

— Il vous a raconté n'importe quoi. Pleyel est un musée, un vrai cimetière, et Rémy Bonsecours incarnait tout ce que je déteste dans la musique. Ce côté romantique, virtuose en queue-de-pie… De l'immondice !

— Mais…

— Cet entretien est terminé. Au revoir.

Il m'a congédié d'un geste.

Les couloirs étaient toujours déserts. Un silence de mort s'étendait sur le bâtiment. Derrière son comptoir, le jeune homme de l'accueil mordillait un mouchoir pour sangloter avec un maximum de discrétion.

J'avais acquis une double conviction en quittant les locaux de la Manufacture de Composition Aléatoire : Henri Poinçonné était cinglé et mentait comme un arracheur de notes.

15

— *Denis ? C'est Laura ! On se voit ce soir ?*

J'étais figé sur place, le téléphone à la main.

— *Tu m'entends ?*

— Euh… Oui.

— *Bon, je passe à 19 heures. Okay ?*

— Okay.

— *A tout à l'heure !*

Je n'en revenais pas. La dernière fois qu'une chose pareille m'était arrivée, Brünnhilde avait abruptement surgi dans ma vie pour se lover contre mon existence, chatte ronronnante, douce et attentionnée. Au bout de dix années de vie commune, seul le côté abrupt avait survécu.

J'ai couru au supermarché acheter des avocats, des tomates, des aubergines, du parmesan et des spaghettis, plus deux bouteilles de pinot blanc et une de bourgogne. De la musique bébête passait en fond sonore, des clients hurlaient dans leur portable, un marteau-piqueur avait entrepris de pulvériser la moitié du trottoir, et pourtant l'univers me paraissait harmonieux et taillé à ma mesure – une noire pointée et une croche, rythme de battement du cœur.

A 19 heures, tout était prêt. Vin blanc au frais, table dressée, appartement propre et rangé, et *Concerto pour clarinette et orchestre* dans le lecteur CD. J'avais la tête remplie de visions friponnes, gentilshommes à perruque aimablement débraillés et fausses ingénues aux décolletés miraculeux.

A 21 heures, je finissais la deuxième bouteille de pinot au son du *Requiem*. La pluie tambourinait sur le trottoir à petites gouttes hilares et, les poings serrés, je voyais mes illusions filer dans le caniveau. La jupe relevée sur ses cuisses, la belle gloussait comme une idiote, le décolleté occupé par les mains d'un sagouin au pantalon en désordre. Je m'étais fait avoir comme un débutant. Brünnhilde avait bien des défauts mais, au moins, elle était venue… J'en arrivais presque à la regretter.

Dans mon ivresse, j'ai saisi le téléphone pour lui proposer de reprendre la vie commune.

Coup de sonnette. Je me suis levé au radar et j'ai décroché l'interphone.

— *C'est Laura ! Dépêche-toi, je suis trempée !*

Brünnhilde hurlait « Allô ! » dans le combiné. J'ai eu juste le temps de couper la communication : Laura déboulait chez moi, dégoulinante de pluie. Ses rangers laissaient d'énormes traces boueuses sur la moquette.

— Tu as une serviette ? Je me suis fait doucher. Je ne trouvais pas ton immeuble, j'avais noté 32 rue Louis-Blanc. C'était 42, pas grave, ça m'a fait du bien de marcher un peu, mais maintenant j'ai les cheveux tout mouillés. Un verre de vin blanc ne serait pas de refus… Du bourgogne ? Bon, c'est mieux que rien. Ma répétition a pris plus de temps que prévu, je suis en retard, désolée, j'ai fait aussi vite que possible mais le métro, tu sais comment ça marche… Je suis crevée, j'ai donné un cours particulier puis j'ai traversé Paris pour répéter avec mes musiciens. Je joue à Londres dans une semaine, c'est hyper important et j'ai l'impression d'être nulle, tu n'as pas idée…

Elle a frictionné sa tignasse et l'a emballée dans la serviette. Sans complexe, elle s'est assise par terre et a sorti un hamburger de son sac.

— Ce concert, c'est la chance de ma vie. Un grand impresario doit venir nous écouter. Si ça marche, je pourrai enfin vivre de ma musique. Tu te rends compte ? Terminé, les cours pour payer le loyer ! Il reste encore un peu de vin rouge ? Merci.

— J'avais préparé à manger, tu sais.

— Oh, c'est gentil, mais il ne fallait pas. Je prends juste un verre et je file. Je me lève tôt demain, j'ai une leçon à 9 heures.

Je t'en dessinerai, moi, des gentilshommes et des décolletés…

Elle m'a parlé de ses problèmes comme si je n'existais pas, a oublié l'emballage sur le canapé et s'est resservi un verre. En représailles, j'ai réquisitionné le fond de la bouteille. Elle a délacé ses rangers et ramené ses genoux sous le menton.

— On se sent bien chez toi, c'est sympathique. Un véritable appartement de célibataire ! Tu devrais faire plus souvent les poussières… A part ça, comment vas-tu ? Tu m'as l'air en pleine forme !

De deux choses l'une : soit elle se foutait éperdument de moi et venait juste se rincer le gosier à mes frais, soit j'étais devenu un as de la dissimulation. En vingt-quatre heures, j'avais découvert un suicide, subi les humiliations de mon rédacteur en chef et assisté aux délires verbaux d'un psychopathe, mais à part ça tout allait très bien madame la marquise qui arrivait comme une fleur avec deux heures de retard… J'ai préféré la jouer profil bas, *ritenuto*.

— Eh bien… C'est un peu dur, au boulot, en ce moment…

— Moi aussi, c'est tendu avec mon violoncelliste. Il n'arrête pas de me faire la tête, je ne sais pas ce qui lui arrive.

— A mon avis…

— Et la partition ? Tu as du nouveau ?

Je comprenais mieux le sens de sa visite…

— Je crois que ça ne mène nulle part.

— Comment peux-tu dire une chose pareille ? Tu n'as même pas cherché à comprendre sa signification !

Cette fois, j'en ai eu ma claque. J'ai mis les choses au point.

— Qu'est-ce que tu crois ? Tu t'imagines que je suis resté les bras croisés, assis sur mon derrière, à attendre l'inspiration ? C'est tout le contraire. Je me suis bougé, j'ai cherché des informations. Ce matin, j'ai même consulté un compositeur de musique contemporaine. La référence mondiale en matière de théorie, paraît-il.

— Qui ça ?

— Henri Poinçonné.

— Jamais entendu parler.

— Tu as bien de la chance. Selon lui, il s'agit d'un brouillon sans intérêt. On fait fausse route, Laura. On s'est monté la tête. Cette partition est une plaisanterie d'un goût douteux, rien de plus.

Elle m'a dévisagé avec la plus totale candeur.

— J'étais sûre que tu allais faire chou blanc. Tu as le défaut des journalistes : tu gobes tout ce qu'on te raconte.

— Je te remercie pour ce jugement plein de délicatesse.

— C'est vrai ! Tu t'imagines toujours que les autres ont la solution à tes problèmes. Fie-toi à tes propres intuitions ! Après tout, tu es un homme intelligent et cultivé.

— Tu t'en es aperçue, en fin de compte ?

Elle a souri.

— C'est même la première chose que j'ai remarquée chez toi.

Elle avait l'air sincère. J'ai baissé les yeux : je serrais les poings à m'en péter les cartilages. Qu'est-ce que j'essayais de retenir si désespérément ? Quel souvenir ? Quelle hantise ? J'ai ouvert les mains, fataliste.

— Tu as peut-être raison. N'empêche que ce message me paraît absurde. On dirait une *Gymnopédie* : une poignée de notes jetées au hasard, sans structure ni unité de ton.

Elle a posé le menton sur ses genoux, le front plissé par la concentration.

— Je comprends ce que tu veux dire. Je rencontre ce genre de difficultés quand je découvre une nouvelle œuvre. Au début, je tâtonne, je bute sur les enchaînements, je perds le tempo, je fais des fausses notes, c'est horrible. Ensuite, je recommence et ça coule mieux : je pénètre la logique interne du texte, je vois où le compositeur veut en venir. Mais pour arriver à ce résultat, je dois lui faire confiance, le suivre les yeux fermés. Alors seulement je peux le rejoindre. Toi, en ce moment, tu hésites parce que tu n'as pas encore perçu la logique de Rémy Bonsecours.

— Une logique ? Il n'y en a aucune.

— Bien sûr que si ! Le musicologue a pourtant insisté ! Bonsecours avait beau être secret, il était surtout systématique. A toi de reconstituer le cheminement de sa pensée.

— Comment veux-tu ? Bonsecours était bourré de contradictions : il jouait en public mais refusait tout contact avec le monde extérieur, il a quitté la scène en pleine gloire, il collectionnait les manuscrits précieux mais les laissait pourrir dans un coin de sa bibliothèque ! Mieux, il a passé sa vie à courir après l'argent et jouait gratuitement pour son retour à Pleyel. Sans parler de ses retraites dans une abbaye alors qu'il était athée.

Elle a brandi l'index avec autorité.

— Moi, je crois au contraire que Bonsecours était un homme très cohérent. En bon concertiste, il s'opposait à l'orchestre pour exprimer son point de vue. Il ne s'agit pas de contradiction, mais d'interprétation.

Je l'ai observée du coin de l'œil. Encore une de ses idées loufoques… Elle a vidé son verre et souligné ses arguments à grands gestes de chef d'orchestre.

— Réfléchis deux secondes. Normalement, un type comme lui aurait dû se faire inhumer dans l'intimité : après tout, il a passé sa vie à se cacher. Au lieu de ça, il organise une cérémonie funèbre dans une église mondialement connue et devant une centaine de témoins. Pourquoi ?

— Je te le demande.

— Tout simplement parce qu'il avait encore quelque chose à dire.

Je me suis mis à réfléchir à haute voix.

— … et parce qu'on ne lui en a pas laissé le temps.

— Pour moi, c'est plus qu'évident.

L'hypothèse n'était pas dénuée d'intérêt. Bonsecours s'identifiait à Mozart, mais ne voulait surtout pas finir comme lui. Par crainte d'être enterré à la sauvette ? Pourquoi pas ? En tout cas, il s'en était prémuni en organisant une sortie somptueuse. Il était allé jusqu'à composer son propre Requiem, un testament musical dont l'unique mouvement tenait sur un feuillet de carnet plié en huit.

Mes idées s'enchaînaient les unes aux autres avec une alacrité toute mozartienne.

— Si je te suis bien, chacune des œuvres interprétées lors de la cérémonie aurait une signification propre…

— Tout à fait. Elles semblent n'avoir aucun rapport entre elles, mais je suis convaincue du contraire. C'est comme un quatuor à cordes : chaque instrument a l'air de jouer sa partition sans se soucier des autres mais, dès que tu superposes les quatre voix, tu obtiens une œuvre cohérente et parfaitement équilibrée. Cela, Bonsecours le savait d'autant mieux qu'il a analysé de nombreuses partitions.

— Dont le *Quatuor en ut*.

— Exact ! Quelle était la première œuvre de la cérémonie ?

— Des moines ont interprété un chant grégorien.

— A ta place, j'irais leur rendre visite. Je suis prête à parier qu'ils en savent plus long que tu ne crois sur Bonsecours.

— Tu me vois finir mes jours dans un monastère ?

— Je n'exigerai pas un tel sacrifice de ta part. Fie-toi à mon intuition…

— Ah, la fameuse intuition féminine…

— Elle est infaillible, fais-moi confiance…

Elle m'a décoché un sourire éblouissant. La bougresse avait réponse à tout… Sans me laisser le temps de répliquer, elle a replongé les pieds dans ses chaussures.

— A propos de partition, tu me laisseras jeter un coup d'œil sur celle de Bonsecours ? On ne sait jamais, moi aussi je peux avoir de bonnes idées…

J'avais décidément affaire à une redoutable soliste… J'ai croisé les bras.

— Je vais y réfléchir.

Elle a posé son étui sur le canapé et pris ma main dans les siennes.

— Tu sais, Denis, un duo ne fonctionne que si on se fie à son partenaire.

Elle me regardait avec gravité. J'ai hésité. Elle avait l'air de bonne foi.

J'ai fouillé la poche intérieure de ma veste et lui ai tendu le feuillet. Elle l'a saisi délicatement et l'a glissé dans son soutien-gorge.

— Là, personne n'osera venir le chercher, tu peux me croire !

Elle a déposé un baiser sur ma joue, attrapé son étui et couru prendre le dernier métro.

Je me suis allongé dans le canapé pour réfléchir à la suite des événements. Mes doigts pianotaient le long de ma jambe, *prestissimo*.

16

Le lendemain matin, je téléphonais à l'abbaye de Saint-Wandrille. Le monastère accueillant peu de visiteurs en automne, il était possible d'y être hébergé pour une nuit. Que Cousin-Damier aille au diable : le samedi est un jour sacré. J'avais à faire.

J'ai jeté quelques affaires dans un sac et me suis précipité à la gare Saint Lazare, où j'ai sauté dans un train pour Yvetot. De là, un car m'a conduit dans un petit bourg de la campagne normande. La *Symphonie n° 40* dans les oreilles, je contemplais les champs sous le ciel gris et morne. Des corneilles s'envolaient lourdement des feuillages roux. Les averses avaient transformé les prairies en véritables étangs. L'autocar bondissait dans les nids-de-poule en faisant exploser les flaques d'eau.

Le chauffeur m'a laissé sur la place du village et m'a indiqué l'entrée de l'abbaye, un peu plus loin sur la droite.

J'ai savouré le calme. Sentiment de plénitude, souvenirs d'enfance, du temps où le Bruit ne régnait pas encore sur la Terre.

Mon sac en bandoulière, j'ai marché jusqu'à une grille, puis bifurqué à gauche pour rejoindre une ouverture creusée dans le mur. Un pélican de grès était perché à son sommet et surveillait le passage, ailes déployées et bec ramené sur le jabot. Au fond d'une cour de gravier, l'entrée de l'abbaye proprement dite était défendue par une double porte de chêne massif surmontée d'un blason sculpté. De part et d'autre, deux bâtiments en pierre de taille prolongeaient le mur d'enceinte. Le fronton de celui de gauche était orné d'un serpent s'enroulant autour d'une équerre posée à plat sur un livre ouvert. Juste au-dessus, un triangle se détachait dans un faisceau de rayons lumineux.

J'ai sonné. Au bout de quelques minutes, un moine d'une vingtaine d'années strictement vêtu d'une robe de bure noire a ouvert le portail. Son visage était très doux.

— Vous êtes monsieur Augain ? Entrez, je vous en prie. Bienvenue à l'abbaye de Saint-Wandrille. J'espère que vous avez fait bon voyage.

Il m'a serré la main et m'a montré le chemin. Il était jovial mais semblait un peu intimidé. Ses yeux évitaient les miens.

— C'est la première fois que vous venez à Saint-Wandrille ?

— Oui. Je me suis décidé un peu tard, mais on m'a assuré que ça ne posait pas de problème.

— Pas du tout. Nous n'avons pas beaucoup de visiteurs en cette période de l'année.

— J'ai de la chance. Je souhaitais avoir une petite conversation avec le père Carrez, votre père abbé.

Mon guide regardait fixement devant lui.

— Je l'ai croisé tout à l'heure. Il serait très heureux de vous recevoir, mais il est assez occupé aujourd'hui.

Il n'est pas sûr d'avoir beaucoup de temps à vous consacrer.

— Cela peut attendre demain matin.

— Nous ferons pour le mieux. Je vais vous montrer votre chambre.

Nous sommes passés devant les ruines d'une église gothique. Le clocher avait disparu. Seuls subsistaient des lambeaux de murs soutenus par des arcs-boutants. Le jeune moine m'a adressé un sourire forcé.

— Ce sont les vestiges de l'ancienne église abbatiale. Elle a brûlé au XIIIe siècle.

— Au XIIIe siècle ? Et on ne les a jamais rasés ?

Le moine a détourné les yeux.

— Il en est question, mais les travaux ont toujours été remis à plus tard. Je ne peux pas vous en dire davantage, cette décision est du ressort du père abbé… C'est par ici.

Nous sommes entrés dans le monastère. Le silence n'était troublé que par le sifflement du vent s'engouffrant dans les couloirs. Le jeune moine m'a conduit dans un bâtiment de trois étages, plus récent et plus confortable, et réservé aux retraitants. Ma chambre n'en était pas moins d'un dépouillement exemplaire : un lit, une table, une chaise et une armoire. Sommeil, travail, souvenirs et, le cas échéant, regrets : bon résumé d'une vie.

— Installez-vous à votre aise. Vous pouvez vous promener dans le parc, c'est très reposant. Le dîner est servi à 18 heures, au réfectoire, à droite en sortant du bâtiment. Pour assister à l'office de vêpres, il vous suffit de revenir sur vos pas et de prendre à gauche, vers l'église.

Il s'est éclipsé. L'accueil était à l'image des lieux, austère.

Les murs étaient estampillés d'un crucifix, d'une image de la Vierge et d'un portemanteau. Au loin, une cloche appelait les moines à l'office. J'ai laissé mes affaires dans mon sac et je suis sorti pour me changer les idées, en maudissant l'intuition féminine – celle de Laura en particulier.

Le trumeau de la porte du réfectoire était orné d'un christ à demi nu ; de petits personnages s'agitaient autour du chambranle. Certains tiraient la langue, d'autres étaient défigurés par d'horribles grimaces. Aucun, en tout cas, ne semblait avoir sa place dans l'édifice.

J'ai entendu des pas feutrés.

Une double rangée de moines, tête nue et vêtus de noir, avançait dans ma direction. Un petit homme gras, le crâne rasé et les yeux protubérants, ouvrait la marche. Il m'a jeté un bref regard en passant à ma hauteur. Derrière lui, le jeune moine qui m'avait accueilli gardait la tête obstinément baissée.

Puis leurs voix se sont élevées, douces, mélodieuses, aériennes. Les hommes renouvelaient leur appel à Dieu.

J'ai déambulé dans les allées du parc, escorté par les jacassements des corneilles. Les récentes averses avaient libéré les senteurs âpres de la forêt.

J'ai croisé un grand type athlétique d'une cinquantaine d'années. D'un naturel affable, Jean, comme il se prénommait, a engagé la conversation sans la moindre difficulté. Il dirigeait une entreprise de travaux publics en région parisienne et avait décidé de prendre un peu de recul suite à une sévère dépression. Tout en étant parfaitement athée, il venait de temps à autre se ressourcer à l'abbaye.

Il semblait ravi de rencontrer un journaliste musical.

— Vous écrivez un article sur le grégorien ? Ça en vaut la peine. Savez-vous que les chants des moines de Saint-Wandrille sont réputés dans le monde entier ?

— Il paraît.

— Il m'arrive d'aller à l'office rien que pour les écouter.

— Je n'ai pas ce courage, mais je suis d'accord avec vous, c'est magnifique.

— Vous êtes souvent venu en retraite ?

— Non, c'est la première fois. En fait, je les ai entendus il y a quelques jours lors d'une cérémonie funéraire, à la Sainte-Chapelle.

Il a haussé les sourcils.

— Ils sont allés chanter à Paris ? Voilà qui est étonnant.

— Pourquoi ?

— La règle monastique leur interdit de pratiquer le chant grégorien en dehors de leur abbaye.

Etrange… La mort de Bonsecours avait fait sentir ses effets dans les cercles les plus retirés du monde…

Jean avait l'air préoccupé.

— Vous qui êtes journaliste, avez-vous déjà entendu parler de Bernard Santalier ?

— Pas du tout. Qui est-ce ?

— Mon grand-père. Il était compositeur. Il n'a pas laissé une grande trace dans l'histoire de la musique. Quelques sonates pour violon pendant l'entre-deux-guerres, c'est tout. En fait, il gagnait sa vie comme musicien d'actualités.

— Musicien d'actualités ?

— Il composait des petits morceaux en fond sonore pour les bulletins d'information. Il avait un sacré tour de main : en une matinée, il pouvait vous en pondre trois ou quatre. Ce n'était pas très bien payé, mais il vivait de cela en attendant de s'imposer comme compositeur de musique sérieuse. Malheureusement, la guerre est passée par là.

— Que lui est-il arrivé ?

— La propagande vichyste a utilisé plusieurs de ses titres pour illustrer ses bulletins d'information. Son éditeur avait donné l'autorisation sans même lui demander son avis. Il a eu beau protester, le comité d'épuration ne lui a pas fait de cadeau : dix ans d'interdiction de travail. Sa carrière était terminée. A quoi ça tient…

— Et qu'est-il devenu après la guerre ?

— Il a abandonné la musique et s'est lancé dans le bâtiment. Le travail ne manquait pas, alors la boîte a prospéré. Mon père a repris l'entreprise dans les années 1970, et maintenant c'est mon tour.

Il a souri avec mélancolie.

— Bien sûr, ce sont de vieilles histoires, mais je me dis parfois que, sans la guerre, nous serions peut-être devenus musiciens de père en fils… Je n'ai jamais joué d'aucun instrument, c'est le grand regret de ma vie.

Son regard s'est voilé et il a baissé la tête.

— C'est aussi pour cela que j'ai poussé mon fils à apprendre la guitare. Il commençait à se faire un nom dans le jazz manouche quand il s'est tué en voiture au retour d'un concert. On a retrouvé sa guitare dans le coffre, intacte. Je n'ai jamais eu la force de m'en séparer.

Nous avons poursuivi notre promenade sans échanger une parole.

On l'oublie souvent, mais la musique est le plus fragile de tous les arts. A peine créé, le son s'évanouit. Le néant gagne presque à tous les coups.

Situé dans l'aile ouest de l'abbaye, le réfectoire, une vaste pièce aux murs enduits de chaux, était surmonté d'un toit en carènes de bateau posé comme une coque renversée. Les moines mangeaient en silence. Chaque geste était mesuré, comme porteur d'une signification particulière et inséré avec précision dans un ordre immémorial. En bout de table, sous un immense crucifix de bois brut, la place du père abbé était vide.

Un peu à l'écart, un moine lisait *Le Monde* à voix haute, d'un ton froid et monocorde.

— *Mardi, le Premier ministre palestinien a rendu visite à son homologue israélien. Les pourparlers sont au point mort et cette série d'entretiens semble bien être la dernière chance de paix dans la région. Au Pakistan, une voiture piégée a fait quinze morts...*

Ses frères écoutaient cette succession de catastrophes dans une quiétude absolue. A moins d'une invasion de Vikings – ils avaient mis la région à feu et à sang mille ans plus tôt mais leur retour semblait peu probable –, rien ne pouvait les tirer de leur méditation rêveuse.

J'ai lutté de toutes mes forces pour ne pas m'enfoncer le MP3 dans les oreilles. Guerres, attentats et réformes économiques se sont succédé à un rythme régulier.

Même au cœur d'un monastère, le Bruit reprenait ses droits.

— *A Berlin, le directeur de l'opéra a annulé les représentations d'*Idoménée, *de Mozart, par crainte d'attentats islamistes. Le metteur en scène voulait exhiber les têtes coupées de Jésus, Bouddha et Mahomet.*

L'indifférence était totale. La censure avait encore de beaux jours devant elle. A ma droite, Jean mangeait en silence. Il semblait réconcilié avec son passé. Peut-être la sérénité est-elle le stade ultime du désespoir ?

— *Il y a deux jours, le secrétaire du célèbre pianiste Rémy Bonsecours a été retrouvé sans vie à son domicile parisien. Selon les premières constatations, Jérôme Clerc se serait donné la mort, mais la police n'exclut aucune hypothèse.*

Mon estomac a fait un bond vertigineux. A mon tour d'afficher une parfaite tranquillité d'esprit. Après tout, je n'y étais pour rien. Mais je n'avais plus faim.

Le jeune moine est venu me voir à l'issue du repas. Il a souri avec humilité.

— Le père abbé est désolé, mais il ne peut vous recevoir aujourd'hui. Il a beaucoup de travail.

La voix était douce, mais l'air sonnait extrêmement faux. Ce garçon avait besoin de quelques cours d'interprétation.

Dans un bel ensemble, les formes noires s'étaient levées pour regagner leur cellule. J'étais resté seul à ma table. Rien à dire : ils avaient fait acte de charité en m'accueillant parmi eux. Pour le reste, j'étais *persona non grata*. Au mur, le crucifix témoignait de l'immensité de la cruauté humaine.

J'ai remis ma veste et me suis perdu dans les

couloirs. Mes pas résonnaient sur les dalles de pierre. Le vent chuchotait furieusement dans les interstices des fenêtres. Une tempête devait se préparer.

Un peu à l'écart des dépendances, j'ai aperçu une série de croix respectant un alignement maniaque. « Nul ne sortira d'ici vivant », aurait soupiré ma mère.

Malgré la sainteté des lieux, l'abbaye n'échappait pas au principe hiérarchique. L'autorité naissant de la distance, le père abbé devait disposer d'un bureau personnel, comme le chef d'orchestre de sa loge réservée, et Cousin-Damier de sa grotte directoriale. Au détour d'un vestibule, j'ai remarqué une porte en chêne renforcée de plaques métalliques. Tout en elle imposait crainte et respect.

J'ai frappé. Une voix, basse et puissante, a répondu : « Entrez, frère Etienne. » J'ai pénétré dans une cellule faiblement éclairée par trois candélabres. Une silhouette corpulente se tenait devant une bibliothèque. Elle s'est tournée lentement vers moi. Le visage aux yeux protubérants m'a fixé sans faiblesse.

— Que faites-vous ici ?

— Je m'attendais plutôt à une question du genre : qui êtes-vous ? Mais, de toute évidence, vous le savez déjà.

— En effet. Nous n'avons pas l'habitude de recevoir des journalistes à Saint-Wandrille.

Son ton était rauque et agressif. J'ai temporisé, *legatissimo*.

— Je ne viens pas vous importuner. J'écris un article sur le pianiste Rémy Bonsecours pour *Le Monde de la musique* et j'ai appris qu'il venait régulièrement en retraite dans cette abbaye. Je cherche juste à rencontrer des gens qui l'ont bien connu.

Il m'a observé en silence, mettant dans la balance mes motivations et ma sincérité. Il faut croire que j'avais perfectionné mon toucher, car il a hoché la tête.

— Rémy Bonsecours… Le célèbre Rémy Bonsecours… Un homme bien singulier…

— A quel point de vue ?

L'abbé a passé un doigt distrait sur les tranches des livres. Il pesait ses mots avec un soin d'apothicaire.

— Rémy Bonsecours a été un grand bienfaiteur de notre communauté, même s'il n'en partageait aucune des convictions. Je dois admettre qu'il nous a souvent tirés de mauvais pas. Je veux dire : sur un plan financier. Rien que pour cette aide, notre gratitude est infinie.

Sa main a glissé sur son ventre rebondi : cette perspective semblait l'élancer du côté de l'estomac. J'ai hasardé une hypothèse hardie.

— Peut-être était-il à la recherche de Dieu ?

Trêve de diplomatie : le père abbé a ricané.

— Rémy Bonsecours ? A la recherche de Dieu ? Je crois que je m'en serais aperçu. Je ne crois pas trahir un secret en affirmant que Dieu n'a jamais fait partie de ses préoccupations. Bonsecours vivait dans le péché sans le moindre remords. Savez-vous par exemple qu'il entretenait des relations contre nature avec d'autres hommes moyennant finances ? Il s'en vantait même devant moi.

— Désolé de vous décevoir, mais on ne brûle plus les gens pour cela.

Le visage de l'abbé trahissait un incommensurable mépris.

— Il est vrai que, de nos jours, l'indulgence est proportionnelle à l'énormité de la faute. Si seulement il avait eu une vie spirituelle... Mais à part l'accumulation de biens matériels, rien n'avait d'importance pour lui.

— Il faut croire que non. Une cérémonie funéraire a été organisée à la Sainte-Chapelle, et vous y avez participé.

— C'est vrai. Il y a quelques mois, il m'avait fait promettre, s'il venait à décéder, de célébrer une action de grâces lors de ses funérailles. En règle générale, nous refusons ce genre d'exhibitions, mais Dieu aurait peut-être été chagriné qu'une brebis, même égarée, se voie privée de ce témoignage de reconnaissance. Nous lui avons donc dédié cet *Absolve, Domine*. Très honnêtement, je doute que cela ait la moindre incidence sur son repos éternel.

— Les voies du Seigneur sont impénétrables.

Il a esquissé une moue dégoûtée, peu convaincu par la qualité de l'âme de Rémy Bonsecours.

— Pour être tout à fait sincère avec vous, il venait surtout de faire un don substantiel à la communauté. Nous lui devions bien ça...

Je comprenais mieux l'hostilité de l'abbé au souvenir de Rémy Bonsecours. Les forces spirituelles, aussi puissantes soient-elles, doivent parfois composer avec de basses contingences numéraires. Mieux valait glisser sur le sujet.

— Si je comprends bien, il craignait de mourir.

L'ecclésiastique a posé des yeux las sur un crucifix.

— Ma foi, nous sommes tous mortels... mais certains

plus que d'autres. Rémy Bonsecours vivait dans la hantise de la mort. C'était une véritable obsession.

— Il se sentait menacé ?

— Cher monsieur, ce genre de considérations est du ressort de la police.

C'est alors que quelqu'un a frappé à la porte. Le père abbé m'a lancé un regard débordant de rancune.

— Je vous remercie, frère Etienne, a-t-il fini par lancer. Nous nous verrons tout à l'heure.

Des pas se sont éloignés dans le couloir et il s'est mis à déambuler dans son bureau. L'éclat des cierges jouait sur son crâne rasé.

— Je vous l'ai dit, c'était un homme singulier. Je décelais en lui une authentique angoisse existentielle, mais l'argent représentait la seule valeur digne de respect à ses yeux. Il avait l'air de croire qu'on peut acheter n'importe qui.

L'indignation du père Carrez était d'autant plus sincère que je voyais des petits morceaux de son âme, dotés d'une étiquette et d'un prix, voleter dans la pièce… Il a poursuivi d'une voix égale.

— D'un autre côté, c'était un homme très simple qui supportait sans difficulté les exigences de la vie monastique et ne répugnait pas à se mêler aux autres visiteurs. Il ne sollicitait qu'une faveur.

— Laquelle ?

— Il tenait à assister à tous les offices. Dès Laudes, il était présent dans un coin de l'église. Je le voyais parfois prendre des notes dans un petit carnet à spirale.

Carnet dont une feuille m'était tombée par hasard entre les mains…

Mais il était clair que le hasard n'avait plus sa place

dans cette histoire. Une pointe d'excitation, véritable accord de blues en *do* majeur, a irradié l'ensemble de mes ramifications nerveuses.

— Qu'écrivait-il, à votre avis ?

— Là encore, je n'en ai pas la moindre idée. Il n'a jamais voulu me le dire. Pourtant, nous avions de nombreux entretiens en tête à tête.

— Vous parliez de musique ?

— Non. Il s'intéressait plutôt à certaines légendes liées à l'ordre des bénédictins. Les moines noirs, puisque la rumeur nous a donné ce nom.

L'abbé a regagné son bureau. Au-dessus de sa tête, le Christ en croix semblait surveiller ses moindres paroles. Le père abbé m'a jaugé du regard et a poursuivi à contrecœur.

— Vous l'ignorez sans doute, mais les bénédictins sont les derniers héritiers d'un art unique en Occident : l'art du chant grégorien. Cette pratique chorale, la plus ancienne au monde, descend en droite ligne des hymnes pratiquées par les premières communautés chrétiennes d'Egypte, il y a plus de deux mille ans. Les bénédictins ont toujours mis un point d'honneur à perpétuer cette tradition, malgré les pressions de l'Eglise. Et Dieu sait si elles furent nombreuses… très nombreuses…

Son visage reflétait une morgue fort peu compatible avec ses vœux d'humilité. Bien calé dans son fauteuil, il a feuilleté mentalement ses connaissances théologiques.

Je n'ai pas osé l'interrompre.

— Tout d'abord, vous devez savoir que ces chants offrent de nombreuses similitudes avec les cantilènes de la Synagogue. Rien de plus logique, me direz-vous :

les premiers chrétiens se recrutaient au départ parmi les Juifs. Le chant grégorien a évolué au fil des siècles, mais il a conservé cette forme psalmodiée, typique de la monodie hébraïque. Voilà pourquoi l'Eglise naissante a rapidement imposé le latin au cours des offices.

— Pour se démarquer de l'hébreu ?

— Exactement. Il fallait prendre ses distances avec le peuple juif, coupable de déicide. Le latin permettait d'honorer dignement le Christ et son sacrifice. Mais très vite…

Sans interrompre sa leçon, le père abbé a ouvert un tiroir de son bureau et fait apparaître un énorme cigare, entorse irréfutable à son vœu de tempérance. Il l'a allumé et en a tiré de voluptueuses bouffées.

— Très vite s'est posée la question du rôle du chant dans la liturgie chrétienne. Celui-ci prenait une place de plus en plus importante, et les premiers papes se sont inquiétés de leur effet sur les fidèles : grisés par la beauté des mélodies, ces braves gens ne risquaient-ils pas de perdre de vue l'essence même de leur foi, la Parole divine ? Dès la fin du IVe siècle, saint Jean Chrysostome mettait en garde les nouveaux convertis contre ces cérémonies bruyantes et ces hymnes rappelant l'érotisme des banquets romains. Certains leur attribuaient même des pouvoirs magiques et thérapeutiques.

— Comme pour les cérémonies païennes.

— Exactement, mais il y avait plus grave…

La bouche de l'abbé, arrondie en cul-de-poule, a exprimé une impeccable auréole de fumée.

— A la grande inquiétude de Rome, de nombreux répertoires liturgiques se sont développés un peu partout en Europe. Un répertoire ambrosien en Lombardie, un autre dans la région de Naples, un exceptionnel répertoire gallican en Gaule, et même un hispanique, très perméable aux influences orientales… A terme, l'unité de l'Eglise était menacée. L'Empire romain s'effondrait sous la poussée des envahisseurs et la confusion était totale. Certaines communautés chrétiennes utilisaient le chant pour évangéliser les barbares et ceux-ci, en échange, apportaient leurs propres croyances impies. Bientôt, le message du Christ se retrouverait noyé dans un syncrétisme religieux qui n'aurait plus rien à voir avec les Evangiles. Heureusement, un homme a décidé d'y mettre bon ordre : le pape Grégoire le Grand.

— D'où le terme « chant grégorien »…

Nouvelle bouffée, nouvelle auréole gazeuse, plus ferme cette fois.

— En effet. Dès sa nomination en 590, Grégoire s'est assigné pour mission de ressouder l'Eglise. Cet homme pragmatique a décidé de prendre le problème à la racine. A ses yeux, il était essentiel de rassembler les gens autour de pratiques simples : il a donc eu l'idée de doter les communautés chrétiennes d'un répertoire officiel et intangible. En chantant d'une même voix, les fidèles serviraient une même foi.

— C'était un fin calculateur…

— … mais aussi un fin politique : il a conclu une alliance avec l'ordre des bénédictins, qui connaissait alors un développement exceptionnel en Europe grâce à ses nombreux monastères, et les a chargés de recopier ces textes canoniques pour les répandre à travers la chrétienté. Le chant n'avait plus qu'une vocation : se mettre au service de la Parole divine. Voilà comment, pendant presque mille cinq cents ans, les fidèles ont chanté un *Introït*, un *Kyrie,* un *Benedictus* ou un *Alleluia*. Non par amour de l'art, mais par la volonté d'unité politique d'un souverain pontife particulièrement clairvoyant.

J'ai noté que, pour son *Requiem*, Mozart ne s'était pas démarqué de l'usage. Songeur, l'abbé allait et venait dans la pièce.

— Bien sûr, ces réformes ne se sont pas imposées du jour au lendemain. De nombreux siècles ont été nécessaires pour recopier, dans le secret du *scriptorium*, des milliers d'exemplaires du texte canonique. Les bénédictins, qui avaient fait vœu de servir Dieu par la prière et le travail, se sont attelés à cette tâche avec abnégation. Et comme l'exigeait la règle de leur patron, saint Benoît, ils ont aussi honoré le Créateur par le chant. Un chant qui devait être à l'image de Dieu : sublime.

Il a marqué un temps d'arrêt devant le crucifix et lui a posé une question muette.

— Il n'y avait aucune vanité dans cette pratique : bien au contraire, avec le chant, le moine s'abandonnait totalement à la grandeur de l'amour divin. Il cherchait à exprimer la pureté de son âme. Pourtant, au IXe siècle, Charlemagne a demandé au pape d'imposer de nouvelles normes musicales – de battre la mesure, si vous me permettez l'expression. Les moines ont donc été invités à respecter la liturgie officielle sans en modifier la moindre note. Mieux valait garder son énergie pour le travail.

— De l'ivresse du chant à l'ivresse des sens, il n'y a qu'un pas…

— Et il est vite franchi, je vous le concède. Ne nous y trompons pas ! Sous couvert de chant grégorien, on assistait en réalité à un véritable partage du pouvoir : à l'empereur les affaires temporelles, au pape les questions spirituelles. L'empire et l'Eglise se prêtaient mutuellement assistance afin de garantir leur unité respective. Pendant plus de mille ans, Rome s'est ainsi arrogé le pouvoir de décréter le juste, le vrai et le beau en matière musicale.

Il s'est tourné vers moi, tendu, haletant presque.

— Mais les bénédictins n'ont pas courbé l'échine. Ces hommes n'avaient pas renoncé aux plaisirs de la chair et aux gratifications matérielles pour se morfondre dans des cérémonies tristes et monotones. Le chant est une source d'ivresse, peut-être, mais d'ivresse divine ! Avec lui, nous entrons de plain-pied dans la révélation de la Grâce : Dieu s'est fait homme en Jésus pour racheter nos fautes ! Comment ne pas chanter sa joie ?

J'ai émis quelques toussotements et l'abbé a repris contact avec la réalité. Son souffle puissant a suivi un cours plus régulier.

— Au mépris des injonctions papales, les bénédictins sont restés fidèles à la règle et ont continué d'embellir le chant grégorien, à l'abri de leurs monastères. Ces chants, transmis de génération en génération, vous les entendez aujourd'hui encore pendant l'office. Par malheur…

Le visage du moine s'est affaissé. Nous avions atteint le point critique. L'ombre de Rémy Bonsecours planait dans la pièce, soutirant des confidences à l'abbé. J'ai anticipé la suite.

— Rome a eu connaissance de ce péché d'orgueil, n'est-ce pas ?

L'abbé est retourné à sa table, tête basse, a écrasé

son cigare dans un cendrier et enfoui son crâne dans ses mains, comme pour se prémunir de coups surgis du passé.

— Le pape avait des yeux partout. Des yeux mais aussi des oreilles. Jusqu'au XIIIe siècle, les bénédictins ont réussi à préserver leur indépendance, mais l'Histoire nous enseigne que l'homme n'est pas destiné à vivre en paix. Peut-être la Foi est-elle à ce prix ? Quoi qu'il en soit, l'Eglise a été emportée par la folie meurtrière, et notre ordre n'a pu s'y soustraire.

Sa voix, presque inaudible, retraçait un long chemin de croix.

— En ce temps-là, les autorités vaticanes étaient loin de faire preuve de la rigueur morale dont elle accablait le petit peuple. Evêques et cardinaux bâtissaient de véritables fortunes, multipliant maîtresses et enfants naturels, et on ne comptait plus les prêtres dévoyés. Ecœurés, de nombreux fidèles se sont détournés de Rome pour adhérer à une doctrine nouvelle, empreinte de pureté et d'ascétisme : la religion cathare. On connaît la suite… Ces événements allaient avoir de terribles répercussions sur nous, bénédictins, car une autre misère allait s'abattre sur la chrétienté : la Sainte Inquisition.

L'abbé hochait la tête, incrédule encore devant tant de monstruosités.

— S'appuyant sur les dominicains pour reprendre les ordres monastiques en main, le pape a envoyé ses émissaires aux quatre coins de l'Europe. Un soir de l'année 1247, un visiteur a demandé asile à l'abbaye de Saint-Wandrille. Fidèles aux règles de notre communauté, et conformes en cela au message du Christ, les moines ont accueilli l'inconnu dans un esprit fraternel. Après le repas, il a assisté à l'office en bon chrétien. Le destin avait frappé à notre porte.

— Le secret des bénédictins était découvert.

— Pour notre plus grand malheur, c'était un frère dominicain voyageant incognito. Un mois plus tard, il était de retour avec cinq de ses semblables pour traduire le père abbé devant un tribunal. Les dominicains ne lui ont pas laissé le choix : soit la communauté de Saint-Wandrille renouait avec la pratique liturgique officielle, soit elle disparaissait.

J'ai cru soudain qu'il allait s'effondrer, mais il a relevé la tête.

— Le père abbé a abjuré et, en gage de bonne foi, a invité ses juges à une soirée de prière et de réconciliation au sein de l'abbaye. Cette nuit-là, il s'est isolé dans l'église et s'est mis à articuler une étrange action de grâces, pareille aux lamentations d'un animal blessé. D'aucuns ont pensé qu'il avait perdu la tête. A minuit, il a réuni ses frères au réfectoire et leur a fait part de sa décision. Le lendemain matin, on découvrait dans les décombres fumants du dortoir six corps calcinés, alignés côte à côte. Plus jamais les dominicains ne seraient importunés par la musique…

L'abbé Carrez triomphait.

— Evidemment, ils étaient déjà morts quand l'incendie s'est déclenché. L'abbé ne leur a pas laissé la moindre chance.

— Et les ruines, à l'entrée du monastère…

— Elles rappellent l'événement. Quelques années plus tard, des moines, aidés de quelques artisans, ont reconstruit l'abbaye. Toutefois, en mémoire du père abbé, ils ont pris l'engagement solennel de conserver ces murs en l'état. Ce serment tient toujours.

Nouveau silence. Un courant d'air a tourmenté la flamme des cierges.

— On n'a pas ouvert d'enquête ?

— Si, mais l'affaire est tombée dans l'oubli. Le pape avait d'autres chats à fouetter, l'ordre des Templiers par exemple.

— Qu'est devenu le père abbé de Saint-Wandrille ?

— Il a disparu sans laisser de traces.

Son regard était dur et fier.

— Comprenez-vous maintenant d'où nous vient ce surnom de « moines noirs » ? Il rappelle les corps carbonisés des frères dominicains. Notre ordre a peut-être subi l'infamie, mais jamais il n'a renoncé à ses valeurs. C'est l'essentiel.

Une cloche a retenti. Ses coups, lents et réguliers, sonnaient le glas de six moines assassinés.

L'abbé Carrez m'a laissé près du réfectoire et sa silhouette courbée par les ans a obliqué vers l'église pour l'office de Complies.

J'ai regagné ma chambre.

Et je n'ai pas fermé l'œil de la nuit.

Des formes sombres glissaient sur les murs, capuchon rabattu sur la tête. Le vent sifflait dans les couloirs, se faufilait sous la porte. Les arbres, saisis d'angoisse, étaient chiffonnés par les bourrasques. Une porte claquait à intervalles réguliers…

Vers 5 heures, la cloche a annoncé le premier office. Le chant s'est mis onduler au gré des rafales avant de s'évanouir dans la nuit.

17

Un moine brandissant une torche avançait vers moi en hurlant des imprécations en latin. Les autres, alignés dans le cloître, me montraient du doigt, hilares.

Je me suis réveillé en sursaut. Un rayon de lumière tombait droit sur mon visage. Il était 10 heures. J'avais fini par grappiller quelques minutes de sommeil, mais des lambeaux de cauchemars s'accrochaient à mon cerveau.

Je me suis passé de l'eau sur la figure et j'ai filé au réfectoire. Fermé. J'ai erré dans les couloirs et fini par dénicher un vieux moine à qui j'ai quémandé une tasse de café. Il n'a même pas daigné ouvrir la bouche et a continué son chemin. Je commençais à en avoir ma claque, de leur vœu de silence.

L'air était froid et sec. Le vent avait chassé les nuages, les pelouses étaient constellées de gouttes de givre. J'ai longé les bâtiments jusqu'aux dépendances, un peu à l'écart. Elles abritaient des ateliers de reliure, ainsi qu'une librairie. J'ai frappé à une porte. Pas de réponse. J'ai appelé. En vain. Saint-Wandrille était une prison à ciel ouvert.

Quand une silhouette en bleu de travail a marché

vers moi. Le jeune moine de la veille. Il ne s'est pas arrêté mais, pour la première fois, il m'a regardé bien en face. Et il a parlé très bas.

— Devant l'église du village, à 11 heures.

Puis il s'est éloigné.

Postés aux fenêtres du monastère, ses frères nous observaient.

Le village de Saint-Wandrille n'échappait pas à la disposition en vigueur dans tous les villages de l'univers : la place principale, l'église et, juste en face, le bistrot. Je m'y suis précipité et j'ai vidé coup sur coup trois cafés crème. Une radio déversait son lot de mauvaises nouvelles et de spots publicitaires – douce mélopée aux accents quasi séraphiques.

Les cloches de l'église ont annoncé la messe de 11 heures. La camionnette est arrivée deux minutes plus tard. Le jeune moine m'a fait signe. Il avait retrouvé son habit noir.

— Montez.

Nous avons roulé quelques minutes sans échanger une parole. L'omerta imposait sa loi à mon chauffeur, visiblement tiraillé par un conflit intérieur. J'ai allumé la radio pour faire diversion.

— Un peu d'animation nous fera du bien.

Il m'a sorti son bréviaire, du tac au tac.

— Le silence est source de réflexion, le mot, source de malentendu.

Il gardait les yeux fixés sur la route. J'ai fait appel à toute ma science de l'interview.

— J'ai vu que l'abbaye possédait des ateliers.

— Oui, nous subvenons à nos besoins. Nous produisons de la cire, de la térébenthine, des vernis… Nous avons aussi un atelier de reliure pour la restauration de manuscrits anciens et un autre de reprographie.

— Je vois que les bénédictins sont fidèles à leur règle : travail et prière.

— L'abbaye possède même des parts dans une société de capital-risque. Vous voyez, on peut mener une vie contemplative et avoir les deux pieds dans le XXIe siècle.

— Vous êtes riches, alors ?

— Oh non, les profits sont reversés à des associations caritatives. L'argent n'est pas une fin en soi.

J'ai enchaîné en souplesse, *legato*.

— A ce propos, vous connaissiez le pianiste Rémy Bonsecours ? Il venait en retraite dans votre communauté. Il paraît qu'il versait son obole de temps à autre.

Il a marqué un temps, un quart de soupir tout au plus, et s'est concentré sur les panneaux indicateurs.

— Les questions financières sont du ressort du père abbé. Cela dit, Rémy Bonsecours faisait partie de nos bons clients. Il nous achetait parfois des flacons de vernis. Je l'ai rencontré à quelques reprises. Il m'avait confié la restauration d'un vieux recueil de chansons de geste. Un livre très rare.

— C'était un grand amateur de partitions anciennes, je crois.

— Oui. Il s'intéressait beaucoup à la musique du Moyen Age. Il espérait notamment acquérir un exemplaire original des *Carmina Burana*. Je ne crois pas que son rêve se soit réalisé : même pour son fournisseur, ce genre de pièce est quasi introuvable.

— Il avait un vendeur attitré ?

— Un antiquaire assez connu, Prosper Quinet. Son magasin est situé en face de l'Hôtel Drouot, à Paris. Rue Rossini, très précisément.

Les mots venaient avec difficulté.

— Le père abbé vous a sans doute dit que notre prieur, au moment de l'Inquisition, avait disparu.

— Vous connaissez l'histoire de l'abbaye ?

— Tous les moines la connaissent. Il a pourtant omis un détail.

Son visage était dur, presque haineux.

— Il prétend que le père abbé s'est volatilisé sans laisser de traces. C'est faux. A l'époque, tout le monde savait où il se cachait, mais personne ne l'a dénoncé. Transmis d'un abbé à l'autre, ce secret est resté à l'abri des murs de Saint-Wandrille pendant sept siècles.

J'ai reconstitué le fil des événements.

— Mais l'abbé Carrez a manqué à sa parole et l'a révélé à Bonsecours.

— Tout porte à le croire.

— Diriez-vous qu'il a acheté le secret ?

— Je n'ai jamais connu homme plus intéressé ni plus immoral.

Le jeune moine serrait les mâchoires. Rancune ou chagrin ? Les deux, sans doute. La conversation prenait un tour de plus en plus déplaisant.

— Vous avez souvent servi de chauffeur à Bonsecours ?

— Beaucoup trop à mon goût.

— Parce que l'abbé Carrez vous le demandait ?

— Oui. Il me priait d'avoir des égards pour notre bienfaiteur.

— Des égards ?

Le moine fixait la route, les larmes aux yeux.

— A tous points de vue.

Les séjours de Bonsecours n'étaient donc pas motivés par la seule quête musicale…

J'ai enchaîné pour dissiper le malaise.

— Comment pouvez-vous être certain que Bonsecours avait appris le secret du père abbé ?

— Parce que je sais où le trouver. Je vous y emmène.

Mon chauffeur souriait, à présent, libéré de sept siècles de silence.

Les plaines de Picardie déroulaient une succession monotone de prairies, de vaches et de villages groupés autour d'un clocher. Pas un point d'accroche à l'horizon.

Bercé par le ronronnement du moteur, je me suis endormi.

La camionnette a stoppé net et j'ai ouvert les yeux, ébahi : j'étais face à un empilement démesuré de statues, d'ogives, de colonnades et de gargouilles. Un ange sonnait d'un olifant devant une rosace monumentale.

— Voici la cathédrale d'Amiens, le plus grand édifice gothique de France. Rémy Bonsecours s'y est rendu assez souvent ces derniers mois. Je suppose qu'il avait ses raisons.

Il a souri avec tristesse en jetant un coup d'œil à sa montre.

— Je dois vous laisser. Bien sûr, je ne vous ai rien dit. J'espère que vous comprenez.

— Vous pouvez compter sur moi.

— Adieu.

J'ai attrapé mon sac. La camionnette a démarré et le moine a rejoint son monde de silence.

Le fronton de la cathédrale promettait bien du plaisir : d'emblée, le visiteur avait droit au catalogue de toutes les horreurs promises aux mauvais chrétiens. Au-dessus de l'entrée principale, quatre anges armés de trompes poussaient des rangs serrés de damnés dans la gueule béante d'un monstre. En contrebas, des êtres aux mufles crochus, gueules animales sur corps humains, tentaient de se glisser entre les statues de saints. Un cavalier, bandeau sur les yeux et sourire aux lèvres, éventrait un pécheur ; une Vierge piétinait distraitement un serpent à tête de femme. Sournois, des diables et des joueurs de vielle soutenaient les représentations des prophètes.

De nombreuses scènes bibliques étaient gravées dans les murs. Un temple s'effondrait au milieu d'un incendie. Sur le trumeau central, Jésus en personne accueillait les fidèles avec une douce indifférence.

L'office venait de se terminer. Je me suis aventuré à l'intérieur.

Contrairement à la façade, l'édifice était conçu pour plonger le fidèle dans un océan de recueillement et de contemplation. Rien ne manquait : autel monumental, chapelles surchargées de dorures, stalles de bois précieux au centre du chœur et musique tombant du ciel. J'ai levé les yeux vers l'orgue à tuyaux d'or dressé sous la rosace. Là-haut, superposant des nappes sonores avec grâce et légèreté, un musicien déroulait une lente méditation.

J'ai déambulé dans l'édifice à la recherche d'un signe, d'un détail architectural justifiant la fascination de Rémy Bonsecours pour ces lieux. A perte de vue, statues de saints, autels et colonnades se relayaient, coulés dans le marbre et le sublime.

J'ai inspecté les stalles de chêne. Les artisans avaient donné libre cours à leur imagination. Entre deux épisodes de l'Ancien Testament, le bois révélait des images plutôt singulières pour un lieu de culte : scènes de beuverie, couples libertins, joueurs de luth plongés dans leur ouvrage… Les accoudoirs étaient gravés de personnages grotesques : deux bonshommes riaient sous une même capuche, pendant que deux autres chantaient en chœur devant un livre ouvert. L'ébéniste avait fignolé son œuvre avec un souci du détail étonnant.

Surplombant l'autel, des vitraux portaient une inscription :

BER NAR D EP C ME
DED IT M CCL XIX

A toutes fins utiles, un dépliant touristique informait le visiteur que le dédicataire mis à l'honneur lors de l'inauguration de la cathédrale, en 1269, était un évêque d'Amiens prénommé Bernard. D'autres hommages étaient disséminés un peu partout dans la cathédrale. Entre les tombeaux, les ex-voto et les socles des statues, j'en avais pour des semaines de décryptage, et sans la moindre garantie de résultat. Le secret de Rémy Bonsecours pouvait dormir tranquille.

C'est alors que j'ai identifié la mélodie. Jean-Sébastien Bach.

La musique a cessé. J'ai relevé la tête.

Une gargouille ambulante est apparue au jubé.
L'aveugle de la Sainte-Chapelle.

Le bonhomme se balançait sur son siège, les yeux levés vers le néant, souriant de toute sa trogne. Sa voix était aigre et râpeuse.

— Vous étiez à la Sainte-Chapelle, pas vrai ? J'ai reconnu votre pas.

— On ne peut rien vous cacher.

— J'ai des yeux dans les oreilles. Bien obligé.

— Vous êtes organiste de profession ?

— Non, je fais ça pour arrondir mes fins de mois. En fait, je suis accordeur de piano. Ça ne m'amuse pas vraiment, mais je gagne ma vie, et puis ça ne me prend pas beaucoup de temps. En une demi-heure, je vous accorde un instrument les doigts dans le nez.

Ce don prodigieux n'avait pas l'air de l'émouvoir outre mesure.

— Comment avez-vous fait la connaissance de Rémy Bonsecours ?

— Il est venu quelquefois à la cathédrale. Il m'a entendu jouer et a pris l'habitude de monter me voir. Il prévenait toujours de son arrivée. Evidemment, je ne me faisais pas prier, c'était un honneur de jouer pour lui.

— C'est lui qui vous a demandé de participer à la cérémonie funéraire ?

— Tout à fait. « En cas de malheur », comme il disait.

La même demande qu'à l'abbé Carrez. Il se savait donc en danger.

— Quand était-ce ?

— La veille de sa mort. J'étais passé chez lui pour accorder le Bösendorfer. Il en avait bien besoin, le piano sonnait faux comme pas permis. Etonnant, d'ailleurs, pour un virtuose comme Rémy Bonsecours. Il devait avoir ses raisons, a-t-il ajouté en se levant et en se dirigeant à tâtons vers l'extrémité de la tribune.

— Il vous a laissé la liberté du répertoire ?

— Non. Il tenait absolument à la première variation de *L'Offrande musicale* de Bach. J'ignore pourquoi, et je ne tiens pas à le savoir. Il voulait aussi clôturer la cérémonie avec *L'Ode à la Joie*. Je l'ai interprété un peu blues parce que je tourne avec un orchestre qui reprend des standards de Ray Charles. Vous aimez Ray Charles ?

— Je ne le connais pas.

— Je vous le recommande, c'était un génie. Maintenant, si ça ne vous dérange pas, je vais faire un peu de gymnastique.

Il a posé le pied sur le rebord du jubé et a effectué quelques extensions, une jambe après l'autre.

— Vous a-t-il dit ce qu'il venait chercher ici ?

— Que cherche-t-on dans une église ? Dieu, je suppose.

— Il était athée.

— Alors, il venait voir le bâtiment. Il paraît que ça vaut le détour. Sur ce point, je ne peux pas vous renseigner.

Il a émis une sorte de grincement de crécelle que j'ai pris pour un rire.

— Vous connaissiez les autres œuvres interprétées pendant ses obsèques ?

Sans un mot, il s'est hissé sur la rambarde et a

commencé à s'y promener en équilibre. Il paraissait très à l'aise, en dépit des vingt-deux mètres de vide sur sa droite.

— Les moines ont chanté un *Absolve, Domine*, un classique du chant grégorien. Le quatuor, par contre, je ne l'avais jamais entendu, mais ça m'a beaucoup plu. Je vous fais la voix ténor, si vous voulez.

Il s'est mis à chanter d'une voix éraillée et j'ai sorti mon carnet pour noter le texte à toute vitesse.

Illibata Dei Virgo nutrix,

Olimpi regis a genitrix…

Très naturellement, il a fait demi-tour et repris sa progression sur la corniche. Avait-il toute sa tête ?

— Je croyais que vous ne connaissiez pas ce morceau ?

— C'est la vérité. Je l'ai entendu pour la première fois il y a deux jours, mais ça m'a suffi pour le mémoriser. Je vous l'ai dit, j'ai des yeux dans les oreilles. Je pourrais vous faire les trois autres voix, mais je n'ai plus le temps, je dois partir.

Il a sauté à bas de son perchoir, regagné son tabouret et déplié sa canne.

— Il ne faut pas se fier aux apparences, je sais très bien où je mets les pieds. En fait, c'est tout simple, je me guide à l'écho.

Il s'est dirigé vers l'escalier.

— Il faut prendre de la hauteur pour comprendre le monde. Croyez-moi, vous pouvez avoir une excellente vue et passer à côté des évidences.

Ses pas ont décru dans l'escalier sur un rythme à trois temps.

De mon promontoire, j'ai refait le tour du propriétaire.

Et j'ai vu.

Un labyrinthe de forme octogonale était dessiné sur le pavement, à l'intersection de la nef principale et du transept. Tout autour, des dalles noires et blanches composaient une sorte d'échiquier, comme dans la bibliothèque de Bonsecours. En fait, le pavage de la cathédrale était constitué de figures géométriques dont le motif variait à intervalles réguliers.

J'ai observé le tracé du labyrinthe. Sur le sol de marbre blanc, une ligne de pavés noirs partait droit vers le centre, rebroussait chemin, épousait la forme de l'octogone puis bifurquait à nouveau. Au Moyen Age, les fidèles parcouraient cet itinéraire à genoux en guise de pèlerinage symbolique. Chaque fois qu'ils pensaient toucher au but, un détour les renvoyait au loin. La rédemption était à ce prix.

Je suis redescendu à toute vitesse. Au centre du labyrinthe, une croix gravée sur un octogone de pierre indiquait les points cardinaux. Quatre personnages étaient représentés entre ses branches : un ecclésiastique et trois architectes portant respectivement un compas, une équerre et un livre. Je me suis rappelé le fronton du bâtiment situé à l'entrée de l'abbaye : un serpent enroulé autour d'une équerre, un livre, un compas ouvert au milieu d'un faisceau lumineux. Une délicieuse harmonique m'a chatouillé le cortex.

Sur le pourtour de la pierre, une inscription en latin mentionnait les noms des maîtres d'œuvre – Robert de Luzarches, Thomas de Cormont et Renaut –, ainsi que deux dates : 1220, année de commencement des travaux, et 1288, année d'achèvement. Dans l'intervalle, l'abbaye de Saint-Wandrille avait brûlé. Concordance des lieux, concordance des temps : le bas-relief à l'entrée de la cathédrale commémorait l'événement. Mais avant de reconstruire l'abbaye, les artisans avaient tenu à immortaliser le saint homme qui avait osé défier l'autorité papale.

Entouré de ses trois architectes, le père abbé de Saint-Wandrille savourait sa revanche.

J'ai échafaudé un certain nombre de scénarios sur le chemin de la gare. Où le père abbé avait-il pu se réfugier après l'incendie ? Dans un autre monastère ? Impossible, l'Inquisition l'aurait pincé. Dans une ferme ? Peu probable : la présence d'un homme instruit au milieu des vaches et des cochons n'aurait pas manqué d'attirer l'attention des autorités. Il avait dû se cacher en ville et se fondre dans la masse, d'autant qu'on trouvait facilement de l'embauche sur les chantiers des cathédrales.

— Eh ! Qu'est-ce que vous faites ici ?

J'ai levé les yeux et failli lâcher mon sac de surprise. Mario, cigarette aux lèvres, se tenait sur la plate-forme d'un camion en compagnie de ses frères. Le décompte exact de la fratrie oscillait entre quatorze et dix-neuf au gré de ses souvenirs et des frasques supposées de son père. Comme toujours avec Mario, les cadres légaux subissaient de fréquents aménagements.

Il a sauté du camion et a marché dans ma direction.

— Vous faites du tourisme ?

— Si on veut. Je suis allé jeter un coup d'œil à la cathédrale.

Mario a tiré sur son mégot et scruté le bâtiment d'un air pénétré.

— C'est vrai qu'elle est belle… On aurait presque envie de s'agenouiller devant, non ? Je ne vous imaginais pas si croyant.

— Pas plus que toi, Mario.

Il a ouvert de grands yeux offusqués et embrassé trois fois la petite croix qui ne quittait jamais son cou.

— Vous trouverez jamais un type plus dévot que moi ! Chaque fois que j'ai un problème, je fais une prière à la Vierge et ça s'arrange. Même que, tous les ans, au mois de juin, on fait le pèlerinage aux Sainte-Marie-de-la-Mer !

— Et ici aussi, tu es en pèlerinage ?

Il a regardé ailleurs.

— Oh non, on est venus dire bonjour à un ami.

Son sourire était vraiment trop décontracté pour être honnête. Il s'est empressé de changer de sujet.

— Vous connaissez la nouvelle ? Un dingue voulait couper la tête de Jésus dans un opéra ! Vous qui aimez la musique, vous trouvez ça normal ?

— Pourquoi pas, Mario ? On a le droit de penser que Jésus est mort et enterré. Et puis, c'était surtout les partisans de Mahomet que ça gênait le plus.

— Peu importe. Jésus, Mahomet, Bouddha, pour moi c'est kif-kif.

— Tu viens de me dire que tu étais chrétien.

— Ça dépend des jours et de l'humeur. Je ne suis inscrit dans aucune religion, mais je les pratique un peu toutes.

— Il est quand même permis de n'en respecter aucune.

Il a haussé dangereusement le ton.

— On peut penser ce qu'on veut, mais on n'a pas le droit de s'en prendre au bon Dieu.

— Tant d'atrocités ont été commises en son nom…

— Peut-être, mais il n'y est pour rien. C'est les intellos qui font les sales coups. Les gens simples, eux, ils se respectent.

— Je te trouve bien moraliste aujourd'hui.

Son regard s'est posé sur ma gorge.

— Je suis pas un ange, je veux bien le reconnaître, et j'ai même fait de la taule pour ça, mais moi j'ai pas besoin de couper la tête des gens pour faire mon malin. Et puis je vais vous dire un bon truc : ceux qui blasphèment, ils l'emportent jamais au paradis.

Il s'est tourné vers ses frères. Tout ce joli monde me regardait assez méchamment. J'ai filé vers la gare sans demander mon reste.

Je n'ai cessé de penser à ce fameux père abbé du XIIIe siècle durant le trajet de retour. Quel secret avait-il emporté avec lui ? En quoi pouvait-il intéresser Rémy Bonsecours ? Et surtout, quel rapport avec Mozart ?

Ces questions se bousculaient encore dans ma tête quand j'ai découvert la porte de mon appartement grande ouverte, fracturée.

18

Mes voleurs étaient du genre consciencieux. Tous les placards avaient été visités et leur contenu jeté à terre : casseroles, boîtes de conserve, paquets de pâtes et chocolat barbotaient dans une mare de lait et de ketchup. Mes vêtements traînaient partout, le matelas avait été retourné et lardé de coups de couteau, les livres gisaient en vrac sur les fauteuils et, comble de l'horreur, mes cinq cent vingt-sept CD étaient répandus au sol, leurs livrets éparpillés dans la pièce. Ces forcenés avaient même arraché la plante verte de son pot. Elle agonisait sur la moquette du salon, les racines à vif. Elle tenait compagnie à l'étagère de la salle de bains, dûment démontée et vidée de son contenu. Tant qu'à faire, mes visiteurs avaient tartiné les murs de dentifrice et déroulé une bonne dizaine de préservatifs dans le lavabo. Les pansements flottaient dans la cuvette des toilettes.

J'ai décroché mon téléphone et composé le numéro de la police.

Mais une petite sonnerie a retenti dans ma tête.

La police ? Pourquoi lui faire le plaisir de comparer mes empreintes digitales à celles retrouvées chez Rémy

Bonsecours ? Surtout sur l'interrupteur de la bibliothèque, où se balançait le corps sans vie de son secrétaire…

L'évidence m'est enfin apparue. Mes genoux se sont mis à flageoler, et j'ai raccroché précipitamment. Je revoyais les pieds de Jérôme Clerc osciller dans le vide. Mais en dessous, rien. La chaise était à sa place, derrière le bureau. Depuis quand les suicidés par pendaison remettent-ils la pièce en ordre ?

Je touchais enfin du doigt une sacrée révélation : Jérôme Clerc avait été assassiné et je faisais figure de suspect idéal.

D'un autre côté, mes investigations m'avaient dépeint Rémy Bonsecours sous un jour nouveau, plutôt inquiétant : mesquin, manipulateur, voire franchement odieux. De quoi se faire un paquet d'ennemis.

J'ai appelé un serrurier et passé le reste de la journée à ranger. J'en ai profité pour remplir deux ou trois sacs poubelle de vieilles revues et de factures inutiles. A 22 heures, j'étais bien forcé de constater qu'on ne m'avait rien volé. Pas un CD ne manquait à l'appel, et ni mon chéquier ni mon ordinateur portable n'avaient intéressé les cambrioleurs. A part la porte endommagée et une assiette cassée – et encore, par ma faute –, l'intrusion n'avait occasionné aucun dégât matériel sérieux.

Mais peut-être les plus gros dégâts m'étaient-ils destinés personnellement ? Je me suis servi un fond de whisky pour me rassurer.

On entendait Bergkopf et Van Elsing depuis le rez-de-chaussée. Ils hurlaient à s'en faire péter les cordes vocales.

— Je te dis que la version de Celibidache avec Alfred Brendel est meilleure que celle de Bruno Walter avec Edwin Fischer ! Même un sourd congénital s'en apercevrait !

— Et celle d'Ashkenazy sous la direction de Solti, tu l'oublies ? Tu es bien le seul à ne pas la connaître !

J'ai poussé la porte de la rédaction et suis tombé sur mes deux collègues, plantés à un centimètre l'un de l'autre. Rudy maîtrisait à grand-peine son quintal de chair : d'un coup de poing, il pouvait réduire son frêle adversaire à l'état de côtelette. Les autres observaient la scène, pétrifiés.

— Bien sûr que je la connais ! a hurlé Rudy. Et je te signale que Solti a enregistré la *Cinquième* APRÈS Celibidache ! Il avait au moins un point de comparaison !

— Pas du tout ! Le disque est sorti APRÈS, mais il l'a enregistré AVANT ! Consulte tes fiches !

— A propos, j'aimerais jeter un coup d'œil sur les tiennes. Tu es sûr d'avoir bien recopié ?

— Qu'est-ce que tu sous-entends ? Que je suis du genre à trouver l'inspiration chez les autres, comme toi ? Retourne écouter tes fanfares militaires, espèce de Teuton !

— Tu oublies peut-être que nous, les Teutons comme tu dis, nous avons engendré Bach, Haendel, Beethoven, Brahms, Schubert et Schumann. Vous, les Hollandais, en matière de culture, vous n'avez jamais dépassé les champs de tulipes !

C'est alors que la porte de la rédaction en chef a giclé de ses gonds. La voix de fausset de Cousin-Damier a couiné par-dessus un déluge d'accords épileptiques.

— Auriez-vous l'obligeance de hurler un peu moins fort, je vous prie ? Je n'arrive même plus à entendre ma musique ! Merci !

Les deux rivaux ont rejoint leur bureau en échangeant des regards de haine pure. Impérieux, Cousin-Damier m'a fait signe de le suivre dans son sanctuaire. Il a baissé le volume de *Metastasis*, un concerto pour crissements d'ongles et tableau noir de Xenakis.

— Mvoui, mon cher Denis, je suis heureux de vous revoir parmi nous. Je comptais sur votre présence, samedi.

Il s'agissait de mentir avec aplomb. La Traviata en phase terminale n'aurait pas témoigné plus d'affliction.

— J'ai contracté une légère grippe. Rien de grave, rassurez-vous. Mais j'ai préféré rester au chaud chez moi.

— Dans ces conditions, vous avez pu avancer sur votre article.

— Pas autant que je l'espérais. C'est que… j'ai été cambriolé.

— Bigre. On s'est introduit chez vous alors que vous étiez alité ?

Le mensonge est un art, lui aussi…

— Je venais de sortir pour acheter des médicaments.

— J'espère que ces malotrus ne sont partis avec aucun objet de valeur.

— En fait, ils ne m'ont rien pris.

— Voilà qui est original. Votre retour les aura mis en fuite, je suppose.

— C'est l'hypothèse la plus plausible.

— Mon pauvre Denis, les vandales ne respectent plus rien… Avez-vous écouté les informations ? La nuit dernière, des malfaiteurs se sont introduits dans la cathédrale d'Amiens et ont démonté l'orgue, pièce par pièce, jusqu'au dernier tuyau ! D'après la police, ce forfait est l'œuvre d'un groupe mafieux lié au trafic de métaux. Une information judiciaire a été ouverte. Tout à fait entre nous, je doute qu'elle débouche sur quoi que ce soit. Nous avons affaire à des professionnels.

Les rencontres ne sont jamais fortuites : sur ce point au moins, Mario ne pouvait pas me contredire…

L'obèse fourrageait dans les replis de graisse de son abdomen, l'air anxieux. Il a posé un regard menaçant sur la porte.

— Chez nous, en revanche, l'enquête progresse. A grands pas, même. Je pense plaquer l'accord final d'ici quelques jours. Quand pourrai-je lire votre papier ?

— Il ne me reste plus qu'à interviewer l'antiquaire qui approvisionnait Bonsecours en manuscrits précieux.

— Bien. Ne traînez plus, le bouclage n'attend pas.

Il a aussitôt oublié ma présence et, d'un geste de maestro ulcéré, a monté le volume de la chaîne stéréo. *Metastasis* a explosé dans les enceintes. J'ai cru que l'immeuble s'effondrait.

Le magasin de Prosper Quinet dégageait une impression d'ordre maniaque. Les ouvrages étaient disposés au cordeau, en vertu d'un strict alignement historique. Chaque période s'était vu assigner un rayonnage chronologiquement justifié : Moyen Age, Renaissance, Baroque, Musique française, Chants révolutionnaires, Ecole de Vienne… Le contraste avec le spectacle de la rue était frappant : de l'autre côté de la vitrine, des camions de chez Drouot déchargeaient commodes Empire, statuettes d'ivoire et toiles de maître dans une confusion très parisienne.

Le propriétaire a surgi de son arrière-boutique. J'ai failli avoir une attaque.

L'homme qui se tenait devant moi était le barbu qui faisait les cent pas, rue Berlioz, le jour de ma première visite chez Bonsecours. Ce même individu qui m'espionnait à la sortie de la Sainte-Chapelle et que j'avais croisé au bistrot après avoir découvert le corps de Jérôme Clerc…

Vêtu de son impeccable costume trois pièces tendu par une bedaine prolifique, il m'a souhaité la bienvenue avec un large sourire. Sa voix avait la texture du Midi, *molto cantabile*, et son visage exprimait une grande bienveillance.

J'ai sorti le petit laïus habituel.

— Je suis journaliste au *Monde de la musique* et j'écris un article sur Rémy Bonsecours…

Il m'a dévisagé avec ravissement.

— Rémy Bonsecours ! L'illustre Rémy Bonsecours ! Savez-vous que je l'ai très bien connu ? C'était un ami personnel. Oui, personnel, je n'ai pas peur de le dire… Un immense musicien… Irremplaçable, osons le mot !

— D'après mes informations, vous lui auriez vendu des partitions autographes…

— C'est exact. Monsieur Bonsecours et moi avions une relation de confiance. Comme je dis toujours : « Avec Prosper, on a l'art et la manière. » Je n'irai pas jusqu'à affirmer que sa passion des manuscrits originaux lui venait de moi, restons modeste, mais j'y ai fortement contribué. En tout cas, son exceptionnelle collection n'aurait pas pu voir le jour sans mon aide.

— Vous vous connaissiez depuis longtemps ?

— Une dizaine d'années. Peu de temps après son retrait de la vie publique, un matin que je m'occupais de l'inventaire, je l'ai vu débarquer, en chair et en os, dans ma boutique. Ça m'a fait un choc, vous n'avez pas idée…

Je tentais de mesurer son degré de sincérité à l'ampleur des gestes qui ponctuaient le récit de ses souvenirs. Soudain, il a suspendu une main en l'air, a posé l'autre sur son estomac, et m'a regardé bien en face. Je n'ai pas cillé, et il a poursuivi son boniment.

— Il faut dire qu'avec Prosper, vous êtes pépère. Je suis le seul spécialiste de partitions autographes, je dis bien le seul, à pouvoir dégotter un manuscrit de Bach dans la semaine. Au fait, quel âge avez-vous ?

Qu'est-ce qui lui prenait ?

— Quarante-deux ans. Pourquoi ?

— Pour rien. Suivez-moi.

Il m'a emmené dans l'arrière-boutique, a composé le code d'ouverture d'un attaché-case et en a extrait quelques feuillets noircis de pattes de mouche.

— Tenez, voyez ceci. Une cantate, *Himmelskönig, sei willkomen*. Je l'ai achetée hier à un particulier qui liquidait un héritage. Bon, je suis d'accord avec vous, ce n'est pas une pièce unique : des cantates, Bach en a écrit une par semaine pendant vingt-cinq ans. Mais tout de même ! Admirez-moi cette finesse, cette écriture appliquée… C'est bouleversant. Je peux vous faire un prix, vous savez. Vous n'êtes pas obligé de vous décider tout de suite, je comprends, vous avez besoin de réfléchir, c'est tout à fait normal. Si vous préférez la musique française, j'ai ici une très jolie pièce, *La Châtelaine dans sa tour*, une sonate pour harpe de Fauré.

— Je ne doute pas de la qualité de votre marchandise…

— Parlons plutôt d'œuvres, cher monsieur, elles méritent tout notre respect. A ce propos, pourriez-vous mentionner mon nom dans votre article ? Je suis sûr que vos lecteurs seront intéressés par l'acquisition d'une partition originale. J'en ai pour toutes les bourses et pour tous les goûts, de l'opérette à la musique contemporaine. Cette disquette, par exemple, contient une musique de film de Philip Glass ! Il faut bien vivre avec son temps…

— Et Bonsecours, que cherchait-il ?

Le visage de l'antiquaire s'est illuminé de bonté et de douce nostalgie.

— Ah, Rémy Bonsecours… Un jour il me prenait des musiciens baroques comme Haendel, Bach ou Vivaldi, un autre, des compositeurs d'opéra du XVIIe siècle un peu oubliés, comme Francisco Cavalli ou Alessandro Scarlatti… Parfois, des polyphonies de Josquin des Prés ou de Roland de Lassus, ou des madrigaux de Monteverdi. Il n'y avait aucune règle. Enfin si, une seule : après Beethoven, rideau. Il m'a acheté quelques partitions modernes, mais ça ne lui plaisait pas. En tout cas, il n'a pas insisté.

Autant de trésors qui finissaient en tas, dans un coin de son cabinet de lecture. Si ce brave homme avait su…

— On m'a dit qu'il cherchait un exemplaire original des *Carmina Burana*.

L'antiquaire a levé les yeux au ciel.

— Cher monsieur, Prosper n'est pas Dieu le Père ! Je ne puis même pas vous affirmer qu'une seule partition d'époque ait traversé les âges ! Ces chansons ont tout de même été composées il y a plus de sept cents ans et, vu leur contenu, je doute que les rares manuscrits en circulation aient échappé aux flammes. Mais c'est une longue histoire… D'un autre côté, je lui ai quand même déniché une pièce rarissime, un recueil de chansons de geste du XIVe siècle. Croyez-moi, des manuscrits de ce calibre, vous en vendez deux ou trois dans votre carrière, pas plus. Rémy Bonsecours était ravi. Mais ce n'était rien à côté du bonheur que lui procuraient certaines œuvres très particulières.

— Lesquelles ?

Radieux, Prosper Quinet a ouvert les bras comme pour accueillir un vieil ami. Cette fois, le doute n'était plus permis, il ne m'avait pas reconnu. J'ai poussé un soupir de soulagement.

— Celles de Wolfgang Amadeus Mozart, bien sûr ! A chaque visite, il me répétait : « Prosper, trouvez-moi du Mozart, je vous en conjure, trouvez-moi du Mozart ! » Je me souviens encore du jour où je lui ai mis entre les mains le manuscrit du *Quatuor à cordes en ut majeur*, le fameux quatuor *Les Dissonances*, dédié à Joseph Haydn. Il n'en revenait pas ! Il était comme un enfant. Il tournait et caressait les pages en répétant : « Toute la musique est là, Prosper, toute la musique est là ! » Offrir une telle joie à un homme de cette envergure est un motif de satisfaction difficile à exprimer…

Et une source de bénéfices impossible à chiffrer…

— C'est vous qui lui avez vendu le manuscrit du *Requiem* ?

Son sourire s'est figé instantanément, et j'ai senti le piège se refermer.

— Donc, le *Requiem* était bien chez lui…

Sa physionomie a changé : deux yeux de rapace, durs et fixes, se sont rivés aux miens.

— Je ne vous cache pas que je cherche cette pièce depuis très longtemps. Un collectionneur m'en a proposé une somme assez conséquente, et j'étais sûr que Bonsecours la possédait. Comme si on pouvait échapper à Prosper Quinet…

— Je comprends mieux les raisons de votre présence devant sa maison, l'autre jour.

— Je pensais que Jérôme Clerc aurait plus de sens commun, mais je me faisais des illusions. Rémy Bonsecours avait un cœur de pierre, mais son secrétaire était pire encore, il n'avait pas de cœur du tout. Ce genre de chose finit toujours par se payer.

Au point où j'en étais, autant abattre toutes mes cartes.

— Vous l'avez tué ?

L'antiquaire a adopté un ton très condescendant.

— Regardez-moi deux secondes, cher monsieur. Ai-je une tête d'assassin ? Vous, en revanche… Votre dernière visite rue Berlioz ne coïncide-t-elle pas avec la mort de ce malheureux ? Convenez que ce n'est pas banal…

De la glace liquide s'est mise à couler dans mes veines. Prosper Quinet me fixait, imperturbable.

— Rassurez-vous, je n'en parlerai pas à la police.

Pas tout de suite, du moins. Vous m'avez l'air d'un honnête homme et je n'ai aucune raison de douter de votre innocence. Cependant…

Il souriait comme un joueur de poker découvrant trois as dans sa main.

— Cependant, je ne vous crois pas en mesure de repousser mon offre de collaboration. Vous portez un intérêt évident à la partition du *Requiem*, et moi, je souhaite me la procurer. Unissons nos efforts ! Evidemment, vous comprendrez que mon acheteur souhaite conserver l'anonymat. C'est une règle impérative, dans notre profession. Rémy Bonsecours, par exemple, l'avait intégrée au point qu'il ne se confiait jamais à personne. Un vrai coffre-fort ! Vous, par contre, vous me paraissez un peu bavard. Il faudra me corriger cette mauvaise habitude. Sinon, je me verrai dans l'obligation d'accomplir mon devoir de citoyen… Parfois, Prosper lui-même a du mal à se taire.

Son accent méridional, quoique joyeux et chantant, ne dissimulait pas ses intentions : il était prêt à tout pour rafler son butin, et ma réclusion à perpétuité ne représenterait qu'une péripétie dans son plan. Ses doigts de prestidigitateur ont fait apparaître une carte de visite.

— Contactez-moi dès que vous aurez du nouveau.

Il a souri de façon très affectueuse, m'a tapoté l'avant-bras et m'a raccompagné.

— Je suis sûr que nous allons faire du bon travail, tous les deux. J'attends votre appel. Faites vite !

Je passais la porte, abasourdi, lorsqu'il a fait mine de se souvenir d'un détail.

— Au fait, puisque les *Carmina Burana* vous intéressent, pourquoi ne rendriez-vous pas visite à un de mes vieux amis, Odilon Perrotin, le conservateur des manuscrits anciens à la Bibliothèque nationale ? Il se fera une joie de vous renseigner. Après tout, je ne suis qu'un modeste commerçant…

La porte s'est refermée dans un joli tintement. Rien à dire, Prosper Quinet était l'homme le plus serviable du monde.

19

A l'autre bout du fil, Brünnhilde écumait de rage.

— Tu devais emmener ton fils au conservatoire cet après-midi ! Comme d'habitude, j'ai dû me débrouiller toute seule ! Je n'ai jamais rencontré quelqu'un d'aussi égoïste que toi, ça dépasse l'entendement ! Sur quelle planète vis-tu, Denis ?

Merde. Tristan… Complètement oublié…

— Je suis désolé.

— Bien sûr ! Les terres arides sont toujours désolées !

— J'irai le chercher après son cours, promis.

— Tu as intérêt parce que, cette fois, je ne m'occupe de rien. Si mon fils n'est pas chez moi à 19 heures, je porte plainte pour enlèvement, séquestration et torture, tu m'entends ?

Le Bruit… Je tenais le combiné à un mètre de mon oreille et, pourtant, l'ex-femme de ma vie monopolisait tout l'espace sonore. Une véritable symphonie de vagissements. Qu'est-ce qui la rendait si folle de rage ? Le travail ? Mon existence ? Ses amants qui mettaient les voiles l'un après l'autre ? La course perpétuelle à la subsistance ? Le Bruit entrait en elle, pétrissait son cerveau, en déglinguait le moindre atome et ressortait par sa bouche, mille fois amplifié.

Devenu la manufacture du Bruit, le monde nous réduisait à la condition de haut-parleurs. A chaque instant nos corps emmagasinaient des sons qui, après une brève macération, se métamorphosaient en vacarme pour combler le vide de l'univers, cet univers qui craquait de partout, se décomposait *fortissimo*, se réverbérait en craquements, déchirements et hurlements. L'iceberg pointait à l'horizon, mais l'orchestre jouait, impavide. Emportée dans la dérive des incontinents sonores, Brünnhilde hurlait de terreur pour couvrir le Bruit, alors que c'était le Bruit qui l'engloutissait. Les temps étaient durs pour les tympans.

Pendant que Brünnhilde s'époumonait dans le téléphone, j'ai posé le récepteur devant ma platine et j'ai programmé le menuet de *La plaisanterie musicale*, un pastiche jouissivement médiocre écrit par Mozart juste après la mort de son père. Par-dessus une mélodie simplette, le cor assénait des fausses notes avec un aplomb assez stupéfiant. Wolfgang tirait la langue à son enfance.

Laura m'a rejoint dans le café situé en face du conservatoire du XIIe arrondissement. Elle avait fait le maximum pour passer inaperçue : robe à fleurs sur jeans troués aux genoux et pince à cheveux en forme de marguerite, tout à fait assortie à sa crinière rousse. Un goût exquis, je n'en attendais pas moins d'elle. Elle revenait au pas de course d'une répétition à l'autre bout de Paris et tentait de reprendre son souffle. Sa poitrine montait et descendait de façon vertigineuse

– je me suis retenu de saisir ses deux bandonéons à pleines mains.

En quelques mots, je lui ai raconté mon expédition à l'abbaye de Saint-Wandrille, puis à la cathédrale d'Amiens et, enfin, mon cambriolage. Elle secouait la tête, incrédule.

— Ils sont fous, ces papistes… Tous ces conflits pour une histoire de chant grégorien !

— Et mes voleurs ? Tu les oublies ?

— D'accord, c'est bizarre, mais ce n'est pas trop grave puisqu'ils ne t'ont rien pris. Dire que ces moines se massacraient pour une tierce ou une quinte… Ça fait froid dans le dos.

— Je te signale que, moi aussi, j'aurais pu me faire tuer.

— Pourquoi, tu as quelque chose à te reprocher ?

J'ai opté pour l'amnésie sélective : pas question de m'étendre sur mon entrevue avec Prosper Quinet. Elle a froncé les sourcils.

— Je ne comprends rien à ton histoire de labyrinthe. Qu'est-ce que ça signifie ?

— Que le chemin qui mène à la vérité est long et difficile.

— Et il faut construire une cathédrale gothique pour s'en apercevoir ?

— Je pense qu'il y a un lien avec la musique de l'époque.

— Mais que vient faire Bonsecours là-dedans ?

— Il était pris dans le labyrinthe… et je mets mon bras à couper qu'il avait trouvé la sortie.

— A ce propos…

Elle a sorti la flûte de son étui et m'a joué un court

morceau devant les clients interloqués. *La, ré, sol, do*… Une mélodie peu harmonieuse. Après un accord dissonant, elle a accéléré puis faibli, et s'est arrêtée en plein milieu de la phrase.

— Qu'est-ce que tu en penses ?

— Pas grand-chose. C'est une de tes compositions ?

— Mais non, nigaud ! C'est le morceau de Rémy Bonsecours. J'ai passé des heures à me le rejouer, mais ça ne ressemble à rien de connu. A un moment, j'ai pensé à Webern ou Bartók, et même à Stravinsky, mais j'ai vérifié, ils n'ont rien écrit dans ce goût-là. Il s'agit vraiment d'une composition originale.

— Originale, c'est le mot.

— Chacun son labyrinthe !

Tristan a terminé sa leçon et nous a rejoints au café. Laura a découvert, stupéfaite, ma précédente existence au pays du Bruit et de la Dissonance, ainsi que l'enfant silencieux qui en était le fruit. A ma grande surprise, Tristan lui a souri et ils se sont mis à discuter.

Dix minutes plus tard, ils étaient copains et marchaient dans la rue, main dans la main, leur instrument en bandoulière. Un peu en retrait, je contemplais le tableau avec un pincement au cœur. En toute logique, ma vie aurait dû ressembler à ce mouvement, un *andante* allègre et insouciant. Le hasard et la malchance s'étaient chargés de décomposer mes illusions.

Brünnhilde me menaçait du doigt, les yeux étincelants de colère.

— Je te préviens : la prochaine fois que tu me nargues au téléphone, j'appelle le juge et je me débrouille pour que tu ne puisses plus jamais voir Tristan. Après tout, tu t'intéresses si peu à ton fils que ça ne devrait pas te poser de problème !

— Ecoute...

— Bien sûr ! Tu as du boulot ! Et quand tu couchais avec la jeune prof de musique, là encore tu étais débordé ?

J'ai regardé par la fenêtre. Dehors, une chanteuse de rue en mitaines et haillons tournait la manivelle de sa boîte à musique en gueulant des complaintes.

— Au fait, ta mère a appelé.

La chanteuse de rue a disparu.

— Ma mère ?

— Eh oui, Denis, la pauvre femme qui t'a mis au monde... Elle essaye de te joindre depuis quelques jours. Monsieur travaille, bien entendu... Elle doit prendre quelques jours de congé, ce serait correct de ta part de lui rendre visite.

Malgré notre séparation, l'ex-femme de ma vie avait gardé de bons contacts avec sa belle-mère. Elles avaient en commun un goût prononcé pour le reproche aigre-doux, j'en avais plus d'une fois fait l'amère expérience.

— Je l'appelle demain.

— La pauvre... Elle n'a pas fini d'attendre, j'en ai peur.

Seul dans sa chambre, Tristan travaillait un prélude de Fernando Sor. Sa guitare pleurait des notes.

Le retour en métro s'est fait au son de *La Symphonie des jouets* de Léopold Mozart. Les violons naïfs dialoguaient avec les crécelles et les sifflets d'enfant. Gênés, les voyageurs ne comprenaient pas mes larmes.

20

Isabelle regardait ailleurs. Bergkopf et Van Elsing, manifestement réconciliés, discutaient à voix basse. Vertbois avait le nez collé à son écran. Seul Polezzi a fait l'effort de me saluer avec un petit sourire ironique.

— Ça va, aujourd'hui, *ragazzo* ? Le réveil n'a pas été trop dur ?

Trois pigistes sont sortis du bureau de Cousin-Damier et ont déguerpi en silence. Je suis allé voir Isabelle.

— On déjeune ensemble, ce midi ?

Elle a sursauté et ses deux mains ont décrit un monceau de choses à faire.

— Oh, tu sais, ça va être difficile aujourd'hui, j'ai un article à terminer… Puis une interview… Je n'ai vraiment pas le temps…

Vertbois nous observait avec une attention extrême. Nos regards se sont croisés, mais il a aussitôt mimé la plus parfaite concentration en pulvérisant les touches de son clavier. Aucun papier ne traînait sur son bureau. Tout était consigné dans la chemise *ad hoc*.

Je me suis approché. Il a fermé son fichier.

— Tu bosses sur un nouveau sujet ?

— Oui, un compte rendu du dernier festival de Lucerne. Tu m'excuseras, je ne peux pas t'en dire plus. Je suppose que tu comprends…

A quelques mètres, Bergkopf a étouffé un éclat de rire – l'équivalent de l'hilarité débordante d'un individu normal. En retard comme toujours, Morel a pénétré dans la salle de rédaction, m'a considéré de son air le plus hautain et m'a tourné le dos en dépliant son *Paris turf*.

J'avais pigé.

Je me suis rué dans le bureau de Cousin-Damier. Absorbé dans la correction des piges, l'exorbitant tas de chair a haussé un sourcil interloqué.

— Mvoui, mon cher Denis ? Vous ne frappez pas ?

— Oh que si, je vais frapper, et très fort, même !

Avec une prestance de tragédien, il a capuchonné son stylo et ramené l'index sur sa joue grumeleuse.

— Pouvez-vous m'expliquer les raisons de votre colère ? J'avoue ne pas la comprendre.

— Les autres.

— Qui ? Vos collègues ? Je ne peux que louer leurs compétences.

— Ils me suspectent. On me soupçonne d'avoir piraté les ordinateurs, c'est ça ?

Le rédacteur en chef a roulé des yeux indignés.

— Denis, vous perdez la raison ! Personne ne vous a accusé de quoi que ce soit ! Je vous jure…

— Gardez vos jurons pour vous. Qui a osé ?

Le stylo a tapoté le bord de son bureau à petits coups impatients.

— Un peu de calme, mon cher Denis ! Il faut vous ressaisir de toute urgence ! Je vous sens à cran.

Silence pesant. D'un index précis, il a rectifié la mèche qui lui mangeait le front.

— Concernant cette affaire, je mène mon enquête, c'est exact. Pour le moment, je me suis contenté de recueillir les différents avis, et je puis vous assurer qu'aucune accusation n'a été portée contre vous.

— Juste des soupçons…

Il s'est passionnément intéressé à un trombone posé devant lui.

— Appelez cela comme vous voulez… Pour ma part, je préfère le terme d' « hypothèse ». Ce concept cadre mieux avec ma démarche intellectuelle.

— Et puis-je connaître l'hypothèse en question ?

— Vous comprendrez aisément que je ne peux vous en dire davantage, a-t-il répliqué en dépliant le trombone sans le moindre effort. Mais n'ayez crainte, je respecte votre présomption d'innocence. Voyez-vous, mon cher Denis…

Il a porté son œuvre à ses yeux – une brindille de métal.

— … à l'instar de mon maître, Henri Poinçonné, j'ai décidé de mener mes investigations de façon scientifique. Il m'importe donc, avant tout, de calculer les rapports unissant les différentes notes de la mesure. En conséquence, j'accumule les informations, je les classe et je les analyse. Bref, je dresse un tableau de la situation, et je vous prie de croire qu'il est diablement compliqué. Cette tâche accomplie, j'effectuerai le nécessaire travail de décomposition afin d'isoler la tonique.

Il m'a fixé droit dans les yeux et son stylo a repris son agaçant numéro de tambour-major.

— Lorsque j'aurai défini cette note de base, je ferai part de mes conclusions à l'ensemble de la rédaction. Je vous remercie, Denis.

Il a jeté le vestige du trombone à la poubelle. Je m'apprêtais à ouvrir la porte quand il a désigné l'espace d'un index vague.

— Au fait, un certain lieutenant Krawzyk, de la police judiciaire, a appelé ce matin. Il souhaiterait vous parler. Vous trouverez son numéro de téléphone sur votre bureau.

Mes doigts pianotaient à toute vitesse le long de ma cuisse pendant que je passais en revue différentes options. A priori, je n'avais rien à craindre… à moins qu'on ait relevé mes empreintes chez Bonsecours ! Dans ces conditions, il me faudrait un certain temps pour convaincre la police de mon innocence – entre vingt-cinq et trente ans, avec un bon avocat. Le plus simple était encore de temporiser. Après tout, j'étais plongé dans une enquête longue et ardue, nécessitant de nombreux déplacements. Et puis ma mère était fatiguée, je devais aller la voir, et…

L'un après l'autre, les éléments du décor sont remontés dans les cintres et je me suis retrouvé seul sur scène. Inutile de me voiler la face : pour échapper à la prison, j'avais tout intérêt à identifier le meurtrier de Jérôme Clerc, qui était sans doute aussi celui de Bonsecours. Au risque de passer pour un suspect en cavale.

Je pesais le pour et le contre sous les regards en coin de mes collègues. Leurs mines valaient tous les procès-verbaux : la rédaction du *Monde de la musique* avait abrité en son sein un odieux criminel. D'un autre côté, il était évident que ma fuite aurait valeur d'aveu.

Je me rejouais le dilemme pour la vingtième fois lorsque le message espéré a atterri dans ma boîte : Odilon Perrotin, responsable des manuscrits anciens à la Bibliothèque nationale, acceptait de me recevoir à 15 heures.

Je ne pouvais plus revenir en arrière.

Le vieil homme glissait sur le sol, aussi léger qu'un esprit, les pupilles divaguant en tous sens derrière ses lunettes à double hublot. Sur son crâne déplumé flottaient quelques flocons de cheveux blancs. La fréquentation des parchemins avait tant déteint sur lui qu'il en avait la peau pâle comme du vélin et striée de rides. Sa voix, murmure fragile, semblait me parvenir du fond des âges.

D'un même mouvement, il m'avait serré la main, indiqué un couloir et ouvert la marche. Ni formule de politesse, ni temps à perdre.

Nous avons longé un corridor assez sombre. Il a sorti une clé et ouvert une porte sur la droite, et nous avons pénétré dans une petite pièce tapissée de bois, empestant le renfermé – le cœur de la vénérable Bibliothèque nationale, rue de Richelieu. Il a actionné un interrupteur et une lumière tamisée s'est répandue sur les tables. Au mur, deux armoires vitrées pleines de vieux in-folio et de grimoires.

Nous avions beau être coupés du monde, sa voix restait cantonnée dans le *pianissimo*.

— Cette partie de la Bibliothèque n'est accessible qu'à un très petit nombre de chercheurs. Les documents qu'elle abrite sont d'une grande rareté. Evidemment, pour *Le Monde de la musique*, nous pouvons faire une exception.

Il ne me jugeait pas digne de contempler ses précieux papiers : son ton était de l'ordre du constat, non de la connivence. Sans doute rêvait-il secrètement qu'on l'oublie là, parmi ses reliques, jusqu'à la fin des temps.

— Je cherche un recueil de chansons du XIIIe siècle, les *Carmina Burana*.

Ses yeux d'animal nocturne ont failli sortir de leurs orbites.

— Les *Carmina Burana* ? Mais nous n'avons rien de tel ici ! A ma connaissance, le seul exemplaire recensé appartient à la Bibliothèque d'Etat de Munich. Et encore ! Son authenticité n'a jamais été prouvée. Il serait en effet miraculeux qu'un tel livre ait survécu !

Le conservateur a encore baissé la voix, comme si le Créateur Lui-même risquait de le surprendre.

— Les textes de ces chansons étaient d'une impiété extraordinaire ! Ecclésiastiques, nobles et souverains étaient tournés en dérision, et leurs auteurs n'hésitaient pas à faire l'apologie de la concupiscence et de la trivialité ! Ils ont d'ailleurs préféré garder l'anonymat. On pense à des clercs ayant quitté les ordres pour une vie de débauche. Cela dit, on peut aussi bien imaginer des étudiants paillards ou des artisans itinérants. Elles avaient beaucoup de succès : pour toucher le petit peuple, ils utilisaient la langue vernaculaire, et non le latin.

— Elles étaient vraiment subversives ?

— Plus que vous ne l'imaginez. Outre leur contenu

parfois assez leste, les auteurs de ces chansons se réclamaient d'un individu pour le moins sulfureux : Abélard, le célèbre philosophe – plus célèbre, je le crains, pour les relations peu platoniques qui l'unissaient à l'une de ses élèves… On comprend que l'Eglise ait cherché par tous les moyens à en faire disparaître la moindre copie !

L'idée même d'un commerce charnel semblait épouvanter Odilon Perrotin.

— Abélard était le théologien le plus éminent de son temps, mais aussi le plus controversé. Sa remise en cause de certains dogmes de l'Eglise, comme celui de la Sainte Trinité, lui a valu pas mal d'ennemis. Saviez-vous que saint Bernard le comparait à Satan ? Il faut dire qu'il prônait le dialogue avec les musulmans et les juifs, et allait jusqu'à proclamer son admiration pour Aristote, un philosophe païen !

— Quel lien avec les *Carmina Burana* ?

— Eh bien, sans être de grands lettrés, leurs auteurs se réclamaient de son ouverture d'esprit et de sa curiosité scientifique. Et, à l'époque, il ne faisait pas bon critiquer les autorités…

Son index et son majeur se sont rejoints d'un coup sec. En ce temps-là, les ciseaux de la censure ne faisaient pas dans la dentelle.

— Au fait, d'où vient le titre, « *Carmina Burana* » ?

— Littéralement, il signifie « Chants de Beuren », car le seul manuscrit répertorié a été retrouvé dans la bibliothèque de l'abbaye de Benediktbeuren, en Bavière.

— Dans une abbaye ?

— Oui. Etrange, n'est-ce pas ?

Etrange, en effet, mais j'avais appris, depuis mon entrevue avec le père abbé de Saint-Wandrille, que c'était le lieu idéal pour abriter les secrets.

Le vieux conservateur a enfilé une paire de gants en latex et passé ses grimoires en revue.

— Il est très probable que ces chansons aient été recopiées par des moines. Peut-être souhaitaient-ils sauver de l'oubli une culture orale, typiquement populaire. Les moines ont joué un rôle essentiel dans la transmission de la musique, aussi bien dans son apprentissage dans sa retranscription. Voyez ceci.

Il a déposé devant moi un petit fascicule aux pages disjointes.

— Il s'agit du *Musica Enchiaridis*, l'un des premiers essais de musicologie. On le doit à un moine du nord de la France, Hucbald de Saint-Amand. Jusqu'au IXe siècle, la notation musicale est restée tout à fait rudimentaire : le chef de chœur traçait des signes, appelés « neumes », au-dessus du texte, pour indiquer approximativement les montées et les descentes de la voix. Comme ces annotations prêtaient souvent à confusion, Hucbald a inventé un procédé génial : représenter les variations de la ligne mélodique au moyen de points posés au-dessus et en dessous d'une ligne horizontale. Plus la note s'élevait, plus elle était aiguë, et inversement. Il ne restait plus qu'à caractériser la hauteur des notes, et voilà d'où provient notre gamme : A pour *la*, G pour *sol*, D pour *ré*… Hucbald a donc compris, le premier, que la mélodie naît du rapport des notes entre elles et que la tonalité de base, la clé, est fondamentale. A ce propos, connaissez-vous l'origine de la clé de *sol* ?

— J'avoue que je ne me suis jamais posé la question.

— Il s'agit d'un G stylisé en gothique ! Enfin, je doute que Hucbald ait jamais espéré voir ses trouvailles traverser les siècles… Cet homme-ci non plus, d'ailleurs…

Il a déposé un opuscule relié de cuir sous la lumière poussiéreuse et vérifié que je mesurais bien l'honneur qui m'était fait. Je me suis composé une mine de circonstance, et il s'est mis à chuchoter, comme s'il craignait de réveiller la musique endormie entre les pages.

— Voici le *Micrologus de Musica* de Guido d'Arezzo, un moine italien du XIe siècle. Le seul autre exemplaire connu de cet ouvrage se trouve à la Bibliothèque du Vatican. Cette œuvre admirable a révolutionné la culture du Moyen Age.

Je m'apprêtais à recueillir des révélations, ou du moins des secrets inavouables…

— Guido a donné un nom aux notes… a-t-il soufflé.

Je n'ai pas dû témoigner suffisamment d'enthousiasme, parce qu'il s'est mis à crier.

— Un bond prodigieux ! La musique devenait un langage autonome ! Vous rendez-vous compte ? Guido a fixé une fois pour toutes le nom des notes et leur place sur la portée.

Il a tourné quelques pages à petits gestes méticuleux et s'est arrêté sur un court texte calligraphié en lettres gothiques.

***Ut** queant laxis*
***Re**sonare fibris*
***Mi**ra gestorum*

***Fa**muli torum*
***Sol**ve polluti*
***La**bii reatum*
***S**ancti **I**ohannes*

Ses mains tremblaient d'excitation.

— Vous avez devant vous l'une des plus grandes découvertes de l'histoire de l'humanité. Chaque vers de cette prière à saint Jean commence sur une tonalité différente et dessine la gamme. La première syllabe de chaque mot a servi à baptiser les notes… Si vous me permettez l'expression, à partir de Guido d'Arezzo, la messe est dite !

Il a éclaté de rire – une sorte de hennissement bref –, avant de retrouver ses airs de tortue neurasthénique.

— Imaginez-vous le nombre de morceaux de musique ayant sombré dans l'oubli, faute d'une retranscription adéquate ? On est saisi de vertige à cette idée…

Il semblait perdu, en proie à un véritable désespoir. Toute son existence tenait entre les quatre murs de cette bibliothèque.

En observant le *Micrologus*, je mesurais combien la transmission millénaire des chants de l'abbaye de Saint-Wandrille tenait du miracle. Leur confinement dans un lieu clos les avait sauvés du néant. Par un retournement de l'Histoire assez ironique, des milliers de chansons étaient aujourd'hui expédiées sur les ondes et oubliées dans l'instant.

— Néanmoins, a repris Perrotin en sortant de sa rêverie, ce genre de connaissance était réservée à une élite. La transmission des savoirs restait surtout orale et se concentrait dans les corporations, où les maîtres ménétriers formaient leurs apprentis. C'est là que se transmettaient les chansons et que s'échangeaient les secrets de composition.

Le lien avec le père abbé de Saint-Wandrille se précisait peu à peu : sans doute avait-il trouvé son successeur parmi ces artisans.

— A-t-on gardé le nom de ces ménétriers ?

— Bien sûr. Je suppose que vous connaissez Adam de la Halle ?

— Pas le moins du monde.

Le vieux conservateur a soupiré, résigné à la disparition inéluctable de son univers.

— Le plus grand trouvère du Moyen Age, né dans la région d'Arras aux alentours de 1245. Son père, maître maçon, travaillait sur les chantiers des cathédrales, dans le nord de la France.

Arras, à deux pas d'Amiens. Coïncidence des lieux, concordance des temps. Bouffée d'excitation.

— A-t-il marqué son temps ?

— Et comment ! Il a signé ses œuvres ! C'est le premier compositeur officiel de l'histoire de la musique ! Au passage, c'est aussi le premier théoricien de la polyphonie. Mais voilà qui nous éloigne des *Carmina Burana*…

Il a rangé le *Micrologus* dans la vitrine et ôté ses gants.

Une idée m'a traversé l'esprit.

— Si je vous chantais un air, seriez-vous capable de me donner son auteur ?

Perrotin semblait douter de ma santé mentale, mais il a croisé les bras patiemment.

Concentré à l'extrême, j'ai chevroté les premières notes d'*Illibata Dei Virgo*.

— Désolé, cela ne me rappelle rien, a-t-il conclu en se pinçant le nez pour dissimuler son embarras.

Pas rancunier, il m'a reconduit jusque dans le hall d'entrée.

— Au fait, qui vous a dirigé vers moi ? Je ne pense pas vous avoir déjà rencontré au département des manuscrits anciens.

— Un de vos amis, Prosper Quinet.

Silence consterné. Puis ses bras se sont mis à décrire de grands moulinets.

— Quinet ? Ce flibustier ? Ce pilleur de tombes ? Qu'il pourrisse en enfer ! Et vous, ne revenez jamais m'importuner ! Est-ce clair ? Plus jamais !

Et il m'a planté là.

21

Un peu perplexe, j'ai quitté la Bibliothèque nationale et emprunté la rue de Richelieu en direction du métro. Mais j'ai aussitôt perçu le malaise. Un type me suivait. Assez grand, veste de cuir et bonnet noir. J'ai traversé la rue pour l'observer du coin de l'œil ; il a suivi le mouvement. J'ai flâné un moment devant la vitrine d'une librairie ; il s'est intéressé à celle d'une boulangerie. Surtout, ne pas paniquer. Essayer de trouver ça normal.

Rue Saint-Marc… cent mètres au pas de course jusqu'à l'Opéra-Comique, à droite, sprint jusqu'au boulevard des Capucines, passer au rouge, petit slalom entre les voitures rue Taitbout jusqu'au coude de la rue des Italiens, puis nouveau sprint pour retrouver le boulevard des Capucines, plongée dans la foule des cinémas et… à bout de souffle, l'Opéra Garnier. La sécurité.

Je me suis fondu dans un bataillon de touristes japonais et j'ai poussé les portes à tambour.

Gisèle Martinelli a bondi sur moi en chuchotant si fort qu'on devait l'entendre jusqu'à Concorde.

— Mais que faites-vous ici ? C'est de l'inconscience !

— Hubert Millet m'a dit…

— Et moi, je vous ordonne de partir ! L'ambiance est très tendue, les chœurs répètent dans leur coin et l'orchestre n'a toujours pas revu les derniers mouvements ! Le spectacle a lieu dans une semaine ! Il paraît que maître Millet est devenu fou, il ne respecte même pas les pauses syndicales !

Hubert Millet n'avait pourtant pas une réputation de dictateur… Preuve était faite que la musique exacerbait les sensibilités des auditeurs comme de ses exécutants… Cramoisie, les lunettes de travers, la pauvre Gisèle roulait des yeux de poule pondeuse en s'empoignant les cheveux.

— L'orchestre est au bord de la révolte, un préavis de grève a été déposé pour demain, et monsieur débarque comme une diva ! Mais vous êtes complètement dément, mon pauvre Denis !

Hubert Millet a choisi ce moment pour se mettre à rugir dans les escaliers – l'attachée de presse a littéralement sauté en l'air.

— Si vous croisez le directeur de cet établissement, dites-lui de ma part qu'il n'est même pas digne de diriger un bordel ! Les filles, au moins, sont des professionnelles qui ne réclament pas de pause toutes les cinq minutes ! Les conditions de travail dans cette maison sont inadmissibles ! Savez-vous à qui vous avez affaire ? A croire que votre orchestre n'a jamais entendu parler de moi !

Gisèle Martinelli a posé la main sur sa bouche – et j'ai vraiment cru qu'elle allait nous pondre un œuf. Elle me faisait tellement pitié que je me suis interposé.

— Hubert, ne vous énervez pas com…

Millet m'a jeté un regard méprisant. Le gentil patriarche à crinière blanche avait cédé la place à un vieillard buté et aigri.

— Toi, reste en dehors de ça.

Le directeur en question, un petit homme pansu d'une cinquantaine d'années, a dévalé les escaliers derrière lui. Le visage écarlate, il a rajusté sa cravate et ouvert les bras en signe d'apaisement.

— Maître, ne partez pas ainsi… Nous allons trouver une solution…

— Il y a une solution très simple, en effet : engagez de vrais musiciens ! De toute façon, il n'y a plus de problème, j'en ai fini avec eux !

Le petit fonctionnaire de la culture s'est incliné humblement devant la figure jupitérienne du chef et sa voix a pris l'onctuosité de la crème.

— Je comprends votre irritation, Maître, mais il y a des règlements… Il est impossible d'annuler le spectacle si près de la générale… Toutes les places sont vendues…

— Eh bien, remboursez-les, déchirez mon contrat et faites-moi un procès si ça vous chante, je ne suis pas un laquais !

Millet a fait valser les portes à tambour et descendu les marches du perron sous les courbettes d'une vingtaine de Japonais extatiques. J'ai essayé de le rattraper, mais son taxi avait déjà disparu dans le trafic.

J'avais les nerfs tendus à craquer, et il ne m'a pas fallu longtemps pour comprendre le manège du type, en bas de chez moi. Je me suis caché derrière une camionnette.

Plus trapu que l'individu au bonnet qui m'avait pris en chasse l'après-midi même, il portait les cheveux coupés en brosse et sa tenue passe-partout trahissait le flic en civil plus sûrement qu'un écriteau autour du cou. Il faisait les cent pas avec une nonchalance étudiée, détaillant à loisir tout quadragénaire d'un mètre quatre-vingts qui avait le malheur de croiser sa route. Au carrefour des rues Louis-Blanc et Château-Landon, je l'ai vu frapper au carreau d'une Citroën : le conducteur – son collègue –, favoris et brosse de rigueur, est descendu de voiture, et je les ai vus se diriger vers mon immeuble. Le premier a sorti une clé de sa poche et ils ont franchi le digicode sans problème.

C'était très aimable de la part du lieutenant Krawzyk de se déplacer jusqu'à moi, mais j'avais vraiment beaucoup de travail et un séjour à la brigade criminelle ne me semblait pas indispensable. J'ai filé à toutes jambes.

J'ai dressé un bilan provisoire : je n'étais le bienvenu ni à mon domicile, ni à mon travail, ni chez la mère de mon fils. Quant à ma propre mère, le téléphone sonnait dans le vide. Les gens ne sont jamais là quand on a besoin d'eux. Par bonheur, il me restait une solution de rechange – et pas la pire, assurément.

Les trains défilaient dans un tintamarre ahurissant. Je piétinais derrière la gare Saint-Lazare, place de l'Europe pour être précis, il était 18 heures et j'occupais une place de choix pour un grand concert de moteurs, klaxons, sirènes d'ambulance et vociférations d'automobilistes. Pourtant, j'ai résisté à l'appel du baladeur. Le grand Boucan faisait avancer le monde, j'en prenais soudain conscience. La vie surgissait de partout.

Laura a émergé de la foule du métro. Je l'ai vue, son étui sur l'épaule, me chercher d'un œil inquiet. Sensation grisante : je n'avais plus l'habitude d'être espéré quelque part. Je me suis alors avancé, et son visage s'est fendu d'un sourire éclatant. Les passants se retournaient sur elle, mais c'est à moi qu'elle souriait. A moi seul.

— J'ai cru que tu m'avais oubliée !

— Je t'ai appelée il y a moins d'une heure ! Je suis vieux, d'accord, mais pas gâteux !

— Idiot, je suis si contente de te voir !

Une terrible petite musique de nuit s'est mise à jouer dans ma tête. Je me voyais très bien chez elle pour un duo intime. Evidemment, j'avais omis de préciser que la police était à mes trousses. Mais les silences ne comptent-ils pas autant que les notes ?

Laura était débordée, comme toujours.

— Je dois acheter une partition à la Flûte de Pan, tu m'accompagnes ? Le concert à Londres est dans deux jours et j'ai un de ces tracs, tu n'as pas idée… Bon sang, qu'il fait froid.

Elle s'est collée à moi – sensation électrique – et ne m'a plus laissé en placer une. Ce n'était pas plus mal, j'avais une envie folle de l'écouter. Après tout, c'était mon métier, et peut-être plus pour très longtemps, alors autant en profiter.

Dans le soir tombant, les phares des voitures projetaient nos ombres enlacées sur les façades, *legato delicioso*.

Le combiné du téléphone coincé contre l'épaule, la vendeuse notait scrupuleusement adresse et numéro de carte de crédit de son interlocuteur. Laura passait en revue des dizaines de partitions, les ouvrait, les disséquait et les remettait en place en moins de trente secondes. L'hémisphère droit de son cerveau ingurgitait la musique, le gauche me faisait la conversation.

— Hubert Millet piquait sa crise ? Bah, tu sais, tous les chefs sont des tyrans en puissance.

— Toi aussi ?

— Absolument. A côté de moi, Karajan était un premier communiant. En privé aussi, je suis exigeante, je te préviens, a-t-elle ajouté avec un drôle de sourire.

J'ai tâché de rester maître de moi-même et jeté un coup d'œil aux rayonnages. Les œuvres étaient classées par époque, comme chez Prosper Quinet. Je me suis rappelé l'entrevue avec l'organiste de la cathédrale d'Amiens.

— Au fait, j'ai mis la main sur le texte de la polyphonie médiévale de Bonsecours.

— Laisse voir ?

Elle a survolé mes notes.

— Ça ne me dit rien. Mais bon, ce n'est pas ma spécialité.

— Me voilà bien avancé.

— Qu'est-ce que tu cherches ?

— Le nom du compositeur, pardi !

Elle m'a dévisagé, incrédule.

— Mais… c'est écrit !

Je l'ai dévisagée, plutôt dubitatif.

— C'est très simple : le nom du compositeur est inscrit en acrostiche. ***I****llibata Dei Virgo nutrix* – I –, ***O****limpi regis a genitrix* – O –, ***S****ola parens verbi puerpera* – S –, ***Q****ue fuisti Eve reparatrix* – Q –, ***V****iri nephas* *tuta mediatrix* – V –, ***I**llud clara luce dat scriptura* – I –, ***N**ata nati alma genitura* – N –, ***Des** ut leta musorum factura* – DES –, ***P**revaleat ymis et sit ave* – P –, ***R**oborando sonos ut guttura* – R –, ***E**fflagitent laude teque pura.* Ce qui donne : Josquin des Prés.

Evidemment ! Il avait repris la méthode de Guido d'Arezzo !

J'ai rassemblé mes souvenirs. La bibliothèque de Bonsecours contenait un manuscrit de Josquin : *Déploration sur la mort d'Ockeghem*. Si Bonsecours l'avait convoqué à sa cérémonie funèbre, c'est qu'il revêtait une importance particulière.

— Que sait-on de ce Josquin des Prés ?

Laura a repris son inspection du répertoire.

— Là, tu m'en demandes beaucoup, Denis. Je sais juste que c'est un grand compositeur de la Renaissance. Tu devrais rencontrer mon maître Stefano, lui, il pourrait te renseigner. C'est un spécialiste de cette période… et aussi l'homme le plus merveilleux que j'aie jamais rencontré, sans vouloir te vexer… Un vrai génie !

— Et où peut-on croiser cet être si exceptionnel ?

Elle souriait avec nostalgie devant une partition de Vivaldi.

— A Venise.

— Venise ?

— Eh oui, j'ai fait sa connaissance pendant mes études en Italie, mais ma bourse n'a pas été renouvelée et j'ai dû rentrer. Il ne m'a pas donné de nouvelles depuis longtemps, il me manque beaucoup… Enfin, c'est la vie… On y va ? Je suis pressée.

Elle a empoigné son sac et s'est dirigée vers la caisse.

Ses manières d'enfant gâtée commençaient à me taper doucement sur le système.

— Laura, une minute, je…

— Tiens, c'est amusant, Stefano vit dans l'ancienne maison de Mozart, ça me revient. Drôle de coïncidence, non ?

— Ecoute, je ne suis pas…

Un petit homme sec remontait la rue sur le trottoir d'en face. Je l'ai aussitôt reconnu : l'Italien qui avait tenté de s'introduire chez Bonsecours lors de ma première visite ! J'ai filé dehors en espérant recueillir des informations sur ce qui s'était passé dans cette maison, mais le flot des voitures m'a empêché de traverser et l'inconnu s'est volatilisé. Laura m'a rejoint sur le trottoir.

— Eh bien, qu'est-ce que tu as à courir comme ça ? Un train à prendre ?

J'ai esquissé une série de gestes dignes d'un sourd-muet parkinsonien. Elle a éclaté de rire et m'a pris par la main.

— Viens, je t'invite à dîner. Tu en as vraiment besoin. J'habite à deux pas.

— Mais…

— Tu n'as pas envie de voir mon petit nid ?

En fin de compte, l'obéissance a parfois du bon.

Nous avons traversé le quartier, certains de ce qui nous attendait une fois seuls, l'espérant et le redoutant à la fois, un trac fou au fond du cœur. Je me faisais l'effet du concertiste qui s'avance vers la lumière, léger, conquérant, sûr de lui. Autour de nous, les rues défilaient comme de douces invitations au voyage : Stockholm, Madrid, Constantinople, Saint-Pétersbourg, Moscou…

Laura a poussé la porte cochère du 45, rue de Liège. Je ne pouvais pas résister davantage et je l'ai prise dans mes bras. Un doigt sur les lèvres, elle m'a exhorté à la patience, et nous avons gravi les six étages délicieusement serrés l'un contre l'autre dans son minuscule ascenseur, les yeux dans les yeux…

Et nous avons partagé notre première grande émotion.

Sa serrure avait été fracturée, sa chambre fouillée et tous ses vêtements, ses partitions et sa vaisselle éparpillés aux quatre coins.

J'ai évalué la situation. La chaîne hi-fi avait valsé dans un coin, l'ordinateur portable reposait sagement sur le lit et les CD gisaient un peu partout. Je commençais à comprendre ce que cherchaient nos voleurs…

— La partition de Bonsecours. Où est-elle ?

Sans un mot, elle a glissé la main dans son soutien-gorge et a sorti la feuille de calepin.

Jusque-là, nous avions eu un temps d'avance, mais il se réduisait à un soupir. Nos visiteurs, furieux de repartir bredouilles, nous préparaient sans doute un air de leur composition – et je n'étais pas pressé de connaître leur instrument de prédilection.

J'ai inspecté la serrure. Elle avait été forcée au pied-de-biche, un appui précis sur le chambranle et le verrou avait sauté. Du travail soigné.

Un vieil homme a glissé un regard suspicieux dans le couloir. A peine m'a-t-il aperçu qu'il s'est mis à crier : « Au voleur ! », il a refermé sa porte et entrepris de tirer ses quarante verrous. Il ne lui a pas fallu longtemps non plus pour décrocher son téléphone et appeler la police.

Au même moment, la cabine de l'ascenseur a amorcé sa descente et Laura a surgi sur le palier, paniquée.

— Je ne veux pas rester ici, Denis ! J'ai trop peur. Allons chez toi, tu veux bien ?

Pas question. La police m'avait sûrement réservé un comité d'accueil.

L'ascenseur s'est immobilisé au rez-de-chaussée. La porte de la cabine a grincé.

J'ai eu un pressentiment : notre voleur nous avait vus entrer et revenait chercher son butin. Nous devions décamper, coûte que coûte. Mais où ?

Les plaques de rue dansaient devant mes yeux : Liège, Moscou, Madrid, Saint-Pétersbourg…

L'inspiration m'est venue d'un coup. L'évidence.

— Et si on partait en week-end ?

Laura m'a regardé comme si je parlais araméen.

— En week-end ?

— C'est le moment ou jamais !

— Impossible, je joue à Londres dans deux jours.

— Justement ! Il faut toujours se détendre avant un concert…

— Ah oui ? Et où m'emmènes-tu ? Et comment ?

— Fais-moi confiance, je te promets que tu ne le regretteras pas, lui ai-je murmuré à l'oreille.

J'ai empoigné son étui, je l'ai prise par la main et nous avons dévalé l'escalier.

On m'avait suffisamment reproché de ne jamais prendre d'initiative.

III

DIES IRAE

La vie sans musique est tout simplement
une erreur, une fatigue, un exil.

Friedrich NIETZSCHE.

22

La ville émergeait lentement de la brume. Un premier clocher s'est découpé dans la masse confuse, puis les façades des palais ; enfin, les barques, arrimées le long des quais. Des lumières tremblotantes, de vagues silhouettes humaines. La cité tout entière s'est arrachée à la mer. Elle avançait vers nous, tel un fantôme de pierre.

Venise n'accueille pas le visiteur, elle le tolère. Enveloppée dans les étoffes du passé, elle rumine sa splendeur perdue et ses fêtes envolées. C'est une ancêtre à qui l'on se hâte de rendre visite avant l'engloutissement définitif.

Je n'avais pas l'intention de la laisser partir avec tous ses secrets. Il y en avait un, au moins, que je comptais bien lui soutirer. De gré ou de force.

Le nez collé à la fenêtre du compartiment, Laura s'émerveillait du spectacle. Nous avions peine à y croire.

Douze heures plus tôt, nous dévalions les escaliers de son immeuble. Tel un farceur, j'avais pris soin d'appuyer sur le bouton de l'ascenseur à chaque palier – rien de tel pour ralentir notre poursuivant –, puis nous avions déboulé dans la rue et cherché désespérément un taxi. En vain. Le piaulement des sirènes de police se précisait, nous n'avions pas de temps à perdre. Nous avions couru jusqu'au métro, enjambé les portiques de sécurité – un gentil petit mot, au guichet, informait les usagers que le préposé à la vente avait déserté son poste –, et foncé dans la première rame qui passait.

Le trajet avait été une vraie torture. Je croyais voir des policiers en civil à toutes les stations, Laura me bombardait de questions, j'avais esquivé comme j'avais pu.

20 heures 17, gare de Bercy. Train pour Venise : 20 heures 28. Concordance des temps. J'avais acheté deux allers simples – Cousin-Damier me rembourserait –, et Laura avait prévenu ses musiciens qu'elle les rejoindrait directement à Londres. L'explication avec le violoncelliste avait été orageuse et j'avais préféré m'éloigner.

Dès que le train avait quitté la gare, elle s'était pelotonnée contre moi et avait sombré dans un profond sommeil.

Moi, j'avais veillé toute la nuit. Je regardais Laura dormir, confiante, abandonnée, la bouche retroussée dans une moue enfantine, ses doigts délicats serrés entre les miens.

Un mince rayon de soleil a transpercé la lagune. Comme Mozart des siècles plus tôt, j'avais l'impression à la fois douce et troublante de me promener au bord du temps. Venise réservait le même sort à tous ses admirateurs : une brève étreinte, suivie d'une nostalgie éternelle.

Le train a pénétré dans la gare Santa Lucia et Laura m'a dévisagé avec ravissement. Finalement, mon costume de journaliste bourru dissimulait l'homme le plus romantique du monde. A vrai dire, c'était une découverte pour moi aussi.

Notre première balade dans le théâtre grandeur nature de la cité des Doges a rapidement dissipé nos soucis. Surexcitée, Laura poussait des cris de joie en reconnaissant les lieux qu'elle avait fréquentés. Elle se rappelait que Stefano vivait au cœur du quartier San Marco, à proximité des salles de spectacle les plus célèbres de la ville, et m'avait assuré pouvoir retrouver sa maison sans difficulté. Elle me désignait une direction mais, comme guidés par un métronome, nos pas nous ramenaient invariablement à la Fenice.

Nous en admirions la façade immaculée lorsque Laura a pointé une affiche du doigt.

— Regarde ! Angelina Casar chante *La Flûte enchantée* après-demain ! Dommage, on sera à Londres… On ira la voir à Paris, hein ? Promis ? Bon, je crois que c'est à gauche. On va se rapprocher du Grand Canal, ça me paraît plus simple.

Les églises et les palais de marbre se sont encore succédé, superbes et glacés, leurs tons pastel à peine réchauffés par le premier soleil. Nous avons pique-niqué le long du Grand Canal. Devant nous s'élevait un campanile majestueux ; le vaporetto, chargé de touristes, tanguait sur l'eau, des barques à moteur remontaient les petits canaux. Il y avait donc une vie en ces lieux, Venise n'était pas un rêve…

Laura a levé un index sentencieux.

— La maison de Stefano est assez petite et donne sur un canal.

J'ai jeté un coup d'œil panoramique. Nous étions cernés de maisons étroites ayant les pieds dans l'eau.

Elle a frappé dans ses mains.

— Ça y est ! Je me souviens ! Il suffit de trouver une grande église donnant sur une place, et c'est tout de suite à droite.

— Si je ne me trompe, Venise est la ville au monde qui possède le plus grand nombre d'églises. Tu devrais l'appeler, plutôt…

— Stefano n'a pas le téléphone. Il vit d'une manière un peu particulière, tu verras. De toute façon, tu ne m'as pas laissé le temps de récupérer mon répertoire.

— On pourrait peut-être demander à ces touristes, là-bas, si leur guide mentionne la maison de Mozart ?

— Pas la peine, fais-moi confiance. Et puis, c'est agréable de découvrir une ville au hasard de ses rues, non ?

Nous avons repris notre route. La balade était certes plaisante, mais j'avais à peine de quoi nous acheter un sandwich et Laura n'avait pas un sou en poche. Mon sourire tournait à la grimace. Sans cesser de manifester mon enthousiasme pour les ruelles pleines de charme et les impasses envoûtantes, je pensais à l'insouciance de Wolfgang et à sa fin misérable. Comme un présage, une gondole funéraire tendue de velours noir s'est éloignée en direction du cimetière San Michele, perdu au milieu des flots.

Vers 18 heures, le soleil a amorcé son déclin et l'air a fraîchi. L'ombre a envahi les façades et les restaurants ont allumé leurs lanternes, dans l'attente de touristes affamés et transis. L'humidité progressait le long de mes membres, mes os s'entrechoquaient presque de froid. Laura, elle, ne s'apercevait de rien, perdue dans la contemplation des masques de carnaval, des verres de Murano et des robes de couturiers.

Elle a tout à coup reconnu une maison un peu bancale et, d'un pas décidé, m'a entraîné sur une passerelle que nous avions peut-être empruntée dix fois, ou jamais, impossible à dire, tant cette ville était déroutante.

— J'ai acheté le *Corriere della Sera* pour Stefano dans cette librairie, j'en suis certaine. Nous sommes tout près.

Poussée par une sorte d'instinct – l'intuition féminine, enfin ? –, elle s'est engagée dans une ruelle, puis dans une autre, et je l'ai suivie sans illusion : nous n'en étions qu'à la cent cinquantième inspiration géniale de la journée. De fait, son élan s'est stoppé net sur le ponte dei Barcaroli et elle a posé un doigt songeur sur ses lèvres.

— On est perdus… Qu'en penses-tu, Denis ?

Je me suis mordu les joues pour ne pas crier.

— Eh bien, nous n'avons plus qu'à dormir sous les ponts. On est vernis, ça ne manque pas dans le coin.

— Ce que tu peux être défaitiste ! J'étais pourtant persuadée…

— Bon sang, épargne-moi tes certitudes et trouve-moi cette foutue maison !

— Mais je ne fais que ça depuis des heures ! Si tu m'avais laissé le temps de prendre mon carnet d'adresses, on n'en serait pas là ! De quoi on a l'air, maintenant ?

— De quoi on a l'air ? Je vais te le dire : de deux idiots au milieu de la plus belle ville du monde.

— C'est mieux que rien.

— Personnellement, je préfère avoir l'air intelligent, même au fin fond du Caucase.

— Eh bien, rentre à Paris ! Après tout, ce n'est pas moi qui ai voulu venir à Venise !

Ça, c'était la goutte d'eau qui faisait déborder le Grand Canal. Venise pouvait disparaître dans les flots : moi, je regagnais mes pénates, et tant pis si la prison était au bout du chemin. Au moins, j'y serais au sec.

J'ai rageusement tourné les talons et suis tombé sur une plaque m'informant que, durant le carnaval de l'année 1771, la maison qui se dressait devant moi avait accueilli Wolfgang Amadeus Mozart, alors âgé de quinze ans.

Laura s'est jetée à mon cou.

— Tu vois que j'avais raison ! Qu'est-ce qu'on dit à sa guide préférée ?

Rien. Une telle mauvaise foi avait quelque chose d'inhumain, mais comment lui en vouloir ? *Cosi fan tutte*...

Nous avons pénétré dans un vestibule désert. Les murs suintaient d'humidité, le parquet fléchissait sous nos pas. Les Vénitiens devaient être imperméabilisés ou se résigner aux rhumatismes éternels pour vivre dans de telles conditions. Sans se formaliser, Laura a gravi un escalier très sombre et frappé à une porte du deuxième étage, en criant : « Stefano ! »

Je m'attendais à voir surgir un bellâtre tonitruant, regard incendiaire et sourire carnassier, une blague par-ci, un clin d'œil par là, et *avanti !*, je n'aurais plus qu'à tenir la chandelle.

Je ne croyais pas si bien dire : la porte s'est ouverte sur un homme, grand et élancé, éclairé par un candélabre. Toutefois, il était bien plus âgé que je ne l'imaginais, à en juger par sa chevelure grisonnante. Emacié, la lèvre supérieure délicatement dessinée par une fine moustache, il affichait un smoking de la plus belle coupe et tenait une cigarette fichée entre l'index et le majeur. Il a accueilli Laura d'une voix nette, aristocratiquement posée sur les médiums et veinée d'une infinie lassitude.

— Laura, ma sirène ! Je ne t'espérais plus !

— Oh, Stefano ! Je suis si heureuse !

Elle n'a daigné me présenter qu'après de longues embrassades. Stefano m'a tendu la main avec classe, sourire calibré en prime, et, d'un mouvement parfaitement maîtrisé, s'est effacé pour nous laisser le passage.

Son salon était encombré de milliers de livres. Il y en avait partout : sur les tables, les chaises, les commodes, par terre. Les murs disparaissaient sous les étagères. Sur l'une d'elles, le balancier d'un métronome égrenait son mouvement perpétuel. Par la fenêtre, on distinguait les lumières des réverbères ondulant dans l'eau tranquille d'un canal.

Avec la décontraction d'un gentleman, le maître de maison nous a guidés le long d'un chemin taillé dans des fjords de vieilles revues, jusqu'à un bureau où brûlait une lampe à pétrole. Il a dégagé deux chaises à notre attention.

— Veuillez m'excuser, le ménage n'a plus été fait depuis trente ans…

— Tu as encore plus de livres que lors de ma dernière visite ! Pourquoi ne les descends-tu pas ?

Il a écarté les mains, navré.

— C'est trop humide, hélas ! Même les rats refusent de vivre en bas.

Il a pris place dans un fauteuil en face de nous, a croisé les jambes avec une élégance folle et dispersé les cendres de sa cigarette sur une biographie monumentale de Claudio Monteverdi. Une chevalière grosse comme un boulon et surmontée d'un onyx scintillait à son annulaire. J'ai glissé mes pieds sous ma chaise, seul endroit dégagé.

— Vous vivez ici depuis longtemps ?

— Depuis toujours. Je suis le dernier descendant d'une des plus illustres familles de Venise. Cette demeure nous appartient depuis près de six siècles. Quelques petits revers de fortune m'ont contraint à vendre les meubles et la plupart des objets de valeur, mais j'ai réussi à sauver l'essentiel…

D'un vaste mouvement du bras, il m'a invité à contempler le désastre.

— N'est-ce pas impressionnant ? Six siècles de splendeur sombrent dans les canaux de Venise, morceau par morceau… mais sa mémoire est toujours vivace. Avec moi disparaîtra le nom des Martini. Rassurez-vous, les Vénitiens s'en remettront.

Sa moustache s'est redressée en une impeccable ligne droite, signe d'hilarité débordante.

— Cela fait bien des années que notre lignage n'est plus en odeur de sainteté. Que voulez-vous… Il réunit la bagatelle de trois politiciens corrompus et de six notaires véreux, sans compter une brochette de mussoliniens de la première heure et même, horreur suprême, un prêtre marié… A ce propos, connaissez-vous mon aïeul, le padre Giovanni Battista Martini ?

— Je n'ai pas cet honneur.

— Ce grand mélomane disparu en 1782 a eu l'insigne honneur d'accueillir les Mozart père et fils dans cette maison. Notre famille a toujours entretenu un certain goût pour la musique…

Laura lui a posé une main sur l'épaule et m'a pris à témoin.

— Stefano est trop modeste. Il possède l'oreille la plus fine de l'univers. Il sait déterminer la tonalité d'un grincement de porte ! Quand j'étais son élève, il m'a obligée à travailler Bach jusqu'à l'épuisement. Je t'ai maudit plus d'une fois, tu sais…

L'élégant a écarté les mains, au bord du désespoir.

— Ma sirène, il n'y a pas trente-six façons de jouer Bach. Il faut que ce soit parfait, c'est tout. Sinon, autant renoncer immédiatement.

— Sans toi, je n'en serais pas là aujourd'hui. Je te dois tout !

Martini a levé les yeux au ciel et imploré la Madone.

— Tu possèdes un don exceptionnel, Laura ! Un don unique ! Lorsque je t'ai rencontrée, tu n'en étais pas encore consciente, je t'ai juste placée devant l'évidence. Le reste, tu l'as trouvée toute seule. Soyons réaliste, je ne suis qu'un simple amateur…

— Voyons, tu comprends mieux la musique que la plupart des professeurs de conservatoire. Sans compter que tu connais son histoire sur le bout des ongles.

Laura a observé une pause avant de reprendre, *legatissimo*.

— A ce propos, Denis a une petite question à te poser.

Très flatté, le signore Martini a haussé les sourcils.

— Je serais très heureux de vous aider. Dans la mesure de mes moyens, bien sûr…

— J'écris un article sur Rémy Bonsecours et…

— Le grand Rémy Bonsecours ! Il venait souvent à Venise. D'après la rumeur, il possédait un pied-à-terre dans le Cannaregio. On le voyait parfois sur le campo dei Frari, vous savez, cette place où s'installent les quatuors à cordes pour y jouer les *Quattro Stagioni*. Il m'a même honoré de sa visite ! Malgré l'inconfort des lieux, il tenait à visiter la maison où avait séjourné Mozart. Selon lui, son esprit y souffle encore.

— Lors de cette rencontre, a-t-il évoqué Josquin des Prés ?

Long silence. Le tic tac du métronome hachait le temps. D'un doigt précis, Stefano Martini a interrompu le mouvement du balancier et m'a lancé un regard assassin.

— Veuillez m'excuser pour ce bruit, mais il est toujours utile de se rappeler combien la vie est éphémère…

Nouveau silence, absolu cette fois. Les yeux sombres de l'Italien ne quittaient pas les miens. Au terme d'une intense méditation, il a soupiré, s'est extrait de son fauteuil et a passé une gabardine aux manches élimées.

— Et si nous allions dîner ?

23

Nous avons quitté le 1830 ponte dei Barcaroli pour nous enfoncer dans les ruelles de San Marco. Des grappes de touristes tentaient de décrypter la carte de Venise ; pour la plus grande joie de Laura, Martini s'ingéniait à leur donner de fausses indications. Ce genre d'attitude a toujours eu le don de m'agacer. A mon avis, il faut se regarder bien en face avant de se moquer du monde.

Nous avons marqué deux ou trois arrêts. Martini s'excusait et s'absorbait dans d'étranges conciliabules avec des êtres blafards, échangeait des hochements de tête, des billets et de petits morceaux d'aluminium. Chaque fois, il nous rejoignait avec la dignité d'un prince.

Nous avons abouti à une petite *trattoria* de la calle del Pistor. La tenancière, une matrone au visage revêche, nous a gratifiés, dès l'entrée, d'un regard peu engageant. Mais, trente secondes plus tard, elle était rose de plaisir. Martini lui avait sorti le grand jeu : baisemain, considérations météorologiques, évocation d'amis communs, yeux mouillés, sourire charmeur, et même un petit air napolitain interprété d'une voix chevrotante. Bouleversé, il nous avait enfin désignés d'une main suppliante et la patronne avait accepté de nous recevoir, un sourire compatissant sur les lèvres. Il nous a fait signe de le suivre et nous nous sommes entassés dans l'arrière-cuisine.

Sous un abat-jour constellé de chiures de mouches, une petite table et trois tabourets disputaient l'espace aux cageots de légumes et aux caisses de vin. Les garçons surgissaient de la salle en vociférant leurs commandes.

Martini a ôté sa gabardine et s'est mis à l'aise en nous suggérant d'en faire autant. L'illusion se dissipait : des taches de graisse maculaient les manches de son habit et l'une de ses chaussures était trouée. Son assurance avait quelque chose de touchant, de presque pathétique.

Pour mieux donner le change, il m'a considéré d'un air goguenard.

— Il faut savoir s'y prendre, avec les femmes. Cristina me fait crédit quand je ne suis pas en fonds. Les Vénitiens ont une réputation d'avarice bien injustifiée. Il suffit de les connaître.

Il a allumé une cigarette et a soudain rajeuni de quarante ans : sous le visage amaigri perçait le *ragazzo* à l'affût d'une jolie fille ou d'un mauvais coup.

Trois verres de spritz ont atterri sur la table. L'alcool m'a réchauffé les conduits et je me suis réconcilié avec l'avenir. Avec une décontraction de truand, Stefano a expiré une dernière bouffée et écrasé son mégot sur une énorme boîte de conserve. D'une pichenette, il l'a expédié dans les ténèbres.

— Cher monsieur, je n'irai pas par quatre chemins :

Josquin des Prés est le plus grand musicien de la Renaissance. Il a tout inventé. Je dis bien : tout. Pourtant, a-t-il ajouté en se penchant vers moi, ses traits durement découpés par le cône de lumière, pourtant, la plus sombre, la plus tortueuse des ruelles de Venise n'égalera jamais en noirceur l'âme de cet homme. Croyez-vous en Dieu ?

— Non.

— C'est une erreur. Seul Dieu peut se hisser à la hauteur des crimes de ses créatures.

Menton appuyé sur sa paume ouverte, Laura buvait ses paroles. Martini, lui, contemplait son verre.

— La musique, comme la société, obéit à certaines règles. Des codes obligatoires, en quelque sorte. Le solfège, me direz-vous… Bien sûr, mais je parle d'autres règles, moins explicites quoique plus fondamentales. J'en ai identifié un certain nombre mais il existe une loi, supérieure aux autres, qui donne un sens à l'histoire de la musique. J'ai étudié tout ce qui a pu se composer depuis cinq siècles et parcouru des centaines de biographies, des milliers d'ouvrages. Et j'ai trouvé. La loi. Celle qui unit à travers les siècles des génies aussi différents que Josquin des Prés, Monteverdi, Bach ou Mozart.

La voix fêlée de mon interlocuteur m'avait pris au piège. Le cœur battant, j'attendais sa révélation.

Il m'a décoché son plus grand sourire.

— C'étaient des domestiques. Comme je vous le dis, monsieur : Josquin et Mozart étaient des larbins… On l'a oublié, mais ces artistes hors du commun étaient payés pour animer la messe quotidienne et divertir la cour. A l'heure des repas, on les servait comme nous, dans les cuisines, avec les valets de chambre et les jardiniers ; la nuit, ils regagnaient leur mansarde dans les combles du château. La plupart des musiciens étaient avant tout cuisiniers, palefreniers ou menuisiers – l'illustre Jean-Baptiste Lully détestait qu'on lui rappelle ses débuts de cocher chez la duchesse de Montpensier. Le soir venu, ces serviteurs passaient une jolie livrée et jouaient du violon ou du cor pour leur prince. S'ils étaient doués, ils montaient en grade et devenaient instrumentistes à plein temps. Les plus brillants accédaient au rang de maître de chapelle – chef d'orchestre si vous voulez. Mais tous restaient des domestiques et pouvaient à tout moment être jetés dehors. Même au sommet de sa gloire, le grand Joseph Haydn devait demander la permission de son patron, le prince Esterhazy, pour se produire ailleurs que dans son château. Pas de quoi pavoiser, n'est-ce pas ?

Un garçon a déposé devant nous trois assiettes fumantes : sautés de veau à la napolitaine et penne au parmesan, agrémentés d'une demi-bouteille de valpolicella. Comme Laura, j'ai joué de la fourchette avec avidité. Martini a béni ce repas à sa façon.

— Vous avez raison, mangez. On ne sait jamais de quoi demain sera fait…

Il a jeté son fond de spritz dans les cageots de poireaux, s'est servi un grand verre de vin et nous a conviés à un bond vertigineux dans l'Histoire, le petit doigt délicatement relevé.

— Josquin des Prés a suivi le parcours classique d'un musicien de la fin du Moyen Age. Né dans les Flandres françaises vers 1440, juste après la guerre de Cent Ans, il a débuté comme enfant de chœur à la cathédrale de

Cambrai. Très tôt, le maître de chapelle a remarqué ses prédispositions exceptionnelles pour le chant et, en bon professeur, lui a enseigné les rudiments de l'art de la composition avant de l'orienter vers un maître plus expérimenté.

Il a émis un léger rot très classe et, d'un revers de manche, a fait disparaître une goutte de sauce tomate.

— Voilà comment, en compagnie de trois autres garçons de sa région extrêmement doués, Josquin des Prés a intégré la classe du plus grand musicien de son temps, Johannes Ockeghem. Les quatre jeunes gens sont vite devenus inséparables et n'ont cessé de s'encourager mutuellement. Il faut savoir que composer des motets à quatre, cinq, six ou huit voix entrant à tour de rôle dans des tonalités différentes n'était pas à la portée du premier venu. D'autant que la fausse note était bannie des églises : la musique devait susciter chez le fidèle un sentiment d'harmonie absolue.

— En un sens, c'était de l'architecture sonore, ai-je ponctué au souvenir de la cathédrale d'Amiens.

— Belle image, a concédé le musicologue. Pas plus qu'en architecture la musique de l'époque ne tolérait d'erreur de construction. L'étudiant qui superposait un *fa* au ténor et un *si* au contre-ténor était viré. *Arrivederci !*

— C'est cruel, a commenté Laura.

— La Renaissance était cruelle, ma sirène. Les paysans allaient jusqu'à vendre leur enfant s'il avait une jolie voix. C'est arrivé au compositeur flamand Roland de Lassus.

— Quelle horreur !

— Au moins, l'enfant recevait une éducation

correcte… Mais la plupart des seigneurs en quête de belles voix ne s'encombraient pas de scrupules et enlevaient carrément les gosses. Ça leur coûtait moins cher.

— Je suis contente de vivre au XXIe siècle.

— Cela dit, ai-je objecté, certaines émissions télévisées exhibant des élevages de chanteurs boutonneux rappellent un peu ces pratiques.

— Hum, le talent en moins, et l'argent en plus… a philosophé Laura.

Vaguement diverti par le triomphe de la bêtise humaine, Stefano a repris sa leçon d'un air docte.

— Ockeghem a formé ses élèves à l'art du contrepoint. Pour vous donner une idée de la difficulté de cette forme musicale, représentez-vous quatre hommes partant simultanément d'un même point avec des démarches, des vitesses et des amplitudes de pas différentes. Si le compositeur est doué, ils décriront un joli ballet et franchiront la ligne d'arrivée main dans la main. Un vrai tour de force mathématique ! Ockeghem allait jusqu'à écrire des canons à trente-six voix et…

— Revenons-en à Josquin.

— Tu as raison ma sirène, je m'égare… En bon maître de musique, Ockeghem a donc confié ses secrets de composition à ses jeunes élèves : suites d'accords originaux, harmonies audacieuses, tournures personnelles…

Je me suis essuyé la bouche à un torchon traînant sur une caisse de pommes.

— Si je vous suis bien, les musiciens de la Renaissance fonctionnaient comme les corporations du Moyen Age.

— Exactement. Mais il y avait une règle à ne jamais transgresser ! *Omerta !* a-t-il soufflé en dessinant une croix sur ses lèvres. Ces secrets n'étaient pas destinés à toutes les oreilles. Le maître choisissait personnellement ses disciples et toute transmission se faisait oralement. Jamais de trace écrite ! Au risque de graves représailles !

Laura s'était attaquée aux ongles de sa main droite – en guise de dessert, sans doute.

— Tu veux dire : des sanctions définitives ?

— Disons pudiquement que la Mafia n'a rien inventé… Voilà comment, pendant plus de trois siècles, les musiciens flamands ont régné sur toutes les cours d'Europe. La musique savante était leur chasse gardée.

Du bout de sa fourchette, notre hôte a interrogé un morceau de veau dégoulinant de sauce puis a repris son récit.

— Arrivé à la puberté, on estimait que l'apprenti était armé pour mener une carrière de musicien.

— On ne lui demandait pas son avis ?

— Bien sûr que non. Vers quinze ou seize ans la voix des garçons mue irrémédiablement, et la carrière d'enfant de chœur est terminée. Dans ces conditions, *basta !*

— Ils étaient renvoyés ? a demandé Laura en ouvrant de grands yeux. Mais que devenaient-ils ?

— Paysan, soldat, artisan, bandit de grand chemin… Le travail ne manquait pas. Evidemment, pour Josquin et ses amis, la question ne se posait pas. Ils ont été recrutés par de grands seigneurs italiens.

— Mais pourquoi l'Italie ? A cause du climat ?

Pour la première fois, Stefano Martini a ri, dévoilant un bel assortiment de dents en or.

— Vois-tu, Laura, les champs de bataille n'offrent pas un contexte idéal à la composition. La guerre de Cent Ans avait poussé la plupart des musiciens flamands vers des régions plus tranquilles, là où se trouvait l'argent. Venise, le plus grand port du monde à l'époque, croulait sous des montagnes d'or. Les princes de Milan, Rome, Ferrare ou Florence rivalisaient de dépenses. C'était à qui aurait la plus belle cathédrale, le peintre le plus renommé, le meilleur orchestre… Au fond, la Renaissance italienne, c'est un caprice de nouveau riche.

Laura a éclaté de rire.

— On ne m'avait jamais présenté les choses sous cet angle !

Martini a saucé posément son assiette de façon à capter notre attention.

— C'est sur le chemin de l'Italie que l'histoire de Josquin des Prés devient passionnante. Dès son arrivée à la cathédrale de Milan, Josquin a subjugué son auditoire. En moins de temps qu'il n'en faut pour pousser un contre-ut, ses messes et ses motets étaient célèbres dans l'Italie entière. Les plus grands princes se le disputaient et son patron, le duc Galeazzo Sforza, a dû casser sa tirelire pour le garder à son service. Bon calcul : à trente ans à peine, la réputation de Josquin avait franchi les frontières.

— Et ses compagnons, étaient-ils aussi célèbres que lui ?

— Absolument pas. Et pourtant, ils avaient reçu le même enseignement de la part d'Ockeghem.

— Je suppose que vous avez votre idée sur la question…

Telle une épée effilée, le regard de Martini a défié le mien.

— Je suis intimement persuadé qu'un secret explique cette ascension fulgurante. Un secret totalement étranger à la musique, transmis par Ockeghem à Josquin juste avant son départ pour Milan.

— Lequel ?

Les yeux de Martini brillaient dans la pénombre.

— Je l'ignore. En revanche, je suis certain d'avoir rencontré son dernier détenteur.

Silence. Question muette. La voix fêlée de Martini :

— Rémy Bonsecours.

24

Martini a ressorti sa panoplie de grimaces pour remercier la patronne et nous avons regagné les rues désertes. Une brume légère courait sur le Grand Canal, des gouttes de lumière tombaient des réverbères et se noyaient dans l'eau glacée. Les jeux d'ombre découvraient des fantômes tapis dans les encoignures – des statues, figées dans le marbre.

L'histoire de Martini m'avait laissé sur ma faim.

— En quoi l'âme de Josquin des Prés était-elle si noire ?

Martini s'est fondu dans les plis de son manteau élimé.

— Les temps changent, le cœur des hommes est immuable... Avec le succès, Josquin s'est aigri au point qu'il n'est bientôt plus rien resté du jeune homme jovial et curieux qui avait débarqué en Italie. Les prétentions financières de ce courtisan sec, hautain, vaniteux et colérique ont suivi la courbe de son ascension sociale. N'hésitant pas à se vendre au plus offrant, il a quitté les Sforza pour les Médicis, à Florence, mais deux ans plus tard à peine, il rappliquait à Milan : Galeazzo ayant été passé au fil de l'épée en pleine basilique – ce genre de chose arrivait souvent en ce temps-là –, son frère Ascanio, qui lui succédait à la tête de la famille Sforza, venait d'être nommé cardinal à Rome.

Laura a grimacé de dégoût. Martini a haussé les épaules, fataliste.

— C'est ça le show-business, ma sirène… L'ambition ne s'embarrasse pas de scrupules. Josquin a rapidement été remarqué par le pape de l'époque – cette fripouille d'Alexandre Borgia –, qui lui a confié la direction de la Chapelle papale. Autant dire la consécration : à quarante ans, il était célèbre dans toute l'Europe, entretenait une correspondance régulière avec Erasme et fréquentait d'immenses artistes, comme Botticelli, Verrocchio ou Bramante. Léonard de Vinci a même réalisé son portrait. Il sourit moins que la Joconde, mais il en impose.

— La célébrité, en somme.

— Plus encore : la gloire.

Nous avons suivi des yeux le vaporetto qui remontait le Grand Canal avant de reprendre notre route. Nos pas claquaient dans la nuit.

— J'avoue ne pas comprendre les raisons de ce succès… a songé Laura.

Martini a soigneusement choisi ses mots.

— Eh bien… comment dire… Pour faire simple, Josquin des Prés a introduit l'émotion en musique.

— Pardon ?

— La polyphonie était un genre austère, réservé à une élite savante. La musique avait pour vocation d'être belle et harmonieuse, point final. Le compositeur plaquait la musique sur le texte de façon arbitraire. Qu'il s'agît d'un chant d'église en latin ou d'une chanson d'amour, on ne se souciait que d'une chose : la perfection formelle. Vous vous imaginez la météo sur un air de Bach ? Ou les cours de la Bourse sur l'*Ode à la Joie* ? Eh bien, les maîtres de la polyphonie vous faisaient ça d'un claquement de doigts.

Laura a dressé un index conquérant.

— Je vois ce que tu veux dire ! La joie et la douleur, les orages et les tempêtes !

— *Precisamente*. En bon artiste de la Renaissance, Josquin s'est évertué à humaniser la musique. Un *fortissimo* suggérait la passion, un *pianissimo* la tristesse ; une suite de notes rapides rappelait la fuite du temps, un brusque ralentissement évoquait au contraire la fatigue ; un *crescendo*, la montée de la colère ; un *diminuendo*, le désespoir. De nos jours, de tels procédés paraissent évidents, mais à l'époque c'était tout à fait révolutionnaire.

Il m'a semblé opportun de glisser une remarque intelligente.

— Bref, avec Josquin, la musique devenait un langage à part entière.

Martini s'est incliné cérémonieusement.

— Cher monsieur, je ne vous imaginais pas si perspicace.

Laura, qui commençait à me connaître, a préféré intervenir.

— Mais, dis-nous, pour mesurer la fuite du temps, il fallait faire évoluer la notation de la musique !

— C'est exact. Heureusement, Venise était la Silicon Valley du XVe siècle. La crème des savants de l'époque s'y retrouvait, et ces braves gens se sont mis en tête de tout classer et mesurer.

— En gros, la musique aussi devait être quantifiable, ai-je ajouté, histoire de ne pas m'avouer vaincu.

— Parfaitement ! Il fallait compter les temps ! On a donc créé un système d'écriture avec des barres de mesure et des valeurs relatives intangibles : une ronde vaut deux blanches, une blanche vaut deux noires, une noire vaut deux croches, et ainsi de suite. Ce type de notation s'est vite étendu à toute l'Europe. Il faut dire qu'on venait d'inventer l'équivalent de notre ordinateur…

Il nous a jeté un regard malicieux et a triomphé :

— L'imprimerie ! Ainsi, les partitions, celles de Josquin en particulier, ont pu circuler en grand nombre. Notez au passage que c'est la technique qui a permis l'évolution générale des comportements. Un peu comme le téléchargement aujourd'hui…

— En fait, si je vous suis bien, Josquin est la première vedette de l'industrie musicale… ai-je glissé, un peu railleur.

Ce qui m'a valu un coup de coude de Laura.

— Mais la gloire est éphémère… a soupiré Stefano après s'être allumé une cigarette. En 1487, un jeune compositeur a fait son apparition, du côté de Ferrare. Un drôle de paroissien, surgi de nulle part, qui semblait fuir des créanciers et menait grand train. La rumeur faisait de lui le dernier élève d'Ockeghem. Cet homme s'appelait Jacob Obrecht.

J'ai passé en revue mentalement les manuscrits de Bonsecours. Obrecht n'y figurait pas.

— De dix ans le cadet de Josquin, il était si doué que certains l'accusaient de sorcellerie : il est vrai qu'Obrecht faisait symboliquement référence à des principes et des idées, notamment kabbalistiques, qui étaient loin de plaire à tout le monde. Son amitié pour le philosophe Pic de la Mirandole n'y était sans doute pas étrangère. Il s'est amusé par exemple à composer une messe à 66 mesures – 6 étant le chiffre de l'homme, selon la Tradition.

— A priori, pas de quoi fouetter un chat…

— Peut-être mais à l'époque, on ne plaisantait pas avec les symboles. D'autant qu'Obrecht, franc buveur et volontiers paillard, n'avait que peu de choses en commun avec le respectable Josquin des Prés. Impossible de trouver un imprimeur avec une telle réputation !

— Leur rivalité devait être terrible… a frémi Laura. Comment cela s'est-il terminé ?

— Obrecht trouvera la mort en 1505, officiellement victime de la peste, sur le chemin de Ferrare, alors qu'il rejoignait la cour sur l'invitation de Josquin. Certains auteurs parlent d'empoisonnement…

— On a des preuves ?

— Aucune, mais je vous rappelle que Josquin avait vécu à Rome sous le règne des Borgia. Plus étrange encore, Josquin a quitté précipitamment la cour de Ferrare, alors qu'il y gagnait des fortunes. Cerise sur le gâteau, de retour en Flandre, ses trois condisciples de jeunesse disparaîtront l'un après l'autre à quelques semaines d'intervalle… Aucune révélation à craindre de ce côté-là…

Un lourd silence a suivi, à peine troublé par un bruit de pas derrière nous. Il ne manquait que la fin de l'histoire.

— Et Josquin, qu'est-il devenu ?

— Il est mort à quatre-vingt ans, entouré de l'affection des siens et de la considération générale. Entretemps, il avait formé un élève, Nicolas Gombert, qui allait bientôt s'imposer comme le plus grand musicien de son temps. Ne cherchez pas de morale, il n'y en a pas.

Nous sommes arrivés ponte dei Barcaroli et Martini nous a invités à le suivre.

— Montez ! Ma maison n'est pas très confortable, mais vous pourrez passer la nuit au chaud.

Nous avons gravi les escaliers. Pour nous retaper, au physique comme au moral, Martini a fait surgir une bouteille de *grappa* d'entre deux monticules de livres.

Une question me préoccupait.

— Croyez-vous qu'on puisse assassiner par orgueil ?

Martini a allumé sa vingtième cigarette de la soirée. La chevalière à l'onyx allait et venait entre sa bouche et les ténèbres.

— Orgueil ? Vous n'y êtes pas, cher monsieur. Josquin défendait le secret transmis par son maître bien-aimé, Johannes Ockeghem. Il y a fort à parier qu'il soupçonnait Obrecht d'avoir soutiré des confidences au vieux Ockeghem. J'attire votre attention sur un point : personne ne connaissait Obrecht avant son arrivée en Italie. Or, du jour au lendemain, le voilà qui réalise des prouesses. Cela ne vous rappelle rien ?

En une seconde, ma voix a perdu deux octaves.

— Rémy Bonsecours…

— Eh oui, Rémy Bonsecours… Lui aussi, mort empoisonné…

— Quand même, je ne vois pas quel secret pourrait justifier la mort de cinq hommes.

— Six, si je puis me permettre.

— Comment cela, six ?

La voix de Stefano Martini était douce et bien modulée.

— Mais… Wolfgang Amadeus Mozart, bien sûr.

25

De l'index, Martini a libéré le mécanisme du métronome et rendu sa matérialité au temps.

— Je dois à présent évoquer mon ancêtre, le padre Giovanni Battista Martini, ecclésiastique de renom et érudit internationalement respecté. Certains vont jusqu'à le considérer comme le plus grand musicologue du XVIIIe siècle. C'est sans doute un peu exagéré, mais on ne peut nier que son traité sur l'art du contrepoint a longtemps fait référence. En bon pédagogue, il savait juger les hommes et, à ses yeux, Léopold Mozart était un brave type, certes, mais qui ne mesurait pas l'étendue du génie de son fiston. A quinze ans, ce dernier n'avait plus rien à apprendre de son père… C'est pourquoi le padre Martini, à l'instar des maîtres de la Renaissance, s'est mis en devoir de lui enseigner les subtilités de l'art du contrepoint et…

— Le secret d'Ockeghem ? s'est écriée Laura au comble de l'excitation.

— Non, le padre Martini n'était pas musicien. Par contre, il connaissait parfaitement l'histoire de la musique.

Laura était appuyée à la table, le visage dans les mains.

— Un peu comme toi.

— Bien mieux que moi, Laura ! A côté de mon aïeul, je suis un amateur.

Son numéro de modestie commençait à me taper sur les nerfs. J'ai accéléré le tempo.

— Dans ce cas-là, que pouvait-il apprendre à Mozart ?

Le dandy m'a soufflé sa fumée en plein visage. J'étais prié de la mettre en sourdine.

— Il lui a enseigné les secrets de l'écriture musicale, ce qui nous ramène à Josquin des Prés.

— C'est une idée fixe !

— Cher monsieur, au risque de me répéter, cet homme a tout inventé. La musique est un langage, pour reprendre votre expression, et il a vu le parti immense qu'il pouvait en tirer. Il est le premier musicien de l'Histoire à avoir crypté sa musique, pour tourner en ridicule le cardinal Sforza, qui refusait de lui payer ses gages. A chaque demande, l'auguste ecclésiastique lui répondait *Lassa far a mi* – laissez-moi faire. Pour se venger, Josquin a composé une messe débutant par les cinq notes *la sol fa ré mi*. Je vous laisse imaginer le fou rire, en plein office !

— Le cardinal ne l'a pas renvoyé ?

— Que pouvait-il lui reprocher ? Josquin avait simplement fait son travail, en bon domestique… Mais le maître de ce procédé est sans conteste Roland de Lassus, un siècle plus tard. Dans le motet *Homo cum in honore esset*, par exemple, il a harmonisé les notes *sol ré ré mi ut* sur les mots *Nosce teipsum*.

Silence. Martini a sorti son plus large sourire.

— « Connais-toi toi-même ! » Inspire-toi de Socrate et agis comme bon te semble ! On a brûlé des gens pour moins que ça ! Combien d'évêques ou de cardinaux ont entendu cette petite ligne mélodique, *sol ré ré mi ut*, sans soupçonner l'insulte qui se cachait derrière ? Lassus était d'autant plus dangereux qu'il composait des chansons non seulement en latin mais aussi en italien ou en allemand, de façon à toucher le plus vaste auditoire possible. Cependant, là où l'histoire devient passionnante, c'est qu'il a croisé la route d'un jeune homme qui devait bouleverser l'histoire de la musique. En 1585, alors qu'il se rendait à Ferrare…

Une cloche a sonné à douze reprises et, d'un revers de main, Martini a écarté les araignées de la nostalgie.

— Mais voilà qui nous entraînerait très loin. Désolé, je dois sortir…

— Quoi ? A minuit ? s'est écriée Laura.

— Pour moi, la soirée ne fait que commencer, ma sirène… Je vous raconterai la suite demain. Rendez-vous à 19 heures sur le ponte de l'Accademia.

— Dis-nous au moins le nom de ce musicien !

Stefano Martini a désigné le fouillis environnant.

— Cela peut attendre quelques heures. Mais amuse-toi, toutes les informations sont à ta disposition.

Il avait quand même oublié l'essentiel.

— Et Mozart ? Quel souvenir a-t-il gardé de cette rencontre avec le padre Martini ?

L'homme a posé sur moi un œil appréciateur.

— Vous ne perdez pas le fil, cher monsieur… Eh bien, sans doute a-t-elle profondément modifié sa conception de la musique. Les potentialités qui se révélaient à lui étaient tout bonnement infinies, et je vous laisse imaginer les conséquences pour un génie de cette envergure…

Il a stoppé le métronome.

— Si vous avez encore un doute, repensez à *Don Giovanni*. L'hommage est transparent.

Il a refermé la porte et ses pas se sont éloignés dans la nuit, *diminuendo*.

Je me suis laissé aller contre ma chaise et me suis endormi presque aussitôt.

26

Laura ronflait doucement lorsque je me suis réveillé. A la lumière du jour, le plafond semblait posé sur les livres et les dossiers. Comme une illustration de ma vie, une gondole glissait sous les fenêtres avec indolence. Pourtant, je ne pouvais pas me laisser aller au fil de l'eau : il me fallait régler plusieurs affaires urgentes.

Je me suis mis en quête d'un bistrot. J'ai repéré l'itinéraire avec soin – pas question de passer des heures à retrouver mon chemin. Etrangement, cet univers me semblait déjà familier. Je me sentais un peu chez moi au milieu des palais, des barques et des campaniles dressés dans l'air limpide. Par-dessus tout, je profitais du calme : à Venise, le Bruit n'a pas droit de cité. Le tintamarre urbain se résume au clapotement de l'eau et aux cris des mouettes. J'ai savouré comme une aubade l'appel d'un marchand de primeurs et les exclamations de joie de deux retraités installés à une terrasse. J'en aurais presque oublié que j'étais recherché pour meurtre.

Je me suis offert un espresso avec mon dernier billet. Je contemplais le spectacle de la rue, les passants, les jeux de lumière dans les canaux. Le soleil a répandu ses reflets dans la vitrine d'une boulangerie. Instant de sérénité absolue.

La suite a été d'autant plus dure.

J'ai rassemblé ma monnaie et décroché le téléphone dans l'arrière-salle du café. Au bout de quelques secondes, la voix haut perchée de Cousin-Damier a déboulé dans le combiné.

— *Allô ?*

— Bonjour, c'est Denis Augain.

— *Mvoui, mon cher Denis... On ne vous a pas vu, hier. Je commençais à m'inquiéter. Ne me dites pas que vous êtes encore malade ?*

— Non, je suis à Venise.

— *Je vous demande pardon ?*

— Je suis à Venise.

Silence. Les hurlements de mes collègues se sont estompés : mon aimable rédacteur en chef venait de fermer sa porte. Le ton de sa voix a grimpé d'une quinte.

— *Pouvez-vous m'expliquer ce que vous faites à Venise ?*

— Eh bien… c'est pour mon papier.

— *Rassurez-moi... Je ne vous ai pas commandé un article sur le carnaval, n'est-ce pas ?*

— Je veux dire : mon papier sur Bonsecours.

— *Et alors ? Il est allé se faire enterrer à côté de Stravinsky ?*

— Non, c'est parce que…

L'inspiration m'a frappé de plein fouet.

— Je suis venu interviewer Angelina Casar.

— *La cantatrice ?*

— Oui. Elle chante demain soir à la Fenice.

— *Puis-je vous demander en quoi cet hippopotame est utile à votre enquête ?*

Elle était sûrement moins en chair que lui, mais je me suis abstenu de tout commentaire.

— Elle était très proche de Rémy Bonsecours. C'est la dernière personne à lui avoir parlé dans sa loge avant… l'accident.

— *Vous pouvez parler d'assassinat, Denis. J'ai le cœur sensible, mais tout de même…*

— Si vous le dites…

— *Que les choses soient claires : je respecte votre conscience professionnelle, mais je ne vous réclame pas l'étude exhaustive du carnet d'adresses de Rémy Bonsecours. Je veux juste un article correct et vaguement documenté comme vous en avez produit des dizaines…*

Voilà en quelle estime me tenait ce patapouf ! Je n'étais qu'un pisse-copie ! Il ne perdait rien pour attendre…

— La survie du journal est en jeu, m'avez-vous dit. Donc, je me donne au maximum, c'est logique. J'espère que *Le Monde de la musique* fera un geste…

— *De quelle nature ?*

— De nature financière, bien sûr. Le voyage m'a coûté cher.

— *Mon cher Denis, je ne vous ai pas demandé…*

— Sans compter le concert de Londres.

Nouveau silence, interminable. En fond sonore, les rugissements allaient *crescendo.*

— *Quel concert ?*

— Je vous ai parlé de cette flûtiste extraordinaire, Laura Klugh. Elle se produit demain à Londres.

— *Qu'est-ce que vous me chantez là ?*

— C'est une future star, croyez-moi… Vous ne me remercierez jamais assez de l'avoir suivie à ses débuts. Plus tard, quand on évoquera son nom, on dira : Laura Klugh, la plus belle découverte de Charles Cousin-Damier.

Mon petit couplet lui a agréablement diverti l'oreille et son souffle puissant a inondé l'écouteur.

— *Vous pensez vraiment…*

— Faites-moi confiance. Vous m'avez dit vous-même que je savais trousser de bons articles.

— *D'accord, mais de là à engager des dépenses somptuaires…*

— Deux billets d'avion de Venise à Londres, ce n'est rien pour un journal comme le vôtre !

Recueillement de cathédrale.

— *Deux billets d'avion ?*

— Bien sûr ! Un pour moi, et un pour… pour le producteur de Laura Klugh.

— *Quoi ? Je ne vois pas pourquoi nous devrions…*

— Soyons sérieux ! Vous n'espérez quand même pas obtenir ce scoop sans consentir quelques sacrifices ! C'est déjà un miracle qu'on m'ait permis de l'approcher… Ce producteur a déniché une perle rare, nous devons le traiter avec quelques égards. Il aura la mémoire longue, je vous le garantis. Il m'a déjà promis l'interview exclusive de tous ses artistes. Dans ces conditions, un simple billet d'avion…

J'ai identifié la voix tonnante de Rudy Bergkopf. La diversion était toute trouvée.

— Dites-moi, il y a de l'ambiance à la rédaction, on dirait…

Cousin-Damier a ricané.

— *Oh, ce n'est rien. Un petit différend entre Rudy Bergkopf et Jean-Jacques Vertbois.*

— Votre enquête progresse ?

— *Le dénouement est proche, en effet.*

— Vous m'en voyez ravi.

— *Bien, en ce qui concerne les billets d'avion...*

— Oui ?

— *Je vous prends deux places en classe économique. Nous ne pouvons pas nous permettre de folies.*

— Merveilleux.

— *Je vous fais aussi une réservation au Crescent, un petit hôtel situé à Cartwright Gardens, derrière le British Museum. Je vous préviens, ce n'est pas un palace.*

— Bien entendu. Soyons raisonnables. Vous verrez, les billets de train ne m'ont pas coûté trop cher non plus.

— *Les billets de train ?*

— Ben oui… Les billets pour Venise. Vous ne croyez quand même pas que je suis arrivé ici par l'opération du Saint-Esprit ?

— *Laissez le Saint-Esprit où il est, Denis. Vous êtes sûr de ne rien me cacher ?*

Soupir. Surtout, y aller au culot. La devise de Cousin-Damier : plus c'est gros, plus ça passe.

— Charles, enfin, vous me connaissez… Il n'est pas dans mes habitudes… Et puis je n'oserais jamais vous rouler dans la farine… Pas vous !

— *Le lieutenant Krawzyk est passé prendre de vos nouvelles hier. Je lui ai dit que vous étiez en reportage. J'espère que j'ai bien fait.*

Une étrange sensation de compression s'est emparée de tout mon être.

— C'est… C'est la pure vérité.

— *Il attendait votre coup de fil.*

— J'ai… J'ai oublié.

— *Il m'a laissé son numéro. Contactez-le, il a l'air de beaucoup y tenir.*

— Très bien… Je prends note.

Cousin-Damier m'a dicté un à un les dix chiffres d'un numéro que j'ai oublié dans la seconde. En arrière-plan, les hurlements dégénéraient en vociférations. Mon rédacteur en chef était rappelé à ses devoirs.

— *Bien, je suis obligé de vous laisser. Vous n'oubliez pas le bouclage, n'est-ce pas, mon cher Denis ?*

— Je ne pense qu'à ça.

J'ai raccroché. C'était passé, mais on avait frôlé l'incident diplomatique.

J'ai regagné le ponte dei Barcaroli avec un gobelet de café brûlant pour Laura. Réveillée depuis un moment déjà, elle travaillait sa flûte. La tête penchée en avant et le visage perdu dans une tourmente de mèches rousses, elle fixait la partition de Rémy Bonsecours, hypnotisée par son propre jeu, reprenant différents doigtés, variant le rythme et l'intensité. Son visage reflétait la moindre aspérité de la musique.

Elle a saisi le café sans un regard pour son dévoué serviteur.

— Tu as mis du sucre ? C'est bête, je n'en prends jamais. Bon, ce n'est pas grave, je vais le boire. Stefano n'est pas rentré cette nuit, je me demande où il a encore traîné. J'aurais aimé entendre la suite de l'histoire.

Elle a posé sa flûte sur la table et réchauffé ses mains autour du gobelet.

— En tout cas, je suis certaine d'une chose : on est sur une affaire incroyable. J'ai bien réfléchi, tout se tient : le père abbé de Saint-Wandrille, la cathédrale d'Amiens, les corporations, les maîtres de la polyphonie flamande… On dirait une suite.

— Tu crois vraiment que la mort de Rémy Bonsecours est liée à un règlement de comptes entre musiciens de la Renaissance ?

— Denis ! Ce n'est pas une question de vengeance, mais de peur.

— De peur ?

— Une mesure de précaution, si tu préfères.

— On ne tue quand même pas les gens par cachotterie…

— Il ne s'agit pas de cachotterie, mais d'un secret ! Et un secret tellement important qu'il changerait la face du monde s'il était divulgué !

J'ai levé les mains pour ramener le calme.

— Pas de conclusions hâtives. A l'époque, on s'entretuait pour des queues de cerise. Il suffisait de se réveiller catholique ou protestant pour se prendre un coup d'épée dans le ventre. Je te rappelle au passage que ton ami Stefano n'a aucune preuve de ce qu'il avance.

— Tu peux lui faire confiance, il ne parle pas dans le vide. C'est un véritable savant.

— Dans ce cas, comment se fait-il que je n'aie jamais entendu parler de lui ?

Elle a siroté son café en remettant en place quelques mèches de cheveux.

— Il n'a rien publié.

— Quoi ?

— Il a toujours étudié seul, dans cette maison. Il a écrit des dizaines d'ouvrages, mais il estime qu'il est inutile de les publier. Il est d'une grande modestie, tu sais.

Très calme, j'ai sondé son degré de cohérence.

— Tu veux dire que tu prends ce type au sérieux alors que personne n'a jamais vérifié la moindre de ses théories ?

— Bien sûr. Il suffit de l'écouter, ce « type », comme tu dis si gentiment. Moi, j'ai tout de suite été convaincue.

— Il ne te vient pas à l'idée que ce monsieur raconte peut-être n'importe quoi ? Et que c'est précisément pour cette raison qu'il s'est abstenu de rendre publiques ses élucubrations ?

Son poing s'est abattu sur la table, provoquant un mini geyser de café.

— Ses élucubrations ? Comment oses-tu parler ainsi d'un homme qui a consacré toute sa vie à la musique ?

— Tu m'excuseras, mais je m'y connais un peu, moi aussi, et…

— On voit bien que tu n'as pas travaillé avec lui ! Il connaît les partitions par cœur ! Aucune nuance ne lui échappe : il entend tout ! Comment oses-tu l'accuser d'ignorance ?

— Je ne l'ai jamais accusé…

— C'est tout comme !

— Tu avoueras qu'il serait tout de même intéressant d'avoir l'avis de spécialistes.

— Si je te comprends bien, il faut être bardé de diplômes pour avoir le droit de formuler un jugement…

— Disons que ça peut aider.

— Cela signifie donc que, si tu croisais un nouveau Mozart, tu refuserais de le prendre au sérieux sous prétexte qu'il n'a jamais franchi la porte d'un conservatoire ?

Face à une telle mauvaise foi, la raison est impuissante.

— Puisque tu veux avoir le dernier mot, je me tais. Il n'empêche que j'attends toujours des preuves.

Elle s'est levée d'un bond, a ramassé sa flûte, a rangé d'autorité la partition de Bonsecours dans son soutien-gorge, puis s'est isolée dans la chambre de Martini en faisant claquer la porte derrière elle. Bach, Haydn et Mozart ont bientôt voleté dans la pièce. Elle jouait encore mieux quand elle était en colère.

Je me suis installé dans le fauteuil du maître de céans et ai ramassé la biographie parsemée de cendres de cigarette. Claudio Monteverdi… Je l'ai ouverte au hasard, histoire de tuer le temps.

Quand l'évidence m'a sauté aux yeux.

Les chaînons s'imbriquaient les uns aux autres.

Une suite…

L'œil rivé aux plaques de rues, je me frayais un chemin dans la foule. Pas vraiment rassurée, Laura me suivait au pas de course en m'observant du coin de l'œil. Les passants s'écartaient instinctivement à notre passage, craignant sans doute d'avoir affaire à un illuminé.

— Tu peux me dire ce qui te prend ?

— Monteverdi ! C'est Monteverdi !

— Quoi, Monteverdi ?

— Le génie qu'a rencontré Roland de Lassus sur la route de Ferrare… C'est Claudio Monteverdi ! Bonsecours avait tout compris ! Et ton Stefano est un grand homme !

Laura s'est figée sur place, les poings sur les hanches.

— Peux-tu m'expliquer ce qui te passe par la tête ? Il y a deux heures, tu le traitais de charlatan, et maintenant…

Tel un prophète, j'ai brandi une main, pouce replié.

— Le chiffre 4, Laura ! Le chiffre 4 !

Elle m'a jeté un regard désemparé. D'autorité, je l'ai poussée devant moi à travers le campo San Polo, puis le long de la calle dei Saoneri et du Rio Terà. Les masques de carnaval dansaient la sarabande dans les vitrines. Des visages grimaçants ou hilares me suivaient de leurs orbites vides, les uns emplumés, les autres affublés de nez crochus. Couleurs vives, ébauches de figures humaines. Artifices.

Tout à Venise est décor et faux-semblant. Cette ville posée sur l'eau est une comédie. Un opéra.

Nous avons débouché sur le campo dei Frari. Des groupes de touristes s'étaient massés autour d'instrumentistes en train de se préparer pour un récital en plein air. J'ai effectué un décompte rapide : seize musiciens. Un quatuor par *Saison*.

— Quatre meurtres. Quatre compositeurs vénitiens. *Quatre Saisons.* Quatre objets sur le bureau de Bonsecours. Tu comprends ?

Cette fois, Laura a paru véritablement préoccupée.

— Veux-tu que j'appelle un médecin ?

— Bon sang, Laura, c'est pourtant clair ! Bonsecours avait un chiffre fétiche, le 4 ! Le secret est lié à ce chiffre !

— Parce que tu crois en l'existence de ce secret, maintenant ?

— Je crois ce que je vois, Laura. Et la preuve est devant toi !

J'ai désigné l'église de briques rouges dominant le campo.

— Santa Maria Gloriosa dei Frari. Sais-tu qui est enterré dans sa crypte ?

— Tu vas me le dire.

J'ai agité la biographie devant ses yeux. Moïse recevant les dix commandements n'aurait pas témoigné plus grande exaltation.

— Claudio Monteverdi ! Voilà pourquoi on joue les *Quatre Saisons* de Vivaldi sur cette place !

— J'ai du mal à te suivre.

— Dans sa bibliothèque, Bonsecours possédait des partitions de grands compositeurs vénitiens comme Cavalli, Scarlatti ou Vivaldi, mais le compositeur le mieux représenté était Monteverdi.

— Et ?

— Et c'est lui qui a apporté le fameux secret à Venise et l'a ensuite transmis. C'est lui, le génie ! L'homme qui a inventé l'opéra !

Je l'ai prise par la main et attirée dans l'édifice désert. J'en avais le souffle coupé : l'église Santa Maria Gloriosa dei Frari était conçue sur l'exact modèle de la cathédrale d'Amiens, de l'architecture gothique aux chapelles latérales, du mobilier sculpté à l'orgue, en passant par une multitude de statues et de monuments.

Laura était éberluée.

— Ils sont fous, ces papistes… Quel déploiement de bibelots !

— Tel était le baroque, ma chère. La grandeur de Dieu était proportionnelle à l'épaisseur du marbre sur les murs. La maison ne reculait devant aucun sacrifice pour impressionner le fidèle.

— Tu brûleras en enfer pour ce blasphème !

— Ce n'est pas un blasphème, mais un constat…

— Je te laisse le bénéfice du doute. Donc, Monteverdi a tenu à être enterré au milieu de tout ce tralala ? Pas très modeste, le bonhomme…

— Baisse d'un ton, Laura, s'il te plaît. Au contraire, Monteverdi était un homme d'une grande humilité. Il faut resituer les choses dans leur contexte. Au départ, Monteverdi est compositeur de madrigaux. Peu après sa rencontre avec Lassus, il devient la référence en la matière. Pourtant, ses œuvres ne trouvent pas vraiment grâce à ses yeux. Les quatre voix qui les composent étant chantées simultanément, il était difficile d'en percevoir le sens. Monteverdi a donc décidé de bouleverser les règles du genre et, par là même, toute la pratique musicale.

— Sois plus précis, s'il te plaît…

— Eh bien, en digne héritier de la Renaissance, il va s'affranchir de son seigneur et partager son savoir avec le plus grand nombre. Lassus écrivait déjà en plusieurs langues, souviens-toi.

— Et concrètement ?

J'observais le pavement de la nef en dévidant mon savoir tout neuf.

— Il s'est efforcé de mettre davantage le texte en valeur, pour exprimer ses pensées, ses passions, ses sentiments, bref sa vision de la vie. Avec Monteverdi, l'artiste cesse d'être un simple domestique. Il devient créateur !

— D'accord, mais sur un plan musical ?

— C'est relativement simple. Plutôt que de faire chanter quatre voix simultanément, il les fait porter par des comédiens chantant à tour de rôle et accompagnés d'un orchestre. Cela s'appelle l'opéra, et c'est révolutionnaire !

— Je vois... Un soliste renvoie l'image d'un homme pensant par lui-même, et non plus en fonction d'un groupe.

— Exactement ! Mais il y a une autre chose : avec l'opéra, la musique instrumentale amorce son émancipation. La voix occupe toujours le devant de la scène, mais l'orchestre devient à son tour un acteur à part entière. Josquin l'avait compris avant tout le monde, Laura : la musique est un langage. Monteverdi s'est efforcé de prolonger cette réflexion sur un plan technique. Ainsi, c'est le premier musicien de l'Histoire à préciser les instruments avec lesquels on doit exécuter ses pièces.

— Incroyable...

— C'était une vraie révolution dans une époque qui considérait que seule la voix humaine était pure – on allait jusqu'à comparer le chant à l'expression du souffle divin ! Les instruments, en revanche, étaient suspects, dans la mesure où ils étaient de conception humaine…

Nous nous sommes arrêtés devant un petit buste de bois représentant un homme émacié et barbu, au regard inquiétant. Au sol, une plaque de marbre gravée en latin indiquait l'entrée d'une crypte.

— Voilà, ai-je soufflé à mi-voix. Il est enterré ici, dans la chapelle des Milanais… Cela n'aurait jamais dû arriver…

— Ne me dis pas que l'invention de la musique baroque est un péché mortel !

— Cela n'a rien à voir avec la musique. Monteverdi s'est adonné pendant de nombreuses années à une activité interdite. Une passion qui sentait le soufre, dans tous les sens du terme.

— L'alchimie ? Denis, tu te mets à voir de la magie partout…

— Peut-être, mais il n'en reste pas moins que la façon dont il considérait l'orchestre et l'extase dans laquelle il plongeait les fidèles ont inquiété l'Eglise. On est allé jusqu'à le suspecter de commerce avec le diable… Tu vas comprendre où je veux en venir, j'ai une devinette pour toi. Si je te dis : une sépulture, quatre voix et un orchestre ?

— Le *Requiem* ! s'est exclamée Laura en claquant des doigts.

— Exact ! Avec le *Requiem*, Mozart revenait au fondement même de son enseignement. C'est dire si la rencontre avec le padre Martini a été primordiale…

Je l'ai entraînée vers la sortie en tentant de maîtriser mon excitation.

— Stefano disait vrai, ça crève les yeux. C'est à

Giovanni Martini que Mozart rend hommage dans son opéra vénitien, *Don Giovanni*. On a longtemps pensé que le personnage du Commandeur, qui revient d'entre les morts pour punir Don Juan, symbolisait Léopold, son père. En réalité, il s'agit de l'homme qui lui a révélé les pages les plus sombres de l'histoire de la musique. Mais la mort obsédait Mozart, il voulait aller plus loin. Voilà pourquoi il a composé le *Requiem*... Une œuvre capitale pour lui, mais aussi pour Bonsecours...

Laura a posé un doigt sur ses lèvres.

— Une minute, Sherlock Holmes. Puisque tu te mets à voir des symboles partout, pourquoi Bonsecours a-t-il interprété le *Concerto n° 20* lors de son retour sur scène ?

Mon petit château de cartes s'est mis à vaciller, mais j'ai tout de même avancé une hypothèse.

— Le symbole, c'est la forme même du concerto ! Question de logique, encore une fois : puisque l'orchestre prenait une place de plus en plus importante dans la création musicale, pourquoi ne pas se passer de chanteur et le remplacer par un instrument soliste ? Encore fallait-il un virtuose exceptionnel... Et, comme par hasard, cette perle rare est née à Venise...

Nous avons rejoint le petit attroupement des touristes sur la place. Tournant le dos au canal, le premier quatuor, composé d'adolescents, avait fini de s'accorder. Sur un simple signe de tête, ils ont entamé le premier mouvement, le *Printemps*, avec une précision infaillible. Soutenue par une solide section de basse, la violoniste enchaînait les doubles croches sans effort, tandis que ses camarades suivaient gravement la partition, ponctuant chaque cadence du coup d'archet nécessaire. Le *legato* était parfois un peu raide, mais ils ont bouclé la pièce sans faute de goût, en rougissant sous les applaudissements.

L'orchestre posté au sud de la place a aussitôt attaqué l'*Eté*. Le quatuor, composé de musiciens dans la force de l'âge, formait un ensemble compact, soudé et bien en place. Pourtant, la lutte des egos était impitoyable, chacun en rajoutant dans les trilles et les *forte*.

Mais ce n'était rien, en comparaison de la tempête qui nous attendait à l'ouest, à l'ombre de l'église. Là, l'*Automne* a fait rage. Des quinquagénaires fiers et bedonnants heurtaient les phrases, se répondant l'un l'autre avec âpreté. La contrebasse zébrait l'air de coups d'archet définitifs, auxquels répondait un violon désolé. L'alto, en s'immisçant entre eux, suscitait la tension, provoquait le malaise. La musique vivait néanmoins, inquiète, tumultueuse, dévorante.

On était presque soulagé de passer au quatuor de l'*Hiver*. Très droit sur le parvis de San Maria dei Frari, un vieux monsieur en gilet a entamé le *largo* avec mesure et distinction. Ses trois compagnons suivaient respectueusement son impeccable vibrato. Douceur et bonté se dégageaient de leur ensemble. En dépit de quelques hésitations, l'interprétation était sereine, comme abandonnée. Le cycle pouvait reprendre, et on quittait le concert apaisé.

Presque ivres d'harmonie, nous avons marché en silence jusqu'au pont du Rialto et nous nous sommes accoudés au parapet pour observer le va-et-vient des barques et des passants. Tout à coup, j'ai surpris un homme qui m'observait depuis un balcon donnant sur le Grand Canal. En pourpoint bleu nuit et coiffé d'un tricorne, il me regardait fixement de ses petits yeux vifs, un sourire moqueur sur les lèvres. Soudain, il a soulevé son chapeau pour me saluer avec emphase, dévoilant une abondante chevelure rousse, puis a regagné la maison en ricanant.

Laura a posé la main sur mon épaule.

— Que se passe-t-il ? Tu es tout pâle. On dirait que tu viens de voir un fantôme.

— Oui, je... j'ai cru voir Vivaldi, là-bas, sur ce balcon.

Laura m'a souri tendrement.

— Mon Denis, ce n'est pas grave, va. Tu as besoin de repos. Raconte-moi plutôt ce qui t'a conduit jusqu'aux *Quatre Saisons*.

J'ai pris une profonde inspiration.

— Dans la bibliothèque de Bonsecours, parmi les partitions, j'ai trouvé un roman, *Concert baroque*, d'Alejo Carpentier. L'auteur imagine la rencontre de Vivaldi, de Scarlatti et de Haendel pendant le carnaval de Venise. Bonsecours aimait Vivaldi au point d'acquérir la partition originale des *Quatre Saisons*.

— Voilà pourquoi il venait les écouter sur le campo dei Frari...

— Sans doute... Pourtant, je pense qu'il y a une autre raison, plus fondamentale : en faisant jouer ses *Quatre Saisons* devant l'église où était enterré son maître, Vivaldi payait son tribut à Monteverdi et à ses successeurs.

J'ai ouvert la biographie de Monteverdi et parcouru les notes griffonnées sur la page de garde.

— A Venise, Monteverdi a eu pour élève un certain Francisco Cavalli, qui lui a succédé au poste d'organiste à la basilique Saint-Marc puis, après sa mort, au poste de maître de chapelle des Doges. Considéré comme le plus grand auteur d'opéra de son temps, Cavalli s'est installé à deux pas de Santa Maria dei Frari. A la toute fin de sa vie, il a fait la connaissance d'un jeune musicien d'origine napolitaine, Alessandro Scarlatti, le compositeur le plus prolifique de l'art lyrique : plus de cent opéras, sept cents cantates, trente-quatre oratorios…

— A se demander s'il a eu le temps de voir sa femme.

— …et dix enfants, dont Domenico, qui deviendra le meilleur ami de Vivaldi.

— Quelle productivité !

— Et encore, ce n'est rien à côté de Vivaldi : on a arrêté le décompte à quatre cent soixante-dix-huit concertos et quatre-vingt-quatorze opéras.

Laura a écarquillé les yeux.

— Il s'arrêtait de temps en temps pour casser la croûte ?

— Justement, s'il voulait la gagner, sa croûte, il avait intérêt à produire. En ce temps-là, on écrivait un opéra en une semaine, on le répétait en trois jours et quand on dépassait les dix représentations, on criait au miracle.

— Un miracle ? Rien de plus normal pour un papiste. Vivaldi était bien prêtre, non ?

— Oui, mais il lui était interdit de dire l'office. Une sombre histoire de maladie respiratoire…

— Terme élégant pour parler de chaude-pisse.

— C'est vrai qu'il avait une drôle de réputation. Tu sais comment on le surnommait ?

— Aucune idée.

— « Le prêtre roux ».

Elle a poussé un soupir de soulagement.

— Heureusement que ce n'est plus infamant aujourd'hui ! Je passerais ma vie à me teindre les cheveux !

— On a préféré l'éloigner de ses paroissiennes et il a été nommé professeur de violon dans un institut de jeunes filles.

— Je parie qu'il leur a enseigné les mille et une façons de tenir l'archet.

— Là, tu accuses sans preuve. Par la suite, il s'est calmé et s'est contenté de vivre avec sa cantatrice préférée, Anna Giró. L'Inquisition a un peu tiqué, mais les temps avaient changé.

— Le pape s'était mis au bel canto ?

— Pas du tout. Les gens réclamaient des opéras, et il fallait faire tourner la machine. La musique était devenue un vrai business : grâce à Monteverdi, les compositeurs n'avaient plus besoin de se lier à un seigneur ou à une paroisse.

— Hollywood, quoi…

— En effet. Les propriétaires de théâtres jouaient aux producteurs, les compositeurs faisaient office de réalisateurs, les librettistes pondaient du scénario au kilomètre et les décorateurs assuraient les effets spéciaux.

— Et les stars ?

— Les chanteurs, bien sûr…

J'ai jeté un coup d'œil à ma montre.

— … et d'ailleurs, nous avons rendez-vous avec l'une de ces stars.

27

Le nom du *Monde de la musique* ouvrait bien des portes, dont celles de la Fenice – mais pas celle d'Angelina Casar, qui refusait d'envisager jusqu'à l'éventualité de mon existence. Voilà ce que venait de m'annoncer son attaché de presse, un grand type frisé aux yeux hébétés – il s'était manifestement pris le savon de sa vie. Je me suis permis d'insister, mais il a invoqué divers saints dissimulés dans les moulures du plafond. J'avais compris. Mieux valait renoncer.

Laura et moi nous dirigions vers la sortie lorsqu'une voix d'homme nous a fait sursauter.

— Denis ! Mais tu es partout ! Tu viens chroniquer le spectacle ? C'est merveilleux !

Je me suis raidi, prêt à encaisser un coup foireux – notre dernière entrevue à Garnier s'était soldée par un KO technique… Pourtant, Hubert Millet s'avançait vers nous avec un grand sourire.

Nous avons échangé une solide poignée de main.

— Lorsque le directeur de la Fenice m'a proposé, l'année dernière, de diriger *La Flûte enchantée*, j'ai aussitôt accepté. J'en rêvais depuis si longtemps !

Aucune trace de mauvaise humeur. Je me suis senti de taille à mettre les pieds dans le plat.

— Et le spectacle, à Garnier ?

— Oh, ça s'est arrangé.

Il regardait Laura avec insistance.

— Pardonnez-moi, je ne vous ai pas présentés. Hubert, je vous présente Laura Klugh. Laura, voici Hubert Millet.

— Laura Klugh… Je crois avoir déjà entendu parler de vous… Vous étiez bien l'élève de mon ami Günter Beist, à Bonn ?

— Absolument, a répondu Laura, mystifiée.

— La musique est une grande famille… Günter ne tarissait pas d'éloges à votre sujet ! Que diriez-vous de travailler le *Concerto pastoral* de Rodrigo avec mon orchestre du Mozarteum ? Nous pourrions faire du très bon travail ensemble, j'en suis certain.

— Ce serait fantastique !

— Parfait ! Laissez vos coordonnées au régisseur, je vous appelle dans les jours qui viennent.

Laura en restait sans voix. Ce n'est pas tous les jours qu'un chef de cette envergure vous caresse dans le sens du poil !

— Au fait, avez-vous vos places pour demain ? a-t-il demandé en se tournant vers moi.

— C'est très gentil, mais nous partons demain matin pour Londres…

— Quel dommage… Je me faisais une joie de jouer pour vous. Ce spectacle va faire date. J'ai réuni un plateau exceptionnel. Les meilleurs chanteurs du moment !

J'ai saisi la perche avec l'élégance d'un éléphant.

— A ce sujet, j'espérais interviewer Angelina Casar…

— Angelina ! Notre Reine de la Nuit ! Elle est éblouissante…

— Je n'en doute pas, mais elle a refusé de me recevoir.

— C'est étonnant. Elle est si douce, si accueillante…

— Elle n'est peut-être pas dans un bon jour…

— Allons, je vais voir ce que je peux faire. Attendez-moi quelques minutes.

Et il a disparu dans les couloirs. J'ai posé sur Laura un regard de conquistador : je venais de lui en mettre plein la vue. De fait, elle semblait voler sur un petit nuage, mais l'offre de Millet devait y être pour beaucoup…

Nous en avons profité pour jeter un œil dans la salle. Reconstruite à l'identique après le grand incendie de 1996, elle flamboyait sous l'éclat de dizaines de lustres en sucre glace, débordant de meringues dorées et de nappes de velours grenat. Dans un tel décor, la musique était condamnée au sublime ou au grotesque. La Fenice était d'ailleurs réputée pour son public de connaisseurs : un triomphe, c'étaient dix ans de travail assuré ; un bide, il ne vous restait plus qu'à vocaliser à l'ANPE…

L'orchestre répétait sous les ordres d'un jeune homme à la tignasse ébouriffée. Les musiciens n'avaient pas entamé la quatrième mesure qu'il tapotait son pupitre d'une baguette hargneuse.

— *Too quick ! You don't have to play sostenuto !*

Ils ont repris. Nouveaux coups de baguette, *forte*.

— *No ! Legato, the violins ! You don't understand what I mean ? Legato !*

Les visages étaient tirés, les sourcils froncés. L'orchestre a recommencé. L'ouverture de la *Flûte* semblait se développer comme à regret. Les violonistes promenaient leur archet sur leurs cordes, mais leur esprit voguait très loin. Le maestro a frappé son pupitre d'un poing rageur.

— *I hate you ! You destroy my dreams !*

Le jeune chef n'avait pas la moindre chance de s'imposer… Il leur arracherait peut-être la partition au forceps, mais jamais il n'aurait leur âme.

Mes yeux se sont attardés sur le décor en stuc. Sous une voûte couverte d'étoiles se dressait le fronton d'un temple orné d'un triangle, posé sur deux colonnes. Cela m'a fait penser à Isabelle, docteur ès astrologie de la rédaction. Qu'avait-elle dit de Mozart, déjà ? « *La Mort l'a accompagné chaque jour de sa vie, dans la maison du succès comme dans celle de la maladie.* »

— Elle est d'accord !

Laura et moi avons bondi sur nos sièges. Hubert Millet avait surgi derrière nous, ravi de sa bonne blague.

— Son attaché de presse va vous conduire dans sa loge. Non, ne bougez pas, je reprends la répétition. Je fais toujours de mon mieux pour ne pas décevoir mes amis !

Il a hoché la tête, navré par le spectacle qui se déroulait dans la fosse. Le jeune homme adressait une dernière admonestation à ses adversaires, retranchés dans un silence buté, avant de remettre la baguette au maître. Ils ont échangé quelques mots à voix basse, Millet scandant ses paroles de gestes définitifs.

Puis l'assistant est allé s'asseoir dans la salle. Igor Malekine ! Il nous a dévisagés un moment avant de se caler dans son siège, le sourire aux lèvres. J'avais moyennement apprécié le regard que Laura lui avait lancé. Malekine m'a nargué en silence, mais je n'ai pas baissé les yeux. Virtuose ou pas, ce bellâtre n'avait pas intérêt à s'approcher de la belle.

Hubert Millet a tapoté le pupitre de sa baguette. Après quelques brèves instructions, il a levé les bras et les violonistes, en bons soldats, ont porté leur instrument à l'épaule. Un silence a suffi : la connexion était établie. D'un geste précis, il a tiré sur un fil invisible, et les voiles de la musique se sont lentement déployés. Sans cesser un instant de battre la mesure, Millet commandait à ses musiciens d'une voix claire, désignait un alto, encourageait une clarinette, avertissait les timbales d'un simple échange de regards.

— *Violins, a little faster... Very good... Pianissimo, the clarinets... More legato... Not too loud... Espressivo, the cellos... Tenderly... And now ostinato... Like drops of rain...*

Le thème d'ouverture a bondi, cordes et bois se faufilant dans la partition, bientôt rejoints par les vents... J'ai reconnu, de façon fugace, les quatre voix du motet *Illibata Dei Virgo* de Josquin, s'entrelaçant et se répondant en contrepoint. Les leçons du padre Martini avaient porté leurs fruits : Wolfgang se jouait de l'orchestration avec une facilité déconcertante. Par quel sortilège aboutissait-on à une telle évidence ? Cette question, des millions d'hommes et de femmes se l'étaient posée, sans jamais trouver d'autre réponse qu'un silence admiratif. Il fallait être un pauvre fou pour prétendre découvrir la clé du mystère… et telle était pourtant mon ambition.

Les doigts pianotant sur les accoudoirs de mon fauteuil, je m'emplissais du tournoiement de l'orchestre, à l'affût d'une illumination, mais Mozart est resté là-haut, inaccessible et léger. Laura souriait, abandonnée, les yeux mi-clos. La meilleure manière d'aimer la musique est encore de n'en rien espérer…

Une main s'est posée sur mon épaule : l'attaché de presse me fixait d'un air craintif, comme si nous avions le pouvoir de commander aux éléments déchaînés.

— Angelina Casar vous attend.

Nous l'avons suivi dans les couloirs, jusqu'à ce qu'il nous désigne une porte et déguerpisse sans demander son reste.

Vêtue d'une ample robe noire dissimulant à grand-peine son imposant tour de taille, Angelina Casar se dirigeait vers nous à petits pas pressés, les mains tendues et les yeux humides de reconnaissance. Un sourire énamouré lui mangeait la moitié inférieure de la figure.

— Cher Denis… Quel plaisir de faire votre connaissance !

Cher Denis ? J'ai eu droit à un regard assassin de Laura : attention, chien méchant. Sans crier gare, la diva s'est emparée de mes poignets.

— Je suis siiii heureuse que *Le Monde de la musique* s'intéresse à ce spectacle… a-t-elle minaudé d'une voix onctueuse gorgée de roucoulements hispaniques. C'est un tel honneur… et j'ai teeeellement peur de ne pas être à la hauteur !

— Je ne doute pas que…

— La Reine de la Nuit est le plus beau rôle dont une soprano puisse rêver. J'étais coooomplètement stupéfaite qu'on ait pensé à moi… Hubert Millet m'a fait un cadeau meeeerveilleux…

— Laissez-moi vous présenter Lau…

La Casar a tendu une main distraite à ma compagne sans me quitter un instant des yeux.

— Venez donc dans mon petit nid, nous y serons plus à l'aise…

Elle m'a pris par le bras et nous a conduits dans sa loge. Les murs étaient couverts de photos de la star souriant à l'objectif d'un air mutin ou implorant un partenaire sur une scène de New York ou de Tokyo ; télégrammes et messages d'admirateurs décrivaient une auréole lumineuse au-dessus de la coiffeuse. Dans un coin, agrippé à une table, un gros type en collant vert et capuche se livrait à une partie de bras de fer avec un autre balèze en tee-shirt. Angelina a claqué des doigts.

— Armando, arrête de jouer avec le remplaçant. Le journaliste est là.

Le type en collant s'est levé, un peu gêné, et a salué d'un hochement de tête. Amant en titre de la Casar, Armando Masetti avait hérité d'un rôle dans le spectacle mais, soucieuse de conserver la primauté sur scène comme dans son couple, la diva avait pris soin de le reléguer au rang du brave Papageno dont il possédait, il fallait l'admettre, le physique débonnaire et la trogne pas vraiment finaude. Comme un enfant pris en faute, le ténor remplaçant tortillait son tee-shirt. La cantatrice régentait son personnel d'une main de fer.

Elle m'a proposé une chaise et a pris place dans son fauteuil. Laura s'est adossée au mur en boudant ostensiblement. Sans coup férir, Angelina Casar a relevé ses jupes, croisé ses jambes massives dans une tentative délibérée de séduction et attaqué sa sérénade.

— Les lecteurs du *Monde de la musique* se souviennent peut-être de moi, puisque vous m'avez consacré un très beau portrait il y a un an ou deux, mais ils ne peuvent soupçonner combien je suis eeeenchantée de retrouver la Fenice, et pour un opéra de Mozart, en plus, c'est une chance eeeextraordinaire. La mise en scène est aaaabsolument reeeemarquable, et l'orchestre, au-dessus de tout éloge. Quel honneuuuur d'être dirigée par un chef comme Hubert ! Sa baguette est d'une élégance, d'un racé, d'une finesse… Il est né pour diriger Mozart…

Elle a poursuivi son argumentaire quelques minutes encore tout en cherchant des yeux mon dictaphone.

J'attendais tranquillement la fin de son numéro.

— Dans l'acte deux, il y a une scène très belle, très connue aussi, avec des vocalises extraordinaires… Vous savez, quand la reine de la Nuit ordonne à Pamina d'assassiner Sarastro… A mon avis, c'est l'air le plus célèbre de toute l'histoire de l'opéra, Mozart s'est littéralement suuuurpassé. Il est très, très, très difficile à chanter, mais quelle faaaabuleuse récompense pour une modeste soprano telle que moi…

Elle n'a pas résisté au plaisir de nous l'interpréter au débotté et sa voix de cristal a déroulé les notes que le génial Wolfgang avait posées sur la portée comme on lance des dés magiques. La diva roulait de grands yeux, ravie. Au garde-à-vous, Armando Masetti et son collègue écoutaient, recueillis. Même Laura, qui suivait notre entretien avec un agacement manifeste, était tombée sous le charme.

— Enfin, vous connaissez cet air mieux que moi… a lancé la Casar en faisant mine de s'excuser. Parfois, sous ma douche…

Et elle a repris sa logorrhée. J'attendais le moment propice. Il s'est présenté presque aussitôt.

— Il y a une semaine, j'étais de passage à Paris – j'adoooore Paris, cela vous pouvez le dire à vos lecteurs, je ne peux pas passer un mois sans faire un saut dans les boutiques de Saint-Germain-des-Prés –, et je pensais…

— Vous y étiez pour l'hommage à Rémy Bonsecours.

Elle a marqué un temps et porté les mains à sa poitrine, les yeux noyés de chagrin.

— Oui. Quelle tragédie… Pauvre Rémy…

Mais s'est arrêtée tout net, interloquée.

— Comment le savez-vous ?

— J'y étais.

— Je ne comprends pas. Rémy Bonsecours avait interdit à la presse…

— J'ai également assisté à son dernier concert. Jérôme Clerc m'avait envoyé une invitation.

Demi-soupir. Voix fielleuse.

— Jérôme Clerc ?

— Lui-même.

Fini, l'affliction. Ses yeux lançaient maintenant des

éclairs et j'ai eu devant moi la Callas aux prises avec une rage de dents.

— Ça ne m'étonne pas ! Il est toujours délicat de parler des disparus, mais je ne verserai pas une larme sur le sort de ce monsieur. C'était une vipère, voilà mon opinion ! a-t-elle craché, tout en se signant pour se faire pardonner ce petit manquement à la miséricorde.

— Une vipère ? Vous y allez un peu fort…

— Pas du tout ! Cet homme n'avait qu'un but, mettre la main sur la fortune de Rémy Bonsecours. Rien d'autre ne comptait pour lui, et Dieu sait s'il a été patient ! Il a attendu des années, enroulé sur lui-même, comme un serpent !

Elle a joint le geste à la parole et imprimé à son buste un léger mouvement circulaire, les yeux rétrécis et la langue sifflante. Masetti et son compère se délectaient de cette superbe démonstration mais un simple regard de la Casar leur a fait ravaler leur sourire.

— C'est à cause de lui que Rémy a cessé de se produire en public et s'est coupé du monde ! Jérôme Clerc était un intrigant !

— Vous insinuez…

— ... qu'il l'a empoisonné ? Je ne l'affirme pas. Mais on m'a rapporté qu'un jour il avait repris, de la main d'une mendiante, la pièce que ce pauvre Rémy y avait déposée en prétextant, comble d'avarice, que la charité incite à la paresse. Imaginez-vous une chose pareille ? Tout ça pour ne pas perdre un centime de son futur magot !

Elle ouvrait de grands yeux outrés. L'altruisme de Bonsecours me semblait néanmoins sujet à caution.

— Enfin… Je ne suis pas du genre à dire du mal

des morts, mais il l'a bien cherché. Ce n'était pas un suicide, vous le saviez ?

Retour à la réalité.

— En êtes-vous sûre ? ai-je demandé, en mimant le plus parfait étonnement.

— Tout à fait. Les enquêteurs ont relevé des empreintes suspectes dans la pièce où son corps a été retrouvé. Ils sont même sur une piste.

Ma cage thoracique a subi un rétrécissement foudroyant, et je me suis concentré sur le menton de mon interlocutrice en veine de confidences.

— Il n'est pas dans mes habitudes de médire, croyez-le bien, mais le dévouement de Jérôme Clerc avait quelque chose de malsain. Si vous saviez la vie qu'il m'a menée, salle Pleyel ! Je voulais simplement saluer Rémy, et ce sagouin refusait de me laisser entrer ! Moi ! Une amie de vingt ans ! Mais qui était-il, cet inverti, pour me parler de la sorte ?

La Reine de la Nuit nous était apparue : mâchoires serrées, yeux venimeux, lèvres rouge sang et crinière sombre. Foudre glaciale.

— De toute façon, où qu'il soit aujourd'hui, il n'aura plus jamais le dernier mot. Poussière il était, poussière il restera.

Voilà pour l'oraison funèbre.

— Je préfère me souvenir de Rémy Bonsecours, a-t-elle poursuivi d'un ton plus langoureux. C'était un être exquis et teeeellement sensible… Sans parler du virtuose : sous ses doigts, Mozart revenait à la vie. A chacun de ses concerts, je finissais en larmes. C'était proooodigieux.

— Comment avez-vous fait sa connaissance ?

— Par des amis communs. Je n'étais qu'une débutante, à l'époque. J'avais un trac épouvantable lors de notre première rencontre. Il était teeeellement beau… Ses yeux bleus étaient si pénétrants que j'ai failli m'évanouir… Nous avons à peine échangé trois mots, mais je m'en souviens comme si c'était hier… C'était à Barcelone… Ou Milan, je ne sais plus… En revanche, je me rappelle parfaitement le choc provoqué par son retrait de la scène. Le monde était frappé de stupeur ! Je me suis précipitée chez lui – je faisais partie des très rares personnes admises dans son intimité –, et lui ai dit : « Maître, vous ne pouvez pas nous faire ça ! La planète entière attend votre retour ! » Il m'a répondu : « Ma petite Angelina, la planète s'en remettra, ne vous inquiétez pas. » Il était teeeellement modeste, vous n'avez pas idée… Et teeeellement séduisant. Je n'ai jamais compris son penchant pour les hommes…

— Vous lui rendiez souvent visite ?

— De moins en moins, hélas… La vie de star n'est pas de tout repos… De son côté, il ne sortait presque plus de chez lui, sauf pour de grands voyages… Je lui envoyais une invitation chaque fois que je passais à Garnier, à Bastille ou aux Champs-Elysées. Il n'est jamais venu. Jamais.

L'amertume a creusé ses traits.

— J'ai chanté la *Tosca*, *L'Enlèvement au sérail*, *Agrippina*, la *Norma*… Il y avait toujours une place réservée pour lui au premier rang. Chaque soir, en montant sur scène, j'espérais l'apercevoir. Mais il ne s'est jamais dérangé… Vous m'entendez ? Jamais… De toute façon, il ne s'intéressait qu'à sa petite vie. Vous croyez qu'il m'a aidée, à mes débuts ? Qu'il a parlé de moi à un chef ou à un impresario ? Ou recommandée à un directeur de festival ? Jamais ! Les autres n'ont jamais compté pour lui, pas même cette petite peste de Jérôme Clerc. Rémy Bonsecours s'est servi de ce minus, comme de tout le monde, en définitive.

On a frappé à la porte. Angelina Casar a bondi de son siège, *furioso*.

— Qu'est-ce que c'est ?

Une voix, *pianissimo*.

— Le chef d'orchestre demande si vous êtes prête, madame.

— J'arrive !

— Si vous pouviez venir maintenant, ce serait parfait.

— Je vous dis que j'arrive ! Il n'y a pas le feu !

Elle a pris une profonde inspiration et remis de l'ordre dans sa chevelure.

— On ne peut jamais être tranquille… Bref, ma présence à la Sainte Chapelle allait de soi.

— Pourquoi ne pas avoir chanté du Mozart ?

Pour la première fois, elle a semblé prise au dépourvu.

— Mais… parce qu'il m'avait réclamé « *Pensieri, voi mi tormentate* », un air de Haendel qu'il affectionnait tout particulièrement, tiré du deuxième acte d'*Agrippina*.

— Il vous l'avait demandé ?

— Absolument, lors de notre dernière entrevue, trois mois avant sa mort. J'entends encore sa voix : « Si je venais à disparaître, ma petite Angelina, j'aimerais que vous chantiez cet air pour moi. » J'ai pensé qu'il plaisantait, qu'il cherchait à être rassuré… Il évoquait souvent l'idée de la mort, et j'ai préféré détourner la conversation. Mon Dieu, quel horrible souvenir…

Ses larmes étaient sincères, à présent. Un mouchoir aimablement présenté par Armando Masetti a épongé l'averse.

— Je ne sais pas pourquoi il aimait tant cet air. Je l'ai chanté il y a quinze ans, salle Garnier… Un de mes plus grands triomphes… *Le Monde de la musique* avait d'ailleurs fait un compte rendu très élogieux de la soirée. Enfin, c'est du passé…

La voix de Laura nous a fait sursauter.

— Mais pourquoi cet air-là précisément ?

— Vous êtes sourde, mademoiselle ? a lancé la diva, redevenue soudain combative. Je vous ai dit que je l'ignorais. Je ne soupçonnais même pas son goût pour la musique baroque. Pour moi, Rémy Bonsecours, c'était Mozart et rien d'autre.

Des coups furtifs ont résonné à la porte. La voix était presque inaudible.

— Hubert Millet demande…

La réponse a fusé, *fortissimo*.

— C'est bon, j'arrive ! Vous finirez par avoir ma peau, tous ! Bande de vautours !

Angelina Casar a retroussé les pans de sa robe et s'est levée d'un bloc. Sur un claquement de doigts, Masetti et son compère ont été priés de suivre le mouvement. Sans accorder l'aumône d'un regard à Laura, elle a quitté la loge à grands pas, nous aspirant dans son sillage. Comme par magie, le vide se faisait devant notre petit groupe, des ombres apeurées disparaissant en direction des coulisses.

La cantatrice s'est tournée vers moi.

— Au fait, votre interview, vous me la ferez relire avant publication, n'est-ce pas ?

— Euh… Oui, bien sûr…

— Je préfère savoir ce qu'on écrit sur moi. Il y a tant de ragots stupides dans la presse ! L'autre jour encore, on me prêtait une aventure avec Henri Poinçonné. Vous imaginez ça ? Cet homme des cavernes ! Tout simplement parce que, le soir du concert de Rémy, on nous a vus emprunter presque au même moment l'entrée des artistes à Pleyel.

— Il était présent, lui aussi ? me suis-je hypocritement enquis.

— Absolument. J'ignore ce qu'il fabriquait là-bas et je m'en contrefiche ! Pour rien au monde je ne souhaiterais passer une soirée en sa compagnie. Un vrai primate !

Elle a haussé les sourcils et pointé un ongle carmin et dûment affûté en direction d'Igor Malekine.

— Avec lui, en revanche, je ferais volontiers un peu de musique de chambre. Joli garçon, n'est-ce pas ? C'est le protégé d'Hubert. On peut dire qu'il l'a propulsé sur le devant de la scène.

— Vous croyez que Millet et lui…

— Bien sûr que non ! Hubert est marié et le plus fidèle des époux. Quant à Malekine, c'est un vrai tombeur. Anna Netrebko l'a surnommé « l'Orgue de Staline », si vous voyez ce que je veux dire… Enfin, cette mijaurée ne peut jamais s'empêcher de faire son intéressante… Comme si Igor Malekine avait besoin d'elle pour asseoir sa réputation de Don Juan ! Le monde est tout de même petit…

— Je vous demande pardon ?

— Lui aussi, il traînait dans les coulisses, ce fameux soir. Je parie qu'il espérait accéder aux loges, mais n'est pas Angelina Casar qui veut ! S'il me l'avait demandé gentiment, j'aurais peut-être intercédé en sa faveur… Il s'est montré bien timide…

Laura a hasardé une remarque où grenouillait une flopée de sous-entendus.

— Vous êtes une privilégiée.

Angelina Casar l'a foudroyée du regard.

— Savez-vous à qui vous vous adressez, mademoiselle ? A la plus grande soprano depuis la Malibran ! Il ne s'agit pas de privilège mais de talent ! Evidemment, quand on vous regarde, on se doute que ce genre de préoccupations ne vous concerne pas…

Puis elle a tourné les talons et s'est avancée à grands pas sur la scène.

— Je suis là ! Nous pouvons commencer.

Il était temps de décamper. Nous avons filé par l'entrée des artistes.

Dans les toilettes, Armando Masetti répétait ses airs entre deux tirs de chasse.

28

Nous remontions un canal censé, d'après Laura, nous mener au ponte de l'Accademia. Elle jubilait. J'étais loin de partager son enthousiasme.

— Tu es complètement folle, ma parole ! Sais-tu à qui tu avais affaire ?

— Oui, à une grande chanteuse. Ou, plutôt, à une grande maître chanteuse…

— Comment peux-tu affirmer une chose pareille ?

— C'est elle.

— Pardon ?

— C'est elle qui a empoisonné Rémy Bonsecours. J'en suis sûre.

— Tu dis n'importe quoi.

— Fais-moi confiance.

Je l'ai obligée à me faire face en la prenant par l'épaule.

— Pourquoi une femme tuerait-t-elle un homme qu'elle admire ? Ça n'a aucun sens !

— Ce n'était pas de l'admiration, nigaud : c'était de l'amour ! De l'amour fou ! Et comme cet amour était voué à n'être jamais réciproque, elle a préféré l'assassiner.

— Tu te sens bien ?

— Très bien, merci. Tu ne comprends rien à la psychologie féminine. C'est une femme blessée, elle a agi par jalousie. Sinon, comment expliquer sa haine de Jérôme Clerc ?

— Tant que tu y es, elle l'a pendu à une poutre comme du linge à une corde en chantant *Pensieri, voi mi tormentate* ?

— Elle a pu se faire aider ! Son ami Armando Masetti me semble assez costaud pour suspendre le linge, comme tu dis.

— C'est absurde.

— Bon, il est bientôt 19 heures, Stefano va nous attendre…

Nous avons repris notre chemin.

— A mon avis, tu te trompes complètement.

— Ah oui ? Vas-y, expose-moi ta théorie, je t'écoute.

— Pour moi, c'est Henri poinçonné, le coupable. Aucun doute.

— En quel honneur ?

— On ne se cache pas dans les coulisses quand on n'a rien à se reprocher. Il mijotait un sale coup, c'est sûr.

— Je te rappelle qu'on tue rarement sans mobile.

Je me suis mis à battre des bras comme si cela devait favoriser l'inspiration.

— Eh bien… Poinçonné est un psychopathe incompris, obsédé par sa création au point de détruire le symbole d'une musique qu'il abhorre.

— Beau cliché : le savant fou qui devient un génie du mal ! Pourquoi pas Frankenstein, tant qu'on y est ?

Je me suis vissé l'index à la tempe.

— Tu ne le connais pas… Il lui manque vraiment la tonalité.

— On nage en pleine science-fiction.

— A propos de nager, tu nous as encore conduits dans un cul-de-sac.

Nous avions en effet débouché sur le Grand Canal. La vue, au soleil couchant, était majestueuse. Sur l'autre rive, les derniers visiteurs du musée Guggenheim se prenaient en photo devant un cavalier cubiste en bronze. La passerelle de l'Accademia se découpait à contre-jour à une centaine de mètres sur notre droite – c'est-à-dire trois bons kilomètres de tours et de détours dans les ruelles…

Laura a poussé un cri de joie à la vue d'un embarcadère tout proche.

— En vaporetto, on y sera dans deux minutes !

— Avec quel argent ?

— Pas besoin. Suis-moi !

Nous avons couru vers le quai où se pressait une petite foule. Visiblement, Laura avait tiré le plus grand profit de son année d'étude à Rome : l'art de la resquille n'avait aucun secret pour elle. Nous nous sommes mêlés à la foule d'un air innocent et avons pris place à l'avant, ni vu ni connu.

Le bateau a démarré, et Venise a défilé sous nos yeux. Laura serrée contre moi, nous avons contemplé la crête des palais, bordés d'un liséré ocre dans la lumière mourante, et la ville tout entière comme tirée des eaux par une forêt de mâts et de clochers. Pour la première fois depuis très longtemps, j'ai eu l'impression que ma vie était autre chose qu'une fuite vers l'amnésie.

Nous sommes arrivés en vue du débarcadère de l'Accademia. L'employé a ouvert le battant du vaporetto et Laura s'apprêtait à descendre lorsqu'un homme a surgi derrière elle et lui a arraché son sac avant de bondir sur le quai. Sous le choc, elle est tombée à l'eau. J'avais à peine eu le temps de réaliser que le voleur avait déjà disparu au coin d'une rue.

Deux pêcheurs ont tiré Laura à bord de leur barque et l'ont ramenée sur la terre ferme. Je me suis précipité à la rescousse en bousculant les touristes captivés par la scène.

— Tu as vu le type ? m'a-t-elle demandé en secouant ses cheveux trempés et en tordant les pans de sa veste.

— Non, il a fichu le camp. Ce salaud avait bien préparé son affaire.

— Une chance que j'aie laissé mes papiers à la maison. Bon, Stefano doit nous attendre, allons-y.

Elle a remercié les pêcheurs et s'est éloignée dans un gargouillis spongieux, une sorte de floc-floc disgracieux dont elle ne semblait pas se formaliser le moins du monde. Cette fille était incroyable.

Les passants lui jetaient des regards interloqués. Qu'est-ce qu'une sirène rousse à peine sortie du bain venait faire en ville ?

Nous avons parcouru le ponte de l'Accademia dans les deux sens, mais pas trace de Stefano.

— Bizarre. En général, il est très ponctuel, a noté Laura en scrutant les environs.

J'ai remarqué un petit attroupement, à une cinquantaine de mètres de la passerelle. Mauvais présage.

— Reste là, je reviens.

A force de sillonner les ruelles, Venise m'était devenue familière, et je suis parvenu sur les lieux en quelques minutes. Maintenus à distance par deux policiers, une poignée de curieux observaient un corps, allongé sur le sol, dont le bras droit dépassait d'une bâche en plastique. L'annulaire était orné d'un onyx serti dans une énorme chevalière.

Le secret de Mozart avait fait une nouvelle victime.

Et, sans nul doute, nous étions les prochains sur la liste.

Je suis revenu sur mes pas à toute vitesse. Laura grelottait de froid, les bras serrés contre elle. J'ai feint la surprise avec un maximum de conviction.

— Stefano n'est toujours pas arrivé ?

— Non. Ce qui m'inquiète un peu, c'est qu'il n'est jamais en retard.

— Ne restons pas là, tu vas tomber malade.

— Je préfère attendre encore un peu.

— Tu as un concert très important demain. Viens, allons nous réchauffer. Stefano a peut-être été retenu par ses affaires. Fais-moi confiance, il n'y a rien à craindre pour lui.

Je l'ai prise par les épaules et nous sommes partis en direction du ponte dei Barcaroli. Le jour déclinait, l'obscurité reprenait ses quartiers. Des guirlandes de réverbères serpentaient le long des ruelles, les commerçants fermaient leur boutique, les théâtres ouvraient leurs portes. De luxueux bateaux-taxis déposaient des élégants aux portes des restaurants de luxe. Le décor était en place, les comédiens fin prêts, la pièce pouvait recommencer.

Il était plus que temps de quitter la scène.

Hors de question de s'attarder chez Martini : je n'avais aucune envie de terminer mon voyage en compagnie des poissons.

Garder mon calme me demandait des efforts surhumains, mais je ne voulais pas inquiéter Laura. Je me suis entendu lui raconter un bobard gros comme les lions de la place de Saint-Marc : il fallait gagner l'aéroport dès que possible, l'horaire étant soumis à des aménagements en raison de conditions météo défavorables au-dessus de l'Angleterre…

Elle ne s'est pas laissé convaincre facilement. Elle ne pouvait partir sans remercier Stefano, elle avait l'impression de disparaître comme une voleuse…

— Stefano rentrera peut-être très tard, Laura, et tu dois te reposer. Tu sais bien qu'il y a peu de vols entre Venise et Londres. Si on loupe le nôtre, on n'arrivera jamais à temps pour le concert.

J'affichais un air navré mais je gardais les oreilles grandes ouvertes. Au premier grincement de porte suspect, j'ouvrais la fenêtre et nous poussais dans le canal.

— Bon, tu es prête ?

Laura a claqué des dents plus qu'elle n'a articulé sa phrase.

— Je ne peux pas rester comme ça, Denis ! Il me faut des vêtements secs !

Je me suis mordu les lèvres pour retenir mes hurlements.

— On en achètera à l'aéroport.

— Avec quel argent ?

— On en empruntera à des voyageurs. Ils comprendront.

— Ah oui ? Et pour le billet, on va mendier, aussi ?

— Mais non ! On a deux places réservées.

— Parce que tu t'imagines que je vais prendre l'avion dans cet état-là ?

Elle s'est assise sur une chaise et a croisé les bras.

— Je ne pars pas.

Alerte rouge. Surtout, ne pas paniquer.

— D'accord. Je vais essayer de te trouver quelque chose.

J'ai filé dans la chambre de Martini. Presque aussi ravagée par l'humidité que le rez-de-chaussée, elle ne contenait qu'une paillasse malpropre et une vieille armoire au miroir tacheté par les ans.

La penderie était presque vide. Deux chemises froissées pendouillaient au bout d'un cintre et une vieille paire de mocassins gisait sur une boîte en carton, que j'ai ouverte à tout hasard. Elle contenait une robe de carnaval mauve et rose, constellée de paillettes et rehaussée d'ourlets dorés, de manches bouffantes et d'un col montant dont chaque extrémité s'animait d'une paire de grelots. Des escarpins fuchsia et un masque vert et blanc surmonté de plumes complétaient le costume.

J'ignore pourquoi ce déguisement m'a bouleversé. Cette parure devait posséder une histoire pour avoir été conservée avec un tel soin. A qui avait-elle appartenu ? Et que faisait-elle dans la penderie d'un homme ? Stefano se l'était-il procurée pour une femme qui n'était jamais venue ? La vie, de toute façon, m'apparaissait par bien des aspects semblable à une fête éternellement remise…

Je tenais entre mes mains l'ultime souvenir d'une

époque heureuse, la dernière étincelle d'une jeunesse, et il y avait là tant de fragilité dérisoire, tant de mots jamais prononcés, que j'ai repensé à ma mère et que je me suis mis à pleurer sur l'étoffe soyeuse comme sur la peau d'un être aimé.

Laura prenait la pose devant la glace et tournait sur elle-même pour juger de l'effet.

— Je ne suis pas obligée de mettre le masque, j'espère ?

— Les agents de la douane risquent de le trouver superflu, je te l'accorde.

Elle a reculé de deux pas. L'ensemble était suffisamment excentrique à son goût.

— Très bien. Allons-y.

Elle a ramassé le sac en plastique où s'entassaient ses vêtements encore trempés. J'ai enfin réalisé le problème.

— Une minute. La partition.

— Quelle partition ?

— Celle de Bonsecours.

— La voilà, a-t-elle répondu en secouant un petit tas de papier mâché.

— C'est tout ce qu'il en reste ?

— Elle était dans mon soutien-gorge. Je suis tombée à l'eau, je te rappelle.

— Mais on ne peut plus rien en faire !

Ses yeux ont viré au vert glacé.

— On me vole mon sac, on me pousse dans un canal, et tout ce qui t'inquiète, c'est un bout de papier ?

— Un bout de papier ? Le seul témoignage de Bonsecours, tu veux dire !

— Je commence à en avoir ma claque, de ton Bonsecours. Il y a des choses plus importantes dans la vie.

— Je ne plaisante pas, Laura ! Cette partition était l'unique preuve de mon innocence !

— Ton innocence ? Qu'est-ce que tu entends par là ?

J'ai regardé ailleurs. Plus le temps d'argumenter : la police était à mes trousses et un tueur devait marcher vers la maison de Martini.

— Tu as raison, c'est sans importance. En route.

Elle a empoigné son étui et nous sommes sortis. Nous avions à peine franchi le ponte dei Barcaroli que deux carabiniers apparaissaient au coin de la rue. Ils ont éclaté de rire à la vue de la robe de Laura. Eh oui, tout ceci n'était qu'une immense comédie… Laura leur a adressé un grand sourire complice et je me suis même fendu d'un salut amical.

Juste avant de bifurquer, j'ai jeté un coup d'œil pardessus mon épaule. Les policiers observaient la façade de la maison de Stefano. L'un d'eux a sonné.

Prétextant le retard, j'ai attrapé Laura par la main et nous avons filé.

Notre départ n'a laissé personne indifférent, à en juger par les regards ébahis des touristes et les remarques désopilantes des autochtones.

J'aurais rêvé d'une fuite plus discrète.

Le bus s'est engagé sur le viaduc menant à la terre ferme. La masse obscure des maisons, parsemée de luminaires, a disparu dans la nuit. J'étais triste. La nostalgie, le poison que cette cité fétide abandonne au cœur de tous ses visiteurs, s'insinuait déjà en moi.

J'ai cru, de nouveau, apercevoir un homme en habit, éclairé par une lampe tempête. Chapeau à la main, crinière rousse au vent, il contemplait la mer.

— Au fait, qu'est-ce que c'était, l'attroupement près du canal ? m'a distraitement demandé Laura.

J'ai soupiré.

— Un trésor repêché dans la lagune.

IV

TUBA MIRUM

La musique est une pratique occulte de l'arithmétique,
dans laquelle l'esprit ignore qu'il compte.

Gottfried Wilhelm VON LEIBNIZ.

29

Le vacarme était ahurissant. Le cœur du Bruit battait dans mes semelles. Un bataillon d'hommes d'affaires en costume anthracite défilait devant moi, le regard rivé sur un horizon radieux et très rentable. Dans leur attaché-case, ils transportaient de quoi acheter et vendre un bon millier de fois la planète. Sur la chaussée, entre deux rangées d'immeubles balafrés d'enseignes lumineuses, passaient d'imperturbables autobus à impériale.

La pluie tombait à fines gouttes et j'attendais, devant la fontaine de Piccadilly Circus, l'homme qui devait me payer mon repas.

J'étais seul et totalement désespéré.

Vingt-quatre heures plus tôt, notre arrivée à l'aéroport de Venise avait déclenché une alerte de niveau 8. Nous avions calmement attendu notre tour au comptoir d'Air France puis, entourés d'une cinquantaine d'agents de sécurité préoccupés par l'accoutrement de Laura, nous avions patienté dans la zone d'embarquement. Le vol avait du retard à cause du brouillard et je gardais les yeux fixés sur l'horloge, les mains crispées sous mon siège. Laura dormait, blottie tout contre moi. L'annonce de l'embarquement pour le vol numéro 7492 à destination de Londres Heathrow m'a catapulté de mon siège et je l'ai entraînée, à moitié groggy et entravée dans les plis de sa robe, dans une marche forcée à travers les couloirs. Je m'attendais à tout moment à ce que les charmantes hôtesses de l'air se métamorphosent en tireurs d'élite de la brigade antiterroriste, mais l'avion a tranquillement gagné son aire d'envol. Pour la première fois de ma vie, je me suis senti en sécurité à huit mille mètres d'altitude.

— J'espère que Stefano trouvera mon message, m'a glissé Laura, la tête sur mon épaule, à deux doigts de se rendormir.

— Quel message ?

— Je lui ai laissé un petit mot sur le bureau. On ne pouvait pas partir sans le remercier. Ne t'inquiète pas, j'ai signé de nos deux noms. Je sais que tu as beaucoup apprécié son aide. Ça lui fera plaisir, crois-moi.

Et comment… Dernier clou du cercueil : Denis Augain paraphe son passage triomphal au domicile d'un homme assassiné quelques heures plus tôt.

Le visage de Laura était lisse et tranquille. J'ai consacré le voyage à dresser la liste de tout ce qu'on peut accomplir dans une cellule de deux mètres sur trois. J'étais prêt à me constituer prisonnier dès notre arrivée à Heathrow. La machine d'Interpol s'était mise en branle, je ne me faisais aucune illusion là-dessus. On allait me cueillir comme un fruit mûr. Je tenais seulement à garder Laura en dehors de tout ça.

A mon grand étonnement, l'employé de la douane m'a rendu ma carte d'identité sans un tressaillement de paupière. La robe rose et mauve de Laura ne l'a pas ému davantage. Il est vrai qu'en matière d'excentricité, les Anglais ont des seuils de résistance notoirement élevés.

Je n'avais ni toit ni argent, et presque plus aucun espoir, mais j'étais toujours libre.

Nous n'étions pas sortis d'affaire pour autant. Comment rejoindre le centre de Londres ? Terminé, la resquille. L'Anglais est fantasque, mais ordonné : même pour aller au carnaval, il faut payer sa place.

Nous déambulions dans le hall de l'aéroport lorsqu'une silhouette s'est détachée de la foule, une sorte de girafe à chevelure grisonnante, vêtue d'un long pardessus noir et traînant derrière elle une valise rouge.

— Attends-moi ici, ai-je soufflé à Laura. Je vais voir les horaires des trains.

J'ai effectué un long crochet au pas de course puis remonté le flot des voyageurs. Pas d'erreur, c'était bien lui : Dieudonné Lambert, le musicologue de la Sorbonne. Il m'a tout de suite reconnu et son maigre visage s'est illuminé d'un sourire ravi, mais toujours aussi mal entretenu. J'ai serré le paquet d'os qui lui tenait lieu de main – impossible de me dérober cette fois. Il a prolongé le contact aussi longtemps que possible.

— Quelle surprise de vous croiser à Londres ! Vous parlez d'une coïncidence : je repensais justement à notre conversation dans la cour du palais de justice. Vous vous souvenez ?

— Bien sûr.

— Quand je vous disais que Rémy Bonsecours ne laissait jamais rien au hasard… J'en ai eu la confirmation. Mais c'est une longue histoire et je n'ai pas beaucoup de temps devant moi : j'ai un rendez-vous très important. Que diriez-vous de me retrouver en fin d'après-midi ?

— Eh bien…

— Ne vous inquiétez pas, je ne vous retiendrai pas longtemps. Rendez-vous à Piccadilly Circus vers 19 heures, nous prendrons un verre. Je connais un pub très chaleureux dans ce quartier.

Il a émis son espèce de gloussement silencieux et j'ai attaqué ma partie – tant pis pour la pudeur.

— C'est vraiment un concours de circonstances extraordinaire. Figurez-vous que je reviens du poste de police et…

— Vous avez des ennuis ?

— Oh non, on m'a juste volé mon portefeuille. Je comptais me rendre à l'ambassade…

— Je ne peux pas vous abandonner dans cette situation. Venez avec moi, je vous avance l'argent du train jusqu'à Londres.

— C'est gentil à vous, mais j'ai laissé mes affaires sans surveillance et…

Il a jeté un coup d'œil à l'horloge, sourcils froncés, et a fouillé ses poches.

— Vous me rembourserez plus tard. Et ce soir, je vous invite au restaurant. Si si, j'insiste. Prenez…

Il m'a sorti son grand sourire tapissé de nicotine. J'ai empoché l'argent en bredouillant un merci. Nous nous sommes serré la main et il s'est éloigné.

— A tout à l'heure !

J'ai tendu mes zygomatiques à l'extrême, regardé le pardessus noir disparaître dans la foule et croisé mon reflet dans une vitrine : Judas lui-même n'avait pas une autre tête au moment de passer à la caisse.

Le reflet m'a renvoyé une autre réalité : des policiers en uniforme semblaient particulièrement intéressés par les hommes dans mon type, un mètre quatre-vingts et cheveux châtains. J'ai profité qu'ils avaient le dos tourné pour filer dans l'autre direction. L'accès aux trains de banlieue était à deux pas. Les yeux collés à mes chaussures, j'ai rejoint Laura dans la zone d'attente.

— J'ai de quoi payer les billets. Allons-y.

— Comment as-tu…

— Une vieille connaissance. Un truc de journaliste. Allez, viens.

Sur ce beau mensonge, je l'ai obligée à se lever et à passer devant moi. Trois minutes plus tard, nous prenions le train en direction de Waterloo Station. On fait mieux, comme présage, quand on est français.

Les Londoniens sont des gens très bien élevés : ils savent enjamber les moribonds avec une respectueuse bienveillance en murmurant le « *I'm sorry* » de rigueur. La robe de Laura n'a donc suscité qu'une ou deux œillades étonnées. En revanche, une punkette énorme à crinière de cactus, boursouflée dans un tee-shirt vert « *I love the Queen* » et le derrière moulé comme un plum-pudding dans une minijupe écossaise trouée, remportait haut la main le concours de Miss Mutante. Dans un style un peu différent, une poignée de gentlemen en costume, tablier multicolore et décorations en papier mâché épinglées au revers du veston, devisaient courtoisement en sirotant une bière au bar d'un vénérable édifice élisabéthain datant de 1717. Une autre forme de folklore, sans doute, réservé à ceux qui n'avaient plus l'âge de se promener avec des épingles à nourrice dans les oreilles…

Nous avons contourné le British Museum pour aboutir au Crescent, un *Bed and Breakfast* lugubre de Cartwright Gardens tenu par un gros type à barbiche. Lui non plus n'a pas manifesté de surprise à l'apparition d'une icône de carnaval dans son établissement. La chambre était payée : dès lors, à part mettre le feu à l'hôtel, nous pouvions faire à peu près tout ce qui nous passait par la tête. Dans une salle attenante, un couple de vieilles dames très dignes nous a consacré très exactement une seconde et demie d'attention avant de se replonger dans le match de cricket diffusé par la BBC.

Cousin-Damier avait été trop scrupuleux : il avait réservé deux chambres à mon nom. Pourtant, en dépit de ma fatigue, je me sentais tout à fait disposé à partager quelques heures d'intimité avec ma belle flûtiste. Qui a aussitôt interrompu ma rêverie.

— Tu me donnes ma clé ? J'ai besoin d'une bonne douche.

— Ta clé ?

— *Of course.* Chacun sa chambre, non ? Tu passes me chercher dans une heure ?

D'une pichenette, elle a prélevé la clé numéro 319. J'ai gagné la 318, un peu refroidi.

Je me suis allongé deux minutes. Et j'ai ronflé instantanément.

Vêtu d'un pourpoint rouge sang, une perruque rousse posée de travers sur le crâne, Rémy Bonsecours frappait son clavier à grands coups de poing. Appuyé au Bösendorfer, Stefano Martini tirait sur une cigarette. Soudain, Bonsecours a jeté sa perruque au loin, le visage déformé par la haine, et s'est mis à courir vers moi. Martini avait cédé la place à un Dieudonné Lambert grimaçant. J'aurais juré que le piano riait.

Je me suis réveillé en sursaut, le cœur battant *prestissimo*. Au-dehors, Londres déroulait sa mélodie. Les sons d'une ville, de toutes les villes du monde. Le Bruit, emballage du vide intégral, pets du néant.

J'ai contemplé ma chambre. Une armoire, une nature morte épinglée au mur, un téléphone sur une table de chevet. Une fenêtre donnant sur un square, masquée par un rideau de tulle. Une série d'objets dérisoires qui me survivraient.

Il fallait être secoué du bulbe pour trouver une âme à un meuble. Un piano, somme toute, n'était rien d'autre qu'un assemblage de bois, d'acier et d'ivoire. A quoi bon la musique dans ce monde de fous ? Autant marteler son clavier jusqu'à ce que mort s'ensuive, comme Bonsecours. Ou hurler pour réclamer le silence, comme ce fou de Poinçonné. La vie ne débute-t-elle pas par un cri ? C'est même l'acte le plus profond de toute notre existence. Après, nous apprenons juste à faire du Bruit.

J'ai appelé ma mère – *Le Monde de la musique* avait les moyens de payer la note. Personne. En désespoir de cause, j'ai tenté ma chance chez Brünnhilde. Elle était chez elle, oiseau de mauvais augure perché sur le fil, et d'humeur exécrable comme par hasard.

— Tiens, un revenant ! J'ai beaucoup parlé de toi au juge, hier après-midi. Tu étais convoqué aussi, je te signale.

— Le juge du divorce ?

— Quelle perspicacité ! J'ai une bonne nouvelle pour toi : il est d'accord pour augmenter la pension alimentaire. Tu seras obligé de penser un peu plus à ta petite famille, désormais. Au fait, Tristan a demandé de tes nouvelles. Tu vois de qui je veux parler ? Ton fils…

— Je passe dès que possible.

— Aujourd'hui, par exemple, ce serait sympa. Il a envie d'aller au cinéma.

— Ça risque d'être un peu compliqué, je ne suis pas à Paris.

J'ai eu droit à son petit ricanement aigre, annonciateur des grandes envolées lyriques.

— Laisse-moi deviner… Le travail ?

— Je suis à Londres, mais je reviens…

— … dès que possible, oui, je sais, tu m'as fait le coup une centaine de fois. Je suppose que tu es au bistrot du coin... ?

— Ecoute…

— Mais quand deviendras-tu adulte, mon pauvre Denis ?

— Je suis vraiment à Londres.

— Eh bien, restes-y ! *My tailor is rich and my husband is gone !* Tu vois, moi aussi j'ai fait des progrès !

— Bon sang, peux-tu la fermer deux secondes ?

— Mais je n'ai fait que ça ! Fermer ma trappe devant tes bêtises, fermer les yeux sur ta lâcheté, fermer la porte sur notre couple…

J'ai serré les poings. Ça faisait longtemps.

— Bérangère…

— … et fermer notre compte commun. Même ça tu n'en as pas été capable. J'en parlais encore l'autre jour à ta pauvre mère, à la Salpêtrière…

Mon cœur a fait un bond.

— A la Salpêtrière ?

— Eh oui, elle est hospitalisée et son fils l'ignore. Pas de quoi pavoiser, n'est-ce pas ?

— Elle est malade ?

— On fréquente rarement les hôpitaux par plaisir, figure-toi. Les chirurgiens ont réussi à enlever la plus grosse partie de la tumeur, mais on craint des métastases dans l'autre poumon. On attend les résultats de la biopsie.

— Elle a un cancer ?

— C'est le genre de choses qui arrive quand on fume deux paquets par jour, en effet. Elle attendait peut-être que tu lui demandes d'arrêter la cigarette…

— Mais pourquoi ne m'a-t-elle rien dit ?

— Pour ne pas te déranger dans ton travail ! Ton vénéré travail ! Le sort de la musique repose sur les épaules de Denis Augain ! Voilà qui mérite bien un petit sacrifice, non ?

J'aurais voulu la tenir entre mes mains et lui arracher la langue.

— Tu as le numéro de sa chambre ?

— Non, mais je vais la voir tout à l'heure. Je lui dirai que tu as appelé, ça lui fera plaisir.

— Je passerai…

— … dès que possible, elle le sait aussi. Tu as bien de la chance, Denis, elle te prend tel que tu es. Je ne sais pas comment elle fait, mais elle t'aime toujours. Moi, j'ai beaucoup de mal avec les ingrats.

J'étais sur le point de balancer le téléphone au mur lorsqu'elle a poussé une sorte de petit jappement.

— Ah, au fait ! Un certain lieutenant Krawzyck m'a rendu visite avant-hier. Il voulait savoir où tu étais.

— Oui, c'est… un ami.

— Tu copines avec les flics, à présent ?

— J'ai les idées larges, moi.

— Trop aimable.

— Et que lui as-tu dit ?

— La vérité : qu'on ne peut jamais savoir où tu es. Cela dit, je ne suis pas étonnée qu'il soit ton ami, je ne l'ai pas trouvé sympathique du tout.

Et elle m'a raccroché au nez.

Des bouts de mon existence tombaient un à un sur un clavier désaccordé. *Ré*, *mi* bémol, *do*, *fa* dièse, *sol*… Aucune logique, aucune harmonie. Je savais enfin à quoi servait la musique : à faire en sorte qu'une maman soit fière de son enfant.

J'ai frappé à la porte de Laura. Pas de réponse. J'entendais pourtant sa voix, brève et dure. Nouveau coup, plus fort.

— Entrez !

Elle faisait les cent pas dans sa chambre, téléphone à la main.

— Je te dis que je n'ai pas pu venir plus tôt ! Maintenant, on se retrouve à la salle, on répète et on joue, c'est aussi simple que ça !

Elle a claqué le combiné sur son support. Comme j'avais déjà pu le remarquer, la colère la rendait suprêmement désirable. Ses seins bombaient sa robe de princesse. Ses yeux verts ont activé l'ensemble de mes terminaisons nerveuses.

— C'était Stephen. Il me reproche de n'être arrivée qu'aujourd'hui. Ce n'est quand même pas ma faute si l'avion a pris du retard !

— Ni la mienne.

Elle m'a lancé un regard de destruction massive.

— Je t'attendais plus tôt. Je m'étais faite belle pour toi…

Je me suis rapproché d'elle et lui ai déposé un baiser dans les cheveux.

— Pardonne-moi, Laura, je me suis endormi. J'ai aussi donné un coup de fil à Paris. Mauvaise nouvelle, ma mère est malade…

— Navrée.

— Mais je suis là, maintenant…

Elle a enfilé sa veste, qu'elle avait mise à sécher sur le radiateur, et a soupiré.

— Oui, mais maintenant je dois y aller, Denis.

Comment avais-je pu gâcher une occasion pareille ? La plus belle femme du monde m'avait donné rendez-vous dans sa chambre et j'avais choisi ce moment précis pour piquer un roupillon…

— On a bien un quart d'heure devant nous, non ?

Elle s'est campée devant moi.

— Ecoute, monsieur Tranxène… Moi aussi, je suis crevée, mais dans les circonstances exceptionnelles je parviens à me dépasser. Malheureusement, je n'ai plus le temps. Le concert a lieu au Brown's Hotel, dans le quartier de Mayfair. C'est assez loin et je joue à 19 heures. J'ai juste le temps de répéter avec mes musiciens.

— 19 heures ? Si tôt ?

— Oui. On a aménagé l'horaire pour permettre à un responsable d'EMI d'assister à la représentation.

Elle a attrapé son étui et a posé la main sur la poignée de la porte.

— Mais… j'ai un rendez-vous à 19 heures.

Le temps s'est figé dans de la glace pilée.

— Pardon ?

— Je dois rencontrer quelqu'un qui était très lié à Rémy Bonsecours. Il a des révélations à me faire.

Elle m'a regardé bien en face.

— Si je comprends bien, tu me balades depuis deux jours pour me laisser tomber au dernier moment ?

— Pas du tout ! C'est un pur hasard.

— Je ne crois pas beaucoup au hasard, Denis. Encore moins en amour.

— Pourtant, je t'assure…

Elle a poussé un long soupir. Ses yeux n'exprimaient plus rien. Sa voix était devenue neutre, monotone comme un électrocardiogramme plat.

— Dans ce cas, je ne vois pas ce qu'on fait ensemble.

Elle a ouvert la porte sans se donner la peine de se retourner.

— Finalement, je préfère qu'on en reste là. J'ai failli y croire.

Et elle a disparu dans le couloir.

30

La pluie ne cessait pas. Des nuées de parapluies défilaient devant moi. J'ai remonté le col de ma veste pour me protéger un peu.

Le chérubin de la fontaine de Piccadilly Circus, cul nu et sourire aux lèvres, pointait son arc droit sur mon cœur. L'amour, ou quelque chose dans ce goût-là. Quelle bouffonnerie… De l'amour, je ne connaissais que l'amertume qu'il laisse au bord du cœur…

Du moins, cette escapade vénitienne m'avait-elle ancré dans une certitude : Bonsecours avait reconstitué la genèse du secret. Dans quelles circonstances ? Seul un de ses intimes pourrait éclairer ma lanterne… et l'homme qui me faisait poireauter sous le crachin était un de ceux-là. Le journalisme exige parfois une abnégation insoupçonnée…

Même sous un parapluie, on ne pouvait manquer Dieudonné Lambert. Il marchait à grandes enjambées, un vieux cartable de cuir sous le bras. Il a mis le cap droit sur moi, la pomme d'Adam agitée de légers soubresauts. Par chance, il avait les deux mains occupées et j'ai échappé à son habituelle et poisseuse poignée de main.

— Je suis un peu en retard. Vous êtes trempé, je suis sincèrement désolé. Allons nous mettre à l'abri !

Nous avons pataugé jusqu'au Lamb and Flag, un vieux bistrot calé dans un recoin de Rose Street. Un pub typique, avec ses briques rouges, ses châssis de bois brut, ses lambris de chêne et son parquet usé par le piétinement de plusieurs générations de buveurs.

Nous nous sommes installés à l'écart et Dieudonné Lambert est allé commander deux bières au comptoir. J'ai observé un groupe d'une vingtaine de types rubiconds en train de se hurler des pronostics dans les oreilles. J'en ai déduit assez rapidement que l'objet du litige était un match de rugby.

Le boucan était insensé. J'ai repensé à Laura, le cœur serré. Je nous revoyais dans ce bar de la rue Laplace, où elle avait joué une gigue irlandaise. Fière, élancée, si vive… Elle avait dû retrouver les bras de son violoncelliste. J'étais vraiment le dernier des imbéciles. Trop belle pour moi, trop beau pour durer.

Lambert a posé deux pintes de Kilkenny sur la table, ôté son pardessus dégoulinant et levé son verre, ses narines frémissant d'aise.

— J'adore cet endroit. C'est le plus vieux pub de Londres, vous savez, sa création remonte au XVIIe siècle. Devinez son nom d'origine ?

J'ai pris mon air le plus niais. Il a frotté ses mains l'une contre l'autre avec une mine de vampire.

— The Bucket of blood ! Le seau de sang ! Cocasse, n'est-ce pas ?

— Tout un programme…

— En ce temps-là, les meurtres étaient monnaie courante, à la sortie des tavernes. Les brigands trouvaient toujours un riche à détrousser. Aujourd'hui, avec toutes ces caméras de surveillance…

— Et puis, un portefeuille d'actions, ça ne se vole pas si facilement…

Sa pomme d'Adam a fait le yoyo à toute vitesse. J'ai bu une gorgée, le temps qu'il se calme.

— Je parie que vous vous demandez ce que je fabrique à Londres. Figurez-vous que j'ai reçu un coup de fil de maître Bolle, le notaire chargé de la succession de Rémy Bonsecours, et j'ai eu la surprise de ma vie.

— Rémy Bonsecours vous a couché sur son testament ?

— Pas vraiment. En fait, en raison du décès de Jérôme Clerc, maître Bolle m'a désigné comme exécuteur testamentaire. Je suis commissionné en tant qu'expert pour la vente des manuscrits de sa bibliothèque. Mis à part les manuscrits de Mozart, légués à la Figarohaus de Vienne, la collection doit être vendue aux enchères chez Christie's, dans deux jours.

C'était à prévoir : le fil reliant les manuscrits réunis par Bonsecours allait être rompu et ses trésors disséminés aux quatre coins du monde. Je pouvais encore le reconstituer, mais j'avais peu de temps devant moi. J'ai avancé mes pions.

— Les manuscrits sont-ils exposés avant la vente ?

— Bien sûr ! Vous devriez y croiser beaucoup de spécialistes, d'ailleurs. J'ai rencontré cet après-midi les responsables de la British Library ; ils s'intéressent à quatre ou cinq œuvres, en particulier celles de Georges Friedrich Haendel. La gloire nationale !

— Haendel ? Il était pourtant allemand, non ?

Lambert s'est tourné vers le bar d'où fusaient des

beuglements : l'équipe nationale, vêtue de blanc, venait de faire son entrée sur le terrain. Manifestement ravi de ce déploiement de corps musclés et de mines patibulaires, le musicologue s'est penché vers moi pour dominer le Bruit ambiant.

— Vous voulez la preuve qu'Haendel était anglais ? Ecoutez !

Le pub entier a repris en chœur le *God save the Queen*. Un sourire épanoui collé à la face, le musicologue battait la mesure d'un index précis.

— Ah, quelle merveilleuse composition ! Quelle élégance ! Quel équilibre formel ! Du grand Haendel !

J'ai observé, dubitatif, les braillards entassés au comptoir. Pas sûr que le Kapellmeister aurait apprécié une interprétation aussi virile… En tout état de cause, le public anglais l'avait adopté. Les dernières notes ont été saluées par un déluge de bière.

Lambert a écarté les mains.

— Alors, convaincu ?

— Haut et fort.

— Haendel a même insisté pour se faire enterrer à l'Abbaye de Westminster, parmi les plus illustres représentants de l'Empire britannique. C'est vous dire son attachement pour ce pays.

— Moi qui croyais qu'il vivait à Venise…

— Cela n'a duré qu'un temps. Après avoir échoué à trouver un poste de musicien en Allemagne, Haendel a rejoint Venise en quête de gloire. Un compositeur local a immédiatement remarqué son talent.

Le concert baroque. La suite coulait de source.

— Antonio Vivaldi.

— Monsieur est connaisseur ! m'a soufflé Lambert

avec un sourire délicat. Hélas, les deux hommes ont à peine eu le temps de se croiser, les autorités ayant demandé à Vivaldi de s'éloigner quelque temps de la Sérénissime – ses leçons avec une des pensionnaires de la Piétà avaient un peu trop porté leurs fruits, semble-t-il. Il n'empêche, ce drôle de paroissien a été tellement impressionné par les dons de son jeune confrère, qu'il l'a recommandé au directeur du théâtre San Giovanni Crisostomo.

— Où Haendel a rencontré le succès.

— Ma foi, son premier opéra a connu un véritable triomphe. Vingt-sept représentations d'affilée ! Du jamais vu à l'époque !

— Il s'agit d'*Agrippina*, si je ne me trompe.

— Quelle culture !

Logique, plutôt : Rémy Bonsecours m'avait fourni la clé, à la faveur de sa cérémonie d'enterrement. A son insu, Angelina Casar avait fait office de messagère en chantant l'air *Pensieri, voi mi tormentate*. Les œuvres de Haendel figuraient en bonne place dans la bibliothèque. Quel était son rôle dans l'énigme ? A moi de tirer le fil.

— Comment s'est-il retrouvé en Angleterre ?

— Eh bien, l'année suivante, en 1710 pour être précis, il a décliné les offres de diverses cours allemandes et est parti s'installer à Londres.

— Voilà qui est surprenant. Il conquiert Venise et, plutôt que d'en profiter, il disparaît ?

Nous voguions en plein XVIIIe siècle tandis qu'à cinq mètres de là, la meute des supporters hurlait ses encouragements au poste de télévision. Sans émotion apparente, Dieudonné Lambert a séché la moitié de sa pinte et s'est amusé à tapoter le rebord du verre avec sa bague en clé de sol.

— C'est assez mystérieux, je vous le concède. Les historiens sont très divisés sur la question. On parle de relations secrètes avec une certaine société londonienne. Je ne l'exclus pas mais à mon avis, il avait une autre motivation.

— L'amour, peut-être ?

— Certainement pas, on ne lui connaît aucune relation féminine.

— La gloire ?

Il a fait glisser son pouce sur son index et ses yeux de chauve-souris se sont rétrécis en deux fentes à peine visibles.

— L'argent ! La concurrence était rude à Venise et les malveillants ne manquaient pas. Il suffisait d'un échec pour perdre, en une sèmaine, le bénéfice d'une année de travail. A Londres, en revanche, tout était possible. On ne coupait plus la tête des rois, les affaires étaient redevenues prospères et des régiments entiers de nobles et de bourgeois ne demandaient qu'à se divertir.

— Donc, Haendel est venu faire fortune à Londres.

— Voilà bien un autre mystère. Ses opéras affichaient complet, ses œuvres étaient jouées dans l'Europe entière, il était la coqueluche de la bonne société londonienne, et pourtant il est mort sans le sou.

— Tout le monde n'a pas le sens des affaires…

Lambert m'a adressé un remerciement silencieux. A mon corps défendant, je lui avais adressé un joli compliment.

— Il faut dire, à sa décharge, qu'il avait racheté le théâtre de Covent Garden. C'était la grande époque des castrats, et ces messieurs coûtaient très cher. Son chanteur vedette, Senesino, n'était pas un homme facile – les mauvaises langues diront que ce n'était pas un homme du tout, mais c'est une autre histoire. Cela dit, les problèmes venaient surtout de ses chanteuses, la Bordoni et la Cuzzoni. Leur rivalité était si virulente que les partisans de l'une n'hésitaient pas à siffler l'autre quand elle montait sur scène. Sans compter que toutes deux étaient amoureuses de Senesino.

— Je suppose qu'elles se surpassaient pour l'impressionner.

— C'est le moins qu'on puisse dire. Elles sont même allées jusqu'à se battre en pleine représentation.

— Difficile d'apprécier l'opéra dans ces conditions…

— Le public s'est lassé de ce genre de spectacle et Haendel a fait faillite, a soupiré Lambert. Il s'est pourtant accroché jusqu'au bout, comme s'il avait une mission à accomplir… Le pauvre y a laissé santé et joie de vivre… Par bonheur, il nous a laissé sa musique… Que diriez-vous de manger un morceau ?

Ma dernière conversation avec Laura m'avait coupé l'appétit. Comme les fans de rugby, j'avais plutôt envie de boire jusqu'au bout de la nuit.

— Je reprendrais volontiers une pinte. Vous me parliez de la musique de Haendel…

— Personnellement, j'incline à penser que Haendel représente le sommet de l'art baroque. Pour la première fois, un compositeur a excellé dans tous les domaines : opéras, concertos, suites, oratorios, sa musique est toujours brillante. Il composait sans relâche pour payer ses créanciers et pourtant, je n'ai jamais décelé la moindre faiblesse dans sa création. Il lui arrivait d'écrire un concerto en une seule nuit tout en restant profondément original. Sa musique pour orgue est fabuleuse, on dirait qu'elle germe du clavier. Voilà, c'est l'image exacte : une germination permanente. Jetez donc un coup d'œil là-dessus.

Il a ouvert son cartable et en a extrait une chemise bleue contenant une dizaine de pages de papier à musique tachées d'humidité. Je les ai reconnues sans hésitation.

— Vous ne rêvez pas… a commenté Lambert. Il s'agit bien du manuscrit original de la *Water Music* ! Les musicologues du monde entier le croyaient perdu, alors qu'il était caché dans la bibliothèque de Bonsecours ! Admirez-moi ce chef-d'œuvre !

La main ample et impérieuse qui avait tracé ces notes ne connaissait pas le doute : c'était celle d'un ogre, d'un boulimique, d'un colosse de la musique. Les indications de rythme, *largo*, *pianissimo*, *sforzanto*, possédaient cette impétuosité, ce souffle capables de culbuter les montagnes. Un mouvement de Haendel, c'était une bourrasque, une voile dressée sur un mât, un navire cisaillant la tempête. Tout était à sa mesure, hors norme. Dans les mouvements lents, les notes étaient ciselées dans le cristal le plus fin. Le contrepoint, d'une minutie de couturier, respectait d'irréprochables proportions. On songeait à ces vêtements d'époque débordant de dentelles, de broderies et de liserés d'or.

— C'est merveilleux.

— Vous ne croyez pas si bien dire ! Cette œuvre fixe les règles de l'orchestration classique. Par la suite, tous les compositeurs se sont inspirés de ce modèle, y compris des géants comme Haydn, Mozart ou Beethoven. Notez l'équilibre des différentes parties, c'est proprement miraculeux.

Lambert a attiré mon attention sur un des instruments.

— Savez-vous que c'est Haendel qui a introduit la trompette dans l'orchestre ? La *Water Music*, comme son nom l'indique, a été interprétée à l'occasion d'une fête donnée sur la Tamise en l'honneur du roi. Destinée à être jouée en plein air, elle nécessitait l'usage d'instruments très sonores. Pour impressionner l'auditoire, Haendel a eu l'audace d'introduire un instrument tout à fait nouveau à l'époque, la trompette à pistons. Le public n'en croyait pas ses oreilles ! C'est aussi à ce genre de détail qu'on reconnaît le génie musical : aujourd'hui, plus personne ne peut se passer de la trompette, en classique comme en jazz.

J'ai revu les anges accrochés au clocher de la Sainte Chapelle, et ceux de la cathédrale d'Amiens… De tout temps, les trompettes avaient été chargées de claironner les mauvaises nouvelles. Elles avaient fait tomber les murs de Jéricho et se préparaient à annoncer l'Apocalypse. Sans doute Haendel avait-il voulu proclamer le début d'une ère nouvelle ? Cette innovation avait dû faire l'effet d'un coup de tonnerre.

Lambert a soigneusement rangé le manuscrit dans son cartable.

— Cette musique donne à entendre la grandeur du monarque. Elle est dédiée au roi George Ier, mais je crois que Haendel pensait surtout à lui-même…

Les supporters se sont soudain rappelés à notre bon souvenir en vociférant avec une ardeur renouvelée. Sur l'écran, un joueur au maillot crotté s'est extirpé d'un monceau de confrères pour plaquer le ballon dans une mare de boue située juste derrière un vestige de ligne blanche. Une clameur ahurissante a salué l'exploit. Dieudonné Lambert a mis à profit ces embrassades pour se faufiler au bar et commander deux pintes. Je l'ai observé quelques instants se couler, non sans grâce, parmi ces mâles effusions.

Il a rejoint la table de mauvaise grâce, m'a lancé un regard de conspirateur et a extirpé une autre chemise du cartable.

— A présent, concentrez-vous sur ceci. Cette partition remonte à 1717. Vous ne remarquez rien ?

L'œuvre, intitulée *Der für die Sünde der Welt gemarterte und sterbende Jesus*, était noircie de croches amples et tourmentées.

— C'est l'écriture de Haendel.

— Bravo. Mais encore ?

Je n'avais pas l'intention de jouer aux devinettes, et j'ai haussé un sourcil interrogateur. Sa pomme d'Adam a tressailli.

— Cet oratorio est écrit en allemand ! Haendel vivait ici depuis sept ans et il a annoté une partition en allemand !

Il a descendu les trois quarts de sa pinte et s'est essuyé les lèvres d'un revers de manche.

— En réalité, cette œuvre était destinée à son meilleur ami, rencontré juste avant son départ pour Venise.

— Comment le savez-vous ?

— Pour la simple et bonne raison que cette partition a été retrouvée parmi les papiers de ce musicien. Personne n'a eu la curiosité de l'analyser et on a toujours considéré que le destinataire de cet oratorio en était l'auteur ! Comparez plutôt avec cet autre autographe retrouvé dans la bibliothèque de Bonsecours…

Il a posé sur la table une suite pour flûte en *si* bémol majeur couverte de ratures, certaines notes étant parfois réduites à un simple trait surmonté d'un point. Rien à voir avec la main de Haendel, en effet. Une intuition a commencé à prendre forme en moi.

— Bonsecours lui-même n'a rien remarqué ?

Lambert a souri, très fier de lui.

— Non. C'est moi qui ai fait le rapprochement, l'autre jour, en dressant l'inventaire de sa bibliothèque.

Mon intuition se confirmait. Je devais en avoir le cœur net.

— Si je vous suis bien, cet oratorio en langue allemande était un cadeau. Et qui en était l'heureux bénéficiaire ?

Lambert a vidé sa pinte et jeté les documents pêle-mêle dans son cartable.

— Si vous le permettez, je préfère garder cette information pour moi. Je vais vous faire un aveu : je me suis mis un autre manuscrit de côté. Un document extraordinaire. Cette affaire-là n'est pas pour Christie's et va me rapporter une véritable fortune. J'ai déjà un acheteur…

Il essayait de crâner mais semblait tout de même un peu dépassé par l'enjeu. L'alcool le portait au lamento et il a fixé le fond de son verre en pleurnichant.

— Comprenez-moi… Je ne suis qu'un petit professeur de musicologie. Je ne gagne presque rien. Toutes ces années de recherche, pour un salaire de misère… Les gens se moquent pas mal de l'histoire de la musique. Alors, cette partition, c'est une chance inespérée ! La chance de ma vie !

Il s'est redressé sur sa chaise mais son costume de gangster était beaucoup trop large pour ses frêles épaules. J'étais bien placé pour savoir que, dans l'ombre, des individus extrêmement déterminés n'hésiteraient pas à employer les moyens les plus expéditifs pour mettre la main sur son trésor. Une messe des morts. Un *Requiem*.

Parce que, j'en avais l'intime conviction, Dieudonné Lambert l'avait volé et mis en lieu sûr.

Je lui ai emprunté une livre et je suis allé donner un coup de fil dans la cabine du pub. Répondeur. J'ai laissé un message.

J'ai fini mon verre au milieu des chants de victoire et abandonné Lambert à son sort.

Dans la pénombre, son visage osseux était déjà celui d'un squelette.

31

Je me suis fondu dans le grouillement de Chinatown. Des Russes à moitié ivres déambulaient, des cigares plein la bouche ; des Sikhs promenaient leur turban d'un air digne sous le portique chinois de Wardour Street, hérissé de lanternes et de dragons. Dans les restaurants bondés, des serveurs en plein marathon débitaient des élevages entiers de canard laqué en fines lamelles. Je scrutais la foule avec inquiétude en serrant mon butin dans ma poche.

J'avais pris ma décision brusquement.

J'ai passé en revue une série de grands immeubles victoriens, lignes austères et façades écrasantes, puis bifurqué à droite sur Albemarle Street et pénétré dans le hall du très chic Brown's Hotel. Un guignol en capote et haut-de-forme a surgi d'un décor de colonnes doriques et de lampes de cuivre. Il n'aurait pas dû me barrer le passage : il a volé à trois mètres. Le maître d'hôtel, trogne de cocker posée sur un corps de basset, m'a interpellé d'une voix ferme. Je lui ai mis ma carte de presse sous le nez.

— Je viens pour le concert ! Où ?

Le larbin en jaquette m'a indiqué une salle au fond

du couloir. Une flûte gambadait par-dessus les lignes claires des cordes. J'ai ouvert la porte.

Laura était en plein Haydn. Devant un parterre de visages ravis, ma fée multicolore faisait jaillir un ruban de notes de sa baguette magique. Je me suis aussitôt détendu.

Au moment de reprendre sa respiration, elle a levé la tête et nos regards se sont croisés. Et j'ai su. J'ai su avec certitude que c'était elle. La Femme. Celle qu'on ne rencontre qu'une fois dans sa vie. L'Unique, qu'il ne faut pas rater.

Sans manquer une note, elle m'a souri et achevé le morceau pour moi seul. Je l'aurais juré. Puis elle a soufflé l'accord final comme on envoie un baiser.

Les spectateurs ont bondi de leur siège et hurlé de bonheur. Moi aussi, j'applaudissais comme un perdu. J'étais ivre, ivre de vie et d'amour. J'étais peut-être condamné à passer le restant de mes jours derrière les barreaux, mais j'avais eu le privilège de vivre un instant parfait. Le reste n'avait plus aucune importance.

J'ai attendu Laura au bar de l'hôtel. Le serveur faisait semblant de ne pas me voir. Il est vrai qu'avec ma barbe de cinq jours et ma figure un peu chiffonnée, je n'inspirais pas une grande sympathie. Je l'ai pourtant persuadé de me servir un verre de bordeaux sur le compte de la production. La carte de presse est la providence des assoiffés.

Un bouquet de fleurs sous le bras, Laura a signé des dizaines d'autographes puis discuté un bon quart d'heure avec un spécimen britannique génétiquement pur, un type plutôt guindé, raide comme Big Ben et dentu comme un cheval des Horses Guards – le responsable d'EMI, à coup sûr. Après avoir satisfait à ses obligations professionnelles et répondu à toutes les sollicitations, elle a couru vers le bar, lancé le bouquet à la diable et, devant une cinquantaine de spectateurs médusés, s'est jetée dans mes bras.

— J'étais sûre que tu viendrais ! Je suis si heureuse !

Une exquise magicienne et un gorille enlacés comme deux adolescents : au palmarès de l'improbable, nous battions les Anglais à plates coutures.

Nous avons pris le chemin de Cartwright Gardens en état d'apesanteur. Sous ma main, je sentais la taille ferme de Laura. Chaque caresse la serrait un peu plus fort contre moi. Cette fois, rien ni personne ne pourrait nous empêcher de nous jeter l'un sur l'autre.

Nous marchions dans une petite rue déserte de Soho quand j'ai entendu des pas se rapprocher à toute vitesse. Je n'ai même pas eu le temps de me retourner.

Le poing m'a percuté en pleine nuque, et j'ai volé dans le caniveau. Un cri – Laura ! La protéger à tout prix. Une lame a surgi. Le type – grand, mince, bonnet noir, une écharpe sur le visage – s'est penché sur moi, couteau en avant, m'a empoigné par le col de mon blouson et m'a relevé à bonne hauteur. J'étais mort. Et, étrangement, presque soulagé.

Lorsque j'ai vu la jambe de Laura se détendre dans un éclair et l'atteindre à la hanche droite. L'homme a valsé dans les poubelles. Je me suis relevé comme dans un rêve.

Une seconde plus tard, nous cavalions dans les ruelles de Londres, le type lancé à nos trousses. Nous avons bifurqué au petit bonheur la chance. Les rues étaient désertes et nous courions comme des dératés pour sauver notre peau.

Nouveau carrefour. Un bar branché, de la musique. J'ai pris Laura par la main et nous avons foncé dans la masse des fêtards. Rock assourdissant, Bruit infernal. J'ai repéré la sortie de secours, à côté de la scène et foncé droit devant, les nerfs en hypertension. Les jeunes tapaient dans leurs mains et sifflaient de joie. Pas de grand type en noir parmi eux. Un peu de répit. Je me suis détendu.

Nous avions frôlé le grand point d'orgue, l'ultime accord avant le silence définitif. Mes jambes avaient la consistance de la gelée, sans parler de mon sang, fluide comme de la mélasse. Je réalisais enfin la profondeur du précipice. Laura, elle, paraissait beaucoup plus sereine.

— Tu as de la chance que j'aie fait du karaté pendant dix ans. Rien de tel pour la coordination des membres ! Qu'est-ce qu'il nous voulait, ce dingue ?

— Sans doute un voleur à la tire…

Je l'ai rassurée d'un sourire. L'aventure semblait lui plaire.

Le public a ovationné le groupe. Vêtus de tee-shirt et de baskets, les quatre musiciens arboraient des coupes approximatives, des tatouages rampant le long des bras et des piercings dans tous les orifices. Malgré sa gueule de repris de justice, le chanteur avait une voix très douce. Il a porté sa guitare folk à son épaule et a joué les premiers arpèges d'une ballade en *la*.

« *There are places I'll remember, all my life though some have changed...* »

Laura a trépigné de joie.

— J'adore ce morceau !

— Qu'est-ce que c'est ?

— *In my life*, la plus belle ballade des Beatles.

Personne, autour de moi, n'avait connu John Lennon vivant, mais tous reprenaient en chœur la chanson. Blottie entre mes bras, Laura avait déjà oublié l'agression et chantait à tue-tête. Je me suis laissé porter par la mélodie et la voix plaintive du chanteur, gorgée de nostalgie. Je me revoyais adolescent, seul dans ma chambre, rejouant pour la centième fois la *Marche turque* de Mozart. Mes doigts malhabiles hésitaient sur les touches, tout mon cœur s'épanchait dans le clavier, mais jamais aussi bien que je l'espérais. Je recommençais, encore et encore. Ma mère rentrait du travail, fourbue. Alors je reprenais, plus fort. Mais elle faisait mine de ne rien entendre.

Je devais me rendre à l'évidence : les Beatles avaient reçu le don de la composition, ce privilège inouï qui transmute le plomb en or. Il y avait là une forme de lumière, digne des plus grands. Au XXe siècle, Mozart aurait été rock star.

A la fin du deuxième couplet, l'organiste a joué le pont, une suite d'accords majeurs de style très élisabéthain. Une vraie suite baroque, élégante et noble. Haendel avait laissé son empreinte partout, même dans le rock…

Et l'inspiration m'a frappé de plein fouet. Décidément, il n'y a pas de hasard…

Le concert s'est terminé très tard et nous avons traîné dans Soho, trop excités pour songer à dormir. Puis nous avons longé la Tamise, main dans la main. Londres n'avait pas sommeil. A 4 heures du matin, les enseignes clignotaient à tous les coins de rues et les voitures filaient le long des quais dans un bourdonnement incessant. Des grappes de supporters ivres morts fêtaient encore leur victoire à grand renfort de chants avinés.

Nous nous sommes arrêtés sur un banc. Laura m'a raconté son concert, note pour note, et je lui ai brossé les grands traits de mon entrevue avec le musicologue. Romantique pour romantique, je lui ai tendu mon cadeau de fiançailles : la suite en *si* bémol majeur que j'avais confisquée à Lambert alors qu'il s'intéressait aux ébats virils de l'écran. Laura m'a bien fait la morale une minute ou deux, mais s'est bientôt absorbée dans l'embrouillamini des notes. Cette écriture lui rappelait quelque chose, à elle aussi…

Déjà, l'aube pointait par-dessus les gratte-ciel de la City. Dans le demi-jour laiteux, London Bridge jetait ses amarres de part et d'autre du fleuve. Le Parlement brandissait ses tours crénelées vers les nuages. Un peu partout, des cubes de béton et d'acier prenaient vie.

Nous avons bientôt aperçu les tours de Westminster Abbey.

Si mon intuition se vérifiait, un message nous attendait là-bas.

Un homme d'une soixantaine d'années s'activait à l'entrée. Nous nous sommes enquis des horaires d'ouverture et n'avons eu droit qu'à une réponse laconique.

— *Nine thirty.*

L'idée de faire le pied de grue une heure durant devant une cathédrale, aussi prestigieuse fût-elle, m'enthousiasmait moyennement. Mais l'accent irlandais du gardien n'avait pas échappé à Laura qui a commencé à lui parler du pays, des inflexions languides dans la voix. Il s'est appuyé à son balai et le charme de ma compagne a agi dans l'instant.

Dix minutes ne s'étaient pas écoulées que le bedeau, prénommé Gilbert, souriait comme un bienheureux et nous invitait dans sa famille pour les vacances. Avec une touchante ingénuité, Laura lui a alors demandé s'il était possible de jeter un rapide coup d'œil dans l'abbaye avant la ruée des touristes. La main sur la hanche, l'homme a hoché la tête.

— *Normally, you may not.*

Elle a aussitôt sorti sa flûte et envoyé une gigue irlandaise. Nos trois pieds droits se sont mis à suivre la cadence. Une minute plus tard, Gilbert observait les alentours et murmurait, *pianissimo* :

— *Just five minutes. Okay ?*

Laura lui a serré la main : cinq minutes, pas plus, foi d'Irlandais.

Nous nous sommes introduits dans la cathédrale par une porte dérobée. L'édifice était taillé dans le plus pur style gothique : murs élancés, voûtes en ogive et vitraux immenses. Une armée d'ombres surveillait notre progression le long de la nef : à perte de vue, les statues de marbre, visage serein et mains jointes, s'alignaient comme pour une parade macabre. Nous étions cernés par la légende : les plaques commémoratives ressuscitaient les noms de Newton, Shakespeare, Henri VII, Dickens, Mary Stuart, Kipling…

— Dis donc, en matière de grandiloquence, les protestants n'ont rien à envier aux papistes !

— Tu n'as aucun sens du sacré ! Ceci n'est pas seulement une cathédrale, c'est le centre d'un empire !

— C'est toi, l'Irlandaise, qui me dis ça !

— L'Irlande, mon cher, est le joyau de la couronne.

Nous avions rendez-vous avec la statue d'un colosse ventripotent couronné de trompettes et de contrebasses. Sa main gauche présentait la partition du *Messiah*. Le sculpteur avait poussé la vraisemblance jusqu'à graver les premières notes de l'œuvre dans la feuille de marbre. En arrière-plan, des anges contemplaient le héros. Nous ne pouvions pas manquer notre cible : le socle était frappé de l'inscription définitive « GEORGES FRIEDRICH HAENDEL ».

A moi de jouer. Si ma théorie se vérifiait, Haendel avait désigné son successeur, tout comme Monteverdi avait rassemblé les siens autour de Santa Maria dei Frari.

Laura m'a attrapé le bras.

— Tu as vu ?

— Laisse-moi me concentrer.

— La partition !

Elle désignait le marbre d'un doigt tremblant.

— Le *Messiah* ? C'est l'un de ses plus célèbres oratorios, et alors ?

— Les notes. Lis les notes !

— C'est un cours de solfège ?

— Lis, idiot !

— *Si* bémol, *la*, *do*, *si*. Je ne vois pas…

— En écriture simplifiée allemande, *si* bémol s'écrit B, *la* s'écrit A…

— ... C pour *do* et H pour *si*.

— « B-A-C-H » ! Haendel a fait graver le nom de Jean-Sébastien Bach sur sa tombe !

Bach, l'ami de jeunesse de Haendel ! Le destinataire de l'oratorio de 1717, l'héritier du secret… Comme Monteverdi, Haendel avait choisi une église pour célébrer la grandeur de sa mission. De fait, difficile de faire plus solennel que Westminster Abbey…

Simple péché d'orgueil ou nouvelle énigme ?

Le visage joufflu de Haendel s'amusait de mon embarras.

Nous avons regagné le Crescent. En chemin, Laura a relu la suite en *si* bémol majeur et m'a expliqué pourquoi elle ne l'avait pas identifiée du premier coup. C'était stupéfiant : ces compositeurs maîtrisaient l'art de l'arrangement, dans tous les sens du terme…

Un complément d'information s'avérait indispensable. J'ai interrogé Laura.

— Toi qui connais si bien l'œuvre de Bach, rafraîchis ma mémoire. Bach et Haendel sont bien nés la même année ?

— Oui, en 1685, au nord de l'Allemagne.

— Et, pourtant, ils ne se sont jamais rencontrés.

— Officiellement, non.

— J'en étais sûr ! Il y a une légende, c'est ça ?

— Pas une légende, un doute. D'après certains historiens, ils auraient postulé en même temps au poste d'organiste d'une église de Lübeck, dont le titulaire, Dietrich Buxtehude, souhaitait passer la main. Sans se connaître, Bach et Haendel se sont présentés le même jour à l'audition. Je te laisse imaginer la surprise du brave homme ! Il était considéré comme le plus grand virtuose de son temps, et deux galopins de dix-huit ans le reléguaient illico au rang de télégraphiste !

— Anachronisme mis à part, c'est la vie… Place aux jeunes !

— Seulement, le contrat comprenait une clause un peu spéciale.

— Un répertoire imposé ?

— Pas du tout. La fille de Buxtehude.

— Pardon ?

— Pour obtenir le poste, l'heureux élu devait épouser la fille du précédent titulaire. C'était la coutume.

— Plutôt sympathique, comme coutume…

— Si la fille est jolie, oui. Hélas, la demoiselle en question ressemblait à un orgue : énorme, des boutons plein la figure et autant de dents gâtées que de touches noires dans un clavier.

— Et que s'est-il passé ensuite ?

— Pas fous, les deux jeunes hommes ont poliment donné un coup de chapeau et cherché du travail ailleurs. Ils ne se sont jamais revus… mais ce document prouverait qu'ils se sont écrit au moins une fois.

A moi de prolonger la fugue. Notre thème semblait posséder d'infinies variations.

— L'oratorio de Haendel date de 1717. Est-ce que cette date est importante, dans la vie de Bach ?

Laura s'est figée sur place, stupéfaite.

— Tu te moques de moi ? C'est l'année où il a fait de la prison !

— On a incarcéré Jean-Sébastien Bach ?

— A l'époque, il était maître de chapelle du duc de Weimar. C'était un homme calme et travailleur, bon mari et bon père de famille. Pourtant, un matin, alors que toute la cour attendait la musique pour commencer la messe… rien. Un serviteur est monté au jubé et a trouvé Bach assis à son orgue, complètement abattu. Le duc en personne s'est déplacé et lui a intimé l'ordre d'honorer son contrat. Mais Bach a refusé, en expliquant qu'il en avait assez de la musique d'église. Il voulait écrire ce qui lui passait par la tête.

— Ce n'était pas très diplomatique.

— C'est le moins qu'on puisse dire. Devant l'insistance du duc, Bach a quitté son poste sans préavis. En ce temps-là, on ne chipotait pas avec la hiérarchie, et il a été mis aux arrêts. Mais c'était mal le connaître. Il est demeuré inflexible.

— Je comprends pourquoi tu l'aimes tant…

— Tu as de la chance, je n'ai rien entendu.

— Combien de temps est-il resté en prison ?

— Un mois. Comprenant que son serviteur ne changerait jamais d'avis, le duc de Weimar a fini par le renvoyer et Bach est parti travailler à la cour de Cöthen. Il avait complètement changé. Comme un homme que la mort va surprendre à tout moment, il semblait possédé par sa création et composait chef-d'œuvre sur chef-d'œuvre : les *Concertos brandebourgeois*, les *Suites pour violoncelle*, le *Clavier bien tempéré*… Une véritable source miraculeuse ! Accessoirement, il a fait quinze enfants à sa pauvre femme.

— Quelle puissance de création !

— J'étais certaine que tu allais m'infliger une remarque phallocrate.

J'ai souri pour me faire pardonner.

— Corrige-moi si je me trompe, mais Bach a pourtant bien continué à pratiquer l'orgue ?

— Tu as raison. Quelques années plus tard, il a accepté un poste d'organiste à l'église Saint-Thomas de Leipzig, qui possédait un instrument d'une qualité exceptionnelle. Va savoir pourquoi, Bach l'appelait son « laboratoire ». Il s'est alors lancé dans la composition de théorèmes musicaux, des œuvres d'une complexité quasi insurmontable. Crois-moi, il faut être un musicien accompli pour s'attaquer à *L'Art de la fugue* ou aux *Variations Goldberg*… Grâce à ces recherches, Bach a ouvert la voie à l'harmonie moderne. Par la suite, tous les musiciens sans exception se réclameront de lui.

— Mozart aussi ?

— Tout à fait. A peine installé à Vienne, il s'est attelé à *L'Art de la Fugue* et y a consacré deux années de sa vie, subjugué par la science du contrepoint de Bach.

Je me suis rappelé la partition du *Quatuor en ut*, la seule à comporter des ratures. Même pour Mozart, l'apprentissage ne s'était pas fait sans peine…

Il était temps de rejoindre l'hôtel. Autour de nous, un chef d'orchestre invisible avait redressé ses pupitres et dictait un *allegro* forcené. Les autobus virevoltaient autour de Trafalgar Square et des marées d'employés surgissaient des bouches de métro, se hâtant vers leurs alvéoles. Les taxis de nuit emportaient quelques maraudeurs vers un repos bien alcoolisé, tandis que leurs collègues du matin conduisaient une poignée de golden boys, costume finement coupé et lunettes plongées dans le *Financial Times*, vers les tours de verre où se négociait la planète.

Le Commerce imposait son tempo.

32

Une silhouette familière était accoudée à la réception du Crescent. Rond et jovial, le bonhomme massacrait quelques mots d'anglais au son d'un bel accent méridional. Prosper Quinet.

— Maï ingeliche is terribeule, beutte you understande mi. You have a véry naïce hotelle.

Il a éclaté de rire à notre entrée.

— Ça alors ! Vous ici ! Quelle bonne surprise !

Il m'a chaleureusement serré la main. J'ai eu droit à des tapes dans le dos et à un proverbe déclamé d'une voix de stentor. Il tenait à connaître le nom de la charmante jeune femme qui m'accompagnait. Laura était conquise, d'autant que l'antiquaire l'accablait de compliments. Bien sûr qu'il avait entendu parler d'elle ! La célèbre Laura Klugh !

Nous avons regagné nos chambres. Notre visiteur m'a suivi dans la 318. J'ai verrouillé la porte.

— Je ne vous attendais pas si tôt, monsieur Quinet.

— Je vous en prie, appelez-moi Prosper. Je me suis mis en route dès que j'ai reçu votre message. Me voici donc à votre service, frais et dispos. Quand il y a des affaires à faire, vous pouvez compter sur Prosper !

Il s'est tapé sur le ventre, réjoui à l'avance de sa bonne fortune.

— Vous voyez que j'ai eu raison de vous laisser ma carte ! Maintenant, j'espère que vous avez de bonnes nouvelles pour moi.

— Je sais qui détient la partition du *Requiem*.

Il a marqué une pause et ses lèvres se sont étirées comme pour goûter l'information.

— Toutes mes félicitations. Je ne vous pensais pas si doué.

— Le compliment me va droit au cœur. Surtout de votre part.

— Qui est l'heureux élu ?

— Vous, très bientôt... Si vous m'apportez votre aide.

Sa trogne de Gascon s'est crispée en un douloureux rictus.

— Qu'est-ce à dire ?

— Echange de bons procédés. Je vous donne un nom et vous me filez un coup de main. Je suis recherché par la police, inutile de vous le rappeler.

— Comment l'oublierais-je ? Prosper est toujours prêt à secourir les amis en difficulté ! Et puis, si je devais faire la fine bouche, je perdrais tous mes fournisseurs ! Donnez-moi le nom d'un confrère, un seul, qui n'ait pas joué au moins une fois avec l'authenticité d'une œuvre ou les dates de fabrication... Entre nous, une année de plus ou de moins, qu'est-ce que ça change, hein ? Tant que l'acquéreur est content... En revanche, quand on touche au gros business, plus question de transiger ! On joue franc jeu ! Respect du client ! Parole donnée !

Bouleversant de candeur, il s'est posé la main sur le cœur – ou le portefeuille, impossible de savoir avec ce genre d'individu.

— Vous n'avez pas répondu à ma question. Vous m'aidez, oui ou non ?

Au bord du désespoir, il a pris les murs à témoin.

— Je ne demande que ça, mais, comprenez-moi ! Il me faut des garanties ! Je ne vais quand même pas acheter un chat dans un sac ! Prosper a besoin de lumières !

J'ai sorti la suite en *si* bémol majeur de ma poche.

— Voici une avance, en guise de ma bonne foi.

Il a saisi le manuscrit et l'a tenu à distance respectueuse.

— Musique baroque. Ecriture nerveuse. Contrepoint élaboré. Pas besoin de signature, je le reconnaîtrais entre mille : Jean-Sébastien Bach.

— Notre… client essaie de le vendre au plus offrant. Il a pris des contacts avec la British Library.

— Bon choix, mais il y a mieux. En une heure, je vous trouve vingt acheteurs. Je vous assure 50 000 euros minimum.

— Eh bien, prenez-la. Elle est à vous.

Il m'a regardé par en dessous, flairant l'entourloupe. J'ai joué cartes sur table.

— Depuis quand écoulez-vous des faux ?

L'antiquaire a posé les mains sur les hanches, au comble de l'indignation.

— Comment osez-vous…

— Pas de chance pour vous, Bach est le compositeur préféré de Laura. Elle connaît très bien son œuvre et est catégorique : le prélude et fugue en *si* bémol majeur n'est pas de sa main. Des études récentes ont montré qu'il s'agit en fait d'une composition d'un de ses élèves. On l'a attribuée à Bach parce qu'on a cru y voir sa signature.

Mon doigt a suivi les notes de la quatrième mesure.

— *Si* bémol-*la*-*do*-*si* : B-A-C-H, en écriture simplifiée allemande. Le maître a souvent utilisé cette séquence pour signer ses compositions. Son élève le savait.

Prosper Quinet ne s'est pas démonté et a émis un petit sifflement admiratif.

— Alors là, bravo. Même Bonsecours n'y avait vu que du feu.

— Félicitez plutôt Laura.

— Je ne m'étais pas trompé, cette jeune femme est remarquable.

Il a fait mine d'empocher la partition. Mais je l'ai rattrapée avant qu'elle disparaisse. Le papier, vieux de trois siècles, menaçait de rompre.

— Alors, je peux compter sur votre aide ?

— Evidemment ! La question ne se pose même pas.

J'ai planté mes yeux dans les siens.

— On sent chez vous l'homme de principes.

J'ai lâché la feuille, qui a disparu dans son costume, et il a tapoté sa poche intérieure d'un air satisfait.

— N'ayez crainte, je ne vous décevrai pas. Maintenant que les présentations sont faites, il serait peut-être temps de m'en dire un peu plus sur notre homme, histoire de négocier un accord équitable.

Je l'ai jaugé du regard. Les plateaux de la balance semblaient à nouveau en équilibre.

— Il s'appelle Dieudonné Lambert. C'est un professeur de musicologie.

Les yeux de l'antiquaire ont failli jaillir de ses orbites.

— Quoi ? Ce pauvre type ?

— Le notaire chargé de la succession de Bonsecours l'a missionné pour superviser la vente des manuscrits chez Christie's. Il en a profité pour… emprunter quelques pièces.

Il a savouré l'audace en connaisseur.

— Alors là, je lui tire mon chapeau. Il faut un sacré courage pour tenter une arnaque pareille. Ou de l'inconscience, parce qu'il s'est mis dans un sale pétrin. Vous pensez bien que Jérôme Clerc a procédé à un inventaire préalable de la bibliothèque de Bonsecours. Dès qu'on s'apercevra de la disparition du *Requiem*, une enquête sera lancée. Dans ces conditions, impossible de l'écouler sur le marché, faites-moi confiance.

— Il veut le vendre en douce à un particulier.

— Dans ces conditions, pas de temps à perdre. Il faut le pincer avant la conclusion de la transaction.

Quinet a interrompu son élan et repris ses airs de maquignon.

— Une minute. Pourquoi me donnez-vous ces informations ? Après tout, je pourrais vous trahir.

— Je vous l'accorde, mais les policiers seraient très peinés d'apprendre que le célèbre Prosper Quinet écoule de la fausse marchandise, vous ne croyez pas ?

Il a posé la main sur sa poitrine.

— Qui vous dit que je vais la conserver ? Je peux très bien m'en débarrasser !

— Et tirer un trait sur 50 000 euros ? Ce serait indigne de vous…

Quinet a baissé les bras, résigné : l'argent a des raisons que la raison connaît par cœur… Nous avons échangé une poignée de main. Notre pacte de truands était scellé.

— Encore un point. Laura doit être tenue à l'écart de tout cela. Officiellement, notre rencontre est fortuite.

— Bien entendu ! Quand il le faut, Prosper est muet comme la pierre. Bon, je vais contacter Thompson.

— Thompson ?

— Le responsable des manuscrits anciens de la British Library. Il me donnera sûrement quelques indications.

J'ai eu juste le temps de faire un aller-retour sous la douche avant que Quinet fasse irruption dans ma chambre.

— D'après Thompson, Lambert était censé passer ce matin à la British Library, mais il n'a pas donné signe de vie. Le plus simple serait de lui rendre une petite visite de courtoisie à son hôtel. Qu'en pensez-vous ?

— J'ai oublié de lui demander où il est descendu.

L'antiquaire a consulté une fiche.

— Hazlitt Hotel, Frith Street, à côté de Soho Square. C'est à deux pas.

A mon tour, j'ai apprécié le tour de force. Il a fait son modeste.

— Elémentaire. Dans mon métier, l'information vaut parfois plus que la marchandise.

— Je croyais qu'on parlait d'œuvre, et non de marchandise ?

— Vous faites partie des initiés, à présent.

J'ai fait un saut chez Laura pour lui annoncer que je m'absentais pour prendre un café avec mon cher ami Prosper Quinet. Nous avons convenu d'un rendez-vous à la réception aux alentours de midi.

Les rues entourant Soho Square étaient bordées de maisons de briques grises et rouges. Dans ce contexte, impossible de louper le Hazlitt, un cinq-étoiles bardé de cuivre, de dorures, de boiseries et de coussins brodés.

— Il a des goûts de luxe, pour un petit professeur…

Prosper Quinet avait une autre interprétation.

— Je crois surtout qu'il n'a plus les pieds sur terre. C'est toujours mauvais signe de tirer des chèques sur l'avenir.

Nous avions à peine passé le seuil du hall baigné de lumière que l'antiquaire s'était métamorphosé en bienfaiteur de l'humanité. Dans un anglais digne de Molière, il a expliqué à la réceptionniste que nous avions rendez-vous avec monsieur Dieudonné Lambert. La jeune femme a vérifié : la clé de la 211 n'était pas sur le tableau, il était donc bien dans sa chambre. Elle a fort obligeamment proposé de le prévenir de notre arrivée, mais il l'a arrêtée d'un geste.

— Oh, please no ! We will surpaïse hime ! We will make a joke ! You know how we are, us, Frenchmen !

Elle a admis avec nous que l'occupant de la chambre 211 était verni d'avoir des amis aussi spirituels et attentionnés.

L'ascenseur a refermé ses portes et le sourire de

Prosper Quinet s'est volatilisé. Nous avons parcouru le deuxième étage, aux murs tapissés de tissu fin. La moquette, ample et profonde, amortissait nos pas. Le silence est le plus grand privilège des riches. Ils ne connaissent pas leur bonheur.

Guidé par l'instinct du chasseur, Prosper Quinet a trouvé assez vite la 211. Trois coups secs. Pas de réponse. Nouvelle tentative. Rien. Nous avons échangé un regard. L'antiquaire a tourné doucement la poignée. La porte n'était pas verrouillée.

La chambre était somptueuse : lit à baldaquin, mobilier en acajou, tentures de velours doublées de soie garance, salle de bains en marbre, robinets dorés… Voilà qui cadrait mal avec la personnalité et le train de vie du musicologue. Il devait être tout à fait sûr de son coup pour s'offrir un tel palace.

Nous avons fait le tour de la pièce. Le lit n'était pas défait. Sa valise était rangée dans un coin et son imperméable pendait dans la garde-robe. Mais son cartable avait disparu. Fuite ou enlèvement ? Impossible à dire.

— Nous n'apprendrons rien de plus ici. Allons-nous-en, a dit Quinet, dépité.

— Et s'il était chez Christie's ?

— Nous pouvons y faire un saut… Sait-on jamais, une bonne affaire est si vite arrivée ! Au moins, je ne me serais pas déplacé pour rien.

Nous avons quitté le Hazlitt avec un maximum de discrétion. Personne ne nous a entendus partir, la moquette faisant foi.

Nous mettions le cap vers le Crescent lorsque mon attention a été attirée par un profil de bronze, sur une façade de Frith Street. Le jeune Mozart avait vécu dans cette maison, à l'âge de neuf ans. Il en avait profité pour écrire ses deux premières symphonies.

A l'abri dans son médaillon, Wolfgang paraissait ravi de l'anecdote.

33

Laura avait acheté quelques fripes avec l'argent de son cachet et recouvré une apparence plus conforme à ses standards esthétiques : jupe bleue et pull orange sur chemise jaune, un véritable arc-en-ciel ambulant. Elle nous attendait dans la salle de télévision du Crescent, où les deux vieilles dames l'initiaient aux mystères du cricket, ce jeu venu du fond des âges où des messieurs tout de blanc vêtus se pavanent entre deux sprints sur une pelouse moelleuse et impeccable, salués par d'énigmatiques applaudissements.

Elle s'est jetée dans mes bras en poussant un cri de joie.

— Le responsable d'EMI m'a téléphoné il y a une demi-heure ! Ils me proposent un contrat ! Un disque avec le programme du concert, et un autre avec des suites de Bach pour flûte et piano !

— Merveilleux !

— J'enregistre à Paris en décembre. Ils me proposent ensuite des dates un peu partout en Europe. Ça a marché !

Les deux *ladies* ont approuvé avec entrain. Un arrêt

de volée de leur joueur favori n'aurait pas déchaîné plus d'enthousiasme.

Elle a sorti sa flûte et a interprété la première suite pour violoncelle à un tempo supersonique. La musique de Bach donnait un aperçu assez exact de l'univers, structure en perpétuelle expansion, force tellurique inépuisable et sans cesse renouvelée. Une ligne mélodique en appelait une autre, puis une autre encore, se ramifiant pour entraîner l'auditeur dans un monde infini, toujours plus riche et plus complexe. Rien que pour Bach, Dieu aurait mérité d'exister.

Elle a bouclé la suite et salué sous les vivats. Prosper Quinet souriait avec candeur, comme si les tenailles du profit se relâchaient le temps d'un récital.

— Mademoiselle, vous jouez divinement bien.

— Je n'ai aucun mérite… Quand on pratique Bach, on devient excellent. C'est automatique. Il faut dire que cette œuvre m'accompagne depuis l'enfance. Mon professeur me disait toujours : « Si tu veux savoir ce qu'est la musique, apprends les suites pour violoncelle. » Je les ai travaillées jusqu'à ce que mes doigts ne soient plus conscients de jouer. Je voulais atteindre cet état d'inspiration où, pendant quelques secondes, l'instrument devient le prolongement direct de votre âme. C'est à ce prix seulement qu'on peut mesurer l'étendue du génie de Bach.

— Votre talent mérite d'être mis en valeur ! Est-ce que quelqu'un s'occupe de vous ? Un agent, un impresario ?

— Pas encore, mais j'ai bon espoir.

Il a ouvert les bras.

— Et moi donc ! Mademoiselle, je suis l'homme de

la situation ! Voulez-vous nous accompagner ? Nous en parlerons à notre aise, tout en faisant notre marché.

La trêve avait été de courte durée.

La foule se bousculait autour des vitrines de la salle de vente. Professionnels et curieux jouaient des coudes pour apercevoir le bout d'une partition ou la reliure d'un manuscrit du Moyen Age. Armé d'un ventre de conquérant et d'un aplomb à toute épreuve, Prosper Quinet imposait sa présence avec un sans-gêne typiquement français. Il a désigné une feuille couverte de pattes de mouche.

— Voyez cette petite merveille, mademoiselle ! Le dernier mouvement de *L'Art de la Fugue* ! Bach n'a pas eu le temps de le terminer et l'un de ses fils a écrit, juste en dessous de l'ultime portée : « *L'auteur est mort pendant qu'il composait cette fugue.* » Comme c'est émouvant... Ça chiffre dans les 100 000 euros, une pièce pareille.

— 100 000 euros ?

— Quand on aime, on ne compte pas. Savez-vous que je suis le seul spécialiste en France, je dis bien le seul, capable de vous dénicher un manuscrit autographe de Bach dans la semaine ?

J'ai cru bon de rectifier une vérité de plus en plus bancale.

— Comme la suite en *si* bémol majeur ?

— Est-ce la faute de Prosper si le monde est plein de faussaires ? s'est-il récrié avec la naïveté de l'agneau.

— Justement, vous devriez les repérer, ces faux, est intervenue Laura. Vous êtes un expert, non ?

— Mettez-vous à ma place ! Le catalogue de Bach compte plus de mille œuvres ! Comment voulez-vous le connaître par cœur ? Il composait sans arrêt, cet homme-là… Prenez le *Clavier bien tempéré*, par exemple. Vingt-quatre suites pour clavecin, douze tonalités en majeur, douze en mineur. Qui me dit que la suite en *mi* bémol mineur est bien de lui ? Ou celle en *fa* dièse majeur ?

— On reconnaît immédiatement une œuvre de Jean-Sébastien Bach.

— Chère mademoiselle, il ne faut pas se fier aux apparences. Malgré sa réputation, je ne lui donnerais pas le bon Dieu sans confession.

— D'autant qu'il était protestant. La confession, c'est bon pour les papistes.

— Je vous rappelle que je suis expert en manuscrits anciens, pas théologien. Comme vous l'avez vous-même remarqué, un certain nombre de compositions attribuées à Bach ne sont pas de sa plume. D'après les spécialistes, elles proviendraient d'un de ses élèves supérieurement doué. Quand on connaît le degré de virtuosité d'un Jean-Sébastien Bach, cela tient du prodige. Mais je vais vous livrer mon intime conviction : le maître avait consenti à cette « supercherie ».

Laura a fait sa sceptique.

— Comment est-ce possible ?

L'antiquaire a légèrement bousculé un gentleman en tweed pour ménager un peu de place à la jeune femme.

— Regardez bien la dernière page de *L'Art de la Fugue*. Arrivez-vous à lire quelque chose ?

— Rien du tout.

— C'est normal. A force d'écrire à la lueur d'une bougie, Bach était devenu presque aveugle, et ses manuscrits étaient quasi illisibles. D'autres partitions de la même époque, en revanche, sont impeccables.

— Vous voulez dire que Bach a encouragé ses élèves à le plagier ?

— Pas ses élèves, mademoiselle. Un élève. Celui qu'il s'était choisi comme successeur.

Je me suis souvenu de l'inscription figurant sur la partition de *L'Offrande musicale* : « Cherchez, et vous trouverez. » Mon cœur s'est mis à battre *prestissimo*.

— De qui s'agit-il, à votre avis ?

— Alors là, mystère.

Je commençais à cerner le bonhomme : sa mémoire accusait des défaillances providentielles. Il n'était pas du genre à abattre toutes ses cartes d'un coup

— Quoi qu'il en soit, a repris Laura en se tapotant les lèvres d'un air dubitatif, cet élève n'a pas fait parler de lui. Jean-Sébastien Bach n'a pas de disciple connu.

Je ne pouvais pas le croire. Elle s'est expliquée.

— Bach était déjà démodé de son vivant. Les gens voulaient du divertissement, pas des équations à trente-six mille notes. Dans ces conditions, son successeur, s'il a vraiment existé, n'a rencontré que l'indifférence du public.

En deux phrases, Laura venait de pulvériser tous mes espoirs : si Bach n'avait pas eu de disciple, le secret avait disparu dans les limbes de l'Histoire, et mes belles théories n'étaient qu'un fatras d'absurdités.

Prosper Quinet a pris son air finaud et a jugé nécessaire de compléter mon éducation musicale.

— Considéré comme une sorte de mathématicien de la musique, Bach était obsédé par les modèles logiques. Son chiffre patronymique, si l'on peut s'exprimer ainsi, était le 14 : en additionnant toutes les lettres de son nom, A équivalant à 1, B à 2 et ainsi de suite, on parvient à 14. Pour célébrer son entrée dans la Société des Sciences musicales, il a offert une composition personnelle, les *Variations canoniques*. Savez-vous comment il l'a signée ?

— Je vous écoute.

— En additionnant les mesures des deux premières variations, vous obtenez le chiffre de 41 – 14 à l'envers ! Plus fort encore : savez-vous pourquoi il a attendu 1745 pour entrer dans cette Société ?

— Je n'en ai pas la moindre idée.

— Parce qu'il voulait en être le quatorzième membre. Et qui a été le quinzième ?

Silence. Prosper Quinet a éclaté de rire.

— Un certain Léopold Mozart !

J'ai sursauté, plein d'espoir.

— Mozart aurait connu Bach ?

Une nouvelle fois, Laura a remis les pendules à l'heure avec une délicatesse d'horloger.

— Enfin, Denis, on ne t'apprend rien au *Monde de la musique* ? Bach est mort en 1750 et Wolfgang est né six ans plus tard. Cela dit, il y a tout de même une chose étrange.

— Quoi donc ?

— Léopold Mozart a connu personnellement Jean-Sébastien Bach et, pourtant, son fils n'a entendu parler de lui qu'à l'âge de vingt-six ans ! Comme si son père avait voulu lui cacher son existence…

L'antiquaire a esquissé un geste fataliste.

— Pour moi, il n'y a qu'une seule explication logique à cet oubli : Bach n'avait aucune stratégie marketing.

Laura était outrée.

— Mais c'était un génie !

— Un génie, d'accord, mais à part les paroissiens de la petite église de Leipzig où il pianotait tous les dimanches, qui avait entendu parler de lui ? Personne ! Il était apprécié d'un public très restreint de connaisseurs, des mélomanes avertis, comme on dirait aujourd'hui... Bien sûr, certaines de ses partitions ont été publiées, mais qui pouvait les jouer ? C'était beaucoup trop compliqué ! Je vais vous dire une bonne chose : ce qui lui a manqué, à Jean-Sébastien Bach, c'est un impresario compétent. Confiez-moi un type de son calibre et je vous en fais une star, comme Mozart ! A ce propos, mademoiselle, je me demandais si vous...

En matière de délicatesse, Laura avait trouvé son maître. Mieux valait intervenir.

— Parce que Mozart était un as du marketing, lui ?

Prosper Quinet nous a administré une leçon de management entre deux vitrines, et sans jamais quitter Laura des yeux.

— Contrairement à une légende tenace, Mozart était un excellent communicant. Il gérait son agenda et son image à la perfection. Il a d'abord compris qu'il devait optimiser sa position sur le marché de la création musicale et a quitté Salzbourg pour Vienne. Ensuite, il s'est débrouillé pour nouer d'excellents contacts avec l'empereur Joseph II, qui lui a commandé des opéras – cela équivaut au partenariat d'une grande chaîne de télévision pour la promotion d'un disque. Enfin, il a donné des dizaines de concerts par souscription, en s'appuyant sur des campagnes de publicité dans les salons – la bonne société viennoise était un marché extrêmement porteur. Comme son principal argument de vente était sa virtuosité au piano, il a composé d'innombrables concertos ! En somme, il avait compris avant tout le monde le principe de l'offre et de la demande. C'était un artiste complet et très sûr de lui, et absolument pas l'idiot qu'ont dépeint certains films.

— Alors, pourquoi était-il si pauvre à la fin de sa vie ?

L'antiquaire n'en revenait pas.

— Mozart, pauvre ? Mademoiselle, vous ignorez ce qu'est la pauvreté. En additionnant les concerts, les commandes et les cours privés, il gagnait dix fois plus qu'un professeur d'université. Mais…

J'ai complété par moi-même.

— Il n'avait pas de bon impresario.

— Voilà le drame ! Il dilapidait tous ses gains en vêtements, fêtes interminables, appartements de luxe et jeux de hasard… L'argent lui filait entre les doigts comme les notes de sa musique. Il s'en moquait, il croyait en sa bonne étoile. Hélas, rien n'est jamais acquis. Le public est versatile, il a besoin de nouvelles têtes…

Laura bouillonnait intérieurement.

— Je n'arrive pas à y croire. Ces gens avaient des bouchons dans les oreilles ?

— Trop de notes, mademoiselle ! Trop brillant ! Trop exceptionnel ! Le public aime les choses simples, les petits airs faciles, les ritournelles. Mozart était trop orgueilleux pour écrire des banalités. Ç'aurait été un jeu d'enfant pour lui, mais il était Mozart ! Il ne pouvait pas s'abaisser à composer n'importe quoi ! D'un autre côté, avec un manager avisé, il n'aurait pas été obligé de courir le cacheton comme il a été obligé de le faire dans les dernières années de sa vie, et il ne se serait pas tué à la tâche. J'ai calculé qu'à raison de 10 % pour l'impresario – ce qui n'est pas énorme, convenons-en –, ses gains entre 1781 et 1791 se seraient élevés à…

Je me suis à nouveau interposé.

— A part les chiffres, Prosper, qu'est-ce qui vous intéresse dans la vie ?

— Beaucoup de choses, mais il faut être précis !

— Soyons réaliste : avec ou sans manager, Mozart aurait claqué tout son argent.

— Ce n'est pas dit. Un manager n'est pas seulement un comptable, c'est aussi un ami, un homme de bon conseil. Voyez-vous, mademoiselle, au début de sa carrière, un musicien doit pouvoir compter sur l'appui d'un professionnel avisé, et je sais que…

— Vous nous parliez des sources de revenus de Mozart.

— Il a connu un gros passage à vide. Il ne plaisait plus ! Par exemple, ses plus grandes symphonies, les numéros 39, 40 et 41 – désolé pour les chiffres – n'ont jamais été jouées de son vivant ! On s'en moquait complètement ! Une véritable tragédie ! Imaginez les sommes qu'elles lui auraient rapportées si un agent s'était chargé de les placer auprès des directeurs de salle… Eh oui, mademoiselle, la vie d'un musicien se heurte souvent à ce genre de paradoxe : il croit toucher au sommet alors qu'il entame sa traversée du désert. C'est dans ces moments-là que le soutien d'un ami s'avère inestimable.

— Comment gagnait-il sa vie, si plus personne ne voulait de ses morceaux ?

— Il ne la gagnait plus, c'était bien là le problème ! Il lui restait quelques élèves, de plus en plus rares. Il s'est même résigné à quémander un poste de musicien à la cour de Vienne. Vous rendez-vous compte ? Mozart, le grand Mozart, redevenait un domestique tout juste bon à écrire des contredanses et des menuets idiots pour les bals de l'empereur ! Que voulez-vous, sa vie était marquée par la fatalité…

Captivée, Laura se tenait sur un pied.

— Que s'est-il passé ?

Prosper Quinet a jeté un dernier coup d'œil sur la salle d'exposition.

— C'est une longue histoire, a-t-il lancé avant de gagner précipitamment la sortie.

Au moment de passer la porte, il s'est tourné vers nous, manifestement en colère.

— Savez-vous pourquoi la musique de Mozart est si vivante ? Parce que c'est la Mort qui lui dictait la mesure.

34

La Mercedes glissait dans le trafic le long de Cranbourn Street et de Long Acre. Devant nous, les pavillons métalliques et les larges baies vitrées de Covent Garden rappelaient les pavillons Baltard, mais peints dans un bleu turquoise résolument britannique. Des jongleurs faisaient leur numéro pour la foule des badauds. Le Royal Hall Opera se dressait sur notre droite, croisement d'Opéra Bastille et de cloche à fromage. La verrière de la façade, coiffée d'un dôme cylindrique, scintillait sous le soleil retrouvé. Trois siècles plus tôt, au sommet de sa gloire, Haendel y donnait ses plus grands opéras.

Haendel n'avait pas acheté ce théâtre par hasard. Sa motivation était autre que musicale, j'en avais l'intime conviction. J'ai posé la main sur l'avant-bras de l'antiquaire.

— Arrêtez-vous une minute.

Notre chauffeur a joué les outragés.

— Vous voulez faire les boutiques ? Je vous préviens, Londres est horriblement cher, et leurs articles, pas toujours irréprochables. Ces gens sont prêts à tout pour fourguer leur camelote aux milliardaires russes.

— Votre indignation me bouleverse, mais je n'en ai pas pour longtemps.

Je suis descendu de voiture et ai contourné le Royal Hall Opera, remonté la Great Queen Street sur cent mètres, et suis tombé sur une imposante bâtisse surmontée d'une sorte de clocher à trois étages, celui-là même que j'avais remarqué la veille sur le chemin de l'hôtel. Une monumentale porte de bronze, éclairée de lampadaires anciens, était surmontée d'un fronton frappé d'une date : 1717. L'année de tous les bouleversements.

Au sommet du clocher, très haut dans le ciel, un rayon de lumière éclairait un compas et une équerre. Freemason's Hall. La Grande Loge de Londres.

Le lieu idéal pour protéger un secret.

Un groupe de visiteurs entrait dans le bâtiment, appareils photo en bandoulière. Je me suis mêlé aux touristes. L'immeuble s'ouvrait sur un grand hall de marbre plongé dans la pénombre. Le dallage du sol était constitué de carrés noirs et blancs.

Une autochtone, mâchoire chevaline et myriade de taches de rousseur sur le visage, s'est jointe au groupe et a prononcé quelques mots en espagnol – formule de bienvenue et présentation des lieux, je présume. J'ai pris mon air le plus appliqué, sans perdre une miette de ce qui se passait alentour. L'hôtesse a désigné les voûtes ornées d'étoiles et les candélabres de cuivre disposés par trois, comme en façade. Elle a ensuite indiqué un couloir obscur, et les touristes se sont docilement arrêtés devant le portrait d'un gentilhomme à perruque, une épée au côté et la main droite posée sur une table où reposaient un livre, un compas et un fil à plomb.

J'en ai profité pour m'écarter discrètement. A vingt mètres, deux énormes appliques à trois branches encadraient une porte capitonnée dont les trois poignées de bronze formaient un triangle parfait. Je l'ai poussée et suis entré dans une vaste salle rectangulaire pavée d'un dallage noir et blanc. Au fond, du haut d'une estrade de trois marches, un fauteuil recouvert de velours bleu nuit et surmonté d'une étoile lumineuse dominait l'espace. Au centre de l'étoile, la lettre G. A gauche, sur une table, un bloc de pierre brute. A droite, sur une autre table, une pierre taillée et un grimoire à la reliure incrustée d'or.

Notes blanches et noires, mélodies ciselées, secrets de composition dissimulés dans les manuscrits. Je me retrouvais dans le cabinet de lecture de Rémy Bonsecours.

Des rangées de sièges drapés de velours grenat étaient alignées contre les murs. En me retournant, j'ai aperçu, au-dessus de la porte, un orgue monumental.

Un gentilhomme emperruqué était penché sur le clavier. Sa musique se déployait, précise, minutieuse. Architecture de sons, sculpture d'harmonies. Une mélodie en appelait une autre, puis une troisième, tournée dans l'air le plus fin.

Georges Friedrich Haendel soulageait son âme d'un poids trop lourd à porter.

Je suis resté de longues minutes, assis dans la salle, à m'imprégner du silence. Le hasard n'intervenait en rien dans cette histoire. Comme dans la bibliothèque de Bonsecours, chaque compositeur avait sa place assignée par l'Histoire et s'insérait dans un vaste plan, à l'ombre d'un terrible secret.

Des bruits de pas m'ont tiré de ma rêverie, et je suis sorti sans bruit pour ne pas troubler le repos des fantômes.

A l'extérieur, aucune plaque.

Les maîtres maçons ne signent jamais leurs chefs-d'œuvre.

J'ai retrouvé Laura et Quinet au Crescent. Après avoir salué les supportrices de cricket et rassemblé ses affaires, la belle flûtiste a donné le signal du départ.

Soudain, Quinet a été pris d'un tic nerveux à la paupière gauche et d'une furieuse démangeaison de la narine droite.

— J'ai oublié quelque chose dans la voiture, je reviens tout de suite.

Je l'ai suivi dans le hall d'entrée. La journée promettait d'être radieuse. L'antiquaire a croisé les bras.

— Nous avons un problème.

— Un problème ?

— Oui. Un problème de logistique.

J'ai senti l'embrouille.

— Vous vous êtes engagé, Prosper.

— Bien sûr, et je n'ai qu'une seule parole. Je n'en dirais pas autant de vous. Prosper vous a offert son aide, mais qu'a-t-il reçu en échange ? Où est le manuscrit du *Requiem* ?

— Je ne vous ai jamais promis…

— Vous prétendiez connaître son détenteur. Au bout du compte, nous n'avons vu ni l'homme, ni l'objet. Il y a de quoi se sentir un peu floué, pour ne pas dire trahi.

— Vous dites n'importe quoi ! Ce n'est pas ma faute si…

— Gardez votre calme, votre amie risque de s'inquiéter. Avec Prosper, les choses sont claires. Vous me faites venir à Londres en prétendant me livrer une marchandise clé en main, je fais cinq cents kilomètres en voiture et, résultat des courses : rien dans les mains, rien dans les poches. Ce n'est pas très fair-play de votre part, comme diraient nos amis anglais.

— Je ne pouvais pas savoir…

— Moi non plus.

— J'ai peut-être une piste…

— Désolé. J'ai beau avoir du flair, je n'ai pas la vocation de chien policier. Allez, sans rancune ! Telle est la devise de Prosper : un coup on gagne, un coup on perd ! Restons amis et bon retour à Paris !

— Vous me plantez là ?

— Tout se mérite dans la vie, Denis.

Il se tenait devant moi, la main tendue et le sourire compréhensif. Cette crapule se moquait comme de son premier bilan comptable de savoir comment j'allais me débrouiller pour sortir du pays, sans un sou en poche et la police française à mes trousses. A ses yeux, je n'étais déjà plus qu'une ligne dans la colonne « passif ».

Du Bruit a surgi de la télévision. Un présentateur très distingué, yeux bleus et cravate assortie, a ouvert le journal sur un fait divers survenu quelques heures plus tôt sur les docks. L'écran a dévoilé un grand type efflanqué, enveloppé dans une couverture, cheveux gris ébouriffés, un œil au beurre noir et les lèvres tuméfiées. Le journaliste a expliqué que cet homme, parlant anglais avec un fort accent français, avait été retrouvé à l'aube, errant nu sur les rives de la Tamise. En état de choc, il semblait frappé d'amnésie et ne se rappelait ni son identité ni les motifs de sa présence à Londres. Son discours, tout à fait incohérent, n'avait pas permis de lever le mystère. Un mot revenait sans cesse dans sa bouche : « Figaro ». Selon toute vraisemblance, il s'agissait d'un touriste victime d'une agression particulièrement odieuse. Un appel à témoins avait été lancé afin d'aider la police à déterminer l'identité de l'individu.

Une dernière image a montré le visage livide de Dieudonné Lambert, le regard creusé de terreur. Ses lèvres murmuraient faiblement « *Figaro, Figaro, Figaro...* ».

Je me suis tourné vers l'antiquaire.

— A présent, je sais où trouver le *Requiem*. Vous me suivez ?

Il m'a observé du coin de l'œil en pesant le pour et le contre. L'instinct du marchand a fini par l'emporter.

— Vous savez bien que Prosper ne laisse jamais ses amis dans la misère. En route !

J'ai vu tout le parti que je pouvais tirer de la situation. Prétextant à mon tour un oubli, je me suis précipité dans ma chambre pour appeler la police londonienne. Dans un éprouvant sabir franco-anglais, j'ai révélé au policier de permanence que l'inconnu recueilli à l'aube sur les bords de la Tamise s'appelait Denis Augain, un dangereux malfaiteur recherché par la police française. J'ai conseillé à ce brave fonctionnaire de contacter ses collègues parisiens de toute urgence, en particulier le lieutenant Krawzyk, qui confirmerait mes déclarations. J'ai laissé un faux nom, une fausse adresse et j'ai raccroché.

Devant la réception, Laura régalait Prosper Quinet

de grandes envolées tactiles sur une flûte imaginaire. J'ai adopté mon ton de tour opérateur.

— Rien de tel qu'une petite balade pour se remettre de ses émotions. Monsieur Quinet nous offre un week-end en amoureux à Vienne !

Elle nous a dévisagés à tour de rôle. Je me suis acquitté de ce mensonge avec un sourire un peu forcé.

La Mercedes a longé l'Embankment et franchi Westminster Bridge. Dans le rétroviseur, Big Ben et les tours du Parlement s'éloignaient peu à peu. Une Bentley s'est coulée dans notre sillage, puis un bus et un autocar, et Londres a été emportée dans le flot de la circulation, des piétons, de la vie.

Le port de Douvres clignotait de gyrophares. Parvenus à la douane, nous avons vu filer un fourgon de la police française et une dizaine de voitures banalisées, toutes sirènes hurlantes, en direction de Londres.

Le douanier à qui nous avions tendu nos papiers d'identité a pouffé.

— *You, french people, always want to be the stars !*

Une sueur glacée me dégoulinait dans le dos. Pourvu qu'il me laisse passer sans encombre… Par chance, il s'est contenté de survoler nos cartes d'identité et nous a souhaité bon voyage.

Quinet a engagé sa voiture sur le ponton d'embarquement du ferry et nous avons gagné le pont supérieur. Mes doigts pianotaient sur le rebord d'une échelle de coupée. J'avais vingt-quatre heures de répit devant moi. Ensuite, la traque reprendrait.

Laura s'est accoudée au bastingage. La sirène du bateau a annoncé le départ.

— Pourquoi ne rentre-t-on pas à Paris, Denis ? Tu m'as dit que ta maman était malade.

Elle avait raison. N'importe quel être humain doté d'un minimum de cœur aurait rendu visite à sa pauvre mère avant de se livrer à la police. Pourtant, une force en moi me poussait à fuir, comme toujours. Je voulais tirer une dernière traite sur la chance.

Par-dessus tout, je brûlais de découvrir le secret de Bonsecours, au risque d'une errance sans retour.

J'ai rectifié le désordre de ses mèches folles.

— Ne t'inquiète pas, on s'occupe bien d'elle.

Le bateau s'est détaché du quai.

— C'est curieux. Quelque chose me dit que plus jamais je ne connaîtrai de bonheur comparable à celui d'hier soir.

J'ai haussé les épaules.

— Fais comme Jean-Sébastien Bach, ma douce : vis la musique avec passion. On n'a jamais fait mieux en matière de bonheur. Le reste, Dieu, l'humanité, le sens de la vie, c'est en option.

Les falaises de Douvres se sont estompées dans le lointain. Laura les a suivies longtemps du regard, comme si c'était un peu d'elle-même qu'elle laissait là-bas, de l'autre côté de la mer.

— Au fait, pourquoi Vienne ? m'a-t-elle soudain demandé.

Une boule m'obstruait le fond de la gorge.

— C'est un vieux rêve… Aller dire bonjour à Wolfgang et lui demander de ses nouvelles…

V

CONFUTATIS

La musique a sept lettres,
l'écriture vingt-cinq notes.

Joseph Joubert.

35

La Mercedes a survolé les plaines picardes, les vignobles de la Champagne, les vallons d'Alsace, les berges du Rhin, puis a braqué vers Munich, plein pot.

Les larges bandes de l'Autobahn filaient sous l'éclat des phares. A l'arrière, Laura reprenait des forces, pelotonnée sous ma veste. Prosper Quinet, lui, ne trahissait pas le moindre signe de fatigue. Les mains agrippées au volant, calme et déterminé, il fonçait droit devant lui ; il ne s'arrêterait qu'après avoir arraché son butin. Un jour, une semaine ou un an, rien ne lui ferait desserrer les crocs.

Une question le turlupinait depuis notre départ de Londres.

— Au fait, comment avez-vous deviné ?

— Deviné quoi ?

— Notre destination.

Je me suis contenté de sourire.

— Encore un peu de patience.

A mon tour de faire vœu de silence. Je n'avais aucune illusion : dès qu'il aurait mis la main sur le *Requiem*, il nous laisserait tomber sans un soupir de regret. Le chiffre d'affaires n'attend pas. A moi, donc, de négocier au mieux les conditions de la rupture. J'ai préféré embrayer sur mes propres préoccupations.

— Je ne vous imaginais pas si fort en maths.

— Que voulez-vous dire ?

— Les partitions de Bach… Vos connaissances dépassent de très loin le strict domaine des partitions anciennes.

Il a évalué le rapport de forces. Mon reflet dans le pare-brise ne plaidait pas en ma faveur : des valises sous les yeux, une barbe d'une semaine, les cheveux en pétard, sans parler de mes frusques, raides de crasse.

J'ai essayé de détendre l'atmosphère.

— Au fait, qu'évoque pour vous la lettre G ?

Il m'a répondu d'une voix neutre.

— Il pleut.

Qu'est-ce qui lui prenait ? La route était aussi sèche qu'un désert.

L'antiquaire a actionné le clignotant et la voiture s'est dirigée vers les néons aveuglants d'une station-service.

— Je crois que nous avons besoin d'un café.

Quinet m'observait sans un cillement de paupières en harcelant son café à petits coups de cuiller en plastique.

— Vous avez commis un acte très grave. Le cœur de l'étoile…

— Je ne vois pas où est le crime.

— Vous êtes entré dans la Loge Mère. Les règles sont très claires sur ce point : son accès est rigoureusement interdit au profane, et vous n'êtes pas maçon.

— Qu'en savez-vous ?

— Vous n'avez pas réagi, le jour où nous nous sommes rencontrés dans ma boutique, lorsque j'ai posé la main sur mon ventre. A l'évidence, ce signe de reconnaissance vous était étranger. Vous n'avez pas non plus compris ce que je voulais dire, lorsque je vous ai demandé votre âge. Si vous m'aviez répondu : « J'ai trois ans », j'en aurais déduit que vous avez le grade d'apprenti, ou « J'ai cinq ans », le grade de compagnon. Or, cette question n'évoquait rien d'autre, pour vous que l'âge terrestre.

— Même chose pour « Il pleut » ?

— En effet, des oreilles indiscrètes peuvent nous entendre. Vous tenez à ce que votre amie reste en dehors de tout cela, n'est-ce pas ?

— Bien sûr.

— Cela vaut mieux pour elle. Je préfère vous avertir : vous avez mis le doigt dans un engrenage très dangereux. Votre intrusion, si elle venait à s'ébruiter, vous exposerait aux plus graves sanctions, et ne comptez pas sur moi pour vous défendre.

— Rassurez-vous, je ne me faisais aucune illusion.

— La fraternité est une valeur trop précieuse pour être galvaudée.

Il a bu une gorgée de café. Pas fameux, à en juger par sa tête. C'était un autre homme. Fini la comédie : la caricature de méridional avait cédé la place à l'érudit grave et réfléchi.

— Ma foi, puisque le mal est fait, autant jouer cartes sur table. Freemason's Hall est la première Loge de l'histoire de la franc-maçonnerie. Créée en 1717 par de riches marchands et une dizaine d'artistes londoniens sur le modèle des corporations d'artisans du Moyen

Age, elle s'est assigné pour but d'œuvrer au progrès de l'humanité, dans un esprit de tolérance et d'entraide libéré de toute forme de croyance religieuse ou de condition sociale. Catholique, protestant ou juif, Noir ou Blanc, noble ou roturier, chacun avait sa place dans la Société, à condition de souscrire à un certain nombre d'obligations : l'obéissance au Vénérable, le respect de la hiérarchie, l'assiduité aux tenues de la Loge et la remise de travaux personnels – ce que nous appelons les « planches ».

— Rien de bien différent, en somme, de mon travail de journaliste…

— Il y a une nuance fondamentale. En recevant l'initiation, le frère est lié par un pacte : il s'engage à ne révéler ni la teneur des débats qui se déroulent dans le secret de sa Loge, ni l'identité des frères qui la constituent. La sanction est définitive, si je puis dire.

J'ai compris le message : la conversation devrait subir quelques contorsions sémantiques.

— Est-ce une coïncidence si Haendel se trouvait à Londres au moment de la création de la Grande Loge ?

— Disons que son impresario, Johann Jacob Heidegger, en était un membre éminent. Tout comme son ami Maurice Green, l'organiste de la cathédrale Saint-Paul. Tirez les conclusions qui s'imposent.

— Et Jean-Sébastien Bach ?

— Je ne peux rien vous dire. Remarquez seulement que ses recueils de variations ressemblent fort aux planches d'un compagnon, avec toute la symbolique de circonstance. Reportez-vous au *Clavier bien tempéré* : vingt-quatre variations, comme les vingt-quatre heures de la journée d'un maçon en quête de vérité ; douze fugues en majeur et en mineur, comme les douze mois de la révolution terrestre ; douze comme trois fois quatre : les trois points du Delta, symbole de la structure fondamentale de l'univers, multipliés par les quatre angles de la Loge. Chez Bach, tout est symbole, comme la pierre brute de l'apprenti appelle la pierre taillée du Vénérable. Encore faut-il le voir.

— *Suchen dann finden.* « Cherchez, et vous trouverez. » Je comprends mieux, maintenant…

— Plus d'un frère se rallierait à cette profession de foi, je vous l'accorde.

— Il prenait des risques : l'Eglise voyait les loges d'un mauvais œil, n'est-ce pas ?

— En effet. Les princes aussi. La franc-maçonnerie était un bouc émissaire bien pratique. Une pseudo-littérature l'a même dépeinte en société secrète avide de richesse et de pouvoir, et je vous épargne les délires ésotériques d'une poignée d'illuminés. Tout cela est évidemment absurde. Le seul péché des francs-maçons, qui étaient pourtant souvent d'importants dignitaires du régime, était de posséder un esprit ouvert, éclairé et tolérant, sensible aux idées des Lumières. Voilà bien le danger : remettre en question l'ordre établi. Bach, par exemple, s'est toujours opposé aux autorités de Leipzig, qui lui reprochaient d'écrire une musique trop riche, trop complexe, trop ornementée. Ces braves gens n'avaient rien compris : Bach n'était pas un simple organiste d'église… mais je ne peux vous en dire plus.

Cul-de-sac de la confession. J'ai tenté de contourner l'obstacle.

— Le sujet vous tient visiblement à cœur.

— J'ai constitué, avec quelques frères de mon obédience, un petit groupe de réflexion autour des symboles de la franc-maçonnerie.

— Voilà qui explique votre réaction, tout à l'heure, quand je vous ai parlé de la lettre G.

— La Grande Loge de Londres a été la première à mettre en exergue le rôle prééminent de cette lettre, et toutes ses sœurs européennes ont suivi son exemple. Sa signification réelle se perd dans la nuit des temps. L'explication la plus couramment admise assimile la lettre G au Créateur, *God*.

— Tout le monde ne parle pas anglais…

— Je vous l'accorde, c'est pourquoi d'autres penchent pour *Gnose*, *Genèse* ou *Géométrie*. A titre personnel, je vous ferai remarquer que le tracé de cette lettre rappelle celui d'une spirale, motif reproduit dans un grand nombre de traditions anciennes… Chez Bach…

Il s'est soudain interrompu et a détourné le regard, conscient de s'être un peu trop avancé. Plus question, pour moi, de tourner autour du pot.

— Je commence à comprendre. Rémy Bonsecours n'a pas débarqué dans votre boutique par le fruit du hasard. La légende est trop belle pour être vraie !

— En effet, Bonsecours a reçu l'initiation et participé quelque temps à nos tenues. De fil en aiguille, nous avons été amenés à… collaborer. Cependant, il s'est vite désintéressé de notre Société pour se consacrer à ses propres recherches.

— L'étude des partitions.

— Oui. C'était son Œuvre au Noir, en somme. Il ne tenait pas à partager le fruit de ses investigations avec ses frères. Cet homme égoïste et sans scrupules n'était pas des nôtres, au bout du compte. Il n'avait pas saisi le sens de notre engagement.

Il a vidé son gobelet et l'a jeté dans une poubelle avec une grimace de dégoût.

— Je déteste le café, mais c'est la seule boisson qui me tienne éveillé.

Nous avons quitté la station-service déserte et rejoint la voiture.

— Rien à voir avec Mozart. Lui, c'était un vrai maçon, animé d'un authentique idéal de fraternité. Il voulait croire en un monde meilleur, où chacun serait reconnu à sa juste valeur, un monde de frères, sans maître ni domestique. Voilà pourquoi il a quitté Salzbourg : cette ville représentait tout ce qu'il détestait, une société médiocre et bien-pensante dominée par des princes et des archevêques. A ses yeux, l'homme devait conquérir sa liberté.

— Des idées plutôt révolutionnaires pour l'époque…

— Mozart se moquait pas mal de la politique. Il avait suffisamment fréquenté les rois et les empereurs pour connaître leur petitesse. Ce qu'il voulait, c'était toucher le cœur des hommes, comme il l'a fait avec *La Flûte enchantée*. Personne plus que lui n'a mérité l'initiation. Cet événement a bouleversé son existence.

— Que voulez-vous dire ?

Quinet semblait aux prises avec un terrible dilemme. Face à mon regard insistant, il a détourné les yeux.

— Désolé, j'ai juré de garder le secret. En revanche, je peux vous révéler qu'à sa mort, on a trouvé une médaille autour de son cou. Une date y était gravée :

5 décembre 1784. Le jour de son initiation dans la Loge de La Bienfaisance.

— Vous avez bonne mémoire.

— Je tiens surtout à ma peau. Mozart est mort le 5 décembre 1791.

36

Les tours lançaient leurs flèches dans le jour blafard. Des aigles monumentaux, couronne de laurier au bec, étendaient leurs ailes au fronton des palais. Des grilles d'or défendaient l'accès à des cours aux pavés inégaux et les portes cochères, surmontées de blasons et d'anges en stuc, veillaient sur des maisons aux airs de gâteaux à la crème. Les fontaines étaient ornées de statues musculeuses rivalisant de puissance. Dans les vieux quartiers, des calèches défilaient, indifférentes aux siècles passés.

Jamais Vienne n'avait cessé d'être impériale.

L'instinct du chasseur ne s'était pas démenti : sans comprendre un mot d'allemand, Quinet s'était orienté sans mal dans les faubourgs de la ville et s'était garé en face du Kunsthistorisches Museum, le musée des Beaux-Arts. Laura a suggéré une visite mais Quinet restait concentré sur son seul objectif : le manuscrit du *Requiem*. Ses mâchoires, tendues par un sourire carnassier, délivraient un message clair : malheur à qui se mettrait sur sa route.

Nous n'avions pas le temps de rêvasser : un petit

homme de trente-cinq ans, le cou menacé par la lame de la Grande Faucheuse, nous attendait impatiemment.

Laura a demandé le chemin du centre-ville à un laquais chargé de vendre des places de concert aux touristes. Pour faire couleur locale, on l'avait affublé d'une perruque blanche, d'un habit rouge très ajusté, d'un pantalon noir et de bas blancs. Seules ses Nike n'étaient pas d'époque. Il m'a tendu un prospectus, que j'ai empoché par réflexe, et nous a montré la flèche de la cathédrale Saint-Etienne.

Comme l'aiguille d'une boussole, elle indiquait la seule direction à suivre : là-haut. Si Venise est un morceau de passé dérivant sur l'eau et Londres une ligne de fuite, Vienne n'est ni d'ici, ni de maintenant. Elle trône par-dessus les hommes, parsemée de palais, de parcs, de statues – dont une, de Johann Strauss, en or ! –, de cafés bondés de vieillards à nœud papillon, le nez penché sur leur pâtisserie, de boucheries débordant de saucisses, côtelettes et rôtis, et de boulangeries aux pains miraculeux. Je mourais de faim, mais mieux valait tirer un trait sur le petit déjeuner : j'avais trop de fierté pour mendier ma pitance à Quinet. Laura, elle, se nourrissait des sonates de Brahms et de Beethoven qu'interprétaient de jeunes violonistes au hasard des rues piétonnes.

Le grand édifice gothique veillait sur un réseau de ruelles, de passages et d'arrière-cours. Il y régnait un silence paisible, à peine troublé par le tumulte vaporeux du trafic. Laissant sur notre droite un magasin de souvenirs puis une terrasse de café, nous avons franchi un portail et abouti dans la Dom Gasse, une petite rue bordée de maisons étroites, en plein XVIIIe siècle. Par les fenêtres à croisée, on distinguait des plafonds aux poutres apparentes, des meubles soigneusement astiqués et des plantes d'appartement florissantes. Tout cela fleurait bon la quiétude bourgeoise et le conformisme majuscule.

Le numéro 5 de la Dom Gasse était un immeuble assez sobre de quatre étages. Une façade couleur crème, des châssis en bois blanc.

La Figarohaus. Entre 1783 et 1786, Mozart avait séjourné au premier étage et composé, entre autres chefs-d'œuvre, *Les Noces de Figaro*. En hommage, la maison avait gardé le nom du héros de Beaumarchais, ce Figaro qui revenait de façon lancinante dans le délire de Dieudonné Lambert.

Nous avons pris place dans la file d'attente. Prosper Quinet affichait un sourire radieux. Son humeur, pas plus que son apparence physique, n'avait subi la moindre altération : il approchait du but. Quant à moi, j'étais envahi d'une profonde tristesse. J'avais rendez-vous avec mon propre passé.

Les manuscrits de Bonsecours légués à la Figarohaus avaient déjà été disposés en bonne place dans le décor. La collection était exposée selon un ordre chronologique inversé : en partant des compositions de jeunesse, au dernier étage, le visiteur parcourait le cours de l'œuvre de Mozart en même temps que les niveaux de la maison. Une salle en sous-sol accueillait ses ultimes créations. Prosper Quinet en a aussitôt pris la direction.

Placés à l'abri dans des vitrines blindées, les manuscrits du *Concerto pour clarinette*, du *Concerto pour piano n° 27* et de *La Flûte enchantée*. Mais pas le *Requiem*.

L'antiquaire s'est rué vers moi, furibard, et m'a saisi par les revers de mon blouson.

— Vous vous êtes foutu de moi !

— Prosper, je…

— Je vous jure que vous me le paierez.

Il m'a repoussé contre une vitrine et a quitté la salle.

— Mais qu'est-ce qui lui prend ? Il avait l'air si content d'être là ! m'a demandé Laura.

J'ai opté pour un repli stratégique en bonne et due forme.

— Je n'en sais pas plus que toi. Viens, allons faire un tour.

Les questions se bousculaient dans ma cervelle. Pas de *Requiem*, et pourtant Dieudonné Lambert avait mentionné la Figarohaus lors de notre entrevue au pub. Sans compter sa logorrhée obsessionnelle à la télévision… Cela devait avoir un sens !

Nous sommes remontés au rez-de-chaussée. L'immeuble était à l'image de Wolfgang, simple et lumineux. D'un blanc immaculé, il s'articulait autour d'un puits intérieur baigné de soleil. L'atmosphère, douce et tranquille en dépit du va-et-vient des curieux, semblait n'avoir subi aucune altération depuis des siècles.

Laura n'avait pas envie de jouer des coudes et jetait des regards distraits aux manuscrits. Je n'avais pas cette pudeur et, les larmes aux yeux, je revoyais les pages de la *Sonate en la majeur*, de la *Symphonie n° 41* et du *Concerto pour piano n° 23*, ces partitions que j'avais tenues en main, feuilletées, possédées quelques instants et perdues à jamais. Cette perte, je l'avais toujours ressentie obscurément, depuis l'enfance. J'avais compris qu'il fallait être fou pour mériter la musique de Mozart, ou alors la vivre comme lui, sans compter, en s'y abandonnant de toute son âme. J'avais douze ans, treize peut-être, et je me jouais *La Marche turque* inlassablement. Mais ce n'était jamais parfait.

Un grand nombre d'objets personnels étaient exposés au premier étage : des chaises, l'alto sur lequel Mozart avait interprété ses fameux quatuors en compagnie de Haydn, une table de jeu. Quelques mots étaient griffonnés sur une feuille de papier à musique : *« Dear mister Attwood, this after noon I am not at home, therefore I pray you to come to morrow at three & a half. »*

J'ai pris Laura à témoin.

— Tu as vu ? Mozart parlait l'anglais couramment.

Elle ne semblait pas impressionnée pour un sou. Je l'ai écoutée gentiment me faire sa petite leçon.

— Si tu lisais la notice devant toi, tu apprendrais qu'on l'avait invité à se produire à Londres et qu'il avait appris l'anglais pour l'occasion. Malheureusement, il est mort avant que le projet se concrétise.

— Merci pour ces précisions.

Elle a haussé les épaules et poursuivi sa visite. Je me suis arrêté devant une petite table de jeu au plateau décoré d'un échiquier, et dotée d'une série de tiroirs pour les cartes, les dés et les dominos.

Un petit homme en perruque poudrée a surgi du salon, perdu dans ses pensées. Ses grands yeux se sont posés sur moi. Wolfgang Amadeus Mozart me demandait ce que j'avais fait de mes rêves d'enfant.

Laura m'a tiré de ma méditation à grand renfort de gestes du bras. Je l'ai rejointe dans le cabinet de travail où trônait la partition originale de l'introduction du *Concerto pour piano n° 20*, l'œuvre fétiche de Bonsecours, qui avait présidé à sa naissance publique et à sa mort. Mozart l'avait composée entre ces murs, en 1785. A vingt-neuf ans à peine, il avait accédé à la maîtrise absolue de son art. Pas l'ombre d'une rature sur les portées.

Une autre vitrine était consacrée au *Quatuor à cordes en ut majeur*, dédié à Haydn – du moins les pages que Bonsecours avait laissées intactes. Laura a poussé un cri de surprise.

— Quoi ? Qu'est-ce qu'il y a ?

— La mesure 63 ! Regarde ! La suite *si* bémol-*la*-*do*-*si*. La signature BACH !

Il n'y a pas de hasard.

Un plan, où chacun tenait son rôle…

Je voulais en avoir le cœur net et nous sommes descendus à la librairie du rez-de-chaussée. Toutes les biographies de Mozart insistaient sur l'importance de la découverte de l'œuvre de Bach. L'une d'elles était illustrée du seul portrait officiel du Cantor : une partition à la main, il considérait le lecteur d'un air malicieux, comme s'il lui soumettait une de ces énigmes logiques dont il avait le secret.

Le secret…

— Laura, peux-tu identifier l'œuvre que Bach tient à la main ?

Les yeux plissés, elle a déchiffré les quelques notes, les chantonnant à mi-voix.

— Pas facile.

— Je croyais que tu connaissais ton Bach sur le bout des doigts ?

Vexée, elle a posé le nez sur l'illustration, et ses phalanges se sont promenées le long d'une flûte imaginaire, jusqu'à ce que son visage, soudain, s'illumine et qu'elle se mette à trépigner d'excitation.

— J'ai trouvé ! Les *Variations Goldberg* ! C'est l'aria des *Variations Goldberg* !

Intrigué, un vieil homme nous avait rejoints et observait le portrait avec un grand intérêt. J'ai entraîné Laura un peu plus loin.

— Tu ne peux pas être plus discrète ?

— Et toi, tu ne peux jamais féliciter les gens ?

— Bravo. Tu es contente ?

— Comblée.

— Bon, qui était ce Goldberg ?

— On n'a pas beaucoup d'informations à son sujet, si ce n'est qu'il a été l'élève de Bach pendant plusieurs années. Il est resté dans l'Histoire à cause des *Variations* : d'après la légende, il était chargé, encore jeune homme, de les jouer à son employeur, un certain comte Kayserling, durant ses insomnies.

— Jeune homme ? Quel âge avait-il ?

— Quatorze ans.

— A ton humble avis, qui peut maîtriser une œuvre pareille à cet âge-là ?

— A mon humble avis, personne. C'est l'œuvre la plus difficile jamais écrite pour le clavier. Glenn Gould lui-même ne les a enregistrées qu'à vingt-trois ans, ça veut tout dire.

— Donc, ce Goldberg était un authentique phénomène.

— Aucun doute là-dessus.

— Au point qu'il est peut-être l'auteur de certaines œuvres de Bach, comme la fugue de l'autre jour…

— Je te vois venir. Il serait le véritable auteur des *Variations*…

— La question mérite d'être posée.

Nous avons regagné l'escalier intérieur pour nous accouder à la balustrade de fer forgé, loin de la foule.

— Qu'est-il devenu après ses années d'apprentissage ?

— Aucune idée. On sait juste qu'il est mort très jeune.

Le vieil homme de la librairie s'est approché, appuyé à une canne, et a soulevé son chapeau avec coquetterie. Son français, onctueux et poli comme une boule de billard, était rehaussé de géométrie germanique – avec une petite pointe d'accent supplémentaire assez indéfinissable. Il dégustait chaque mot à la manière d'une friandise.

— Excusez-moi de m'immiscer dans votre conversation, mais je vous entendais parler de Johann Gottlieb Goldberg. Par le plus grand des hasards, je viens d'acheter la réédition des *Variations* par Glenn Gould. Un disque exceptionnel, n'est-ce pas ?

Comme je le redoutais, Laura a embrayé avec enthousiasme.

— Je suis d'accord avec vous ! A croire que cette œuvre a été écrite pour lui.

— Chère mademoiselle, Glenn Gould avait compris tout le génie de Jean-Sébastien Bach. Il connaissait par cœur son répertoire pour clavier. On dit même que c'est cela qui l'a un peu… dérangé, a-t-il ajouté en mimant de la main la valse des lubies qui avaient encombré le cerveau du Canadien. Au point qu'il a fini par se replier dans son monde intérieur pour mieux fuir la réalité. D'une certaine façon, son talent lui a explosé dans la tête.

— Vous en parlez bien. L'auriez-vous connu personnellement ?

— Oh non ! Je n'ai pas cette prétention, je ne suis qu'un honnête professeur de violon à la retraite. Gould m'a toujours intéressé parce que, très jeune, il a fait le choix radical de la musique. Cela dit, d'autres l'avaient précédé sur cette voie, mais ils n'ont pas toujours eu sa chance…

Il a souri tristement.

— Johann Gottlieb Goldberg, par exemple. Lui, en revanche, je l'ai très bien connu.

Un garçon en tablier blanc et gilet noir a déposé trois tasses devant nous. Le simple arôme du Kapuziner m'a redonné courage.

Le Bräunerhof incarnait le café viennois dans toute sa désuète splendeur. Les années avaient terni les miroirs et patiné de nostalgie les tables de bois ciré. Les pompes à bière devaient remonter à l'empire austro-hongrois.

— J'aime beaucoup ce lieu, a dit le vieil homme en soupirant d'aise. J'y retrouvais autrefois Thomas Bernhard, lorsqu'il était de passage à Vienne. Un écrivain fascinant, je vous le recommande ! Mais veuillez m'excuser, je ne me suis pas présenté : Herr Joachim Schoen. J'habite à Heilingenstadt, dans les faubourgs de Vienne. La plupart du temps, j'évite le centre-ville, mais je n'ai pas résisté au plaisir de venir jeter un petit coup d'œil aux manuscrits de Mozart. Splendide collection, il est vrai…

Il a trempé ses lèvres dans la tasse et savouré l'instant, le regard perdu dans le miroir, comme pour rappeler à lui des sensations oubliées.

— Je ne connais rien de meilleur au monde… à part une symphonie de Haydn, bien sûr !

Un sourire a illuminé son visage parsemé de rides. La vie n'avait pas dû l'épargner, à en juger par sa silhouette voûtée et une sorte de voile, posé sur son regard. Je lui donnais dans les quatre-vingts ans.

— J'ai toujours adoré les symphonies de Haydn. Pour moi, elles sont la quintessence de l'esprit viennois. Aimez-vous Haydn, mademoiselle ?

— Beaucoup. Je joue actuellement ses quintettes pour flûte et orchestre.

— Merveilleux ! Je suis content de voir que les jeunes s'intéressent toujours à lui.

Il nous avait mis l'eau à la bouche, en nous parlant de ce Goldberg en termes si énigmatiques…

— Tout à l'heure, vous nous disiez avoir connu Goldberg…

Il a hoché la tête, philosophe.

— Ah… Vous êtes bien pressé… Voulez-vous un conseil, jeune homme ? Profitez de la vie et prenez patience ! Vous avez de la chance, Vienne est la ville idéale pour se balader et rêver. La symphonie n'y est pas née par hasard : on y prend son temps mieux qu'ailleurs. Elle est d'ailleurs bâtie sur le même modèle : le thème, développé au fil des avenues, et les digressions des ruelles. On ne découvre l'audace de sa construction qu'à la troisième ou la quatrième visite.

— Excusez-moi.

— Vous êtes tout pardonné. Ecoutez donc Haydn, Mozart, Beethoven, Brahms et, bien sûr, Schubert et vous apprendrez l'art de la promenade. J'allais y revenir, rassurez-vous. J'ai encore toute ma tête. Parfois, c'est vrai, je radote un peu… Goldberg, Haydn, Beethoven, Schubert… Ce n'est pas ma faute si tout est lié…

Il m'a souri avec indulgence.

— Et puis, on ne rencontre pas tous les jours des admirateurs de Johann Gottlieb Goldberg. Je n'ai pu m'empêcher d'écouter votre conversation tout à l'heure. Vous connaissez bien sa vie, mademoiselle !

Laura a joué la modestie.

— Si peu ! On mentionne rapidement son nom dans les biographies de Jean-Sébastien Bach.

— Et vous ne trouverez rien de plus, je le crains. Goldberg est le génie le plus méconnu de l'histoire de la musique. Il a eu la malchance de naître au mauvais moment et dans le pire endroit qui soit pour un homme de sa condition : en Prusse, sous Frédéric II. Vous connaissez le dicton : « Pour avoir la paix, prépare la guerre. » Frédéric devait aimer passionnément la paix, parce qu'il a mené des guerres très longues et très coûteuses. Il aimait aussi beaucoup ses sujets, car il les a écrasés d'impôts.

— Les guerres coûtent cher.

— Les palais aussi, et la population était invitée à participer à ce magnifique effort architectural, figurez-vous. Une certaine catégorie de la population, notamment, des braves gens ayant commis le crime impardonnable d'être juifs. Ceux-là, Frédéric II les aimait tellement qu'en 1750, il a promulgué une loi rien que pour eux, fort joliment baptisée « loi du Privilège Général ». Les Juifs les plus riches étaient autorisés à rester en Prusse, à condition de céder leur fortune à l'empereur. Les plus pauvres, eux, n'avaient qu'à aller se faire aimer ailleurs. Sans protection, Johann Gottlieb Goldberg a dû se résigner à l'exil. Les biographes s'arrêtent généralement là.

— Bach n'a pas pris sa défense ?

— Il venait juste de mourir. Goldberg était seul au monde. Il paraît que c'était la volonté de Dieu.

— Comment s'étaient-ils rencontrés ?

— Eh bien, c'est un véritable miracle. Au XVIIIe siècle, chrétiens et Juifs vivaient dans deux mondes séparés, mais Jean-Sébastien Bach se moquait pas mal des préjugés : c'était non seulement un immense musicien, mais aussi un homme de cœur. Un beau jour, on lui a amené un orphelin dont personne ne voulait s'occuper. Il l'a recueilli et traité exactement de la même façon que ses quinze autres enfants. Très vite, le jeune garçon a montré des dispositions exceptionnelles pour le clavecin.

— Bach lui a appris l'art de la composition ?

— On ne peut rien vous cacher, mademoiselle ! Et pour remercier Bach de lui avoir sauvé la vie, il lui a dédié des dizaines d'œuvres.

— Dont les *Variations* ?

— En effet. On les a attribuées à Jean-Sébastien Bach, alors qu'elles étaient de la plume de son plus génial élève !

Le café commençait à m'agiter les neurones.

— Et Haydn ? Que vient-il faire dans cette histoire ?

— Patience, jeune homme, patience ! Où en étais-je… Oui ! A la mort de Bach, Johann Gottlieb Goldberg a donc quitté la Prusse pour la Silésie, l'actuelle Pologne. Bien mal lui en a pris : là-bas, on aimait les Juifs plus encore qu'en Prusse. Il a échappé de justesse aux pogroms. Un de ses compagnons d'infortune avait entendu parler d'une ville où les gens comme eux couraient moins de risques de se faire rouer de coups. Ils se sont donc mis en route et ont trouvé refuge à Vienne.

J'ai enfin identifié cette pointe d'accent si particulière : la musique de la langue yiddish. Le visage du vieil homme semblait apaisé, comme si lui aussi venait d'arriver à bon port.

— A Vienne, on n'aimait pas beaucoup les Juifs mais, au moins, on leur laissait la vie sauve. Ils avaient même le droit de travailler ! Un lointain cousin de son ami a engagé Goldberg comme tailleur. Il est ensuite devenu menuisier, jardinier… Il vivait très modestement, mais on le laissait tranquille. C'était l'essentiel. On pense même qu'il a eu un enfant avec la sœur de son ami. Il louait une petite soupente au cœur du quartier juif, à côté d'un jeune homme encore moins fortuné : bien que chrétien, son voisin était trop pauvre pour loger ailleurs que dans le ghetto. Sa seule richesse tenait dans un vieux clavecin désaccordé. Il y travaillait ses gammes et apprenait l'art de la composition en autodidacte. Ce n'était pas un très bon instrumentiste, son toucher manquait de fluidité, mais il était opiniâtre et courageux. Goldberg l'entendait jour et nuit. Et devinez qui était son compositeur favori ?

Telle une élève timide, Laura a levé le doigt.

— Jean-Sébastien Bach ?

Le vieil homme a hoché la tête avec bienveillance.

— Bravo, mademoiselle. Je vous laisse imaginer l'émotion de Johann Gottlieb Goldberg à l'écoute des fugues de son maître… et de ses propres compositions ! Le voisin en question – un jeune homme insignifiant, assez petit, au visage plutôt ingrat –, avait été enfant de chœur à la cathédrale Saint-Etienne. Après la mue de sa voix, on l'avait chassé, et il s'était retrouvé sans ressources ni relations, vivotant de cours particuliers et de petits concerts dans les cafés. Bref, c'était un de ces nombreux musiciens désargentés qui couraient les rues de Vienne à l'époque. Mais la Providence, bonne fille, a frappé à la porte de ce petit homme que rien ne prédestinait à la gloire… et Johann Gottlieb Goldberg se tenait sur le seuil.

L'impatience me tenaillait.

— Et tout a changé.

— C'est le moins qu'on puisse dire. Du jour au lendemain, Vienne n'avait plus qu'un nom à la bouche : Joseph Haydn. On le réclamait partout, au violon dans une église, à l'orgue dans une autre, au chant dans une troisième, pour des cours de musique dans les plus hautes familles de la noblesse. Il composait des sonates par dizaines. Lorsqu'il a été embauché à la cour du baron von Fürnberg, sa carrière était lancée.

— En quelle année cela s'est-il passé ?

— En 1756. L'année de la mort de Johann Gottlieb.

Un long silence a suivi sa dernière phrase. Autour

de nous, les conversations flottaient dans une brume informe. La voix de Laura n'était que murmure.

— Il était très jeune, je crois.

— Vingt-neuf ans.

— On sait de quoi il est mort ?

Herr Schoen a haussé les épaules et a souri, fataliste.

— Mystère. La vie d'un Juif n'intéressait personne. Alors, sa mort… Que voulez-vous, mademoiselle, la vie répartit les gens dans deux camps : ceux qui naissent du bon côté de la barrière et ceux qui sont destinés à la figuration. Les premiers font partie de l'orchestre, les autres disparaissent dans les coulisses de l'Histoire…

Son sourire s'est élargi.

— Je suis certain que Goldberg aurait été fier de Haydn. Ce dernier a été nommé Kapellmeister d'une des plus grandes familles de l'aristocratie, les Esterhazy, qui l'ont grassement payé. Avec pour seules armes son courage et un petit orchestre de vingt-cinq musiciens, ce pur génie a tout simplement donné à la musique la forme qu'elle possède aujourd'hui ! Il a souligné l'importance du thème et mis au point le quatuor à cordes… Sans oublier la symphonie ! Savez-vous comment Haydn l'a inventée ?

Silence embarrassé.

— Par accident ! Avant le début de chaque opéra, l'orchestre interprétait un petit morceau destiné à avertir le public : le spectacle va commencer, veuillez vous taire. Haydn a vu tout le parti qu'il pouvait tirer d'un tel format, et il l'a développé au point de lui donner sa forme définitive, en quatre mouvements. Belle métaphore de son existence : d'une pièce jetée au rebut, il a sculpté un joyau.

— Impressionnant.

— Il était si aimé de ses musiciens qu'ils l'appelaient « Papa Haydn ». Et devinez quelle est sa plus grande invention…

Il a savouré notre ignorance.

— Les répétitions !

Laura a éclaté de rire.

— Monsieur Schoen, vous exagérez ! Les répétitions ont toujours existé !

— Tout dépend de ce que vous entendez par là, jeune fille ! Jouer un mouvement trois fois comme un automate, un œil collé sur la partition et l'autre sur une horloge, je n'appelle pas cela une répétition. C'est pourtant ce qui s'est longtemps passé. Parfois, même, les musiciens découvraient le morceau en prenant place devant le public, et ils jouaient à vue en espérant que les gens ne seraient pas trop attentifs. Vous n'avez pas idée du nombre d'œuvres ainsi massacrées.

— Je n'arrive pas à vous croire.

— C'est la stricte vérité.

— Ils suivaient les portées, tout de même…

— Bien sûr, mais de loin ! En général, ils improvisaient sur les passages un peu délicats et le public n'y voyait que du feu. Haydn, en revanche, était impitoyable : les musiciens devaient jouer sa musique à la note près. Tout était pensé, mesuré, calculé.

— En somme, c'était un alchimiste…

— Si on veut… Pour ma part, je préfère le mot « scientifique ». S'il faut vous en persuader, écoutez donc ses quatuors à cordes.

Notre guide a mimé un mouvement d'archet par-dessus son épaule.

— Chaque note a sa signification propre : le premier violon expose le thème, le second le complète, l'alto lui offre un contraste et le violoncelle assure l'unité. Un miracle d'équilibre…

— Un miracle ou l'aboutissement d'un long processus ?

Le vieil homme nous a offert un sourire apaisant.

— Par chance pour ses musiciens, Haydn était réputé pour sa gentillesse et sa disponibilité. Il s'est toujours intéressé aux jeunes compositeurs. Saviez-vous qu'il était très ami avec Mozart ?

— Ils n'étaient pourtant pas de la même génération. Haydn avait l'âge d'être le père de Mozart !

— Il n'en admirait pas moins sincèrement ses opéras. Il a même cessé d'en écrire après avoir entendu ceux de Wolfgang. Sacrée preuve de modestie… et je vous jure que c'est très rare dans ce milieu !

— Une telle amitié relève du prodige, a remarqué Laura.

— Comme tout ce qui touche à Mozart, mademoiselle ! On prétend qu'ils se sont rencontrés à Vienne en 1781. Mozart suivait l'archevêque de Salzbourg ; Haydn accompagnait le prince Esterhazy. On ne saura jamais ce qu'ils se sont dit, mais l'entrevue a été décisive. Dans les jours qui ont suivi, en effet, Mozart s'est montré si insolent avec son patron qu'il a été chassé à coups de pied ! Wolfgang l'a vécu comme une libération. A vingt-cinq ans, il pouvait enfin suivre sa propre voie.

Le temps était suspendu aux lèvres de Herr Schoen.

— Mozart ne se reconnaissait que deux maîtres : Bach et Haydn. Cela situe le bonhomme !

— Haydn était un second père, en somme.

— En effet, et ils sont restés très proches, jusqu'à la mort prématurée de Mozart. Mais ce n'est pas tout ! Haydn a découvert Beethoven en Allemagne et l'a aidé à s'installer à Vienne.

— Haydn ou la divine providence…

— Eh oui, c'était un homme juste et bon… Mais pour un Haydn, combien de Goldberg ?

Il a respecté un nouveau silence. Laura a parlé d'une voix douce.

— Sans indiscrétion, comment avez-vous appris tous ces détails sur la vie de Johann Gottlieb Goldberg ?

Le vieil homme a soupiré.

— C'est une longue histoire… Un soir, j'avais quatorze ou quinze ans, un camarade est venu me trouver dans mon dortoir. Je le connaissais de vue, pour l'avoir croisé quelquefois au conservatoire. Il m'a proposé de faire partie d'un quatuor à cordes. J'ai encore du mal à l'admettre, mais cette proposition m'a sauvé la vie. Il m'a raconté l'histoire de Johann Gottlieb Goldberg et, lorsqu'il est reparti, vers minuit, je lui avais donné mon accord. Le lendemain, je rencontrais les autres membres du quatuor : Moshe Vaisman, au violoncelle, et Ephraïm Berger, un authentique Parisien, à l'alto. Mon ami Saül Steiner et moi, Jacob Schönfeld, tenions les violons. Nous avions reçu l'ordre de jouer après l'appel et pendant les visites médicales. Le commandant, un authentique esthète, nous avait confié de nombreuses partitions. Rien que de la musique germanique : Haydn, Brahms, Beethoven et, surtout, Schubert. Schubert le faisait pleurer, m'a-t-il un jour confié. La musique est un art merveilleux, elle rapproche les hommes…

Il évoquait ces ombres d'une voix grave.

— Le quatuor à cordes est un genre très difficile. Il faut beaucoup de temps pour apprendre à se connaître et à jouer ensemble, mais nous n'avions pas besoin de parler pour nous comprendre. Un simple regard suffisait. Nos progrès étaient spectaculaires, et le commandant se montrait d'excellente humeur quand les gens partaient vers les chambres à gaz. Quelle idée brillante ! Rien de tel qu'un orchestre pour impliquer les détenus dans la vie du camp ! Je dois avouer que je n'ai jamais retrouvé une communion aussi totale avec d'autres musiciens.

Il a respecté une pause et repris, un ton plus bas.

— Au moment de la débandade, en janvier 1945, les gardiens nous ont abandonnés à notre sort dans le camp. Moshe a contracté le typhus et est décédé presque aussitôt. Quant à mon cher Saül, il était si faible qu'il n'arrivait plus à porter son violon à l'épaule. Il est mort d'épuisement peu après l'arrivée des Russes. Ephraïm est rentré à Paris. On s'est écrit pendant un an ou deux. Il souhaitait ouvrir un restaurant. Puis la vie a suivi son cours et j'ai perdu sa trace. Il doit être mort, aujourd'hui.

— Et vous, qu'avez-vous fait ?

— Que vouliez-vous que je fasse ? J'ai regagné Vienne. Ma famille avait péri dans les camps, tous nos biens avaient été confisqués, je ne possédais plus rien. Je me suis résigné à donner des cours de violon. Quelques années plus tard, j'ai été nommé professeur au conservatoire. Comme beaucoup de Juifs, j'ai préféré changer de nom. Schoen, c'est moins compromettant que Schönfeld, non ? Et Joachim sonne plus germanique que Jacob. On ne sait jamais ce que l'avenir vous réserve… A la fin de ma carrière, j'ai créé un prix de violon en mémoire de mon ami, Saül Steiner, le lointain descendant du compagnon de voyage de Johann Gottlieb Goldberg…

Ses épaules se sont encore voûtées.

— Chaque fois qu'un de mes élèves jouait du Schubert, je revoyais ce commandant. Grand, mince, élégant, très bien éduqué, et si sensible… Un homme qui aime Schubert ne peut pas être foncièrement mauvais, n'est-ce pas…

Il a tendu la main vers sa tasse et j'ai aperçu furtivement les chiffres tatoués sur son avant-bras. Numéros de mesures gravés sur la portée du Néant.

37

Herr Schoen a proposé de faire mon apprentissage de promeneur dans la vieille ville. Il avait retrouvé le sourire au bras de Laura. Quand la mort a été aussi familière, la vie ne devrait plus qu'être source d'amusement...

— C'est quand même extraordinaire ! Hier soir, je me suis couché sans savoir si j'allais me réveiller, et me voici en train de me balader avec des inconnus dans les rues de Vienne...

Laura m'a lancé un regard passablement admiratif.

— C'est vrai, la vie est parfois pleine de surprises.

— Certains jours, je me demande ce que je laisserai de mon passage sur Terre. Peu de choses, sans doute... Je ne me suis pas marié, je n'ai pas eu d'enfant. Je n'ai pas non plus formé de grand virtuose. J'ai juste essayé de donner le goût de la musique à des gamins qui se vengeaient sur Vivaldi...

Il a contemplé les façades de la Judenplatz, l'ancien cœur du ghetto juif, avec la douceur et la nostalgie de la dernière fois.

— Savez-vous que Mozart a vécu quelque temps sur cette place ? Lui aussi avait l'esprit large et comptait des Juifs parmi ses amis. C'est d'ailleurs ici qu'il a rencontré son meilleur élève, Franz Xaver Süssmayer. Encore un homme qui est resté dans l'Histoire pour de mauvaises raisons…

— Le *Requiem* ?

Notre guide a éclaté de rire de façon si soudaine que Laura a sursauté.

— Qu'est-ce qui vous fait donc tant rire, Herr Schoen ?

— Nous, les Juifs, sommes toujours accusés de courir après l'argent… et c'est la veuve de Mozart qui a obligé un Juif à terminer le *Requiem* pour toucher le solde de la commande !

— Süssmayer refusait de le faire ?

— Toucher à une œuvre du grand Mozart ? Inimaginable !

— Et pourtant, il l'a fait…

Le vieil homme a soupesé chacune de ses paroles.

— Au-delà de toute espérance. On n'écrit pas un tel chef-d'œuvre par l'effet du hasard. Bien sûr, il avait les esquisses de Mozart… Mais vous ne trouvez pas ça bizarre ? Il achève le *Requiem*, et plus rien ! Comme s'il avait soudain perdu son génie. Ou qu'il préférait le cacher…

Encore une fois, la version officielle faisait de l'ombre à la vérité.

— Qu'est-il devenu, ce Süssmayer ?

— Il a repris le métier de son père, Aaron Süssmayer, un facteur de violons. Oh, ce n'étaient pas des instruments de grande qualité, mais ils étaient assez bons pour une clientèle d'amateurs. A l'époque, tout le monde ou presque pratiquait la musique. Heureux temps…

Laura a tenté de le réconforter.

— Ces temps-là reviendront peut-être.

— J'en doute, mademoiselle. L'étude de la musique nécessite une grande abnégation. Or, de nos jours, on se contente de la consommer. Quand je vois tous ces jeunes gens avec leurs écouteurs dans les oreilles… Enfin, je radote…

J'ai eu droit à un regard moqueur de la demoiselle, que j'ai royalement ignorée. Joachim Schoen ne soupçonnait rien de nos petits règlements de comptes.

— En 1792, les Süssmayer ont quitté l'Autriche et se sont installés à Munich. Là, ils ont changé de nom et se sont fait appeler Mayer. Franz Xaver a ouvert une boutique et les Mayer sont ainsi devenus luthiers de père en fils.

— Süssmayer a arrêté la musique ?

— Complètement, et on n'a jamais compris pourquoi sa famille et lui ont fui avec une telle précipitation.

J'ai hasardé une hypothèse.

— Des menaces ?

— Je n'en ai pas la moindre idée. L'envie de changer d'air, peut-être… Décision funeste, en tout cas… Bien des années plus tard, un petit caporal autrichien du nom de Adolf Hitler, résidant à Munich, s'est découvert un destin et a décidé d'aimer les Juifs comme jamais. En 1936, une bande de nazis ivres morts a pillé la boutique du facteur d'instruments Julius Mayer. Ruiné, le malheureux a plié bagage et s'est réfugié chez des amis, dans le Midi de la France. L'Histoire se répétait… La suite, je ne la connais pas avec exactitude. Enfin, on la devine…

Laura lui a serré le bras un peu plus fort pour tenter de l'arracher à ses ténèbres.

— J'admire votre mémoire…

— Mademoiselle, la mémoire est la seule ressource naturelle des Juifs. Elle les a sauvés de l'anéantissement total. Vous connaissez l'adage : tant qu'un homme survit dans les souvenirs d'un autre, il ne meurt pas tout à fait. Vous n'avez pas idée comme c'est vrai…

Nous sommes passés devant un immeuble de la Rauhensteingasse, une petite rue piétonne située à deux pas de la Dom Gasse. Au rez-de-chaussée, une librairie dédiée à la spiritualité proposait des centaines d'ouvrages sur la kabbale, les rose-croix, la franc-maçonnerie et autres cultes d'Isis. Au-dessus du porche, un ange en stuc sanglotait, le visage dans les mains. Un autre, affligé, observait une plaque de marbre : au premier étage de cette maison était mort Wolfgang Amadeus Mozart, un matin de décembre 1791, abandonné de tous.

Laura m'a montré une étrange porte cochère, en face de la librairie. Les lattes de bois verni qui la constituaient décrivaient une structure complexe d'étoiles concentriques.

— Regarde ! Ce sont sûrement des musiciens qui habitent là.

— Pourquoi ?

— Les poignées de la porte forment un triangle. En blues, le triangle désigne les accords diminués. Original, non ?

J'ai gardé pour moi une interprétation un peu différente : sous l'arcade ovale, un crochet soutenait un bloc de pierre taillée.

Comme la corde soutient le pendu.

Nous avons raccompagné le vieil homme à une station de métro. Il a laissé son adresse à Laura en nous faisant promettre de passer le voir avant notre départ : il tenait à nous faire visiter la maison de Beethoven, à deux pas de chez lui.

Nous avons pris congé et arpenté le Graben, la principale artère commerçante de la ville. J'ai dressé un bilan provisoire.

— Donc, juste avant de mourir, Goldberg aurait confié le secret à Haydn…

— ... qui l'aurait lui-même transmis à Mozart.

— Ma foi, l'hypothèse a l'avantage de la cohérence géographique.

— Comme à Venise, les grands compositeurs se retrouvaient entre eux.

— La seule différence, c'est que…

Mon téléphone portable a sonné sans crier gare. J'ai cru à un esprit frappeur : à part la police, ma vie n'intéressait plus grand monde. Une voix aiguë et familière m'a empli le conduit auditif d'une irrépressible angoisse.

— *Mvoui, mon cher Denis, pouvez-vous passer immédiatement à la rédaction ? L'heure est grave.*

— C'est vous, Charles ?

— *Qui voulez-vous que ce soit ? Le président de la République ? Je veux vous voir dans mon bureau dans cinq minutes. Votre absence n'a que trop duré et un événement de la plus haute importance mobilise l'ensemble du journal.*

— Que se passe-t-il ?

— *Je préfère vous en tenir informé en tête à tête.*

Il était temps de ressortir ma panoplie de diplomate.

— Je risque d'avoir un petit empêchement aujourd'hui. Est-ce que cela peut attendre un jour ou deux ?

— *Je ne tolérerai aucun empêchement. A toutes fins utiles, je me permets de vous rappeler les termes de votre contrat d'embauche : vous êtes censé vous rendre sur votre lieu de travail où votre supérieur hiérarchique vous chargera d'une tâche que vous accomplirez dans un délai raisonnable. Je vais peut-être vous heurter, Denis, mais partout dans le monde on procède de cette façon.*

— En effet, je le vérifie chaque jour.

Silence et respiration oppressée.

— *Que voulez-vous dire ?*

— A force de voyager, j'observe les différents modes de vie de mes contemporains, et je ne peux qu'abonder dans votre sens : la plupart des gens ont un travail et un supérieur hiérarchique.

— *Qu'entendez-vous au juste par « à force de voyager » ?*

Autant se jeter à l'eau, histoire de tester la flottaison.

— Eh bien, j'ai eu l'opportunité de visiter la grande exposition de manuscrits de Rémy Bonsecours, et je vous promets un papier vraiment sensationnel.

— *Auriez-vous la bonté de me dire où vous vous trouvez présentement ? Je retiendrai le montant de cette communication sur votre prochaine fiche de paie.*

— Est-ce ma faute s'il a légué ses plus beaux manuscrits au musée Mozart de Vienne ?

La voix dans l'écouteur a glapi une sorte de contre-ut mêlé d'un léger embarras de la gorge, prélude à une bronchite naissante.

— *Vous êtes à Vienne ? Mais qui vous a demandé d'aller à Vienne ?*

— C'est vous.

— *Mon cher Denis, nous courons au désaccord absolu.*

L'attaque est la meilleure défense.

— Charles ! Vous me demandez une enquête fouillée sur la personnalité de Rémy Bonsecours, je m'exécute ! Saviez-vous par exemple qu'il était lié à la franc-maçonnerie ?

— *Denis, je dirige un mensuel musical, pas une revue ésotérique.*

— Justement, dans le cas de Bonsecours, ces deux éléments sont liés, et je peux vous garantir des révélations sensationnelles !

— *Je m'en moque. J'ai eu suffisamment de révélations sensationnelles pour aujourd'hui, croyez-moi.*

Il a poussé un soupir de mammouth, entre menace et détresse. J'ai noté au passage la tranquillité qui présidait à notre conversation. La rédaction semblait avoir recouvré un calme temporaire.

— Peut-être pourriez-vous m'expliquer la raison de votre appel ? Nous gagnerions du temps.

Les soupirs ont augmenté, *poco a poco*, et je le voyais presque tortiller son énorme stature sur son fauteuil à l'agonie. Il s'est lancé d'un trait, comme un arpège.

— *Henri Poinçonné a été arrêté.*

— Quoi ?

— *Il a été arrêté ce matin à la Manufacture de*

Composition Aléatoire. On le suspecte du meurtre de Rémy Bonsecours.

— C'est absurde.

— *Je ne vous le fais pas dire, mais la police reste inflexible. Bien entendu, il clame son innocence.*

Je n'osais imaginer la quantité de décibels produite à cet effet.

— Comment peut-on le soupçonner de ce crime ?

— *Il est l'objet d'une dénonciation calomnieuse ! Angelina Casar a osé affirmer aux enquêteurs que le soir de la mort de Bonsecours, Henri Poinçonné se cachait dans les coulisses de Pleyel ! Vous rendez-vous compte ? Quel but poursuit-elle, cette grosse vache ? Souhaite-t-elle la mort de tous les mélomanes de cette planète ? Je n'ai jamais rien entendu de plus inepte !*

Sa présence avait pourtant été confirmée par un autre témoin, le régisseur de Pleyel, mais avec une nuance de taille : jamais Poinçonné n'avait approché Bonsecours. Il ne pouvait en aucun cas être le meurtrier.

— Qu'attendez-vous de moi ?

— *Faites un geste, puisque vous êtes mêlé à cette affaire ! Poussez un cri ! Alertez l'opinion ! Sonnez le tocsin ! C'est une nouvelle affaire Dreyfus !*

Un plan fulgurant s'est dessiné dans ma tête.

— Vous pouvez compter sur moi. Je suis l'homme de la situation.

— *Qu'allez-vous faire ?*

— J'ai un témoin clé et, par le plus grand des hasards, il se trouve précisément à Vienne.

— *De qui s'agit-il ?*

— Pour le moment, je préfère respecter une certaine

confidentialité. Je ne veux pas vous donner de faux espoirs.

— *Comment vous remercier ?*

— En m'envoyant trois billets d'avion pour Paris.

— *Encore !*

— C'est la moindre des choses, Charles.

— *Pourquoi trois ?*

— Pour ramener mon témoin avec moi. Le problème, c'est que son agent ne le quitte jamais.

— *Mon cher Denis, vous finirez par nous mettre sur la paille.*

— Mon reportage va faire exploser les ventes, je vous le garantis ! Vous récupérerez votre mise au centuple ! Et puis, il faut sauver Henri Poinçonné… Croyez-vous que Clemenceau et Zola ont chipoté sur les notes de frais pour défendre Dreyfus dans les colonnes de *L'Aurore* ?

L'évocation de ces grands noms a fait son effet. Un long silence s'est installé, ponctué des gémissements du fauteuil. Au bord de l'asphyxie, Charles Cousin-Damier a rendu les armes.

— *C'est bon, je vous réserve trois billets. Vous irez les chercher au comptoir d'Air France.*

— Un jour, vous me remercierez.

— *Je ne demande pas mieux. Cela prouverait que vous avez retrouvé le chemin de nos locaux.*

La communication a été coupée net.

J'ai sorti le prospectus que m'avait tendu le pseudo-laquais à perruque à notre arrivée à Vienne et je l'ai agité sous le nez de Laura.

— Ce soir, ton prince charmant t'invite au concert !

38

Sombre et renfermé, Igor Malekine buvait une vodka au bar de l'hôtel Sacher. Deux heures plus tôt, il avait scandalisé l'assistance du Musikverein par une prestation lamentable. La soirée avait pourtant bien démarré, avec une *Symphonie n° 39* de Mozart conduite de main de maître par Hubert Millet à la tête de l'orchestre du Mozarteum. Igor Malekine était alors monté sur scène d'un pas traînant, mal rasé, un pan de chemise sorti du pantalon. Sans se donner la peine de saluer, il avait pris place au Steinway et expédié le concerto *L'Empereur*, de Beethoven. Puis il s'était vautré comme un goret lunatique dans quelques pièces du *Carnaval* de Schumann et, plutôt que de terminer comme prévu par le *Concerto n° 2* de Chopin, avait exécuté devant l'orchestre médusé trois pièces pour piano de Schönberg, plutôt traumatisantes pour un public à l'ouïe délicate. De nombreux spectateurs s'étaient levés avant la fin du concert, écœurés. Malekine était sorti sous les huées et Hubert Millet avait tenu à présenter ses excuses. De mémoire de Viennois, on n'avait jamais vu ça.

Le chef avait déjà quitté les lieux lorsque nous sommes arrivés devant l'entrée des artistes, où patientait un petit groupe d'admiratrices. Igor Malekine a surgi comme une balle, repoussant les demandes d'autographes, et a foncé droit devant lui. Nous avons suivi sa chevelure en désordre. Vêtu d'une simple veste malgré la température assez fraîche, il se hâtait vers son hôtel, indifférent aux œillades des jeunes femmes. Il n'a prêté aucune attention au Staatsoper éclatant de lumière et s'est rendu droit au bar du palace, où il a commandé à boire d'une voix forte. Les clients l'observaient à la dérobée, peu accoutumés à un tel laisser-aller dans le temple du bon goût viennois. Dans un coin, un pianiste d'ambiance en smoking et nœud papillon déroulait « Le beau Danube bleu » et autres sucreries.

C'était le moment ou jamais. Nous nous sommes approchés.

— Monsieur Malekine ?

Il se tenait très droit sur son tabouret, mais ses yeux verts accusaient un léger tangage.

— Oui ?

— Nous avons assisté à votre concert et…

Il a souri avec une incontestable suffisance.

— … et vous teniez absolument à me féliciter, c'est bien cela ? Je vous remercie. Bonsoir.

Laura n'a pas résisté au plaisir d'user de ses plus belles tournures.

— Je me demandais plutôt comment on fait pour massacrer Schumann avec une telle application. Ça doit exiger un sacré travail, non ? On met des moufles pour jouer du piano dans votre patelin ?

Malekine a braqué son regard sur elle et s'est enfin rappelé notre rencontre à la Fenice.

— Vous avez tout compris, mademoiselle. Un musicien doit prendre soin de ses mains. Ce sont des outils tellement fragiles…

— La prochaine fois, gardez-les dans vos poches et racontez des blagues, ce sera plus instructif.

— Voilà une suggestion très intéressante. Je prends note.

— Quand on a la chance de se produire devant un public, on ne se comporte pas comme un moujik. Les gens ont droit à un peu plus de considération, vous ne croyez pas ?

— Tout à fait.

— Et puis, quand on annonce un programme, on s'y tient.

— Il m'a semblé que Schönberg avait sa place dans cette soirée.

— Et vous avez réussi à vider la moitié de la salle en cinq minutes. Bravo.

— J'accepte vos critiques. Ce soir, je n'étais pas moi-même.

Son assurance fondait comme neige au soleil. Nous avions devant nous un gosse un peu paumé, honteux de ses caprices.

— Vous avez raison, je devrais rester maître de mes émotions. Ce soir, en montant sur scène, j'ai été submergé de tristesse. Je ne sais pas pourquoi. Trop de concerts, le trac… Je me sentais paralysé, comme dans une impasse. J'avais l'impression que ma vie n'avait plus aucun sens. Alors, j'ai fait n'importe quoi.

Son repentir avait l'air sincère.

— Il y a des moments où vous vous demandez ce que vous faites là, devant des milliers d'inconnus. Vous jouez machinalement un morceau que le public connaît par cœur… Des centaines de pianistes l'ont joué avant vous avec beaucoup plus de talent… Quel intérêt ? Toujours les mêmes compositeurs, les mêmes œuvres, les mêmes programmes… Je n'ai que vingt-cinq ans, mais je suis déjà catalogué « artiste romantique » et condamné à jouer Beethoven, Schumann, Chopin ou Liszt jusqu'à la fin de mes jours. Les grandes envolées lyriques, l'âme slave, le feu et la glace, tous ces clichés de journaliste… Ce soir, j'en ai eu assez. J'ai fait ce qui me passait par la tête. J'ai eu tort, mais je l'ai fait.

Laura semblait touchée.

— Vous n'êtes pas obligé de martyriser votre piano pour exprimer vos états d'âme…

— Le public a besoin d'électrochocs, a lancé le jeune fauve en retrouvant de sa superbe. Nous ne pouvons plus continuer à amuser la galerie comme des enfants bien élevés qui doivent justifier leurs prix d'excellence. Mozart, Beethoven, Schumann… Un peu d'air !

Il a saisi son verre, s'est levé, et a poussé le dérouleur de gammes au nœud papillon loin de son tabouret. Stupéfaits, les clients en ont oublié d'avaler leurs strudels. Malekine les a pris à témoin.

— Bien sûr, vous avez Mozart. Parfait !

Il s'est lancé dans une gigue en *sol* majeur au contrepoint impeccable, un peu mécanique, avec ici et là des harmonies à la limite de la dissonance.

— Mozart avait tout compris. S'il avait vécu plus longtemps, il aurait fait gagner cent ans à la musique. Alors, on a eu droit à Beethoven. Le coup de tonnerre !

Il a plaqué un accord qui a fait trembler assiettes et soucoupes, puis a enchaîné sur les terrifiants arpèges du concerto *L'Empereur*. Un déluge de notes s'est abattu sur la digne assistance.

Malekine hurlait par-dessus la musique.

— Voilà ce qu'on aime, à Vienne ! Le grand folklore romantique ! Les dames en robe du soir, les messieurs en habit, les épanchements du cœur ! Les coups de canon ! Avec Beethoven, la musique partait en guerre ! On l'adorait pour ça. Lui, il se foutait pas mal de ces aristocrates en bottes de cheval ! Il était beaucoup trop grand pour eux ! Ces braves gens s'en sont aperçus et l'ont laissé crever seul, comme Mozart ! Trop révolutionnaire, ce Beethoven ! S'il n'avait pas été musicien, il aurait jeté des bombes !

Il a articulé ensuite quelques phrases mélancoliques, entre marche militaire et mélodie de saule pleureur, le célébrissime thème d'un trio pour piano et cordes.

— Et Schubert ? Il ne dérangeait personne, le gentil Schubert, il jouait ses petits morceaux dans son coin ! C'est ce qui lui a permis de mourir de sa belle mort, sans déranger personne. Un musicien exquis !

Il a enchaîné, hors de lui, sur un accord brutal du *Florestan* de Schumann, un morceau intrigant, plein de ralentissements et de reprises abruptes.

— Par contre, ils détestaient Schumann ! Trop bizarre, détraqué ! Musique malsaine ! La preuve, il est mort fou ! Complètement fou ! On a raison de se méfier de ces gens-là !

Ses doigts ont commencé à riper sur le clavier, et les dissonances à agiter les nappes brodées. Des clients se sont tamponné les lèvres de leur serviette immaculée avant d'aller se plaindre auprès de la direction.

— Mais il fallait pousser encore plus loin et tout

décomposer ! Alors est arrivé Schönberg ! Encore un fou ! C'est fou le nombre de fous qu'on croise à Vienne !

Il s'est mis à aligner des suites d'arpèges tordus. Les agrégats de notes, jetées en paquets, recouvraient sa voix. Laura le dévisageait, captivée.

Malekine a asséné un dernier accord et s'est levé dans un silence consterné. Le pianiste d'ambiance observait son instrument avec suspicion, comme s'il lui découvrait des vices cachés. Le jeune Russe lui a tapoté l'épaule et, d'un geste, l'a invité à se rasseoir. Passé l'instant de stupéfaction, l'autre a enchaîné sur une valse, et les conversations ont repris leur cours feutré. Notre homme a vidé sa vodka cul sec, s'est traîné jusqu'à la réception et a réclamé sa clé d'une voix de pochard. Nous l'avons soutenu jusqu'à sa suite, au troisième étage.

Les fenêtres donnaient sur l'imposant et tranquille Staatsoper. L'esplanade était parsemée de médaillons de cuivre reproduisant les signatures des grands chefs. Malekine a ouvert la fenêtre, au bord de la crise de nerfs.

— Regardez-les ! Ils sont tous là, les fabricants du bon goût ! Böhm, Mahler, Karajan, Maazel… Les grands noms ! Le prestige ! Mais pas Schönberg ! Surtout pas !

J'ai refermé la fenêtre et l'ai plaqué au mur. Laura avait pris place dans le canapé, de plus en plus fascinée.

— Qu'est-ce qui vous attire tant chez lui ?

— Schönberg a brisé les idoles, a répondu le pianiste, les yeux brillants. Ce qu'il voulait, c'était retrouver l'innocence de l'enfant qui pose pour la première fois le doigt sur un clavier. Le musicien doit se défaire de sa technique et revenir à la quintessence du son. Alors, et alors seulement, tout devient possible.

Après un instant d'hésitation, Laura a sorti sa flûte, l'a portée à sa bouche et a joué la phrase de Rémy Bonsecours. Bien sûr, la partition était inutile : elle l'avait mémorisée.

— Est-ce que cette mélodie vous rappelle quelque chose ?

— Rien du tout. Rejouez-la-moi.

Elle a repris la phrase. Malekine regardait Laura en silence.

— Vous jouez très bien, mademoiselle…

— Merci, a dit Laura, en baissant les yeux.

— Chaque fois que j'entendrai cette phrase, c'est à vous qu'elle me fera penser.

Leur petit duo commençait à m'agacer.

— Si vous appréciez Schönberg, vous devez aimer la musique contemporaine, n'est-ce pas ?

Malekine a tendu le bras et ouvert le minibar. Sans se presser, il s'est versé un fleuve de vodka sur un amas de glaçons.

— Il m'arrive d'en écouter.

— Dans ce cas, vous avez entendu parler d'Henri Poinçonné ?

— Qui ne le connaît pas ? C'est un maître.

— D'après mes informations, vous l'avez rencontré il y a quelques jours.

Il m'a dévisagé, stupéfait. J'ai poussé mon avantage.

— Vous l'avez croisé dans les coulisses de la salle

Pleyel, le soir du fameux concert de Rémy Bonsecours.

Agacé, il a avalé une gorgée de vodka. Retour à la comédie.

— Eh bien… C'est une coïncidence. J'étais passé à Pleyel pour signer un contrat. Je dois y donner une intégrale des concertos de Tchaïkovski avec l'orchestre du Mozarteum, l'année prochaine.

— Et vous en avez profité pour vous rendre en coulisses.

— L'occasion était trop belle. Rémy Bonsecours était un pianiste extraordinaire.

— C'est étonnant. Vous n'avez pas l'air d'admirer grand monde, à part vous-même.

— Les apparences sont parfois trompeuses. Mais, puisque vous voulez tout savoir, je ne l'ai pas rencontré. Personne n'avait accès à sa loge. Seule Angelina Casar a pu le saluer. Elle est restée quelques minutes à peine.

— Et Henri Poinçonné, vous l'avez vu ?

— Il se tenait dans un coin à l'écart.

— Il n'a pas eu accès à la loge de Bonsecours ?

— Bien sûr que non.

— Pourtant, la police le soupçonne de l'avoir assassiné.

Le jeune Russe a pâli. Il a vidé son verre et s'est resservi dans la foulée.

— Poinçonné aurait tué Rémy Bonsecours ?

— Non, il est innocent, pour la simple et bonne raison qu'il a un alibi : vous. Demain, vous irez raconter tout cela à la police.

— C'est... c'est impossible.

— Pourquoi pas ?

— Je joue à Prague dans deux jours.

— Parfait ! Vous avez tout le temps de faire un petit détour par Paris pour donner votre version des faits à la police.

Et, dans la foulée, je me faisais fort de démontrer que je n'avais rien à voir avec cette histoire de fous…

Le pianiste s'est levé, sidéré.

— Je ne peux pas.

— Pas de discussion. Je vous réveille demain, à 9 heures, et nous filons à l'aéroport. Les places sont déjà réservées.

— Je vous dis que c'est impossible !

— Vous préférez avoir une erreur judiciaire sur la conscience ?

— Mais…

— Alors, au lit ! Une grosse journée nous attend.

J'ai ouvert la porte de sa chambre et l'ai envoyé se coucher comme un morveux. Laura n'en croyait pas ses yeux.

— Qu'est-ce qui te prend ?

— C'est à toi qu'il faut poser la question ! Pourquoi t'es-tu mise à faire la diva avec ta flûte ?

— Tu es jaloux parce que je lui ai joué le morceau de Bonsecours ?

— N'importe quoi… Mais je t'ai demandé vingt fois d'être plus discrète, Laura.

— Je te rappelle que nous ignorons toujours la signification de cette partition. Toi qui es si intelligent, pourquoi ne l'as-tu pas encore décryptée ?

— Prudence. Je sens que nous sommes près de la solution.

— La prudence, encore la prudence ! Si je l'avais été, prudente, je ne serais pas ici, à Vienne, avec toi !

— Tu le regrettes ?

— Ce que tu m'agaces, Denis ! A certains moments, je me demande vraiment ce que je fais là ! Mais, tu as raison, je ne peux m'en prendre qu'à moi-même.

Elle s'est postée devant la fenêtre, bras croisés. Ce n'était pas le moment de me jouer la grande scène de la *Tosca*.

— C'est toi qui m'as embringué dans cette histoire ! Tu l'as oublié ?

Elle s'est retournée d'un bloc.

— Parce qu'il faut savoir prendre des risques dans la vie ! Toi, tu fais toujours tout à moitié ! A moitié musicien, à moitié journaliste ! Un jour père de famille, le lendemain adolescent attardé !

— Un peu facile de juger les autres… surtout quand on n'a soi-même rien tenté.

— C'est vrai, je suis plus jeune que toi, mais j'ai aussi plus d'expérience. Tu sais pourquoi ? Parce que je ne crains pas de faire confiance aux autres. Il n'y a aucune honte à réclamer de l'aide, Denis. C'est comme les enfants : quand on ne sait pas, on demande.

Là, j'ai vu rouge.

— Et toi, tu ne fais pas l'enfant quand tu joues du piccolo pour ce bellâtre ?

— Il n'y avait aucune ambiguïté dans mon acte.

— Mon œil ! Tu ne t'es pas vue quand il nous a fait son petit numéro au piano ? J'ai cru que tu allais t'évanouir.

— Donc, si je te comprends bien, je dois éviter tous les gens doués, sous prétexte qu'ils te font de l'ombre.

— Eh bien, s'il est si éblouissant, va le rejoindre dans sa chambre !

D'un regard, elle m'a cloué au mur.

— C'est tout ce que tu mérites. Lui, au moins, il s'intéresse peut-être à autre chose qu'à son nombril.

— Ça m'étonncrait.

— Evidemment. Tous ceux qui ne pensent pas comme toi sont des extraterrestres, c'est bien connu.

— Si c'était le cas, je ne serais pas là à supporter tes reproches.

— Pas de problème. Je ne te dérangerai plus.

Elle a ramassé son étui. La porte a claqué.

Cette fois, c'était bel et bien terminé.

39

Je flottais dans la lumière du jour, léger comme une plume, et j'ai mis un peu de temps à m'orienter dans l'espace-temps. Allongé sur le canapé de la suite, j'ai interrogé le lustre à pendeloques, les boiseries dorées, la table de merisier, les fauteuils aux coussins moelleux. Je savais que tout cela ne m'était pas destiné et que je ne représentais qu'un accident de parcours dans la vie de pas mal de gens ; mais j'avais besoin d'eux pour sauver ma tête, que ça leur plaise ou non.

Je me suis assis pour faire le point et reconstituer cette fameuse soirée de la salle Pleyel. Les personnages faisaient leur entrée l'un après l'autre et prenaient place dans l'orchestre. Ma baguette trouvait le rythme, isolait les points forts et les silences. Insensiblement, une certaine harmonie se dégageait de l'ensemble. La mort de Bonsecours, et toutes celles qui avaient suivi, s'articulaient autour d'un seul et même thème : la mort d'un certain Wolfgang Amadeus Mozart, jeté à la fosse commune deux siècles plus tôt.

J'ai frappé à la porte de Malekine. Pas de réponse. J'ai ouvert, mais la pièce était vide. Le Russe avait filé.

Dans un anglais approximatif, le réceptionniste du Sacher m'a confirmé que le pianiste avait quitté l'hôtel vers 6 heures du matin et pris un taxi pour l'aéroport. A cette heure, il devait être dans l'avion pour Prague. J'avais l'impression que la dernière branche pourrie de cette histoire venait de céder sous mes pieds.

Laura m'avait laissé un message. Elle était chez Herr Schoen, qui l'avait hébergée pour la nuit. Je pouvais la joindre là-bas, au cas où je me déciderais à être moins stupide.

Installé à la fenêtre du tram, je voyais défiler les faubourgs de Vienne, ternes et gris. La ville avait repoussé ses utilitaires dans les marges afin de préserver la vitrine touristique. Les gens marchaient sur les trottoirs, anonymes, cramponnés à leurs rêves et à leur routine. Nous partagions tous le même sort : des coups de pied aux fesses en guise de destin…

Cette fois, je n'avais plus le choix : pour prouver mon innocence, je devais résoudre l'énigme de la mort de Mozart. Celle de Bonsecours, et toutes celles qui avaient suivi, en étaient de lointains échos.

Car, souvent, les causes exactes d'un décès s'éclairent à la lueur de leurs conséquences.

J'ai retrouvé Joachim Schoen sur une petite place de village, tiré à quatre épingles et rajeuni de quinze ans par la présence de Laura. Il m'a adressé un signe de tête et m'a serré la main avec une joie sincère, non sans une pointe de malice.

— Quelle chance que nous nous soyons rencontrés

hier ! Mademoiselle Laura a ainsi pu bénéficier d'un toit cette nuit ! Pour votre part, avez-vous bien dormi ?

— Je me suis débrouillé, je vous remercie. Mais nous n'abuserons pas de votre hospitalité, nous rentrons ce soir à Paris. J'ai un article à rendre demain.

— Vous partez déjà ! Quel dommage…

Laura a fait la moue.

— Moi qui me faisais une joie de découvrir la maison de Beethoven !

— N'aie aucune crainte, Laura, cette visite est absolument indispensable.

Herr Schoen a pris la jeune femme par le bras.

— Raison de plus pour nous dépêcher ! Suivez-moi !

Je leur ai emboîté le pas le long d'une rue bordée de maisonnettes, jusqu'à un portail de bois donnant sur une cour jonchée de feuilles mortes. Un olivier centenaire dressait ses branches torses au pied d'un escalier. Herr Schoen a appelé la gardienne, une vieille femme en tablier et chignon, a échangé quelques mots avec elle et nous a invités à le suivre. Il se baladait, en habitué des lieux, avec la même aisance dans les pièces du petit appartement et dans les méandres de l'Histoire.

— C'est dans cette maison que Beethoven a rédigé son fameux testament, dans lequel il annonçait à ses frères qu'il renonçait pour toujours à l'espoir d'une vie meilleure.

— Comment peut-on affirmer une chose pareille ? s'est indignée Laura.

— Sa vie était une véritable tragédie. Beethoven n'a jamais connu le bonheur : à son arrivée à Vienne, il était pauvre et inconnu, et au moment d'accéder à la gloire, son irréversible surdité l'a coupé des autres. A quoi bon être accablé d'éloges si c'est pour ne pas les entendre ? Il s'est résigné à la solitude.

Notre guide a baissé le ton, de peur d'importuner l'esprit du Maître.

— Il faut dire aussi qu'il y a mis du sien. Il avait un caractère de cochon, si vous me permettez l'expression. Il savait ce qu'il voulait et se moquait pas mal des réactions. Une vraie tête de mule !

J'ai trouvé le mot exact.

— C'était un artiste…

— Vous avez tout à fait raison. Beethoven est le premier artiste de la musique, au sens moderne du terme. Peu soucieux de plaire, il exprimait sa sensibilité personnelle. C'était à l'auditeur de le rejoindre. Sinon, qu'il aille au diable ! Il est vrai qu'il n'a jamais été un domestique, comme Haydn ou Mozart. Des mécènes lui versaient une rente annuelle, et il s'engageait en échange à composer la plus belle musique du monde. En gros, il faisait ce qui lui passait par la tête.

— Avec un tel caractère, il a dû se faire pas mal d'ennemis, a relevé Laura, penchée sur un vieux piano en noyer.

— Beaucoup plus d'ennemis que d'amis, voilà qui ne fait aucun doute. Beethoven rêvait d'un monde nouveau, débarrassé des injustices. Comme beaucoup d'artistes de son temps, il s'est enthousiasmé pour la Révolution française. Ce n'est pas un hasard s'il a dédié sa troisième symphonie à Bonaparte : il s'était mis en tête que ce brave général allait libérer l'Europe ! A l'évidence, il était meilleur musicien que politologue… Le jour où Bonaparte s'est fait couronner empereur, Beethoven a arraché la dédicace de son manuscrit. A partir de ce jour, son aigreur a pris des proportions gigantesques… comme sa surdité, d'ailleurs.

Par la fenêtre, j'observais l'arbre au milieu de la cour. Il s'extirpait de la terre comme une musique tourmentée. Je me suis rappelé la cérémonie funèbre à la Sainte-Chapelle, clôturée par *L'Ode à la Joie*.

— Si je vous suis bien, Beethoven en voulait au monde entier et, à la fin de sa vie, il compose la *Neuvième symphonie*, qui est une œuvre pleine d'espoir ?

Herr Schoen a haussé les épaules.

— Allez comprendre… Beethoven s'était totalement refermé sur lui-même. Sans doute a-t-il souhaité terminer en beauté. La *Neuvième* est son testament musical, en somme.

— Peut-être n'était-il pas si malheureux que ça, finalement.

Le vieil homme a marqué un temps et m'a fixé avec gravité.

— Voulez-vous que je vous livre le fond de ma pensée, jeune homme ? Beethoven était en colère, et surtout contre lui. Il ne se sentait pas à la hauteur, mais il était trop orgueilleux pour l'admettre. Les idéalistes sont toujours victimes d'eux-mêmes, ne l'oubliez jamais.

Une vitrine contenait la partition originale d'un quatuor à cordes. Les portées, surchargées de ratures, témoignaient d'un travail acharné.

Joachim Schoen a hoché la tête, admiratif.

— Rien à voir avec Mozart, n'est-ce pas ? Ludwig arrachait la musique de son cerveau, note après note. Son génie n'en est que plus grand…

— Il n'a pas eu d'élève ?

— Pas plus qu'il ne fréquentait ses contemporains. Peu avant sa mort, il aurait croisé une fois Schubert, mais le pauvre Franz est décédé l'année suivante. Le cas de Schumann est encore plus tragique. La légende affirme qu'après avoir rencontré Beethoven il aurait sombré peu à peu dans la démence… Et c'est à Bonn, la ville natale de Ludwig, qu'il a choisi de se jeter dans le Rhin. Plutôt sinistre, comme coïncidence…

Il ne s'agissait pas de coïncidences, j'en avais l'intime conviction. J'ai fait le tour de la pièce principale, en quête d'indices, et mon attention a été attirée par un curieux objet en cuivre : un vieux cornet acoustique, identique à celui que j'avais trouvé sur la table de Bonsecours. Au-dessus, une gravure représentait un corbillard suivi d'un chien. J'étais sur la bonne piste.

— C'est l'enterrement de Mozart ?

— En effet. Ludwig avait une peur bleue de finir comme lui, seul et sans le sou. Il n'avait pu assister à son enterrement, pour la bonne raison qu'il n'est arrivé à Vienne qu'au début de l'année 1792. Haydn non plus, il s'était absenté de Vienne pour diriger ses symphonies à Londres. Bien des années plus tard, il en versait encore des larmes de regret… Ironie de l'Histoire, Beethoven, ce misanthrope, a reçu des funérailles nationales… mais je parie que ça ne l'a pas vraiment rassuré, car il craignait de subir le même sort que son maître.

— Comment a-t-il fini ?

— A sa mort, Haydn a été enterré dans un petit cimetière des faubourgs de Vienne. Quelques années plus tard, son ancien patron, le prince Esterhazy, a décidé de lui offrir une sépulture digne de son rang et a exhumé son cercueil pour le transférer dans un mausolée flambant neuf. A toutes fins utiles, on a ouvert le cercueil, et vous ne devinerez jamais la surprise qui attendait tout ce beau monde ?

Comme à son habitude, Herr Schoen riait de bon cœur.

— Il manquait la tête !

— Quoi ?

— La tête de Haydn avait disparu. Après enquête, il est apparu qu'un médecin avait soudoyé les croque-morts pour prélever son crâne à des fins d'analyse. En ce temps-là, déjà, on était à la recherche de la formule mathématique du génie. Où va se nicher la curiosité scientifique, je vous le demande ?

— Et qu'est-elle devenue ?

— Mystère. Il a prétendu qu'elle lui avait été dérobée dans son laboratoire. On a perdu sa trace à tout jamais.

Je n'en étais pas si sûr.

Les notes s'imbriquaient les unes aux autres. Je tenais mon thème principal.

Nous avons regagné la cour et j'ai levé les yeux vers l'appartement de Beethoven. La légende fournissait des alibis plutôt commodes. Elle avait permis à Beethoven de garder ses secrets pour lui, bien plus qu'il n'était possible de l'imaginer.

Une autre certitude commençait à pointer le bout de son nez : l'Histoire aurait dû s'arrêter dans cette petite maison des faubourgs de Vienne. Au lieu de cela, elle allait bifurquer, accélérer comme un train fou et sortir de ses rails.

— Goûtez-moi ce *Grüner Veltliner*…

Le visage de Joachim Schoen rayonnait de bonheur. Assis à la table d'une auberge, il avait insisté pour nous faire découvrir un vin blanc sec de grande classe, et je n'avais pu résister. Le liquide s'épanouissait dans mon estomac comme une boule de chaleur et illuminait l'horizon.

L'Histoire déroulait ses gammes : l'œuvre prenait corps, une logique formelle se dégageait. Il me manquait encore deux ou trois informations pour boucler le finale. Par chance, j'avais le témoin idéal devant moi. Mais je devais le convaincre d'ouvrir sa mémoire et, sans doute, de vieilles blessures : c'était à Jacob Schönfeld, plus qu'à Joachim Schoen, que je m'adressais.

— Hier, vous nous parliez d'une famille de luthiers, les Mayer. Leur boutique a été pillée en 1936, c'est bien cela ?

— En novembre 1936, précisément. Le patron, Julius Mayer, a quitté l'Allemagne quelques mois plus tard. Les autorités ont interrogé trois suspects, des gros bras de la SA, qui se vantaient partout de leur exploit. Affaire classée, faute de preuves.

— Vous m'avez dit aussi que les violons Mayer n'étaient pas très réputés.

— Non. C'étaient de bons instruments, sans plus.

— Dans ces conditions, pourquoi s'en sont-ils pris à lui ?

— Les nazis ne cherchaient pas d'argent, ils persécutaient les Juifs, sans distinction. Peu importait le métier, il fallait leur rendre la vie impossible pour les inciter à quitter l'Allemagne.

Son œil s'est allumé. Un souvenir a remonté la lente spirale de sa mémoire.

— Maintenant que vous m'en parlez... Je me souviens qu'un jour, Saül m'a raconté qu'un gardien du camp, un gros type répugnant et toujours plus ou moins ivre, l'avait vu passer avec son violon sous le bras et s'était vanté d'avoir participé au pillage du magasin Mayer.

Laura était écœurée.

— C'est le monde à l'envers...

— Ce gardien n'avait aucun remords, alors que son frère était lui-même musicien. Il faut dire qu'entre-temps, le frère en question était devenu une des gloires du national-socialisme : Carl Orff.

— L'auteur de *Carmina Burana* ?

— En personne.

Evidemment ! Comment n'y avais-je pas songé plus tôt ? *Carmina Burana*, le dernier manuscrit de la collection de Bonsecours...

— Vous souvenez-vous de l'année de création de cet opéra ?

— Difficile de l'oublier : juin 1937. Juste après le bombardement de Guernica par l'aviation hitlérienne.

— Et peu de temps après le pillage de la lutherie Mayer.

— Effectivement. Mais je ne vois pas le rapport...

Les liens se tissaient, *presto*.

— D'où venait-il, ce Carl Orff ?

— C'était un modeste professeur de conservatoire de Munich et un compositeur de second rang. Son seul titre de gloire était une musique de parade pour la cérémonie d'ouverture des jeux Olympiques de Berlin, en

1936. L'année suivante, il accédait brusquement à la célébrité avec *Carmina Burana*.

— On raconte qu'il s'est rendu chez son éditeur pour lui demander de détruire toutes ses compositions précédentes, est-ce vrai ? a interrogé Laura.

— Effectivement. *Carmina Burana* lui fournissait l'occasion rêvée de se refaire une virginité auprès des dignitaires du régime. C'était un bon calcul. Après l'accession au pouvoir de Hitler, la plupart des musiciens juifs avaient préféré quitter l'Allemagne : Arnold Schönberg, Kurt Weill, Otto Klemperer, Bruno Walter… L'Histoire est un éternel recommencement, je ne vous apprends rien. Orff a sauté sur l'occasion, voilà tout.

— Vous voulez dire qu'il n'était pas nazi ?

Le crâne du vieil homme pesait le pour et le contre.

— Oui et non. Comme tous les artistes qui souhaitaient se produire dans un cadre officiel, il avait sa carte du parti. D'un autre côté, il se contentait de distraire les gens. De grands musiciens comme Karajan ou Richard Strauss ont agi de même, par pur opportunisme. Ils ont exercé leur métier en acceptant la censure du régime. Est-ce que cela fait d'eux des criminels ? A chacun de répondre selon sa conscience…

L'Histoire se gravait sur son visage.

— L'art et la politique ne font jamais bon ménage. Souvenez-vous de la déconvenue de Beethoven avec Bonaparte ! Carl Orff, lui, s'en est un peu mieux tiré. Il est resté le chouchou du régime jusqu'à la fin de la guerre, puis a connu une période de disgrâce durant laquelle il s'est consacré à la promotion d'une méthode d'éveil de l'enfant par la musique. Succès international, surtout au Canada. Ce pays, qui n'avait pas trop souffert de la guerre, constituait un fabuleux réservoir de talents.

Les connexions se sont établies *prestissimo*.

— Le Canada... Ne me dites pas...

— Eh si ! Il y a rencontré un jeune garçon tout à fait introverti qui se métamorphosait en génie dès qu'il s'asseyait au piano : Glenn Gould ! De son vrai nom, Glenn Herbert Gold. Cela ne vous rappelle rien ?

Laura a sursauté sur son banc.

— Les *Variations Goldberg* !

— La musique est un tout petit monde... On finit toujours par y retrouver ses amis.

— Glenn Gould serait le lointain descendant de Johann Gottlieb Goldberg ?

— Cette rumeur court. En toute honnêteté, on n'a pas la preuve formelle que le plus grand interprète des *Variations Goldberg* soit apparenté à son créateur. Mais c'est si beau que ça mérite d'être vrai...

La symphonie se bouclait sous mes yeux. En 1964, Glenn Gould mettait fin à sa carrière et s'enfermait chez lui. L'année suivante, un pianiste canadien nommé Rémy Bonsecours apparaissait sur le devant de la scène. Quarante ans plus tard, Rémy Bonsecours mourait sous mes yeux en me léguant la clé du mystère.

Tout était en place. Une question subsistait, cependant : qui avait assassiné Bonsecours ? Là encore, j'avais la solution sous les yeux, mais il me fallait prendre de la hauteur.

Avant de nous séparer, j'ai fait une proposition à Joachim Schoen. Il a d'abord refusé, mais j'ai insisté : après tout, il n'avait pas renoncé au bonheur comme Beethoven ! L'argument a porté et il a fini par accepter.

Il souriait comme un adolescent.

Nous avons pris un tram pour le centre-ville.

— Tu as de la chance, a fait Laura en me filant un coup de coude. Sans monsieur Schoen, je rentrais à Paris. Il est très fort : il a réussi à me persuader que tu possédais une vraie générosité, mais noyée dans beaucoup de tristesse.

Comme je gardais le silence, elle m'a posé la question tant redoutée.

— Pourquoi as-tu arrêté la musique ?

Le paysage défilait sous mes yeux. Je ne pouvais plus me dérober. Moi aussi, j'étais condamné à remonter le cours du temps pour reconstituer ma propre logique. Par réflexe, j'ai serré le poing.

— Mon père m'a laissé tomber quand j'avais quinze ans, sans un mot d'explication. Je me suis retrouvé seul avec ma mère, en larmes, dans la cuisine. Ce jour-là, je me suis juré de devenir un grand musicien, pour lui montrer, à ce salopard, qui était son fils. J'ai travaillé mon piano comme un fou. Cinq heures de répétition quotidiennes. Le soir, pour ne pas déranger les voisins, je glissais un bout de tissu sous les marteaux afin d'assourdir le son. Mes progrès étaient fulgurants, mon prof n'en revenait pas. J'étais devenu la petite vedette de mon conservatoire, j'avais plein d'amis, on commençait à me prendre au sérieux. Ma mère, elle, suivait cela de loin. Elle travaillait trop pour se rendre compte de ce qui m'arrivait. En fait, je faisais surtout cela pour elle, pour qu'elle soit fière de moi.

La boule a repris sa place au fond de ma gorge.

— Un matin, je devais avoir dix-huit ans, mon

professeur m'a annoncé la nouvelle : il m'avait inscrit aux épreuves d'un concours important. Il m'a conseillé une sonate de Mozart, la numéro 11, je m'en souviens encore. J'ai écouté plus de mille fois l'enregistrement de Rémy Bonsecours. Il était impossible d'atteindre ce niveau, mais j'étais sûr de pouvoir m'en approcher. J'ai bossé comme un malade, jusqu'à la nausée. Je ne pensais plus qu'à ça, mes doigts jouaient mécaniquement sur le bureau, à l'école. J'en rêvais même la nuit.

Ma vue s'est brouillée.

— Le grand jour est arrivé. Malgré sa promesse, ma mère n'est pas venue : elle avait été appelée en urgence par son patron. Je suis monté sur scène dans une sorte de brouillard et me suis mis à jouer comme un automate. Une fausse note, puis une seconde… et j'ai soudain réalisé que je ne serais jamais le nouveau Rémy Bonsecours. Que je ne serais jamais musicien tout court. Je me suis levé et je suis parti. Ma mère n'en a jamais rien su. J'ai revendu le piano et lui ai annoncé que, tout compte fait, je voulais me lancer dans le journalisme. Elle n'a rien compris et m'a comparé à mon père, imprévisible et égoïste. Elle avait peut-être raison, après tout…

Laura a posé la main sur mon poing serré et m'a lentement déplié les doigts pour déposer un baiser sur ma paume ouverte.

Il nous restait une heure avant de prendre le train pour l'aéroport. Nous avons flâné sur le Graben et poussé, à ma demande, jusqu'à la cathédrale Saint-Etienne. J'avais envie de repasser par la Dom Gasse, comme pour conjurer mes démons.

Je scrutais la façade de la Figarohaus, apaisé. Il était un peu tard pour devenir un enfant prodige, mais bien assez tôt pour tourner la page.

Des touristes allaient et venaient derrière les fenêtres du numéro 5. Pourquoi Dieudonné Lambert avait-il désigné cette maison ?

Le temps d'un éclair, j'ai cru apercevoir un petit homme au regard fiévreux me demandant de retrouver son assassin.

J'ai recompté les étages. Quatre. Quatre ! Le chiffre de Bonsecours !

Bonsecours, le *Concerto n° 20 pour piano et orchestre*… Lui aussi contenait un message !

La Mort l'a accompagné chaque jour de sa vie, dans la maison du succès comme dans celle de la maladie.

J'ai pris Laura par la main et l'ai entraînée vers la Rauhensteingasse. Là où Mozart avait trouvé la mort…

— Qu'est-ce qui te prend ? Tu as peur de louper l'avion ?

Je n'ai pas répondu. Il était essentiel qu'elle aborde l'épreuve sans le moindre *a priori*. Son instinct seul devait parler.

J'ai poussé la porte de la librairie ésotérique et me suis mis en quête du rayon Musique. Gagné : côte à côte, *La Flûte enchantée* et le *Concerto n° 20*. J'ai posé la partition sur une table et articulé avec un maximum de sérénité.

— Qu'est-ce que ça évoque pour toi ?

J'ai bien compris à son air embarrassé qu'elle doutait de ma santé mentale. Je l'ai empoignée par les épaules pour la forcer à se concentrer sur les portées.

— Je suis très sérieux. Qu'est-ce que tu vois en premier ?

Elle a émis un long soupir et passé au crible une dizaine de mesures. Ses doigts pianotaient au rythme des doubles croches, sa tête suivait le mouvement ; peu à peu, violons, altos, contrebasses, clarinettes et hautbois ont entamé leur sarabande silencieuse. Moi aussi, j'entendais la musique. Rémy Bonsecours était assis à son piano, tête basse, seul dans le faisceau de lumière. Les violons, *ostinato*. Les notes désolées des cors et des clarinettes. Les *forte* des hautbois.

La voix de Laura était froide comme un scalpel.

— C'est une structure en triolets : les contrebasses et les violoncelles entrent par groupes de trois notes. Puis montée du thème : trois mesures ascendantes, répétées trois fois. Le concerto comprend trois mouvements : allegro, romance, rondeau.

— Et la tonalité ?

— *Ré* mineur.

— *Ré*. La troisième touche du piano en partant des notes les plus graves.

Une bouffée d'excitation m'a parcouru la moelle épinière pour éclater en une multitude de sons translucides. Rémy Bonsecours n'avait rien laissé au hasard : le *Concerto n° 20* était un acte de foi, mais aussi d'accusation.

Mon regard s'est tourné de l'autre côté de la rue. Le portail. Une pierre taillée. Un motif d'étoiles concentriques gravé dans des lattes de bois. Trois poignées de cuivre serties dans la porte.

Trois. Le chiffre de Wolfgang Amadeus Mozart.

Le signe des Frères.

40

Le portail était évidemment fermé. Je me suis orienté dans le réseau d'arrière-cours qui serpentait derrière les immeubles.

J'ai aussitôt repéré la porte arrière : les maîtres bâtisseurs y avaient apposé leur signature, un compas et une équerre gravés sur le chambranle. Hélas, elle était verrouillée. La fenêtre, en revanche, ne semblait pas de première jeunesse. Malgré les protestations de Laura, j'en ai testé la solidité, d'abord doucement, puis plus franchement. Elle a cédé. Effarée, Laura observait les alentours.

Nous nous sommes glissés à l'intérieur. Des veilleuses guidaient notre progression à travers les couloirs obscurs. Inconsciemment, je savais ce que je cherchais. Un ordre avait franchi les siècles et dictait l'agencement des lieux.

Une porte monumentale, entourée de deux colonnes, s'est soudain ouverte sur la gauche. La grande Loge.

Nous sommes entrés dans la vaste salle rectangulaire. L'étoile lumineuse, frappée de la lettre G, surplombait le fauteuil du Vénérable et éclairait la pièce. Les tables supportant la pierre brute et la pierre taillée étaient elles aussi à leur place.

Je me suis fié à mon instinct et j'ai marché droit sur l'estrade.

Les accoudoirs du fauteuil recouvert de velours bleu nuit étaient finement sculptés. Les ombres travaillaient le bois.

L'ombre. La partie cachée qui ne voit jamais la Lumière. La grande Souveraine, la Reine de la Nuit. La Mort.

Je me suis agenouillé. J'ai tendu les mains et tâtonné sous le siège. Mes doigts ont soudain touché un objet, maintenu par des ressorts, que j'ai dégagé à petits gestes précis.

Un cahier. Une partition, en réalité. A la lumière de l'étoile, j'en ai déchiffré le titre : *Requiem*.

Les mains tremblantes, j'ai feuilleté la partition. Elle était complète : les mouvements s'y succédaient sans la moindre rature, d'une écriture homogène, de la première à la dernière page.

La vérité m'est apparue, pure et simple comme la Lumière du jour.

Mozart était le seul et unique auteur du *Requiem*.

Voilà pourquoi cette musique était si extraordinaire.

— Laura ! Viens voir, c'est incroyable !

Ma compagne observait les lieux, fascinée.

J'ai cherché la signature à la fin du cahier. Mais la dernière page manquait. Déchirée.

Le secret.

— Laura ?

J'ai levé la tête. Une imposante silhouette, tout de noir vêtue, avançait sans bruit dans les ténèbres.

Le fantôme du Commandeur.

— Laura, attention !

Trop tard. Il était déjà sur elle et l'empoignait par les cheveux. Elle a poussé un cri et s'est figée en sentant l'acier de la lame contre sa gorge.

De la main qui tenait le couteau, l'homme a désigné la partition et m'a fait signe de la lui apporter. Les jambes flageolantes, j'ai descendu les trois marches de l'estrade et lui ai tendu le manuscrit.

Il a lâché les cheveux de Laura, s'est emparé de la partition, puis l'a forcée à reculer avec lui.

Tout était perdu. J'avais échoué, comme d'habitude.

Je restais là, bras ballants, comme un enfant perdu. Soudain, un immense sentiment de révolte m'a submergé. Non, cette fois, je ne baisserais pas la tête.

J'ai couru à la table dressée à l'Orient, saisi le bloc de pierre brute et me suis approché, le cœur battant *furioso*.

L'homme avait franchi la porte et s'orientait dans l'obscurité. Il ne me voyait pas avancer et avait baissé son arme. Le moment crucial.

Je ne saurai jamais ce qui s'est passé, ni où j'ai puisé l'inspiration. L'esprit de Mozart devait souffler dans la pièce.

J'étais à cinq bons mètres quand j'ai lancé la pierre. Elle a frôlé Laura, et touché l'homme en pleine tête avec un bruit sourd. Il est tombé de tout son long, j'ai ramassé la partition, et nous avons filé en courant.

Mozart aurait été fier de moi : j'avais franchi avec succès les épreuves d'initiation.

Nous avons attrapé de justesse le train pour l'aéroport. Bien que tremblant de tous ses membres, Laura n'a cessé de me bombarder de questions. J'ai promis de tout lui raconter à notre retour à Paris.

Je devais d'abord reprendre des forces. Une longue, très longue journée m'attendait.

VI

LACRIMOSA

Toute musique n'est qu'une suite d'élans qui convergent vers un point défini de repos.

Igor STRAVINSKY.

41

Joachim Schoen levait des yeux perplexes vers le centre Pompidou. Il n'avait jamais envisagé Paris sous cet angle. L'assemblage de tubes, de plaques métalliques et de baies vitrées lui évoquaient les compositions les plus biscornues de Schönberg, les cubes d'un jeu de construction plus que la rigueur de l'architecture. Mes yeux de Parisien voyaient en Beaubourg une image parfaite de l'univers, entre harmonie et anarchie.

Nous avons gagné les petites rues du Marais, calmes en cette fin de matinée. Appuyé sur sa canne, Herr Schoen observait avec curiosité les embardées des coursiers en scooter et les devantures coquettes de la rue des Francs-Bourgeois. Nous avons pris la rue Vieille-du-Temple, puis tourné dans celle des Rosiers. Le restaurant était situé rue des Ecouffes.

La petite salle comptait six tables. L'une d'elles était occupée par un vieillard au ventre rebondi. Il s'est levé très lentement, bouleversé par l'émotion. Le temps d'un regard, Joachim Schoen est redevenu Jacob Schönfeld.

— Ephraïm !

Les deux hommes sont tombés dans les bras l'un

de l'autre. Du fond des temps, une petite musique est remontée jusqu'à nous, quelques notes grêles d'un quatuor à cordes, minces filets de vie par-dessus des champs de mort.

Je ne me suis pas attardé. Cet instant-là leur était réservé.

Et puis, j'avais à faire de mon côté. Je devais boucler ma composition. C'était peut-être présomptueux de ma part, mais j'avais la conviction que Schönberg et Mozart n'avaient plus rien à m'apprendre…

La veille, nous avions retrouvé notre vieux guide dans le hall de l'aéroport Schwechat de Vienne. Après tout, puisque trois billets étaient réservés au comptoir d'Air France, autant en faire bon usage… Le vieil homme, enchanté, avait entassé quelques affaires dans une valise et nous attendait de pied ferme.

Encore traumatisée par l'agression, Laura avait préféré s'isoler dans un coin de la zone d'embarquement pour travailler un peu sa flûte et se détendre. Une fois dans l'avion, elle s'était réfugiée tout au fond de l'appareil et avait continué de jouer en sourdine, répétant inlassablement la phrase de Bonsecours, lentement, puis beaucoup plus vite, détachant les notes, *forte*, *piano* ou *sforzando*.

Je devais avoir mauvaise mine, car Joachim Schoen s'était inquiété pour ma santé. Je l'avais rassuré, ce n'était qu'un peu de fatigue… En fait, j'étais en pleine montée d'adrénaline – je serrais contre moi, sous ma veste, la partition originale du *Requiem*. La solution de l'énigme était à portée de main.

Pour me distraire, le vieil homme m'avait régalé

de quelques anecdotes pianistiques, et décrit le jeu de Rudolf Serkin et d'Artur Schnabel avec une érudition et une finesse qui reléguaient Rudy Bergkopf au rang d'aimable chroniqueur sportif. Il m'avait aussi raconté un concert exceptionnel de Bonsecours, vingt-cinq ans plus tôt, au Musikverein. La salle avait communié dans une sorte de transe quasi mystique – une dimension que seul Glenn Gould avait approchée avant lui. Herr Schoen était allé jusqu'à imiter le style de Vladimir Horowitz, agitant les mains au-dessus du clavier « comme une rombière installant un service à thé ». J'ai aussi eu droit à Toscanini et à son « œil d'aigle psychopathe », ainsi qu'à un Glenn Gould plus vrai que nature – nez sur la tablette, mains de part et d'autre des oreilles et le visage déformé par l'extase. Pas sûr que les élèves de Joachim Schoen aient eu leur chance en musique… Pour la comédie, en revanche…

L'arrivée à Roissy n'avait pas posé de difficulté. Après tout, la police devait supputer que Denis Augain cherchait à quitter le territoire français, et non qu'il s'efforçait de se jeter dans la gueule du loup… Toujours absorbée dans sa musique, Laura avait sauté dans le premier RER. Quant à moi, j'avais emmené notre hôte dans un quatre-étoiles près de la gare du Nord, avant de lui fixer rendez-vous pour le lendemain matin, 10 heures.

Par chance, mon absence prolongée me mettait à l'abri d'une surveillance trop étroite. J'avais donc pu regagner mon appartement. Soulagé, je m'étais effondré sur le canapé, une bière à la main, et j'avais navigué sur le Web une partie de la nuit.

J'avais bouclé ma recherche avec l'aube, le cœur

rempli d'une infinie gratitude. Si un Dieu se balade quelque part dans la stratosphère, qu'il soit chaleureusement remercié pour sa création du huitième jour : l'informatique. J'avais retrouvé la trace d'Ephraïm Berger.

Incapable de fermer l'œil, j'avais passé une heure ou deux en tête à tête avec le *Requiem*. J'en avais longuement caressé les pages. Combien, avant moi, avaient eu ce privilège ? D'après mes calculs, j'étais le troisième. Mais certainement pas le dernier : je devais me séparer de ce manuscrit. L'accès à la Connaissance était à ce prix.

La nouvelle m'avait cueilli à la sortie de la douche : Igor Malekine s'était donné la mort par empoisonnement. Son corps avait été découvert, gisant au pied de la statue de bronze du Commandeur, derrière le Théâtre des Etats de Prague, là même où Mozart avait créé *Don Giovanni* et où, par un hasard extraordinaire, Angelina Casar et Armando Masetti venaient de donner une représentation de la *Flûte enchantée*…

Prosper Quinet se tenait à la devanture de sa boutique, mains croisées dans le dos, à superviser le déchargement des bibelots destinés à Drouot. Un léger froncement du sourcil gauche trahissait un manque flagrant de sérénité.

Le ton de sa voix était d'une neutralité inhabituelle. Détachée et comptable.

— Monsieur Augain. Quelle bonne surprise.

— Pléonasme, cher Prosper.

— Tout dépend des gens. Avec vous, j'ai appris à me méfier. Epargnez-moi votre petit numéro et venez-en au fait. Vous m'avez fait courir à Vienne pour rien, je n'aime pas ces manières. Prosper est antiquaire, pas globe-trotter.

Il s'est réfugié dans son arrière-boutique. Je lui ai emboîté le pas.

— Rien ne vous oblige à me croire, mais j'étais aussi déçu que vous.

— Prenez-moi pour un naïf si ça vous amuse. Je me demande ce qui m'empêche de vous dénoncer à la police.

— Ceci.

J'ai glissé la main sous ma veste et posé le manuscrit du *Requiem* sur un secrétaire. Il n'a pas bougé d'un millimètre et s'est contenté de parcourir les premières pages du cahier. En bon expert, il a identifié l'objet en quelques secondes.

— Qu'est-ce que cela signifie ?

— Je vous offre une mine d'or : l'authentique manuscrit du *Requiem* de Mozart.

Il savait qu'il était pris au piège.

— Et que voulez-vous en échange ?

— Savoir ce qui s'est passé un certain 5 décembre 1791.

Un silence, interminable.

— Vous m'en demandez beaucoup.

Je me suis contenté de fixer la partition. Un long soupir s'est échappé de ses lèvres – son âme, sans doute.

— Vous n'imaginez pas le nombre de secrets dont notre Société est dépositaire, mais celui-là est le plus lourd. Pour la première et unique fois de son existence, l'un des nôtres a trahi l'engagement fondamental de la franc-maçonnerie : « rassembler ce qui est épars ». Nous sommes des bâtisseurs d'humanité. Ce frère, en revanche, a choisi la voie de la destruction. Comme si ce n'était pas assez grave, il a anéanti ce que la Création avait engendré de plus merveilleux. Un miracle, il a tué un miracle…

Son regard était lourd de reproches.

— Notre Société, guidée par un idéal au-dessus de tout soupçon, est irréprochable. Hélas, l'homme n'est pas toujours à la hauteur de sa tâche…

Cette remarque valait aussi pour lui, nous en étions conscients tous les deux. La rumeur du trafic nous parvenait, assourdie. Quinet s'est caressé la barbe et a posé les doigts en équerre sur le cou.

— Je ne vous ai pas menti en affirmant que l'initiation maçonnique a constitué un événement capital dans l'existence de Mozart. Elle marquait pour lui le début d'une vie nouvelle. Il avait appris, enfant, à s'incliner devant des souverains stupides ou cruels, puis subi le bon vouloir d'un archevêque qui n'entendait rien à la musique. Mozart en avait assez. A ses yeux, la Loge était le centre de gravité d'un monde plus juste. Sa confiance envers ses Frères était illimitée. Ils le lui rendaient bien, d'ailleurs, en assistant à ses concerts ou en lui prêtant de l'argent pour couvrir ses dettes de jeu. Mozart était tellement pénétré de l'idéal maçon qu'à la fin de sa vie, il s'était assigné pour mission de diffuser le message et les aspirations de la Loge auprès du plus grand nombre, par l'intermédiaire de sa musique. Voilà comment est née *La Flûte enchantée*.

— On a longtemps prétendu qu'il avait été assassiné pour avoir révélé les secrets de la franc-maçonnerie.

— Que d'inepties n'a-t-on pas proférées sur Mozart… La franc-maçonnerie n'avait déjà plus de secret pour personne, à l'époque. C'est avec l'accord du vénérable de sa Loge, Ignaz von Born, que Mozart a écrit *La Flûte*. Ce dernier lui a même inspiré le personnage de Sarastro…

Prosper Quinet a semblé hésiter un instant à en dire davantage. L'heure de l'examen de conscience avait sonné.

— Par malheur, tous les Frères n'avaient pas la noblesse d'âme d'un Wolfgang Amadeus Mozart. L'un d'eux, en particulier, un petit fonctionnaire du ministère de la Justice nommé Franz Hofdemel. Membre assidu de la Loge, il admirait sincèrement Mozart, comme la plupart de ses compagnons. Ayant eu vent de ses difficultés financières, il lui avait même proposé de donner des cours de piano à sa femme, Magdalena. Le destin suit parfois des trajectoires singulières…

— Mozart a accepté ?

— Exact. Mais, quelques mois plus tard, Magdalena était enceinte. On n'a pas la preuve absolue qu'elle portait l'enfant de Mozart, mais on peut raisonnablement le supposer. En tout cas, il ne lui restait plus que peu de temps à vivre…

— Comment un moribond aurait-il pu…

— Là est bien le mystère, mon cher Denis. Nous avons, mes frères et moi, la preuve formelle qu'à cette époque, Wolfgang était en pleine possession de ses moyens, tant physiques qu'artistiques. Pour preuve, il avait assisté, trois semaines avant sa mort, à une tenue de Loge pour laquelle il avait composé une cantate d'une beauté exceptionnelle. De son propre aveu, c'était l'une de ses plus grandes réussites… Elle est d'ailleurs devenue l'hymne national autrichien.

— Belle réparation…

— Et qui ne coûte pas cher… Ce soir-là, Wolfgang était donc au sommet de sa puissance créatrice. Pourtant, le lendemain, il tombait gravement malade. Trois semaines plus tard, tout était fini.

— Empoisonnement ?

— Je garderai le silence sur ce point. Sachez seulement que les témoins ont relevé que son corps était gonflé comme s'il avait absorbé de l'arsenic. Mais l'affaire était close avant même d'avoir été ouverte, puisque le corps avait été inhumé quelques heures à peine après le constat de décès.

— La fosse commune… pour empêcher toute autopsie !

— On n'est jamais assez prudent. Toutefois, un fait est avéré : alors que Mozart partait pour sa dernière demeure, Hofdemel défigurait sa femme à coups de rasoir et s'enfermait dans sa chambre pour se trancher la gorge.

Il a refait ce geste de la main, doigts posés en équerre sous le menton.

— En cela au moins, il aura été fidèle au serment maçonnique : plutôt me trancher la gorge que de trahir mes frères.

— Mozart aurait été assassiné par un mari jaloux ? Une fin plutôt lamentable, non ?

— Vous avez mis le doigt sur le cœur du mystère : Hofdemel n'était qu'un exécutant. Bien sûr, il avait un compte à régler, mais il ne serait jamais passé à l'acte si on ne lui avait pas donné des raisons de le faire. Je pense à quelqu'un qui aimait Mozart comme un frère. Je dirai même : comme un père. Mais cet homme voulait empêcher Mozart de révéler certaines choses. N'oubliez pas que la dernière œuvre de Mozart n'est pas *La Flûte enchantée*, mais le *Requiem*.

— Sa grande œuvre, son Œuvre au noir…

— Mozart voulait se confier à l'humanité entière et cela, un Frère ne l'a pas permis. Il a armé le bras de Hofdemel et Mozart a bu le poison lors de son dernier banquet. Rongé par le remords, Hofdemel s'est donné la mort. Le commanditaire du meurtre, lui, n'a pas eu ces scrupules, en n'hésitant pas à sacrifier l'un des plus grands génies que la Terre ait jamais porté afin de protéger son secret.

L'antiquaire scrutait le sol, début et fin de toutes choses.

— L'arsenic est un poison lent. L'agonie de Mozart a duré plusieurs jours. Son assassin, en ami prévenant, envoyait régulièrement à son chevet des médecins complices qui lui administraient de nouvelles doses. La mort est survenue à la date exacte qu'avait arrêtée son meurtrier : le 5 décembre, jour anniversaire de son initiation.

Dans sa candeur, Mozart avait choisi de vivre en face de sa Loge Mère, dans la Rauhensteingasse. Sous les yeux de son futur meurtrier.

Prosper Quinet me considérait avec une tranquille gravité. Sans doute, à cet instant précis, devait-il se sentir très proche de Franz Hofdemel. J'avais besoin d'une ultime confirmation.

— Le *Concerto pour piano n° 20* de Mozart a une signification particulière, n'est-ce pas ?

— En effet. Le soir où Mozart créait son *Concerto n° 20*, le Vénérable de la Vraie Concorde conférait le grade d'apprenti à son ami, et désormais frère, Joseph Haydn.

J'ai laissé Prosper Quinet aux prises avec les épines de sa conscience.

Enfin, tout était accompli : Haydn avait transmis le secret à Mozart qui, emporté par sa générosité, avait décidé de le révéler à l'humanité. Mais le maître n'avait pas toléré ce manquement au devoir de réserve et avait supprimé son élève trop idéaliste, pour se choisir ensuite un disciple plus obéissant, Beethoven.

Comme le pressentait Joachim Schoen, Beethoven s'en voulait de ne pas avoir été à la hauteur. En dépit de ses aspirations révolutionnaires, il n'avait pas eu le courage d'un Mozart, et avait simulé la surdité pour mieux se murer dans le silence… et garder la vie sauve. Il n'avait révélé le secret qu'à deux personnes : Schubert, qui en était mort, et Schumann, qui y avait laissé la raison. Alors, de guerre lasse, Beethoven l'avait emporté dans la tombe.

Le secret devait pourtant lui survivre et passer de main en main : de Carl Orff à Glenn Gould, puis de Glenn Gould à Rémy Bonsecours, dans des circonstances qui m'échappaient encore.

J'aurais pu reconstituer plus tôt les événements survenus ce fameux 5 décembre 1791, si j'avais été en mesure d'interpréter le message laissé par Bonsecours sur sa table de travail : un crâne – celui de Joseph Haydn, la tête pensante ; le vase de chimie – l'empoisonneur Hofdemel ; le cornet acoustique – Beethoven, le témoin silencieux ; et le *Requiem* inachevé : Wolfgang Amadeus Mozart.

Mais pourquoi le *Requiem* était-il inachevé ? Quelle était sa fonction, puisque Mozart avait en réalité bouclé sa partition ?

A un détail près…

Dans la multitude d'indices laissés par Bonsecours, l'un d'eux a commencé à briller d'un éclat de plus en plus vif.

Comment avais-je pu passer à côté de l'évidence avec tant de légèreté ?

42

Mémorial de la Shoah, rue Geoffroy-l'Asnier. La porte du sas s'est débloquée dans un bourdonnement bref. Aussitôt, on était cerné par des murs de noms. A perte de vue, des hommes, des femmes et des enfants juifs, victimes du Troisième Reich, qui n'avaient laissé de leur passage sur Terre qu'une suite de lettres. Un mur dressé sur le gouffre du Temps.

Je me suis orienté entre les parois jusqu'à la lettre M. Parmi des dizaines d'homonymes, j'ai retrouvé mon témoin : Julius Mayer, dernier descendant de Franz Xaver Süssmayer, réfugié en France en 1937 et arrêté par la police française à Montauban, en juillet 1943, puis déporté et exécuté à Auschwitz en septembre 1943.

Maintenant que j'en avais eu le cœur net, je savais où chercher.

Une main posée bien à plat sur le mur, un rabbin entonnait le *Kaddish*, la prière des morts. La mélopée montait, sinueuse, vers le ciel.

Rien mieux que la voix ne sait exalter la beauté de la vie. C'est aussi l'instrument le plus proche de la douleur.

La boutique, une échoppe coincée au milieu de la rue de Copenhague, ne payait pas de mine. Une dizaine de violons pendaient à un râtelier, chauves-souris de bois et de cordes. Penché sur son établi, le petit homme sec et nerveux affûtait le chevalet d'un violon à coups de lime rageurs. Ses mâchoires se tendaient sous l'effort, déformant ses traits en une grimace amère. Il a glissé la pièce dans son logement et porté l'instrument devant ses yeux pour en jauger l'équilibre général. Satisfait de son examen, il a reposé le violon et l'a observé d'un œil morne, presque hostile.

J'ai poussé la porte, il a tourné vivement la tête dans ma direction. Ramassé sur lui-même comme un chat effarouché, il semblait prêt à bondir. De toute évidence, il ne m'avait pas reconnu. Moi, je me souvenais très bien de lui : à l'issue de mon entrevue avec Jérôme Clerc, il s'était introduit dans le jardin et avait réclamé son argent à grands cris. Je revoyais sa carte de visite posée sur une des étagères de la bibliothèque, à côté de la photo de Glenn Gould. Je l'avais aussi croisé rue de Rome, l'après-midi où j'avais accompagné Laura à la librairie musicale. Si j'avais pu lui parler ce jour-là, les événements ne se seraient peut-être pas bousculés dans une telle cacophonie.

— Monsieur Spumante ?

Il a frotté ses mains l'une contre l'autre pour en ôter la sciure. Ses yeux noirs, enfoncés dans leurs orbites, sondaient mes intentions les plus inavouables. Il m'a adressé un bref hochement de tête.

— Denis Augain. Je suis journaliste au *Monde de la musique* et je réalise un reportage sur les luthiers du quartier. Auriez-vous quelques minutes à m'accorder ?

Je désire vous poser une ou deux questions sur votre activité.

Il m'a observé en silence et signifié son accord d'un haussement d'épaule nonchalant.

— Pour commencer, sur quel type de violons travaillez-vous ?

L'homme a enfin daigné ouvrir la bouche. Sa voix était rauque, plutôt orientée vers les aigus.

— Je n'ai pas de préférence. Des instruments de conservatoire, des instruments de professionnels aussi. J'ai un violoniste de l'Opéra de Paris pour client.

— Vous ne vendez que des violons neufs ?

— La plupart du temps, oui, mais il m'arrive d'en réparer. C'est rare, mais ça arrive.

— Avez-vous déjà restauré des violons très précieux ?

Il a prélevé un tournevis sur l'établi et l'a fait glisser le long de son index à la manière d'une lame de couteau.

— Ma plus belle pièce, c'est un Guadagnini de 1773. En raison d'une chute, le manche avait perdu son assise. J'ai dû le démonter entièrement pour le rééquilibrer. J'ai aussi fait disparaître les éraflures sur le bois. Le plus compliqué a été de trouver le vernis adéquat. Ça n'a l'air de rien, mais le vernis joue beaucoup dans la sonorité. C'est vrai pour tous les violons de qualité, mais ça l'est encore plus pour les Stradivarius.

— Vous est-il arrivé de travailler sur des violons allemands, les Mayer, par exemple ?

Il a marqué un temps, sur le qui-vive.

— J'en ai réparé un ou deux. Il y en a très peu sur le marché.

— Ce sont des instruments de collection ?

— Justement pas. Vu leur valeur marchande, une restauration coûterait trop cher. On m'en a confié un il y a quelques semaines. Un vieux clou datant du XVIIIe siècle, complètement foutu. Une vraie folie.

— A ce point-là ?

— La table avait été arrachée. On ne pouvait plus rien en tirer, mais son propriétaire a insisté pour que je le répare.

— Et vous y êtes arrivé ?

— J'ai fait du mieux que j'ai pu. J'ai enlevé la table d'un vieux violon en épicéa et je l'ai posée sur le Mayer. De toute façon, il était devenu injouable. C'était un délire de collectionneur.

— Cela vous aura rapporté une jolie somme…

Toute la haine du monde s'est crispée dans ses mâchoires.

— Je n'ai pas même gagné un centime sur cette affaire. C'est bien les riches, ça ! Ils font leur beurre sur le dos des honnêtes gens. J'ai passé des dizaines d'heures sur ce violon et je n'ai pas gagné un radis ! Tout ça parce qu'on me l'a volé.

Un silence.

— Pardon ?

Il m'a lancé un regard noir.

— On me l'a volé ici, dans cet atelier. J'avais terminé le travail et prévenu mon client qu'il pouvait venir le chercher. Mais, le lendemain, je me suis aperçu que ma serrure avait été forcée et que le Mayer avait disparu. Si je coince le type qui m'a fait ce coup-là, il le regrettera toute sa vie.

Le tournevis brandi dans sa main droite était plutôt convaincant.

— Quand est-ce arrivé ?

— Il y a trois semaines.

— Et vous avez porté plainte ?

Il a raclé son établi à la pointe de son outil.

— Non, je règle toujours mes comptes moi-même.

C' est alors que mon téléphone a sonné. La voix de Laura m'a rugi dans les oreilles.

— *Viens vite ! J' ai trouvé !*

43

J'avais à peine posé un pied dans sa chambre que, dans un impeccable *legato*, Laura me happait le bras et me poussait sur le lit. Elle a saisi sa flûte, joué plusieurs fois la petite phrase de Bonsecours, et s'est mise à trépigner sur place devant mon air ahuri.

— Denis, c'était écrit en toutes lettres ! J'étais tonale, Denis ! Beaucoup trop tonale !

— On va chez le médecin tout de suite ou j'attends tes explications ?

— Igor Malekine avait vu juste. Tu te souviens ? Schönberg, la décomposition, le retour aux sources de la musique… Hier soir, j'ai appelé Ottis Reed pour lui demander conseil. En raccrochant, j'avais compris où je m'étais trompée.

Elle a posé sous mes yeux la partition, griffonnée de mémoire.

— C'était enfantin ! Il suffisait de lire les notes et les accords ! Comme un débutant ! Jouer ne servait à rien, il fallait simplement lire !

Elle a adopté son ton de professeur.

— Bonsecours a glissé quelques astuces d'écriture, voilà ce qui m'a longtemps induite en erreur. D'abord, il a remplacé le do par l'*ut* – comme le *Quatuor en ut majeur*. Ensuite, il fallait lire *ré* bémol dans sa version simplifiée, *ré* b. Puis il a repris l'accord de *si* diminué dans sa notation moderne, *si* Δ, et celui de *do* diminué dans sa notation traditionnelle, *do* sus.

Son doigt s'est posé sur la partition.

— Donc, quand on retranscrit note à note, cela donne : la-ré-sol-ut-si O-ré b-ut sus-sol-piano-la-ré-mi.

— La résolution du rébus sous le sol du piano à Rémy.

— Elémentaire !

Une image a surgi dans ma tête. Une petite note, lointaine. Une harmonique remontant du passé.

Rémy Bonsecours à Pleyel. Une fausse note, un *sol*. Un *sol* à la place du *fa* dièse. Le *sol* comme la lettre G de l'étoile maçonnique. Le sol. La Terre.

Et les images ont suivi : son salon, les violons de collection, un présentoir vide, l'odeur persistante d'encaustique, l'espace laissé vide par le piano. Un rayon de soleil tombant sur le sol, rasant les lattes en forme de tables de violon et faisant saillir l'une d'elles, légèrement disjointe…

J'ai bondi sur mes pieds.

— La table incrustée dans le parquet du salon ! Elle appartenait à un violon fabriqué par Süssmayer ! Vite, on file à la maison de Bonsecours !

Elle a rangé posément la flûte dans son étui.

— Désolée, je ne t'accompagne pas. J'ai un rendez-vous important en fin d'après-midi.

— Tu délires ?

— Si tu le permets, je vais songer un peu à ma carrière. De toute façon, maintenant que je t'ai donné la solution, tu peux bien te débrouiller tout seul, non ?

— Nous sommes à deux doigts de découvrir le secret de Mozart et c'est tout ce que ça te fait ?

Elle a passé ses bras autour de mon cou.

— Je suis fière de toi, mon chéri. Fonce, tu me raconteras tout ce soir. Mais avant ça, je crois que j'ai mérité un petit baiser, non ?

Mes lèvres s'apprêtaient à dévorer les siennes lorsqu'on a frappé à la porte. Laura a imploré le plafond du regard et est allée ouvrir. Un homme d'une trentaine d'années se tenait sur le seuil. Mince, sportif, cheveux courts et mal rasé, les favoris nettement dessinés, il était accompagné d'un gros type à moustache plutôt rébarbatif et d'une dizaine de flics en tenue de combat, le fusil-mitrailleur pointé sur mon front, doigt sur la détente.

L'homme aux favoris a brandi une carte barrée d'une diagonale bleu-blanc-rouge.

— Denis Augain ? Lieutenant Krawzyk, de la police judiciaire. Veuillez nous suivre, s'il vous plaît.

Le lieutenant Krawzyk a jeté *Le Parisien* sur son bureau et pris ses aises, un éclat triomphal dans le regard.

— Vous nous aurez fait courir, Augain. Vous êtes un vrai dur. Un tenace. J'étais sûr que vous reviendriez faire un tour chez mademoiselle Klugh, histoire de finir le travail. Vous espériez plus, pas vrai ? Une petite gâterie… Le baiser de la mort… Par chance, on avait laissé un homme dans les parages. Belle inspiration, non ?

— Ecoutez, c'est une méprise.

Il a posé un dossier devant moi – épais, le dossier.

— Bien sûr. Une immense méprise ! Vous apparaissez et disparaissez au détour de trois homicides depuis une semaine, mais c'est l'effet du hasard. On vous a vu rôder autour de la maison de Rémy Bonsecours, peu de temps avant la découverte du cadavre de son secrétaire. Une méprise, certainement… Il vous a demandé des conseils pour son suicide ou vous veniez présenter des condoléances anticipées ?

— Je n'ai rien à voir avec cette affaire.

— D'accord. Comment expliquez-vous la présence de vos empreintes sur le bureau et sur l'interrupteur de la bibliothèque, alors ? On les a peut-être déposées à votre insu ?

Assis à califourchon sur une chaise, le gros moustachu a éclaté de rire. J'ai tenté de conserver mon calme.

— Je suis passé chez lui la veille de sa mort.

— Oui, et vous êtes revenu pour emporter quelques souvenirs… On a signalé la disparition de plusieurs manuscrits de grande valeur.

— Je n'ai rien volé. Je suis journaliste et je réalisais un reportage !

Il a tourné les pages du dossier avec un air gourmand.

— On peut dire que vous avez été très occupé. C'est fou, le nombre de visites qu'on peut rendre en quarante-huit heures ! Chez mademoiselle Klugh, d'abord, pour un cambriolage. Un voisin vous a formellement identifié.

— Elle m'avait invité chez elle ! Interrogez-la !

— Nous n'y manquerons pas. Ensuite, Venise. Manque de chance pour vous – surtout pour lui –, l'homme qui vous hébergeait, monsieur Stefano Martini, est décédé par noyade. Une tragique méprise, je suppose ?

— Nous étions poursuivis par un tueur.

Il a savouré l'argument en connaisseur et s'est tourné vers son collègue.

— Tu entends ça, Albert ? On ne les compte plus, en ce moment, les gens poursuivis par des tueurs…

— Tout le monde court après tout le monde, c'est bien connu.

Le lieutenant Krawzyk a feuilleté son dossier et mimé le plus parfait étonnement.

— Tenez, Dieudonné Lambert, par exemple ! Lui, on l'a découvert dans les docks de Londres. Il avait tout perdu, son portefeuille, ses vêtements, et même la mémoire, le pauvre homme… Par un curieux concours de circonstances, des témoins vous ont vus assis à la même table d'un pub, quelques heures plus tôt. On en fait, de ces choses, sous l'effet de l'alcool…

— Mais je n'y suis pour rien ! Bien au contraire, c'est moi qu'on voulait assassiner ! Mademoiselle Klugh vous le confirmera.

— Augain, ne jouez pas au plus malin avec moi ! Le syndrome de Stockholm, vous connaissez ? Les otages qui finissent par sympathiser avec leurs ravisseurs… Il leur faut juste un peu de temps pour se débarrasser de leur sentiment de culpabilité. Nous l'interrogerons quand elle sera remise de ses épreuves.

— Laura, mon otage ? Mais…

— A toutes fins utiles, je vous signale qu'on a fort peu apprécié votre petit numéro au Sacher. Ce pianiste russe, comment s'appelait-il déjà… Ah oui, Igor Malekine. Tous les témoignages concordent : dès qu'il vous a aperçu, ce pauvre garçon a perdu la tête. Il avait l'air terrorisé, d'autant que vous l'avez séquestré dans sa suite. Heureusement pour elle, mademoiselle Klugh a pu fuir. Malekine n'a pas eu cette chance et on a retrouvé son corps le lendemain dans les rues de Prague. Encore une coïncidence ?

— C'était un suicide ! La presse…

— La presse raconte ce qui fait vendre. Vous devriez le savoir, Augain, vous êtes journaliste.

— Vous délirez, je n'avais pas le temps de…

— Vous ne niez plus.

— Evidemment que je nie !

Son collègue a ricané.

— Vous avez de la chance dans votre malheur, mon vieux : vous aurez plein de choses à raconter, dans votre reportage. Vous allez avoir tout votre temps pour l'écrire. Une trentaine d'années, au minimum ! Vous serez bien à Fleury-Mérogis, vous verrez… Les conditions sont idéales : tranquillité, compagnie agréable…

Krawzyk a pouffé.

— Que des mélomanes ! Ils écoutent du Vivaldi à longueur de journée.

— Et puis, vous pourrez apprendre la lutherie, l'atelier est formidable !

— Logique, quand on est au violon !

Ils étaient morts de rire.

Le violon… Le *Requiem* inachevé… Mozart non plus n'avait rien laissé au hasard…

Mes yeux sont tombés sur un titre du *Parisien* : « *Ce soir à 20 heures 30, salle Pleyel, concert hommage à Rémy Bonsecours. Le Philharmonique de Radio-France interprète la* Neuvième Symphonie *de Beethoven.* »

Il était 15 heures 22. J'ai entrevu une chance microscopique de m'en sortir.

J'ai regardé le lieutenant Krawzyk bien en face.

— Vous oubliez un meurtre : celui de Rémy Bonsecours.

De surprise, mon interlocuteur s'est vautré sur le bureau et s'est redressé tant bien que mal.

— Quoi ? Ce coup-là, c'est vous aussi ?

Des gyrophares scintillaient dans ses yeux. Il voyait déjà une brillante promotion lui tendre les bras, et peut-être même l'apothéose : sa photo en une du *Parisien*.

Je suis resté d'un calme olympien.

— Si vous voulez, je vous montre comment je m'y suis pris. Je vous préviens, vous allez avoir une sacrée surprise !

Le lieutenant Krawzyk m'a dévisagé longuement. Un sourire mielleux lui a fendu le visage.

— Okay, maestro. Allons-y.

Les voitures de police ont pilé devant la salle Pleyel et les policiers en uniforme se sont déployés devant l'entrée. Entouré de mes deux gardes du corps, j'ai pénétré dans le hall, menottes aux poignets. J'ai jeté en passant un coup d'œil sur le sol, où une étoile composée de triangles noirs et blancs se déployait à l'infini. Une signature dans les règles de l'art auquel Bonsecours n'avait pas manqué de rendre un dernier hommage.

Le Philharmonique de Radio-France était en pleine répétition de la *Neuvième*, le testament de Beethoven, son message de fraternité. Fidèle à lui-même, Myung-Wun Chung bouclait l'*adagio* avec grâce et délicatesse. Economie de gestes, densité maximale, quintessence de la direction d'orchestre.

J'ai fait signe aux policiers de me suivre et nous avons progressé le long de l'allée centrale. Je leur ai demandé de m'ôter les menottes, le temps de ma démonstration. Ils se sont exécutés de bonne grâce. La musique de Beethoven faisait son effet : mes nouveaux amis n'étaient que douceur et compréhension.

Comme je l'espérais, les membres du chœur se tenaient près de la porte latérale, attendant de prendre place dans les tribunes pour le finale, le légendaire *Ode à la Joie*.

J'ai indiqué un point sans ralentir le pas.

— Regardez. J'étais assis là, au troisième rang.

Krawzyk et son collègue ont marqué un temps d'arrêt. J'ai continué droit devant moi.

— Je me suis levé. Ensuite, je me suis avancé.

L'orchestre jouait de plus en plus fort, à l'assaut du point d'orgue. J'ai longé la scène, *accelerando*. J'étais devenu sourd, comme Ludwig, les battements de mon cœur résonnant dans mon crâne.

— Je me suis approché.

La musique saturait l'espace. Le régisseur est apparu, une énorme bosse sur le front.

— Je suis monté sur scène !

Gérard Bordes a aperçu les brassards orange de la

police. Je me suis dirigé droit vers lui. Il a bousculé les choristes et s'est enfui par la porte latérale.

Un des flics a crié :

— Hé ! Attendez-nous !

J'ai foncé en coulisses au milieu des hurlements du chœur, et la musique s'est désarticulée.

Je connaissais les lieux par cœur. Troisième couloir, deuxième porte à gauche : l'entrée des artistes. J'ai déboulé dans la rue Daru et couru comme un fou vers l'avenue de Wagram. Le métro, ma dernière chance.

J'arrivais à la hauteur de la place des Ternes quand une camionnette a fait hurler ses freins. J'étais cuit ! Mais l'engin a stationné à ma hauteur et une voix éraillée m'a gratté le tympan.

— Eh ben, m'sieur Denis ! Qu'est-ce qui vous fait galoper comme ça ? Une femme, je parie !

Une casquette se penchait à la fenêtre : Mario. Les sirènes se ruaient dans notre secteur. Il m'a fait signe.

— Montez, je vous dépose.

Ce jour-là, la Providence portait de grosses moustaches et un joli tatouage sur l'avant-bras. Trois étoiles disposées en delta.

La camionnette cahotait dans la circulation. J'étais assis sur quelques tubes de cuivre bosselés : les derniers vestiges d'un orgue d'église. Mario a cru bon de se justifier.

— Je termine ma dernière livraison. Vous parlez d'une coïncidence !

— Quelle coïncidence ?

— Euh… Ben, je pensais à vous, je sais pas trop pourquoi.

Il a préféré se concentrer sur la route. Nous croisions des dizaines de sirènes de police.

— Quel cirque… On dirait qu'ils cherchent un gusse, non ?

Silence.

Il s'est raclé la gorge.

— C'est marrant, ils ont commencé à s'énerver au moment je vous ai embarqué, avenue de Wagram.

— Oui, c'est étrange.

— Encore une coïncidence, non ?

Dans le rétroviseur, le regard de Mario valait tous les avertissements. Nous étions tous les deux priés de croire au hasard.

L'atmosphère du XVIe arrondissement était plutôt paisible. Mario m'a déposé rue Berlioz, et j'ai piqué un sprint jusqu'au numéro 19. La serrure avait été forcée.

J'ai poussé la porte et me suis avancé dans le jardin. Pas un bruit. J'ai escaladé les trois marches du perron et suis entré dans la maison.

Rien n'avait bougé. Le Bösendorfer trônait au milieu du salon. Je me suis faufilé jusqu'à lui. La latte disjointe du parquet avait disparu. De rage, j'ai asséné un grand coup de poing sur le clavier. L'instrument a poussé un cri métallique.

J'avais toujours été dans le tempo, et voilà que je ratais l'accord final. Un bon résumé de mes dons pianistiques : au moment crucial, l'échec, inévitable. Je n'étais pas fait pour la musique, voilà la vérité. Encore moins pour le journalisme. Ma place était en prison, tout simplement. Détenu modèle : telle serait l'unique preuve d'excellence de Denis Augain.

Je ne leur ferais pas cadeau d'un seul jour de détention. Mieux valait en finir, comme Igor Malekine.

Igor Malekine. Mort devant la statue du Commandeur…

Comme s'il désignait son meurtrier…

L'enchaînement mélodique m'est apparu avec une évidence toute mozartienne. Légèreté mêlée de tristesse, tracé allègre serpentant jusqu'à la note finale. La tonique qui conclut la mélodie. Et la lumière resplendit…

J'ai enfin compris le dernier message de Bonsecours. Il manquait une œuvre de Mozart lors de sa cérémonie funèbre… Logique : en musique, les silences comptent autant que les notes.

Laura. Un rendez-vous. Et pour cause…

Je l'ai appelée dès que j'ai compris. Messagerie. J'ai hurlé dans le téléphone : « Sauve-toi le plus vite possible ! »

Et je suis sorti en catastrophe.

La Mort tenait le métronome.

Les voitures de police quadrillaient Paris. Il me restait une chance infime : me mêler à la foule du métro. Ensuite, improvisation.

Le trajet a duré une éternité. Par une curieuse ironie de l'Histoire, j'ai partagé le compartiment avec une dizaine de musiciens de l'Opéra de Paris en tenue de gala. La perspective du concert semblait les exciter au plus haut point.

J'ai giclé de la station et foncé dans les petites rues

du quartier. Heure de pointe, embouteillages, klaxons, hurlements des conducteurs, sirènes de police en pagaille. Le Bruit régnait sur Terre. Surtout ne pas me faire repérer par les flics. Pas maintenant.

Rue du Sentier. Une inscription sur la façade ravalée de frais : « Maison Mozart ». Dieudonné Lambert avait fourni la clé.

C'est ici, au numéro 8, que Wolfgang avait fait connaissance avec son amie la plus intime, un soir d'été 1778, lorsque sa mère avait rendu l'âme dans ses bras. La Mort avait fait irruption dans son existence et ne l'avait plus jamais quitté. C'est Elle qui l'avait poussé à entreprendre son Grand Œuvre, ultime pierre de l'édifice…

Le *Requiem*… J'en avais enfin identifié le destinataire. Mozart ne s'était pas dérobé. Il lui fallait un adversaire à sa mesure.

44

J'ai traversé la cour intérieure. A cette heure, les bureaux étaient vides et l'ombre gagnait les murs dans un lent baisser de rideau.

J'ai grimpé les marches sur la pointe des pieds, *pizzicato*, jusqu'à une porte entrouverte. Par l'interstice, j'ai aperçu le piano, et Laura assise sur le tabouret, son étui sur les genoux.

Soudain, Hubert Millet a ouvert la porte en grand et m'a pointé un revolver sous le nez en souriant aimablement.

— Entre, Denis ! J'espérais ta visite.

— En ce qui me concerne, cela fait très longtemps que je n'attends plus la vôtre…

— Je n'ai jamais eu l'esprit de famille, tu le sais bien.

— Seule compte la musique, n'est-ce pas ? Surtout celle de Mozart. Il ne manquait que vous à la cérémonie funèbre de Rémy Bonsecours.

— Je n'étais pas invité, comme tu t'en doutes.

J'ai avancé d'un pas. Millet a armé le percuteur.

— Je te conseille de rester sage, Denis. Au point où

j'en suis, deux morts de plus ou de moins… Personne ne m'empêchera d'accomplir ma mission…

— Le *Requiem*…

Il a hoché la tête.

— Oui, le *Requiem*, tel que nul ne l'a jamais entendu. A part son créateur, bien sûr, dans le secret de son esprit. Le *Requiem* complet… Il m'a fallu beaucoup de temps pour reconstituer la partition originale mais ce soir, enfin, je vais réaliser le rêve de tout chef d'orchestre…

— Un rêve d'enfant…

— Ainsi, tu avais compris ? Toutes mes félicitations.

— Pensez-vous que Julius Mayer serait fier de vous ?

— Julius… Quel homme admirable… Tes grands-parents l'ont recueilli après sa fuite d'Allemagne. Il s'est occupé de moi comme si j'étais son propre fils. Il me faisait répéter mon violon tous les jours…

Le passé a défilé devant ses yeux fiévreux.

— Je n'avais que de dix ans à l'époque, mais je revois cette matinée de juillet où il a évoqué une étrange histoire : celle d'un violon fabriqué par son lointain aïeul, Franz Xaver Süssmayer, un ancien élève de Mozart. Un violon très simple, en épicéa, qui ne devait être mis en vente sous aucun prétexte, parce qu'il contenait un terrible secret. Je ne mesurais pas l'importance de ces révélations. Je n'étais qu'un enfant, après tout. Julius avait promis de m'en dire davantage quand je serais en âge de comprendre. La police française ne lui en a pas laissé le temps…

— Il vous avait raconté le pillage de sa boutique par les nazis ?

Le visage de Millet s'est fermé.

— Bien sûr. Le vieux Julius avait encore les larmes aux yeux en évoquant ce crime. Un de ces soudards s'est emparé du violon en criant qu'il allait l'offrir à son frère. L'instrument lui a échappé des mains et dans sa chute, la table s'est décollée. Voilà comment, par le plus grand des hasards, Carl Orff a découvert le message qui était gravé à l'intérieur. Le secret de Mozart, ce secret qui avait traversé les siècles et qu'il ne pouvait transmettre qu'à celui qui en serait digne, tombait entre des mains impures ! Sans réaliser pleinement son erreur, Orff l'a mis au service d'une cause abjecte tout en créant l'un des plus grands chefs-d'œuvre de la musique. Mais Orff a sauvé son âme en retrouvant Glenn Gould, dernier descendant de Johann Gottlieb Goldberg, et en lui offrant le violon. Par malheur, Gould s'est confié à son meilleur ami, Rémy Bonsecours…

— ... qui lui a volé le violon.

— Eh oui… Le petit Rémy Bonsecours, cet être insignifiant et sans scrupules, uniquement motivé par l'appât du gain… Glenn ne s'est jamais pardonné ce moment de faiblesse et a préféré se couper du monde.

Millet m'a jeté un regard plein de rancune.

— Le temps a passé, et cette histoire de violon m'est peu à peu sortie de la tête. Avec le temps, on oublie ses rêves de gosse, tu es bien placé pour le savoir. Mais vos rêves, eux, ne vous oublient pas. Il y a des années, en me promenant dans le quartier, j'ai fait la connaissance d'un spécialiste en partitions anciennes. Il m'a montré quelques-unes de ses plus belles pièces et nous en sommes venus à parler de Mozart. Dès qu'il s'agit d'affaires, Prosper Quinet devient intarissable, et il m'a raconté la véritable histoire du *Requiem*. Ainsi, Mozart en avait achevé l'écriture, et la partition complète était cachée quelque part... Mes souvenirs ont reflué. Le secret, à l'abri d'un violon de Süssmayer, l'élève de Mozart... Le violon de Julius...

Le chef d'orchestre était perdu dans sa contemplation intérieure. J'ai tenté de faire un pas dans sa direction mais en homme habitué à maintenir les autres sous son autorité, il a relevé vivement son arme.

— Ne t'inquiète pas, j'en ai presque terminé... Le poste de directeur du Mozarteum de Salzbourg est tombé à pic. Je me suis lancé à corps perdu dans la recherche du violon et j'ai chargé Quinet de retrouver la partition complète. Il a eu beau faire, il n'est parvenu à rien... jusqu'au jour où il m'a raconté avoir fait la connaissance de Rémy Bonsecours, lui-même sur la piste des *Carmina Burana*. J'ai aussitôt fait le lien avec Carl Orff. Ce ne pouvait être que lui, le détenteur du fameux violon, ce Bonsecours qui vivait reclus, on ne savait où...

Son sourire avait la fatuité des maîtres chanteurs.

— J'ai entendu dire qu'Angelina Casar faisait partie de ses rares intimes. Alors je l'ai engagée pour *La Flûte enchantée* en échange de l'adresse de Bonsecours – Angelina ferait n'importe quoi pour un rôle. J'ai proposé une forte somme pour le violon. Bonsecours n'a pas daigné répondre, ni à cette offre, ni aux suivantes, de plus en plus élevées. Cette idiote d'Angelina m'a alors appris que Bonsecours avait confié un vieux violon en épicéa à un restaurateur d'instruments anciens. Il m'a suffi de le récupérer… mais le violon était vide. Bonsecours était encore plus retors que je ne l'imaginais !

— C'est alors qu'il a annoncé son retour sur scène.

— Son but était évident : il allait révéler le secret au monde entier. Mais c'était à moi que Julius Mayer s'était confié ! A moi seul ! Le secret de Mozart m'appartenait ! J'ai décidé de le récupérer, de gré ou de force. J'ai appelé Bonsecours dans sa loge, juste avant le concert, pour lui faire une dernière offre. Il a refusé. Dès cet instant, il était condamné. Tout était prêt.

Je revoyais la séquence comme si j'y étais. Rémy Bonsecours entre sur scène. Il s'assied, sans un regard pour le public, puis se passe lentement une serviette blanche sur le visage.

— La serviette…

Hubert Millet a hoché la tête, au comble du ravissement.

— Nous sommes toujours victimes de nos faiblesses, Denis. Il a suffi de quelques gouttes de VX sur la serviette pour l'intoxiquer. La mort n'est pas immédiate, mais elle affecte assez rapidement le système nerveux. Le sujet perd la coordination de ses mouvements, son système respiratoire est altéré. L'arrêt cardiaque est imminent.

— Je ne vous imaginais pas si sadique.

Il a eu un haut-le-corps.

— Rémy Bonsecours avait volé son talent ! Il a donc subi le châtiment réservé aux voleurs : tué en place publique, comme au Moyen Age.

Il s'est assis pour reprendre son souffle.

— Quant à Malekine… Il avait beaucoup de talent, mais il était bien trop fragile, incapable de mettre sa sensibilité de côté… J'ai tout fait pour lui : je l'ai repéré dans un petit conservatoire de Saint-Pétersbourg, je lui ai donné des cours, j'ai organisé ses premiers récitals, je l'ai dirigé dans les plus grands concertos, présenté aux responsables de ma maison de disques… En échange, il pouvait bien me trouver un peu de poison, tu ne crois pas ? Enfin, il appartient au passé, désormais… Et dire que Bonsecours se croyait en sécurité là où il était le plus vulnérable…

— Vous devez une fière chandelle à Gérard Bordes.

— Il m'a demandé beaucoup d'argent, mais lui seul pouvait s'acquitter du sale boulot. Le VX agit lentement. Si on avait lui administré le poison dans sa loge, Bonsecours aurait pu être secouru. Mais sur scène… Bordes a de nombreux défauts, mais aussi d'excellentes idées.

Laura m'a jeté un regard horrifié. Elle venait de comprendre que Millet avait chargé Bordes de nous liquider, au fond d'une ruelle obscure de Londres…

Millet a ricané.

— Certes, j'avais supprimé Rémy Bonsecours, mais l'essentiel me manquait toujours : le secret. Ce fameux secret, qui était peut-être caché dans la partition du *Requiem*. J'ai décidé de rendre une petite visite à Jérôme Clerc. Il devait en savoir long, mais c'était un homme dévoué à son patron et assez courageux. Il a refusé de parler. Par chance, tu es passé par là. Tu as fait un suspect idéal.

Laura a bondi sur ses pieds.

— Quoi ? Tu étais soupçonné de meurtre ?

Millet lui a aussitôt ordonné de se rasseoir.

— Denis est trop bête pour faire du mal à une mouche, mademoiselle. D'un autre côté, a-t-il poursuivi en se tournant vers moi, tu avais découvert le message caché dans le Bösendorfer. Bordes t'a vu manipuler les touches, et il a vite compris que tu avais déniché un élément essentiel à notre affaire. Il m'a proposé de fouiller vos appartements, et je n'y ai vu aucune objection. Puis il vous a suivis à Venise, a volé votre sac sur le vaporetto et a interrogé Stefano Martini. Un peu trop brutalement, je le déplore.

Laura a poussé un cri.

— Stefano ! Vous avez assassiné Stefano !

Je l'ai prise dans mes bras pour tenter de la calmer.

— Bordes est un type imprévisible. Entre-temps, j'avais appris, par le notaire, maître Bolle, qu'un certain Dieudonné Lambert avait été choisi pour disperser la collection de Bonsecours. Je l'ai contacté, et j'ai compris qu'il avait subtilisé la partition du *Requiem*. Je lui ai fait une proposition financière mirobolante, lui ai fixé rendez-vous pour conclure la transaction.

— Devant la Figarohaus, à Vienne. Déformation professionnelle.

— Eh oui, la maison de Mozart est un bon repère pour moi… Je voulais juste gagner du temps. A Londres, Bordes est passé à son hôtel pour négocier à sa façon. Je ne pleure pas sur son sort, il n'a eu que ce qu'il méritait. Ce Lambert était un escroc doublé d'un minable.

Il a eu un sourire sardonique.

— Mais Mozart n'avait pas dit son dernier mot… La partition que détenait Bonsecours était un faux. Il faut admettre que le plan de Lambert ne manquait pas d'ambition : vendre la partition au plus offrant, puis révéler la supercherie à la presse. Nous avons été obligés de… le ramener à la raison. Ses notes, en revanche, étaient ahurissantes. Dans les dernières semaines de sa vie, Mozart, qui se savait menacé, avait songé à une mise en scène digne d'un opéra. Son élève a appliqué les consignes à la lettre : il a recopié le début du *Requiem* et l'a laissé en évidence sur le lit de son maître.

Laura écarquillait les yeux, stupéfaite.

— Quoi ? Mozart avait achevé le *Requiem* ! Mais alors, la partition inachevée qu'on lui attribue depuis plus de deux siècles…

— … était un leurre griffonné à la va-vite par son élève, oui mademoiselle. Mais, dans sa précipitation, Süssmayer a commis une petite erreur : il a inscrit le mot « fin » sur la dernière ligne du *Lacrimosa*. Depuis quand les œuvres inachevées se terminent-elles sur le mot « fin » ?

Moi aussi, j'étais passé à côté de l'évidence. Hubert Millet a souri tristement.

— Mozart était un homme hors du commun, bien plus qu'on ne l'imagine. S'il est mort seul comme un chien, c'est par choix. Il devait terminer son travail dans la plus totale discrétion. Quelle abnégation… Il n'empêche, mon rêve s'effondrait. Le secret de Mozart me semblait disparu à jamais. J'ignorais encore que la partition complète avait été dissimulée à Vienne.

J'étais le seul à connaître la fin de l'histoire. En accédant à la demande de Constance de terminer le *Requiem*, Süssmayer avait mis la dernière main au plan élaboré avec son maître : il avait arraché la dernière page de la partition et, prétextant un délai de quelques semaines pour finir l'œuvre, en avait profité pour achever la construction d'un modeste violon et y graver le secret à l'intérieur de la table. Le subterfuge accompli, il avait remis la partition achevée – tronquée de son dernier mouvement et recopiée de sa main –, à l'innocente Constance et avait fui en emportant l'instrument avec lui.

Quant aux frères maçons de Mozart, ils avaient récupéré le manuscrit original sans savoir que la dernière page en avait été arrachée, et l'avaient dissimulé dans leur sanctuaire. Une façon de rappeler à chacun les vertus du silence… et de camoufler les preuves d'un homicide.

Millet a haussé les épaules. Plus rien ne comptait, maintenant qu'il avait récupéré son dû.

— J'avais perdu tout espoir de mettre la main sur le secret, lorsque vous avez croisé Igor après le concert au Musikverein. Sans le savoir, mademoiselle, vous m'avez récompensé de tous mes efforts.

Les larmes aux yeux, Laura a étouffé un cri de rage.

— Le rébus…

— Vous vouliez briller, et c'est tout à votre honneur, mais Malekine était allé à bonne école : la mienne. L'analyse d'une telle partition ne représentait pas la moindre difficulté pour un musicien de son niveau. Il m'a livré la clé de l'énigme puis a pris l'avion pour Prague. J'ai couru au domicile de Bonsecours, forcé la porte et mis la main sur le secret. Il fallait y penser : démonter le violon de Süssmayer et utiliser la table comme latte de parquet. Introuvable… mais il faut croire que le génie de Bonsecours avait des limites. Me voilà fin prêt, désormais, à révéler au monde le grand secret de Mozart !

J'ai serré les poings.

— En effet, vos musiciens vous attendent avec impatience. Mais Malekine ? Qu'avait-il fait pour mériter la mort ?

Pour la première fois, il a perdu contenance et la main qui serrait le revolver a tremblé de rage. J'ai revu l'homme haineux croisé dans le hall de l'Opéra, livide et fou de colère. Il a pointé l'arme sur mon front. Laura a crié d'effroi.

— Il voulait diriger le *Requiem*. Mais il devait attendre son tour ! Je suis au service de la musique depuis plus d'un demi-siècle ! J'ai progressé pas à pas, à force de travail et de ténacité. Je n'ai eu aucune facilité, moi ! J'ai essuyé bien des sarcasmes avant d'obtenir un semblant de considération. Du temps de sa splendeur, Rémy Bonsecours me traitait de haut, ce salopard ! A présent, je suis quelqu'un. Ce *Requiem*, c'est la consécration de toute une vie de travail. Pour rien au monde je ne laisserai passer cette chance.

— Vous êtes un monstre.

— Non, je suis un homme. Un homme seul, en lutte contre l'univers, et qui doit crier dans les ténèbres. A ce propos, autant que vous sachiez pour quoi vous allez mourir…

Superbe, Millet a entrouvert son blouson et, d'un geste précautionneux, en a tiré la table d'un violon. Il me l'a tendue avec un regard où l'orgueil le disputait à la pitié. Vernie de frais, ses bords avaient été limés avec soin. J'ai tourné la face intérieure vers la lumière.

Deux suites d'accords y étaient gravées, séparées par une barre de mesure.

Les yeux écarquillés, Laura a déchiffré.

— *Ré mi la ré. Sol* diminué, *ré*. Et vous avez tué Stefano pour ça ?

— La vie d'un homme ne pèse pas lourd face à la Vérité.

— Votre vérité !

— La vérité de Mozart !

Laura a tracé les lettres dans la poussière sur le piano.

— En écriture simplifiée, ces deux suites donnent le message suivant : *DEAD GΔD*. Dieu est mort.

Hubert Millet a exulté.

— Oui, Dieu est mort ! Voilà ce qu'avait compris Mozart, ici même, le jour où sa mère a expiré entre ses bras ! Et voilà ce que lui a confirmé Haydn, quelques années plus tard, sous le sceau du secret ! Dieu n'est pas digne de respect ! C' est une imposture !

Haendel ne disait pas autre chose sur son socle de Westminster Abbey : GeOrg frieDrich haENDel. *GOD END*.

Le chef d'orchestre brûlait d'un feu intérieur.

— Dieu n'est qu'une chimère ! Profitez de la vie, réjouissez-vous, faites l'amour, jouez, chantez, dansez ! Ne vous souciez pas d'un au-delà sans valeur, l'harmonie est à construire ici et maintenant, entre frères humains ! Mozart a écrit le Requiem de Dieu !

J'ai repensé au père abbé de Saint-Wandrille, fuyant dans la nuit après avoir mis le feu à son abbaye et transmettant son secret aux maîtres bâtisseurs, ce secret qui devait passer de génération en génération, des maîtres de la Renaissance aux savants du baroque, et semer sur son passage la beauté et la mort, la gloire et la folie, la joie de vivre et le désespoir de souffrir. Pour ce secret terrifiant, des hommes avaient aimé, dansé et tué. Ils avaient défié tous les pouvoirs, allant jusqu'à feindre de croire en Dieu pour mieux bâtir leur art. Grâce à la musique, l'Homme avait sauvé son âme.

Le visage déformé par la colère, Laura a marché vers lui en hurlant, *fortissimo*.

— Vous avez tué des innocents au nom de l'humanité ! Vous êtes une ordure ! Un bâtard dégénéré !

A ma grande surprise, Millet est resté très calme.

— Mademoiselle, vous ne mesurez pas l'enjeu, et cela se conçoit sans problème. En nos temps d'obscurantisme religieux et de lutte entre le bien et le mal, nous avons le devoir de proclamer nos convictions. La portée du message de Mozart, le plus grand musicien de l'Histoire, est gigantesque. Cet homme, vénéré dans le monde entier, annonce, ni plus ni moins, la fin des religions ! D'un coup, l'être humain redevient libre de son destin en se débarrassant d'un fardeau imaginaire ! La musique nous pousse à aimer nos semblables et à abattre les frontières. Elle fait de chacun de nous des bâtisseurs d'humanité !

— Quitte à empoisonner Rémy Bonsecours ? ai-je suggéré en tentant de maîtriser ma colère.

— Rémy Bonsecours incarnait la négation de ces valeurs. Il était égoïste et lâche. L'exact opposé de Mozart.

— Et Jérôme Clerc ? En quoi méritait-il de mourir ?

Hubert Millet a eu un rire moqueur.

— Il ne valait pas mieux que son patron… Ils étaient juste obsédés par le fric ! Quant à Stefano Martini, il a eu le tort de se trouver sur mon chemin. Sa mort n'est sûrement pas une grande perte…

— Crapule ! a rugi Laura. Stefano était un homme de cœur ! Il aimait la musique et se moquait bien d'une quelconque reconnaissance !

— Mais je ne cherche pas la reconnaissance, voyons ! C' est le bien de l'humanité qui m'intéresse. Ma vie n'a aucune importance.

— Vous ne valez pas mieux que Bonsecours. Vous êtes prisonnier de vous-même, enfermé dans votre petit orgueil et vos grandes vérités. Vous criez dans le vide, Millet ! La plus belle musique du monde n'est rien sans générosité !

— Ces choses vous dépassent, Laura. Je suis navré, mais le secret ne peut retomber en de mauvaises mains…

Il a levé son arme.

J'ai senti l'esprit de Mozart souffler sur les lieux.

Pris d'une soudaine inspiration, je lui ai jeté la table de violon au visage. Il a chancelé. Laura en a profité pour lui balancer un coup de pied dans le ventre. Il s'est effondré. Je me suis précipité sur lui et l'ai frappé de toutes mes forces. Il a lâché le revolver. Laura l'a ramassé.

Hubert Millet s'est relevé, désemparé, comme émergeant d'un rêve. D'un revers de manche, il a voulu essuyer le sang qui coulait de son arcade sourcilière, mais Laura l'a empoigné par les revers de sa veste et lui a pointé le revolver sur la tempe.

— Vous mériteriez la mort, espèce de salaud ! Vous vous figurez qu'on doit vous obéir à la baguette parce que vous êtes le chef ? Mais vous n'êtes rien qu'un larbin, juste bon à croupir au fond d'une fosse d'orchestre, le nez collé sur une partition.

Millet l'observait, le regard vide. J'ai enchaîné en douceur.

— Votre régisseur a péché par cupidité, Malekine par ambition et Bonsecours par envie. Mais l'orgueil est un poison tout aussi mortel, Hubert. Votre Dieu, c'est la Vérité… Comme si on pouvait l'imposer… Des millions de gens ont trouvé la mort en son nom. On s'est servi de Dieu, de l'Humanité, de la Science, de l'Histoire… Autant d'idées à majuscules, mais aucune ne mérite qu'on verse une seule goutte de sang. Vous êtes mort, Hubert, depuis longtemps. Ce *Requiem*, c'est le vôtre.

Il a ramassé la table de violon et l'a caressée avec amour.

— Vous devez avoir raison, mais je ne peux vivre sans orgueil. J'ai échoué à rendre justice à ceux que la cruauté des hommes a broyés. J'ai échoué à sauver Julius Mayer et Mozart. Et pourtant, mon combat était juste.

Nous l'avons vu glisser une main décidée dans la poche intérieure de sa veste, en sortir un petit flacon et en répandre le contenu sur la table de violon. Une forte odeur d'essence a saturé la pièce. La flamme d'un briquet a jailli, le feu s'est étendu à toute vitesse.

Laura s'est précipitée contre moi. Millet observait le désastre d'un air serein. Dans le brasier, j'ai cru apercevoir la silhouette recueillie d'un moine.

— Si Dieu existait vraiment, a hurlé Millet, il n'aurait jamais permis la mort de Mozart !

J'ai entraîné Laura hors de la pièce. Le feu léchait déjà l'encadrement de la porte. Des bruits de pas ont résonné dans l'escalier. Un homme appelait les pompiers.

Une vitre a explosé. Le brusque appel d'air a fait bondir les flammes au plafond.

Hubert Millet a disparu dans la lumière.

VII

COMMUNIO

La musique est une révélation plus haute que toute sagesse et toute philosophie.

Ludwig VAN BEETHOVEN.

Les journaux ont abondamment relaté l'incendie dans lequel le célèbre chef d'orchestre Hubert Millet avait perdu la vie. L'origine n'en avait pas été identifiée. Faute de mieux, on avait retenu l'hypothèse d'un court-circuit.

J'ai revu mes enquêteurs. Ils se sont surtout attardés sur Gérard Bordes, le régisseur de Pleyel. En fouillant son vestiaire, le lieutenant Krawzyk avait découvert le cartable de Dieudonné Lambert. Une empreinte de pouce, relevée dans le cabinet de lecture de Rémy Bonsecours, et l'analyse de son emploi du temps avaient permis de mettre en évidence sa culpabilité dans les meurtres qui avaient accompagné mes déplacements.

Prosper Quinet a lui aussi rencontré quelques ennuis avec la justice. Mandaté par Drouot, un expert particulièrement pointilleux s'est interrogé sur l'authenticité d'une certaine fugue de Bach, proposée à un collectionneur américain pour une somme avoisinant les 100 000 dollars. Quinet a protesté et juré ses grands dieux qu'il n'avait jamais abusé aucun amateur d'art. Une enquête a pourtant été diligentée. En attendant des jours meilleurs, l'antiquaire devrait conserver le manuscrit authentique du *Requiem* dans son coffre-fort.

Recouvrant peu à peu ses esprits, Dieudonné Lambert a eu le loisir de méditer sur le caractère hautement aléatoire de la condition d'escroc. En dépit de trous de mémoire providentiels entourant les raisons de sa présence à Londres, il a identifié sans hésiter son agresseur sur une photo présentée par le lieutenant Krawzyk. Après une période de convalescence, il a repris ses cours de musicologie à la Sorbonne.

Angelina Casar s'est déclarée totalement bouleversée par le décès brutal de Hubert Millet, un chef exceptionnel, racé, et d'une élégance qui manquerait à la musique en général et à la France en particulier. Puis elle s'est envolée pour Mexico, où l'attendait le rôle de Suzanne, dans *Les Noces de Figaro*. Armando Masetti n'était pas du voyage : ce brave garçon ayant commis l'erreur d'obtenir un peu trop de succès lors des représentations praguoises de *La Flûte enchantée*, Angelina Casar lui avait préféré la compagnie d'un ténor maîtrisant le contre-ut avec plus d'humilité.

Notre cher Ottis Reed a succombé d'une hémorragie interne, trois jours après le coup de fil de Laura. Parvenue au stade terminal, sa cirrhose du foie avait brutalement plaqué l'accord final. Intrigués par le bruit strident et continu d'un ampli électrique, les voisins ont enfoncé la porte de sa chambre de bonne et l'ont trouvé allongé par terre, sa guitare à la main. Les témoins affirment qu'il avait le sourire. Depuis, il m'arrive fréquemment d'écouter les disques de Robert Johnson.

Quant à Corrado Spumante, il poursuit son existence

confinée aux quatre murs de son échoppe de luthier, tout en ruminant des projets de vengeance.

En définitive, aucun des protagonistes de cette histoire n'a vu sa vie fondamentalement bouleversée. A l'exception d'un seul, néanmoins : la camionnette du jeune moine Etienne n'a jamais regagné l'abbaye de Saint-Wandrille, et nul ne sait ce qu'il est devenu.

Si le hasard a semblé jouer un rôle quelconque dans cette histoire, c'est pour honorer son plus illustre enfant. Lavé de tout soupçon, Henri Poinçonné a retrouvé la liberté et clamé haut et fort son indignation. L'occasion était belle d'annoncer une vaste rétrospective de son œuvre à la Cité de la Musique, intitulée *Séisme, foudre et dégueulis*, qui mettrait en exergue la place du silence dans la musique contemporaine. Soucieux de soutenir un projet aussi ambitieux, le ministère de la Culture s'est fendu d'une subvention exceptionnelle de trois millions d'euros, intégralement affectée aux travaux de désamiantage de la Manufacture de Composition Aléatoire.

Une question restait en suspens : comment justifiait-il sa présence à Pleyel, le soir où Rémy Bonsecours avait été assassiné ? Poussé dans ses derniers retranchements, Henri Poinçonné avait été contraint d'avouer qu'il admirait Mozart depuis toujours et l'écoutait en secret, toutes portes fermées, en sanglotant comme une jeune fille.

La nouvelle, on s'en doute, a jeté la consternation à la rédaction en chef du *Monde de la musique*. Au vif soulagement de la rédaction, Charles Cousin-Damier n'a pas quitté son bureau trois jours durant.

Quant à moi, épuisé par la rédaction frénétique de

mon papier durant la nuit, j'ai cru être victime d'une hallucination en découvrant, de retour au bureau, que des lignes rouges tracées au sol délimitaient le périmètre autorisé autour de chaque poste de travail, séparé de ses voisins par des alvéoles en plastique opaque ou des cloisons en contre-plaqué. La rédaction était plongée dans un silence de bloc opératoire, à peine troublé par le chuchotement des conversations téléphoniques.

Rudy Bergkopf s'est contenté d'un signe de tête discret à mon arrivée. Trop occupés à s'espionner, les autres ne m'ont accordé aucune attention – trop compromettant.

Isabelle m'a rejoint à la machine à café en jetant des regards terrorisés autour d'elle.

— Je suis désolée, Denis, je ne peux pas parler trop fort…

— On nous écoute ?

— Certainement. La tension est palpable depuis que Van Elsing a surpris Bergkopf en train de rédiger une critique de la *Cinquième* de Mahler.

— Et alors ?

— Anton bossait sur la *Troisième*.

— Mais il en sort dix par mois, des enregistrements de Mahler !

— Peut-être, mais Jean-Jacques affirme qu'Anton a pompé une critique de Polezzi sur les *Quatre Saisons*, alors qu'il est évident que Polezzi s'est servi dans un article de Morel sur Rameau, tout ça parce que Rudy a insinué que…

— Et Cousin-Damier, il en pense quoi ?

Isabelle a levé les yeux au ciel.

— Je ne sais même pas s'il est encore en vie !

— Vous n'avez pas frappé à sa porte ?

— On n'ose pas.

— Et le bouclage ?

— Ce n'est pas nos oignons. On fait notre boulot, on remet nos papiers en temps et en heure ; après, il se débrouille. Tout à fait entre nous, je vais te dire une chose : on est bien plus heureux comme ça.

J'ai jeté un coup d'œil à mes confrères. Renfermés et suants de rancœur, ils martelaient leur clavier avec une hargne de bagnard.

J'ai enfin compris l'origine de nos problèmes.

Elle a bu une gorgée de café, soucieuse, puis a semblé découvrir ma présence à ses côtés.

— Au fait, qu'est-ce que tu as fabriqué, tout ce temps ?

Interminable soupir.

— Rien de spécial.

Charles Cousin-Damier me faisait face, lugubre, comme si le fantôme de Mozart en personne lui présentait la facture. Les joues envahies d'une barbe râpeuse, les tempes hérissées de toupets hirsutes et des nuits blanches plein les yeux, il a fait quelques pas jusqu'à son bureau enseveli sous une tonne de papiers et s'est écroulé dans son fauteuil.

— Mvoui, Denis… Vous êtes bien matinal…

— Il est 16 heures.

— Tiens… Vous m'apporteriez un café ?

— Et si vous rentriez chez vous, Charles ?

D'une main tremblante, il a ramené une frange de cheveux poisseux sur le sommet de son crâne. Son visage de batracien a grimacé un sourire.

— Vous n'y pensez pas ! Sans moi, rien ne marche, dans cette maison…

Une bonne minute s'est écoulée dans un silence de sépulcre.

— Mvoui… Que puis-je pour vous, mon cher Denis ?

— Je viens vous rendre mon enquête.

— Votre enquête…

— L'article sur Rémy Bonsecours.

— Ah, oui… Bien. Nous bouclons demain, vous êtes dans les temps.

Il a pris mes feuillets et les a posés quelque part sur sa droite, entre une agrafeuse et une part de pizza froide.

— A part ça ?

— Ça ne vous intéresse pas ?

— Bien sûr, bien sûr… Vous auriez une cigarette ?

— Nous ne fumons ni l'un ni l'autre, Charles.

Il a tourné la tête vers la fenêtre. Les klaxons de la place Henri-Bergson l'ont plongé dans une sorte d'apathie rêveuse.

— La circulation est dense, aujourd'hui, a-t-il noté en se grattant l'aisselle. Belle création, vous ne trouvez pas ?

— Non.

— Vous ne comprendrez jamais rien à la musique, Denis. C'est le destin, que voulez-vous…

— Et vous, toujours chef d'orchestre de la rédaction ?

— Plus que jamais !

— Dans ce cas, pourquoi avoir volé la clé USB de Polezzi, Charles ? Pourquoi avoir piraté les ordinateurs et laissé courir les soupçons ?

Son fauteuil a pivoté vers moi. D'un geste, il a désigné la rédaction.

— Trop de gaspillage ! Trop d'approximations ! Un laisser-aller inadmissible ! Nous ronronnions ! Il était de mon devoir de remobiliser les troupes. Comme vous le voyez, tout le monde est au travail, maintenant…

— Et tout le monde se déteste.

— L'unité de ton passe par la discipline, mon cher Denis. Je veux un orchestre efficace.

Il a soulevé les piles de feuillets constellés de taches de café.

— Du bon travail, tout ça ! De la copie bien fraîche ! A présent, vous savez ce qu'on va faire, Denis ? a-t-il enchaîné en baissant subitement la voix. Nous allons découper les mots, un à un, puis les mélanger et les aligner au hasard dans les différentes rubriques. L'aléatoire, Denis, rien de tel que l'aléatoire…

Il a poussé des hurlements, la graisse prise de convulsions.

— Je suis le Henri Poinçonné du journalisme ! Ce traître a failli à sa mission. Il nous a menti ! Mais moi, je ne me rendrai jamais ! Jamais !

Il a bondi de son siège, ouvert la porte d'un coup de pied en criant : « Bande de fainéants ! Vous allez voir qui est le chef, ici ! », puis il a jeté les feuillets en l'air, grimpé comme il a pu sur le bureau d'un Polezzi pétrifié, et s'est mis en demeure de diriger son équipe d'une voix tonnante.

— Plus fort, Vertbois, on ne vous entend pas ! Et vous, Bergkopf, vos *pizzicatti*, c'est pour aujourd'hui ou pour demain ? Quant à vous, mademoiselle Courtet, je vous l'arrache avec des tenailles, votre air du troisième acte ? Bande d'ordures ! Vous me ferez tous crever !

L' immeuble a tremblé sur ses fondations : Cousin-Damier venait de sauter à pieds joints sur le sol.

Nous n'avons pas été trop de quatre pour l'empêcher de se jeter par la fenêtre. Le *Requiem* avait manqué faire sa dernière victime.

J'ai survolé l'ensemble des articles destinés au bouclage. Une composition atonale de la plus belle espèce s'étalait sous mes yeux : Isabelle avait dressé le portrait astrologique de Clara Schumann, Bergkopf recensé toutes les versions enregistrées de la *Symphonie Tragique* sans citer une seule fois le nom de Mahler. Vertbois, lui, avait bidouillé une sorte de reportage à la gloire des chants traditionnels inuits.

Bref, j'ai tout mis à la poubelle et convoqué d'urgence une conférence de rédaction. Mes confrères n'attendaient que cela pour sortir leurs papiers intéressants et, enfin, se mettre au travail. J'ai supprimé de ma propre initiative la rubrique « Pour ou contre », où les rédacteurs réglaient des comptes personnels par l'entremise de leurs critiques de disques. La nuit a été courte, mais le lendemain, à midi tapant, je remettais une maquette irréprochable à l'imprimeur.

Tous avaient insisté pour consacrer la couverture à Rémy Bonsecours. Mon reportage, intitulé « La touche du maître », a connu un grand retentissement. Les aspects les plus étonnants et les plus troubles du personnage paraissaient au grand jour. Bien entendu, je n'ai pas fait allusion au secret de Mozart. Quel secret, d'abord ?

Deux semaines plus tard, le conseil de surveillance

du journal me bombardait rédacteur en chef, en remplacement de Charles Cousin-Damier, contraint au repos pour cause de dodécaphonisme psychique.

*

Quelques semaines plus tard, Laura et moi quittions la Salpêtrière, serrés l'un contre l'autre. Mon moral oscillait entre le *ritenuto* et le *pianissimo*, avec prédominance des fréquences basses. Ma mère allait s'en sortir, c'était mieux que rien. On avait sauvé un poumon, l'autre devrait assurer la ventilation.

Je lui avais montré le numéro du *Monde de la musique*. Elle avait seulement hoché la tête.

— C' est toi qui diriges le journal, à présent ? Eh bien, je ne t'en aurais jamais cru capable…

Elle n'allait pas changer pour si peu… De toute façon, tout était pardonné. Elle m'avait soutenu de son mieux, j'avais tenté ma chance dans la musique, mais mes doigts étaient trop fragiles. Il était temps, maintenant, de mettre un peu de vie dans son appartement. J'avais posé quelques plantes vertes à l'emplacement de mon piano. Au moins, j'avais une bonne raison de passer la voir.

Elle s'était quand même montrée ravie de rencontrer Laura. Enfin, je me décidais à abandonner ma vie de célibataire ! Elles avaient bavardé pendant une heure, et ma présence s'était bientôt révélée superflue. Un appel de Rudy Bergkopf m'avait permis de m'éclipser.

Au moment où je sortais de la chambre, j'étais tombé nez à nez avec Brünnhilde et Tristan. Brünnhilde était passée tous les jours à l'hôpital – cela expliquait en partie la combativité de ma mère –, pour lui apporter des revues – tout, sauf *Le Monde de la musique*, évidemment. Ma mère les feuilletait d'un air distrait, puis elles allumaient la télévision et passaient les programmes à la moulinette.

J'avais serré mon petit garçon dans mes bras, mais n'avais réussi à lui arracher que trois monosyllabes dont il ressortait qu'il allait bien, qu'il avait des résultats satisfaisants à l'école et qu'il progressait à la guitare. Mais, quand Laura était sortie de la chambre, Tristan lui avait sauté au cou, et ils étaient partis papoter tranquillement dans un coin. Le regard de Brünnhilde avait viré au noir anthracite.

— Qui est cette fille ?

— Une amie.

— Je vois bien que ce n'est pas un homme-grenouille… Je te préviens, elle n'a pas intérêt à prendre ses aises avec mon fils.

— *Notre* fils.

— Tiens ! Te voilà bien chatouilleux soudain…

— J'ai réfléchi à certaines choses.

— En bonne compagnie, il me semble.

— Que veux-tu… Nul n'est irremplaçable, même pas toi.

— Je ne me faisais aucune illusion. En attendant, je t'informe que le juge a augmenté la pension alimentaire de deux cents trente-cinq euros et cinquante-sept centimes.

C'était la bonne nouvelle de la journée : je savais comment utiliser ma revalorisation salariale au titre de rédacteur en chef.

Tristan était revenu me dire au revoir. Il semblait heureux.

Pas sûr que les mômes aient le privilège des enfantillages…

Le matin même, après deux longues semaines de séparation – elle m'en avait voulu à mort de lui avoir caché des choses durant notre fuite, et je m'étais résigné à la perdre pour de bon –, Laura avait débarqué à l'improviste à la rédaction.

Elle avait attendu la pause déjeuner pour m'entraîner dans l'ascenseur, m'embrasser à pleine bouche et exhiber avec fierté son contrat d'enregistrement. Les sessions commençaient le 5 décembre. J'y avais vu un signe prémonitoire – dans le bon sens du terme, pour une fois.

Elle m'avait alors fait le plus beau des présents. Quand je lui avais expliqué que je devais passer à la Salpêtrière, elle m'avait répondu, simplement :

— Je t'accompagne.

Pour la première fois de ma vie, j'avais saisi toute la portée de cette expression. L'union de deux voix, de deux forces, de deux êtres.

Une sorte d'accord majeur m'avait envahi tout entier, et j'avais pris son visage entre mes mains. Cette femme inondait mes yeux, mon cœur, ma vie.

On s'est regardés sans un mot, infiniment. Elle rayonnait.

Elle ne réalisait sans doute pas ce qui lui arrivait. Mais moi, je savais d'où venait cette lumière qui irradiait d'elle.

Elle seule pouvait en être la source.

A présent, le secret de Mozart était le sien.

REPÈRES BIBLIOGRAPHIQUES

Ce roman est né sous la conduite d'un orchestre symphonique. Au fil d'innombrables lectures, chaque compositeur a pris place et reçu un rôle dans l'ensemble. Mais rien n'aurait été possible sans l'organisateur de spectacle accompli qu'est l'*Histoire de la musique* publiée sous la direction de Marie-Claire Beltrando-Patier (Larousse, 1998), source inépuisable d'informations, de réflexions et d'anecdotes musicales.

Une attention toute particulière a été accordée aux chœurs : les polyphonies de la Renaissance déploient leur splendeur dans *Josquin des Prés* de Jean-Pierre Ouvrard (Actes Sud, 1986).

Dans le rôle du ténor, soulignons la remarquable biographie de Roland de Lassus par Annie Cœurdevey (Fayard, 2003), qui restitue avec justesse cette période d'une grande richesse musicale.

Parmi les pupitres de la basse continue se distinguent le *Monteverdi* de Roger Tellart (Fayard, 1997) et le *Vivaldi* de H.C. Robbins Landon (Lattès, 1993). Au clavecin, relevons le *Haendel* de Christopher Hogwood (Lattès, 1984). L'orgue est bien sûr occupé par le monumental *Bach* d'Alberto Basso (Fayard, 1984-85).

Les cordes ont été distribuées selon les prescriptions de *La Musique classique : l'époque de Mozart et de Beethoven* de Giorgio Pestelli (Lattès, 1989).

Au premier violon se détache le *Joseph Haydn* de Karl Geiringer (Gallimard, 1959). Profitons de cette notice bibliographique pour restaurer la vérité : Joseph Haydn était non seulement un musicien exceptionnel, mais aussi un homme d'une grande bonté, incarnation de l'honnêteté et du dévouement.

Aux bois et aux cuivres, une multitude d'ouvrages consacrés à Wolfgang Amadeus Mozart se disputent la vedette. Parmi ce déploiement de talents, citons l'indispensable *Mozart* d'Alfred Einstein (Gallimard, 1954) et les ouvrages toujours éclairants de H.C. Robbins Landon : *1791. La Dernière Année de Mozart* (Lattès, 1988) et *Mozart. Une journée particulière* (Lattès, 1993). Profitons également de l'occasion qui nous est offerte pour rappeler que la franc-maçonnerie a été, de tout temps, un vivier de grands musiciens, comme le souligne *Les Musiciens et la franc-maçonnerie*, de Gérard Gefen (Fayard, 1993). Cet ouvrage de référence consacre un chapitre passionnant à l'engagement maçonnique de Mozart.

Aux percussions, dominant l'orchestre de ses roulements de tonnerre, se dresse le *Ludwig van Beethoven* de Jean et Brigitte Massin (Fayard, 1967).

Le rôle du soliste ne pouvait qu'échoir à Glenn Gould. On retrouvera l'attachante figure du pianiste dans une série d'entretiens avec Jonathan Cott (Lattès, 1977), ainsi que dans deux recueils d'articles, *Le Dernier Puritain* et *Contrepoint à la ligne*, présentés par Bruno Monsaingeon (Fayard, 1983 et 1985).

Pour ceux que n'effraie pas la lecture à vue de la partition, recommandons le *Guide de la théorie de la musique* de Claude Abromont et Eugène de Montalembert (Fayard, 2001), somme de connaissances d'autant plus indispensable qu'elle ouvre ses horizons à d'autres courants musicaux que le classique.

Est-il besoin de préciser que ce récit est placé sous les auspices du *Monde de la musique* ? Incontournable mensuel d'actualité musicale, cette revue n'a cessé de nourrir l'inspiration du chef d'orchestre. Souhaitons longue vie à cet éminent journal dont la rédaction connaît, n'en doutons pas, des jours plus paisibles que dans ce livre – lequel, rappelons-le à toutes fins utiles, est une fiction…

L'auteur tient enfin à exprimer son infinie gratitude à Lilas Seewald. Son dévouement et sa sourcilleuse vigilance n'ont d'égale que son aptitude à manier la baguette… Qu'elle en soit ici remerciée.

Table

Du même auteur :

TOTAL CHAOS, Fayard, 2007.

MUSÉUM (en collaboration avec Véronique Roy), 2006.

Composition par MCP - *Groupe JOUVE*

Achevé d'imprimer en mars 2010 en Allemagne par
GGP Media GmbH, Pößneck
Dépôt légal 1re publication : avril 2010
Librairie Générale Française
31, rue de Fleurus – 75278 Paris Cedex 06

31/2706/5